A DEUSA CEGA

ANNE HOLT

Editora Fundamento

2013, Editora Fundamento Educacional Ltda.
Reimpresso em 2014.

Editor e edição de texto: Editora Fundamento
Capa: Zuleika Iamashita
Editoração eletrônica: Bella Ventura Design e Eventos Ltda. (Lorena do R. Mariotto)
CTP e impressão: Benvenho e Cia. Ltda.
Tradução: BK Consultoria e Serviços Ltda. (Fal Azevedo)

Copyright © Anne Holt 1993

Publicado sob licença de Salomonsson Agency.
Os direitos morais do autor foram garantidos.

Todos os direitos reservados. Nenhuma parte deste livro pode ser arquivada, reproduzida ou transmitida de qualquer forma ou por qualquer meio, seja eletrônico ou mecânico, incluindo fotocópia e gravação de backup, sem permissão escrita do proprietário dos direitos.

Dados Internacionais de Catalogação na Publicação (CIP)
(Câmara Brasileira do Livro, SP, Brasil)

Holt, Anne
    A deusa cega / Anne Holt; [versão brasileira da editora] . – 1. ed. – São Paulo, SP : Editora Fundamento Educacional Ltda., 2013.

    Título original: Blind gudinne

    1. Romance norueguês I. Título.

13-00896   CDD-839.823

Índices para catálogo sistemático:
1. Romances: Literatura norueguesa 839.823

Fundação Biblioteca Nacional

Depósito legal na Biblioteca Nacional, conforme Decreto nº 1.825, de dezembro de 1907.
Todos os direitos reservados no Brasil por Editora Fundamento Educacional Ltda.

Impresso no Brasil

Telefone: (41) 3015 9700
E-mail: info@editorafundamento.com.br
Site: www.editorafundamento.com.br

Este livro foi impresso em papel pólen soft 80 g/m² e a capa em papel-cartão 250 g/m².

A DEUSA CEGA

ANNE HOLT

Editora Fundamento

O homem estava morto. Definitivamente e para além de qualquer dúvida razoável. Ela se deu conta imediatamente. Mais tarde, não soube explicar com precisão aquela certeza. Talvez fosse a forma em que ele jazia, com o rosto enterrado na folhagem putrefata do solo e próximo a um montinho de excremento de cachorro. Nenhum bêbado com qualquer resquício de autorrespeito ficaria jogado daquele jeito no chão ao lado de excremento de cachorro.

A mulher girou o corpo suavemente. O rosto havia desaparecido. Era impossível distinguir o que um dia fora uma pessoa, uma identidade. O tórax era de homem e apresentava três perfurações de bala. Com ânsia de vômito, ela teve que virar o rosto rapidamente, mas não houve maiores consequências além de um sabor agridoce na boca e um doloroso espasmo no diafragma. O cadáver, quando o soltara, havia caído de barriga para baixo mais uma vez. Ela percebeu tarde demais que deslocara o corpo apenas o suficiente para que a cabeça tocasse os excrementos, que agora se desfaziam nos cabelos louros escuros empapados. Foi isso que a fez, finalmente, vomitar, despejando sobre ele o conteúdo cor de tomate de seu estômago. Pareceu quase um gesto de desrespeito dos vivos para com os mortos. As ervilhas ainda não digeridas do jantar permaneceram sobre as costas do falecido como pontinhos verdes venenosos.

Karen Borg começou a correr. Chamou seu cão e atou-o à guia que sempre trazia consigo, ainda que fosse apenas para manter as aparências. O cão disparou exaltado ao lado da dona, até que se deu conta de que ela soluçava, então contribuiu com o coro fúnebre com latidos e gemidos angustiados.

Eles correram, correram e correram.

Segunda-feira, 28 de setembro
Antes do meio-dia

Departamento de Polícia de Oslo, rua Grønland, nº 44. Um endereço sem história; não como o endereço da rua Møller, nº 19, onde ficava a antiga Central e muito diferente de Victoria Terrasse, com seus edifícios públicos magníficos. Rua Grønland, 44, soava como algo informal, cinza e moderno, com um sabor de inaptidão pública e conflitos internos. Um prédio grande e ligeiramente inclinado, como se não tivesse sido capaz de aguentar as rajadas de vento, ele se erguia, espremido por uma casa de Deus de um lado e uma prisão de outro. Nos fundos da Central de Polícia, uma aglomeração de casas em petição de miséria estendia-se sobre Enerhaugen, e, à sua frente, apenas um enorme gramado a protegia do bairro mais movimentado e poluído da cidade. A entrada, que era desprovida de adornos, pouco acolhedora e pequena demais em relação à fachada de 200 metros de comprimento, passava quase despercebida, e situava-se na diagonal, como que escondida para dificultar o acesso e impossibilitar a fuga.

Às 9h30 da manhã de segunda-feira, Karen Borg, uma advogada, subiu a pé a rampa pavimentada que ia da calçada à entrada da Central, longa o suficiente para que ela sentisse as roupas grudando à pele. Karen tinha certeza de que a rampa fora construída com aquela inclinação intencionalmente, para que todos que entrassem na Central de Polícia de Oslo estivessem ligeiramente suados.

Empurrou as pesadas portas metálicas e entrou no saguão. Se não estivesse com tanta pressa, Karen teria percebido a fronteira invisível que demarcava o lugar. Noruegueses ansiosos por outros ares aguardavam a liberação de seus passaportes vermelhos no lado ensolarado do imenso salão. Do lado norte, amontoadas sob a galeria, encontravam-se pessoas de pele escura, apreensivas e com as mãos molhadas de suor depois de esperarem por três longas horas que o Departamento da Polícia de Imigração desse o veredito sobre o futuro delas.

Mas Karen Borg estava atrasada. Ergueu o olhar para as galerias que, a partir do 1º andar, circundavam o saguão. De um lado, as portas eram azuis, e o piso era revestido de linóleo; do outro, em direção ao sul, havia portas amarelas. Do lado oeste, dois corredores, que mais pareciam túneis pintados de verde e vermelho, desapareciam na distância. O pé-direito do enorme saguão erguia-se por sete andares de altura, e, em todos eles, galerias se debruçavam sobre quem passava lá embaixo. Mais tarde, Karen iria perceber que o projeto daquele prédio era um desperdício de espaço, já que os escritórios eram minúsculos.

Quando se familiarizasse com o lugar, descobriria que as salas mais importantes encontravam-se no 6º andar, onde ficavam o gabinete do comissário e o refeitório. E, acima deles, fora da visão de quem estava no vestíbulo, como o Senhor nas alturas, alojava-se a Divisão Especial.

"Como no jardim da infância, o sistema serve para garantir que cada um encontre seu caminho", pensou Karen ao perceber os códigos de cores.

Ela precisava subir até o 2º andar, zona azul. Os três elevadores com portas metálicas haviam simultaneamente tomado a decisão de obrigá-la a subir pelas escadas. Depois de constatar, ao fim de cinco minutos, que os pontinhos luminosos ao lado das portas dos elevadores subiam e desciam sem se aproximar do térreo, aceitou a realidade e se convenceu de que teria que subir a pé.

Karen Borg tinha o número de quatro dígitos do escritório rabiscado em um pedaço de papel. Foi fácil encontrá-lo. A porta azul estava coberta de adesivos que alguém havia tentado descolar, mas Mickey Mouse e Pato Donald opuseram-se obstinadamente à exterminação e a encaravam sorridentes, sem pernas e com apenas metade do rosto intacta. Teria sido melhor se os tivessem deixado em paz. Karen bateu na porta. Uma voz gritou que entrasse, e foi o que ela fez.

Håkon Sand não parecia estar de bom humor. Um aroma de loção pós-barba pairava no ar. Sobre uma cadeira, a única do escritório além da que ocupava o próprio Sand, havia uma toalha úmida. Ela notou que os cabelos dele estavam molhados.

Sand agarrou a toalha, jogou-a em um canto e convidou Karen a se sentar. O assento estava úmido, mas ela se acomodou ali mesmo assim.

Håkon Sand e Karen Borg eram velhos amigos que nunca se viam. Sempre trocaram algumas frases gentis e vazias, do tipo "como tem passado?", "faz muito tempo que não nos vemos", "temos que almoçar juntos qualquer dia", um exercício de reiterações levado a cabo durante encontros casuais, talvez na rua ou na casa de amigos em comum, pessoas que eram mais constantes do que eles na hora de zelar pelas amizades.

– Que bom que você veio. Fico contente de verdade – disse ele de repente. Não parecia. O sorriso de boas-vindas que ele dirigiu a ela era enrugado e murcho, algo forçado depois de vinte e quatro horas de trabalho. – O sujeito se nega a falar. Só repete de vez em quando que quer você como advogada.

Karen acendeu um cigarro. Desafiando todas as advertências, fumava Prince na versão original, aquela que diz "Agora eu também fumo Prince", com o nível máximo de nicotina e alcatrão, etiqueta vermelha, vermelhíssima, e uma advertência aterradora das autoridades sanitárias. Ninguém ousava pedir um cigarro a Karen Borg.

– Deveria ser fácil fazê-lo entender que é impossível. Em primeiro lugar, sou testemunha no caso, já que fui eu quem encontrou o cadáver. Em segundo lugar, não sei mais nada de Direito Criminal. Não mexo com isso desde que fiz o Exame da Ordem. Há sete anos.

– Oito – corrigiu ele. – Faz oito anos que fizemos a prova. Você foi a terceira colocada em uma turma de 114 alunos. Eu fui o quinto *pior* colocado. Claro que você entende de Direito Criminal, é só você querer.

Ele estava irritado, e aquilo era contagioso. De repente, Karen Borg voltou a sentir a tensão que costumava surgir entre eles no tempo de estudantes. Os resultados dela sempre brilhantes contrastavam com a carreira acadêmica capenga do companheiro, em um curso que ele jamais teria conseguido terminar se não fosse por ela. Karen o havia arrastado, ameaçado e forçado a estudar durante toda a faculdade, como se o próprio sucesso se tornasse mais tolerável se ela carregasse as notas ruins do colega como uma cruz. Por alguma razão que nunca chegaram a entender, talvez porque nunca tivessem falado a respeito, ambos sentiam que era ela quem tinha uma dívida de gratidão com ele, e não o contrário. Karen se irritava com isso desde aquela época, essa sensação de dever algo a ele. Por que eles haviam sido inseparáveis durante os anos de faculdade ninguém entendia. Nunca foram namorados, sequer chegaram a trocar um beijo na boca no meio de uma bebedeira. Eram simplesmente amigos inseparáveis, um pouco briguentos, mas sempre com um cuidado recíproco que os tornava invulneráveis às muitas armadilhas que a vida estudantil apresentava.

– E quanto a esse negócio de você ser testemunha, para ser sincero, neste momento não dou a mínima. O mais importante é que o sujeito comece a falar. É evidente que ele não vai fazer isso até que você concorde em atuar como advogada de defesa dele. Podemos voltar ao fato de que você é testemunha quando alguém tocar nesse assunto, mas ainda temos muito tempo.

"E quanto a esse negócio de você ser testemunha". A linguagem jurídica dele nunca fora especialmente precisa, e Borg achava isso muito irritante. Sand era um promotor e, em teoria, um guardião da lei e da ordem. Karen Borg queria continuar acreditando que a polícia levava o Direito a sério.

– Você não poderia pelo menos falar com ele?

– Com uma condição. Você tem que me explicar como seu suspeito sabe *quem* eu sou.

– Bem, na verdade isso foi minha culpa.

Sand sorriu com o mesmo alívio que experimentava toda vez em que Karen explicava algo que ele já havia lido dez vezes sem entender. Ele foi até a antessala providenciar duas xícaras de café.

E então voltou, acomodou-se e contou à Karen a história de um jovem súdito holandês cujo único contato com o mundo dos negócios – segundo as teorias provisórias da polícia – fora traficar entorpecentes na Europa. A história tratava de como esse holandês, que agora esperava mudo como uma ostra por Karen Borg na prisão mais barra-pesada da Noruega – o calabouço da Central de Polícia de Oslo –, sabia quem ela era: uma desconhecida, porém extremamente bem-sucedida advogada corporativa de 35 anos.

* * *

– Bravo dois-zero chamando zero-um!
– Zero-um para Bravo dois-zero, prossiga.

O policial falava em voz baixa, como se esperasse que fossem lhe contar um segredo. Mas não era nada disso. Ele estava de serviço na Central de Operações. Na grande sala de piso inclinado, a gritaria era tabu; a determinação, virtude; e a capacidade de expressar-se brevemente, uma necessidade. Os policiais uniformizados de plantão estavam em seus postos de comunicação, enfileirados como se estivessem no teatro, diante de um enorme mapa, que permitia que assistissem ao espetáculo principal e o monitorassem: as ocorrências na cidade de Oslo. A sala ficava no centro do edifício da Central de Polícia e fora projetada sem nenhuma janela. Nada a ligava ao mundo exterior e à ruidosa noite de sábado. Ainda assim, a noite da capital marcava sua presença de outras formas: pelo contato via rádio com os carros de patrulha e pelo telefone de emergências, que prestava socorro aos habitantes de Oslo com problemas pequenos ou grandes.

– Há um homem sentado no meio da rua em Bogstadsveien. Ele não quer falar com ninguém, suas roupas estão ensanguentadas, e ele não parece estar ferido. Não tem identificação. Não oferece resistência, mas está atrapalhando o trânsito. Vamos levá-lo para a Central.

– Positivo, Bravo dois-zero. Avise quando for sair novamente. Câmbio e desligo.

* * *

Meia hora mais tarde, o homem detido estava prestes a ser fichado. Sem nenhuma dúvida, a roupa dele estava empapada de sangue. Bravo dois-zero não havia exagerado. Um cadete começou a revistá-lo. Com suas impecáveis ombreiras azuis que não ostentavam nenhum distintivo que lhe resguardasse dos trabalhos sujos, ele estava aterrorizado com a possibilidade de que aquela absurda quantidade de sangue que cobria o suspeito pudesse estar contaminada com HIV. Protegido por luvas plásticas, tirou a jaqueta de couro já aberta do preso. Só então pôde constatar que a camiseta havia sido branca em algum momento. As calças jeans do suspeito também estavam cobertas de sangue, e, de forma geral, o sujeito não parecia estar muito limpo.

– Nome e endereço – pediu o policial encarregado, parecendo cansado, encarando o homem do outro lado da mesa.

O suspeito não respondeu. Em vez disso, contemplou com desejo o maço de cigarros que o cadete colocou em um saco de papel castanho, junto com um anel de ouro e um molho de chaves presas por um cordão de náilon. A vontade de fumar era a única coisa que se podia ler em seu rosto, e a expressão desapareceu assim que desviou o olhar do saco de papel e encarou o policial encarregado. A distância entre ambos era de quase um metro. O jovem permanecia de pé atrás de um sólido arco metálico que ia até a altura do quadril e cuja forma lembrava uma ferradura, com os dois extremos fixos no piso de concreto, a meio metro de distância do altíssimo balcão de madeira. Este, por sua vez, era consideravelmente amplo e revelava apenas a franja grisalha e desgrenhada do policial.

– Dados pessoais, por favor. Nome. Data de nascimento.

O desconhecido esboçou um sorriso, embora não fosse nem um pouco desdenhoso. Mostrava, em vez disso, sinais de leve simpatia pelo policial exausto, como se quisesse deixar claro que não era nada pessoal. Não tinha a menor intenção de abrir a boca, então por que não encarcerá-lo de uma vez e acabar com aquilo? O sorriso dele era quase afável, e o homem sorria, sem se alterar e no mais absoluto silêncio. O policial não entendeu a mensagem, claro.

– Coloque esse cara em uma cela. A quatro está livre. Não vou aturar a atitude desse sujeitinho.

O homem não protestou e caminhou docilmente até a cela nº 4.

No corredor, havia um par de sapatos colocados diante de cada cela. Sapatos velhos de todos os tamanhos, como placas de identificação que contavam quem vivia ali dentro. O suspeito logo entendeu que aquela regra também valia para ele e se desfez de seus tênis, arrumando-os com cuidado diante da porta, sem que ninguém lhe pedisse.

A cela lúgubre e deprimente media 3 metros por 2. As paredes e o chão eram amarelo pálido, e a falta de pichações chamava a atenção. A única e levíssima vantagem que ele pôde constatar imediatamente naquele lugar, que nem de longe se parecia com um hotel, era que seus anfitriões não economizavam em eletricidade. A luz era incrivelmente intensa, e a temperatura na cela chegava aos 25 graus.

Ao lado da porta, havia uma espécie de latrina. A estrutura não poderia ser chamada de privada. Tinha paredes baixas e um buraco no centro. Só de vê-la, o estômago dele se encolheu em uma contração terrível.

A falta de marcas feitas por inquilinos anteriores nas paredes não impedia que o lugar exibisse sinais de ter sido visitado com frequência. Embora ele mesmo não tomasse banho havia algum tempo, sentiu convulsões na região do diafragma quando o fedor o alcançou. A mistura de urina e excrementos, suor e ansiedade, medo e maldição, havia impregnado as paredes; e ficava evidente que seria impossível eliminá-la. Excetuando-se a latrina, que recebera diversas evacuações e cuja limpeza era totalmente impossível, o restante da cela, de fato, estava limpo. Era provável que a lavassem diariamente com uma mangueira.

Escutou o ferrolho da porta atrás de si. Através das barras, seu vizinho de cela continuou com o interrogatório no ponto em que o policial encarregado havia desistido.

– Oi, sou Robert! Como você se chama? Por que esses imbecis prenderam você?

Robert também não teve sorte com as perguntas. Acabou desistindo, tão irritado quanto o policial encarregado.

– Seu cretino – murmurou depois de alguns minutos, em tom alto o suficiente para garantir que a mensagem chegasse ao destinatário.

Havia uma espécie de plataforma no fundo do cômodo. Com considerável dose de boa vontade, aquilo poderia, talvez, ser descrito como um catre. Não havia nem colchão nem cobertor à vista. Não que isso importasse muito. Ele estava suando com o calor.

O sem-nome fez um travesseiro com a jaqueta de couro, deitou-se sobre o lado ensanguentado de seu corpo e dormiu.

* * *

Quando o assistente da promotoria Håkon Sand chegou ao trabalho, às 10h05 da manhã de domingo, o preso desconhecido continuava dormindo. Sand não sabia nada sobre o caso. Estava de ressaca, algo que deveria ter evitado. O arrependimento fazia com que a camisa do uniforme aderisse ainda mais ao corpo dele. Ao passar pelo posto de controle de segurança a caminho do escritório, começou a afrouxar o colarinho da camisa. Aqueles uniformes eram um inferno. No início, o pessoal da área legal ficou entusiasmado por ter que usá-los. Todos ensaiavam suas falas em casa, de pé em frente ao espelho, adorando suas próprias imagens, enquanto acariciavam as insígnias de patente que cobriam as ombreiras: um distintivo, uma coroa e uma estrela para os assistentes da promotoria. Uma estrela que podia converter-se em duas ou três, dependendo de quanto o sujeito aguentasse para chegar a superintendente ou chefe dos promotores. Sorriam para seus reflexos, endireitavam as costas inconscientemente, percebiam que tinham que cortar os cabelos e sentiam-se limpos e arrumados. No entanto, depois de poucas horas de trabalho, constatavam que o tecido sintético deixava-os com mau cheiro e que o colarinho das camisas era duro demais e provocava feridas e marcas vermelhas em torno do pescoço.

A burocracia que envolvia os plantões dos assistentes da promotoria era uma loucura. Ainda assim, ninguém recusava um turno. Era um trabalho em geral bastante chato e, consequentemente, insuportavelmente cansativo. Era proibido dormir; algo que a maioria infringia cobrindo o uniforme com uma manta de lã suja e malcheirosa. Mas os plantões eram muito bem pagos. A cada oficial qualificado com um ano de experiência era atribuído um plantão por mês, o que lhes rendia 50 mil coroas extras por ano no envelope do pagamento. Valia a pena. O grande inconveniente era que o plantão começava logo após a jornada de trabalho, às 15h, e quando terminava, às 8h da manhã seguinte, era preciso emendar com outro dia de trabalho. Durante os fins de semana, os plantões se dividiam em turnos de vinte e quatro horas, o que os tornava ainda mais lucrativos.

A mulher que Sand iria substituir no plantão estava impaciente. Apesar das regras sobre os horários das trocas de turno, havia um acordo tácito que permitia ao turno dominical chegar uma hora mais tarde. Isso deixava a pessoa a ser substituída invariavelmente de mau humor e ansiosa pela chegada de seu substituto. E impaciente era uma ótima descrição para a mulher loura que entregaria o plantão a Sand.

– Tudo de que você precisa saber está no livro de registro – disse ela. – Em cima da mesa há uma cópia do relatório sobre o assassinato de sexta à noite. Há muita coisa para fazer. Já redigi catorze sanções e duas resoluções da cláusula 11.

Podia apostar que ela não tinha feito isso tudo. Por mais que se esforçasse, Håkon Sand era incapaz de entender como poderia ser mais competente na hora de resolver questões de custódia do que o pessoal da proteção de menores. Ainda assim, a promotoria sempre tinha que intervir quando casos envolvendo menores se mostravam burocraticamente complicados e precisavam de maior atenção do sistema. O fato de haver dois casos em um sábado significava, estatisticamente, que não haveria nenhum no domingo. Bem, um homem sempre pode ter esperança.

– As celas estão lotadas, você deveria dar uma passada lá assim que puder – recomendou a loura.

Sand pegou as chaves e, meio desajeitado, prendeu-as ao cinto. O material para o trabalho daquele turno foi checado e conferido. O número de formulários de solicitação de passaporte também estava correto. O livro de registros estava em dia.

Formalidades concluídas, decidiu o valor das multas dos sujeitos detidos, agora que a manhã dominical já havia repousado sua mão pegajosa, ainda que, sem dúvida, tranquilizadora, sobre os presos por embriaguez. Antes de sair, folheou os documentos sobre a mesa. Tinha ouvido a respeito do assassinato no rádio. Um cadáver em avançado estado de decomposição fora encontrado perto do rio Aker. A polícia não tinha pistas. "Conversa fiada", pensou. "A polícia sempre tem pistas, o que acontece é que, com muita frequência, são péssimas".

Claro que a pasta com as fotografias do lugar do ocorrido, tiradas pela polícia científica, ainda não estava incluída. Não obstante, na pasta verde, havia uma ou outra foto instantânea revelando a cena grotesca. Håkon jamais se acostumara a ver fotos de pessoas mortas. Em seus cinco anos de polícia, os últimos três no A.2.11, a Divisão de Homicídios, vira mais do que o suficiente. A polícia era informada de todas as mortes suspeitas, as quais cadastrava no sistema sob o código "susp". O conceito de "mortes suspeitas" era muito amplo. Ele já tinha visto pessoas carbonizadas, afogadas, envenenadas por inalação de gases, apunhaladas, abatidas por armas de caça e estranguladas. Até os trágicos casos de idosos encontrados mortos eram cadastrados assim, ainda que só fossem mesmo vítimas de negligência. Isso porque ninguém se lembrava deles por meses até que o vizinho de baixo começasse a notar um cheiro desagradável na sala de jantar, prestasse atenção ao teto e, identificando uma marca de umidade e indignado pelo dano em seu patrimônio, tomasse a iniciativa de ligar para a polícia. Mesmo essas pobres pessoas eram classificadas como "susp" e recebiam a duvidosa honra de ter o último álbum de fotos realizado após sua morte. Håkon tinha visto cadáveres verdes, azuis, vermelhos, amarelos e de muitas cores ao mesmo tempo, e também corpos cor-de-rosa, intoxicados por monóxido de carbono, cuja alma não havia conseguido aguentar esse vale de lágrimas.

No entanto, aquelas fotos eram muito mais fortes do que o que vira até então. Arremessou-as sobre a mesa para tirá-las do campo de visão. Como que para esquecê-las imediatamente, agarrou com força o relatório do caso e levou-o à desconfortável poltrona antiestresse, uma imitação barata em couro sintético do carro-chefe de uma marca cara de poltronas. Aquele exemplar era arredondado demais nas costas e não oferecia apoio no local onde a região lombar mais precisava.

Os fatos objetivos eram introduzidos de uma forma que não poderia ser menos clara e útil. Håkon franziu a testa, irritado. Dizia-se que os critérios para admissão para a Academia de Polícia estavam cada vez mais exigentes. Era evidente que a habilidade de expressão por escrito não fazia parte do teste.

Deteve-se no final do documento: "Karen Borg esteve presente na cena do crime. A testemunha encontrou o falecido enquanto passeava com seu cão. O corpo tinha restos de vômito. A testemunha Borg disse que eram dela".

O endereço de Borg e suas informações profissionais confirmavam que era Karen. Passou os dedos pelos cabelos e se deu conta de que deveria tê-lo lavado de manhã. Decidiu que ligaria para Karen durante a semana. Pelo que pôde notar das fotos, o cadáver deveria estar em péssimo estado. Ele tinha mesmo que ligar para ela.

Sand recolocou os papéis sobre a mesa e fechou a pasta. Observou por um instante os nomes que apareciam na parte superior esquerda: Sand / Kaldbakken / Wilhelmsen. O caso era seu. Ele seria o promotor. Kaldbakken seria o inspetor de polícia responsável, e Hanne Wilhelmsen, a investigadora principal.

Era hora de cuidar da papelada.

A caixinha de madeira continha uma grande pilha de minutas de detenções perfeitamente enumeradas. Folheou as páginas com rapidez. A maioria eram casos de embriaguez. Depois, havia um estuprador, outro sujeito que fora declarado doente mental – e que naquela tarde mesmo seria transferido para o hospital Ullevål – e um criminoso com prisão preventiva decretada. Os três últimos podiam esperar. Iria ocupar-se dos bêbados um a um. A verdade é que não entendia muito bem a razão de tais sanções. A maioria das multas terminava na lata de lixo mais próxima, e a minoria que pagava fazia isso por meio da Secretaria de Assistência Social. Certamente esse carrossel de dinheiro público contribuía para a manutenção de muitos empregos, mas não parecia ser algo razoável.

Restava uma minuta. Não tinha nome.

– E isto aqui?

Ele se virou para o policial encarregado, um cinquentão com excesso de peso que nunca mais obteria distintivos além dos três que luziam em suas ombreiras e os quais ninguém poderia contestar. Eles lhe haviam sido conferidos por tempo de serviço, não por mérito. Fazia muito, Håkon Sand constatara que o sujeito era um cretino.

– Um imbecil. Estava aqui quando comecei meu turno. Babaca. Negou-se a dar seus dados pessoais.

– O que ele fez?

– Nada. Estava atrapalhando o trânsito em algum lugar. Coberto de sangue. Você pode multá-lo por ele ter se recusado a prestar informações para a polícia. E por desordem pública. E por ser um imbecil.

Depois de cinco anos na corporação, Håkon aprendera a contar até dez antes de falar. Mas, naquele momento, contou até 20. Não desejava um confronto só porque um estúpido vestindo um uniforme não entendera que privar alguém de sua liberdade implicava certa responsabilidade.

Cela nº 4. Levou um policial de apoio. O homem sem nome estava acordado. Encarou-os fixamente com o semblante abatido; era óbvio que duvidava de suas intenções. Deprimido e entorpecido, ergueu-se no catre e disse suas primeiras palavras desde que fora preso.

– Posso beber alguma coisa?

Ele falava em norueguês, mas, ao mesmo tempo... era como se não falasse. Håkon Sand não saberia dizer por que sua gramática era perfeita. Havia algo, porém, que não soava bem em sua pronúncia. Seria um sueco tentando falar norueguês?

Deram algo para ele beber, claro. Håkon Sand comprou um refrigerante com o próprio dinheiro. O suspeito pôde até mesmo tomar um banho. Deram-lhe camiseta e calças limpas. Tudo vindo do armário de Håkon Sand em seu escritório. Os policiais de plantão não paravam de resmungar ante a visão de cada item do que chamavam de "tratamento especial". Mas Håkon Sand ordenou que a roupa ensanguentada fosse guardada em um saco plástico, e, enquanto fechava as pesadas portas metálicas atrás de si, explicou:

– Essas coisas são evidências!

O rapaz era certamente taciturno. Embora a enorme sede provocada por todas aquelas horas em uma cela quente demais tivesse soltado a língua dele, estava claro que sua necessidade de se comunicar tinha sido temporária. Assim que matou a sede, voltou ao seu mutismo.

Estava sentado em uma cadeira muito desconfortável. Naquele escritório de 8 metros quadrados, que também abrigava um arquivo duplo pesadão, do tipo encontrado em repartições públicas, três fileiras de horrendas estantes metálicas, cheias de fichários de argolas ordenados por cores, e uma escrivaninha, cabiam apenas duas cadeiras. O tampo da mesa estava preso à parede por braçadeiras de metal, o que fazia com que apresentasse uma inclinação significativa. Estava assim desde que o médico da Central decidira submeter os funcionários à terapia ergonômica. Parece que mesas inclinadas faziam bem para as costas, embora ninguém soubesse explicar como. A maioria constatara que os problemas de coluna pioravam porque as pessoas passavam o dia vasculhando pelo chão para recuperar as coisas, que rodavam e caíam do tampo inclinado. Com uma cadeira a mais, era impossível se mexer por ali sem precisar deslocar os móveis.

O escritório pertencia a Wilhelmsen. Ela era muito bonita e acabara de ser promovida à inspetora. Após ter se formado na Academia de Polícia como a melhor de sua turma, passara dez anos no Departamento de Polícia de Oslo e se destacara como a policial perfeita para uma campanha publicitária. Todos falavam bem de Hanne Wilhelmsen, uma façanha em um local de trabalho onde 10% da jornada de trabalho eram dedicadas à fofoca sobre os colegas. Ela era diferente aos superiores sem que fosse tachada de bajuladora, ao mesmo tempo em que tinha a qualidade de defender as próprias opiniões. Era leal com o sistema, mas também contribuía com propostas de melhora que quase sempre eram suficientemente boas para que acabassem sendo implantadas. Hanne Wilhelmsen possuía essa intuição que apenas um em cada dez policiais tem, aquela sensibilidade quase extrassensorial que diz ao profissional quando deve enganar e amaciar um suspeito, e quando deve ameaçá-lo e dar um soco na mesa.

Era respeitada e admirada, e merecia isso. Ainda assim, ninguém no grande prédio cinzento a conhecia de verdade. Claro que ela sempre comparecia ao jantar anual de Natal do Departamento, à festa de verão e a um ou outro aniversário. Nas festas dançava que era uma maravilha. Conversava sobre questões referentes ao trabalho, semeava belos sorrisos ao seu redor e voltava para casa dez minutos depois que o primeiro convidado ia embora, nem cedo nem tarde demais. Nunca bebia até ficar bêbada e, consequentemente, nunca se excedia falando mais do que deveria. Mas fora esses breves encontros, ninguém conseguia conhecê-la intimamente.

Hanne Wilhelmsen sentia-se bem consigo mesma e com o mundo, mas cavara um fosso profundo entre a vida profissional e a vida privada. Não tinha um único amigo no Departamento de Polícia. Wilhelmsen amava outra mulher, um defeito naquela perfeição. E estava convencida de que, se isso se tornasse público, estragaria tudo o que levara tantos anos para construir. Um movimento de seus longos cabelos castanhos bastava para encurtar quaisquer perguntas sobre o anel em seu dedo anular, a única joia que usava e que fora um presente de sua companheira ao decidirem morar juntas aos 19 anos. Corriam rumores, os rumores sempre correm. Mas ela era tão bonita e tão feminina... E aquela médica conhecida de um conhecido de alguém, e que outros haviam visto com Hanne em várias ocasiões, também era muito bonita. Elas eram tão femininas... Não podia ser verdade. Além disso, nas poucas vezes em que tinha que usar o uniforme da polícia, Hanne usava saia, coisa que quase ninguém fazia, já que as calças eram muito mais práticas. Sem dúvida, os rumores eram mal-intencionados.

Assim, ela vivia sua vida com a certeza de que o que não está confirmado nunca é totalmente verdadeiro, Mas, com essa situação, realizar um trabalho de qualidade sempre se tornava mais importante para ela do que para qualquer outro funcionário do prédio cinzento. A perfeição a protegia como um escudo. Era assim mesmo que ela queria que as coisas fossem, e, já que não tinha a menor intenção de passar por cima de ninguém para alcançar o topo, nem nenhum outro desejo além de fazer um bom trabalho, a inveja e o ciúme alheios não a ameaçavam.

Sorriu para Håkon, que se sentara na cadeira à frente dela.

– Você não acredita que eu saiba as perguntas certas?

– Ei, relaxe. Esse é o seu jogo, eu sei. Mas tenho a sensação de que estamos lidando com algo grande aqui. Como disse, se você não se importar, gostaria de estar presente. – Em seguida, acrescentou: – Isso não fere o regulamento.

Håkon Sand conhecia a necessidade de Hanne de seguir o regulamento até onde fosse humanamente possível, e a respeitava. Não era habitual que alguém da promotoria estivesse presente durante os interrogatórios, ainda que isso realmente não contrariasse as normas. Já o fizera em outras ocasiões, sobretudo para aprender como se interrogava um suspeito, e algumas vezes porque estava especialmente envolvido no caso. Em geral, os detetives não costumavam se opor. Pelo contrário, desde que ele não se fizesse notar e não se intrometesse no interrogatório, a maioria dos policiais achava até divertido.

Como se tivessem recebido um sinal, ambos se viraram na direção do suspeito. Hanne Wilhelmsen repousou o cotovelo direito sobre a mesa e deixou que as unhas compridas e pintadas de um tom claro brincassem com o teclado de uma antiquíssima máquina de escrever elétrica. Era uma IBM, moderna quinze anos atrás. Agora estava com a letra "e" totalmente gasta. Quando se pressionava essa tecla, o que se via era uma mancha da fita colorida. Mas não havia problema, já que se sabia como o borrão deveria ser lido.

– Acho que este dia será muito longo se você se empenhar em ficar assim, sem dizer nada – a voz era suave, quase condescendente. – Sou paga para fazer isso, e o promotor Sand também é. Você, por outro lado, vai ficar aí. Cedo ou tarde, talvez o deixemos ir. Quem sabe você possa nos ajudar e fazer com que isso aconteça o mais cedo possível.

Pela primeira vez, o rapaz mostrou sinais de estar desconcertado.

– Eu me chamo Han van der Kerch – disse ele, depois de alguns minutos de silêncio. – Sou holandês, mas moro legalmente na Noruega. Sou estudante.

Håkon Sand obteve a explicação para a fala com gramática perfeita que, ainda assim, não soava inteiramente norueguesa. Lembrou-se de seu herói de juventude, o patinador Ard Schenk, e de como, com 13 anos, compreendeu que aquele homem falava um norueguês incrivelmente bom para um estrangeiro. E se lembrou de quando era criança e estudava História da Literatura; lembrou-se de *O holandês Jonas*, de Gabriel Scott, um livro que o encantara e que o tornou no futuro um entusiasta do time de camisas cor de laranja nos campeonatos internacionais de futebol.

– É só isso o que vou dizer.

Fez-se silêncio. Håkon esperou pela próxima jogada de Wilhelmsen, qualquer que fosse ela.

– Enfim, está bem. A escolha é sua, e você está no seu direito. Mas, já que quer assim, vamos ficar aqui bastante tempo. – Hanne colocara uma folha na máquina de escrever, como se já naquele momento soubesse que teria algo para escrever. – Bem, então você vai ouvir a nossa teoria.

Os pés da cadeira rasparam no piso de linóleo quando ela a empurrou para trás. Ofereceu um cigarro ao holandês e acendeu outro para si mesma. O jovem pareceu agradecido. Håkon Sand estava menos satisfeito e, afastando sua cadeira, entreabriu a porta para permitir que uma corrente de ar se formasse. A janela já estava entreaberta.

– Encontramos um cadáver sexta-feira – disse Hanne em voz baixa. – E a coisa não foi nada bonita, os ferimentos eram... Bem, nosso morto obviamente não queria morrer. Pelo menos não de uma forma tão horrenda. Deve ter havido uma enorme quantidade de sangue derramado. E você estava todo ensanguentado quando o encontramos, encharcado, dos pés à cabeça. Talvez sejamos um pouco lerdos aqui no Departamento, no entanto, ainda estamos em condições de somar dois mais dois. Em geral, o resultado é quatro. E acreditamos ter conseguido um quatro desta vez.

Ela se esticou para pegar o cinzeiro que estava sobre a estante às suas costas. Era uma lembrança bastante fajuta do sul da Europa, fabricada em vidro marrom. No canto, o cinzeiro tinha uma figura desenhada nele, um fauno de sorriso malvado com um enorme falo ereto, o que certamente não fazia o estilo de Hanne Wilhelmsen, considerou Sand.

– Bem, direi de um modo claro e conciso, meu rapaz, e vou gostar de fazer isso – sua voz soava agora mais incisiva. – Amanhã teremos o resultado da análise preliminar das amostras de sangue em sua roupa. Se o sangue pertence ao nosso amigo desfigurado, teremos provas de sobra para mantê-lo sob custódia. Poderemos ir buscá-lo em sua cela várias vezes, sem aviso prévio, e interrogá-lo pelo tempo que quisermos. Pode até ser que se passe uma semana sem que você tenha notícias nossas, mas, de repente, estaremos lá outra vez, talvez depois que você dormir, e continuaremos o interrogatório por algumas horas. E se você ainda se negar a falar, vamos devolvê-lo à sua cela e começar tudo de novo alguma outra hora. Para nós também é bastante desgastante, é claro, mas pelo menos podemos nos revezar. Será bem pior para você.

Håkon começou a duvidar de que Hanne Wilhelmsen merecesse realmente sua fama de defensora fiel do regulamento. Sem dúvida, seus métodos interrogatórios não constavam do manual da polícia, e mais duvidosa ainda era a legitimidade de usar tais métodos como ameaça.

– Você tem direito a um advogado de defesa pago pelo Estado – lembrou-lhe Sand, como que para nivelar eventuais irregularidades cometidas pela inspetora.

– Nada de advogados! – gritou o jovem, dando uma última tragada no cigarro antes de amassá-lo com força no cinzeiro. – Não quero advogado. Eu me arranjo melhor sem eles – dirigiu um olhar questionador, quase suplicante, em direção ao maço sobre a mesa. Hanne assentiu com a cabeça e deu-lhe um cigarro e uma caixa de fósforos. – Então vocês pensam que fui eu. Bem, talvez estejam certos.

E foi isso. O homem já saciara suas necessidades básicas, isto é, um banho, um café da manhã, algo para beber e um par de cigarros, e seu comportamento dava a entender que já dissera tudo o que tinha para dizer. Reclinou-se na cadeira, deslizou o traseiro para a frente e se inclinou para trás com o olhar perdido.

– Enfim, vamos em frente – a inspetora Wilhelmsen parecia ter a situação sob controle. – Acho que devo continuar – disse ela, passando a folhear a finíssima pasta colocada ao lado da máquina de escrever. – Encontramos o corpo em um estado lamentável, sem rosto, totalmente desfigurado e sem documentação. Mas nossos meninos da patrulha, perfeitos conhecedores da cena de entorpecentes desta cidade, obtiveram indícios suficientes apenas com a análise da roupa, do corpo e dos cabelos. Sugerem que se trata de um ajuste de contas, e não creio que seja uma suposição disparatada. – Wilhelmsen cruzou os dedos e colocou as mãos atrás da cabeça, antes de massagear a nuca com os polegares enquanto cravava o olhar no holandês. – Acho que você matou esse infeliz. Amanhã teremos certeza, quando chegarem os resultados do médico forense. Mas os exames não podem me contar a razão do crime, por isso preciso de sua ajuda com isso – a investida surtiu pouco efeito; o homem não contraiu nem sequer um músculo do rosto, limitando-se a manter um sorriso distante, cheio de menosprezo, como se quisesse reforçar que ainda era dono da situação, embora de fato não o fosse. – Serei sincera com você, acho que seria bom se me ajudasse –

prosseguiu a inspetora. – Talvez você tenha cometido o assassinato por conta própria. Talvez tenha sido uma morte por encomenda. Pode até ser que o tenham obrigado a matar o sujeito, o que significa que nos encontramos diante de uma série de circunstâncias que podem ser de vital importância para o seu futuro.

Ela parou de falar, acendeu outro cigarro e olhou nos olhos do preso, que continuava sem dar sinais de querer dizer o que quer que fosse. Wilhelmsen suspirou profundamente e desligou a máquina de escrever.

– Decidir a sua sentença não é minha responsabilidade, se é que você é culpado. Mas, quando eu tiver que testemunhar no tribunal, seria muito importante que eu pudesse dizer algo bom e positivo sobre a sua disposição em cooperar conosco.

Håkon voltou a experimentar a mesma sensação de quando era pequeno e deixavam-no ver uma série policial na televisão. Nunca se atrevia a ir ao banheiro, para não perder nada de emocionante.

– Onde vocês o encontraram?

A pergunta do holandês pegou Håkon completamente de surpresa e pôde reparar pela primeira vez uma leve insegurança no rosto da companheira.

– No local onde você o matou – respondeu ela de modo exageradamente lento.

– Responda à minha pergunta. Onde vocês encontraram o cara?

A investigadora e o promotor vacilaram.

– À altura da cabeceira da ponte Hundremann, do outro lado do rio Aker. Mas isso você já sabe – respondeu Hanne, enquanto mantinha os olhos cravados nele para não perder nem a menor mudança de expressão no rosto do suspeito.

– Quem encontrou o corpo? Quem fez a denúncia à polícia?

A hesitação de Wilhelmsen converteu-se em um vazio que Sand teve que preencher.

– Alguém que estava dando uma caminhada, uma advogada, por sinal amiga minha. Tenha certeza de que foi uma experiência horrorosa.

Wilhelmsen estava furiosa, mas Sand só se deu conta do que fizera tarde demais. Quando começou a falar, não percebeu que ela o estava advertindo e fazendo um gesto discreto para que parasse de falar. Håkon sentiu o rosto arder e ficou desconcertado com o olhar de reprovação que a inspetora lhe dirigiu.

Van der Kerch se levantou.

– Acho que quero um advogado, afinal – declarou. – Quero essa mulher. Se vocês conseguirem que ela venha, pensarei se falo ou não. Prefiro passar dez anos isolado na prisão de Ullersmo a ter um advogado de defesa que não seja ela.

Dirigiu-se por iniciativa própria até a porta, desviando das pernas de Sand, e esperou educadamente que o acompanhassem de volta a sua cela. Wilhelmsen seguiu-o sem fitar seu colega. O promotor ainda estava ruborizado.

* * *

Beberam o café que não estava muito bom, apesar de ser fresco. Sand explicou que era descafeinado. Em um horroroso cinzeiro cor de laranja, havia seis bitucas.

– A inspetora Wilhelmsen ficou louca da vida comigo depois que Van der Kerch voltou para a cela dele. E está coberta de razão, claro. Acredito que vai passar algum tempo até que me permitam acompanhar um interrogatório de novo. Mas o sujeito é teimoso, disse que só aceitava você, mais ninguém – o assistente da promotoria não parecia menos cansado agora do que quando Karen Borg chegou. Massageou as têmporas e passou as mãos pelos cabelos. – Pedi a Hanne que colocasse todo tipo de reservas e objeções, mas ela disse que ele é irredutível. Estraguei tudo, e a coisa toda ficaria um pouco melhor se você pudesse me fazer o enorme favor de falar com o holandês.

Karen Borg suspirou. Durante seis anos de sua vida praticamente não fizera outra coisa a não ser prestar favores a Håkon Sand. Sabia que desta vez também não seria capaz de negar e resolveu fazê-lo.

– Bem, só estou concordando em conversar com ele. Não vou prometer nada – disse Karen, de forma rude, levantando-se em seguida.

Os dois saíram da sala, ela na frente, e ele atrás. Como nos velhos tempos.

* * *

O jovem holandês insistira em falar com Karen Borg, com a vaga insinuação de que poderia se abrir com ela. Mas agora ele parecia ter se esquecido daquilo. O holandês parecia estar profundamente mal-humorado.

Karen se acomodara na cadeira de Håkon Sand, que saíra discretamente. A sala de entrevistas que ficava junto às celas tinha um aspecto miserável, e Sand, temeroso de que o aspecto sombrio do lugar fizesse com que Karen voltasse atrás na decisão de ouvir o que o jovem holandês tinha a dizer, colocara sua sala à disposição.

O rapaz tinha uma aparência agradável, mas não impressionante. Tinha corpo atlético, e os cabelos pareciam ter recebido um corte bem caro havia três ou quatro semanas. As mãos dele eram delicadas, quase femininas. Um pianista, talvez?

"As mãos de um amante", pensou Karen, que, naquele momento, não tinha a menor ideia de como enfrentar a situação.

Estava acostumada a reuniões diretivas realizadas nas sóbrias salas de reunião de empresas não menos sóbrias, ambientes cheios de mobília pesada de carvalho e secretárias sisudas; e também a escritórios amplos decorados com cortinas feitas de tecido que custava 500 coroas o metro. Sabia como lidar com homens bem vestidos, que usavam gravatas elegantes ou espalhafatosas, e com executivas usando pasta de couro e perfumes doces demais. Dominava com perfeição a legislação que regia a criação e a administração de empresas e, fazia apenas três semanas, ganhara 1500 coroas em honorários por ter revisado um extenso contrato para um de seus maiores clientes. O trabalho em questão envolvera pouco mais do que ler um contrato de 500 páginas, certificando-se de que ali constava o compromisso de manter o prometido, e depois escrever um OK na primeira página. Trinta coroas por página. Nada mal.

Como era de se esperar, as palavras do criminoso eram igualmente valiosas.

– Você queria falar comigo – disse Karen. – Não entendo por quê. Talvez essa explicação seja um bom ponto de partida – o preso a mediu, mas continuou em silêncio, balançando-se nos dois pés de trás de sua cadeira, para a frente e para trás, para a frente e para trás. Esse tipo de coisa tirava Karen do sério. – Certamente não sou o tipo de advogada de que você precisa. Conheço vários, poderia dar alguns telefonemas e conseguir um dos melhores em um instante.

– Não! – as pernas dianteiras da cadeira bateram no chão com força. O suspeito se inclinou para a frente e olhou pela primeira vez nos olhos de Karen. – Nada disso. Eu quero você. Não chame mais ninguém.

Subitamente, a advogada se deu conta de que estava a sós com um suposto assassino. O cadáver sem rosto não deixara de aterrorizá-la desde que o descobrira na sexta-feira à noite. Karen fez um esforço para acalmar os nervos. Na Noruega nunca acontecera de um advogado ser morto por seu cliente, muito menos dentro da Central de Polícia. Ao se dar conta disso, ela respirou fundo e tentou se acalmar. Acender um cigarro também ajudou.

– Então, tudo bem. O que quer de mim? – não houve resposta. Nada. O suspeito continuava sem responder. – Esta tarde você estará diante do juiz que vai decidir se poderá ou não ser solto sob fiança. E eu me nego a representá-lo, a não ser que você me conte a história toda – as ameaças dela não convenceram o rapaz, ainda que Karen tivesse percebido uma sombra de preocupação nos olhos dele. Resolveu fazer uma última tentativa. – Além disso, estou com a agenda cheia hoje – disse ela, conferindo seu raríssimo relógio de pulso. O receio que tinha estava se transformando em uma crescente irritação. O holandês a ignorou e voltou a balançar-se na cadeira. – Pare com isso! – as pernas da cadeira bateram no chão pela segunda vez. Karen aceitou isso como uma pequena vitória. – Não estou pedindo que você me diga necessariamente a verdade – a voz dela soou mais tranquila. – Só quero saber o que vai dizer ao juiz. E quero saber agora.

A experiência que Karen Borg tinha com criminosos que não usavam colarinhos brancos e gravatas de seda se limitava ao dia em que gritara com um ladrão que descia a Mark Street montado em sua nova bicicleta de quinze marchas que ela acabara de estrear. Mas ela já vira coisas como aquela na televisão e se lembrou das palavras do advogado de defesa Ben Matlock no seriado a que assistia: *Não quero ouvir a verdade, quero saber o que vai dizer ao juiz.* Por algum motivo, ela não soou tão convincente quanto Matlock. Um pouco vacilante, quem sabe. Mas talvez fosse suficiente para levar o suspeito a se abrir um pouco.

Passaram-se alguns minutos. O suspeito havia parado de se balançar e agora arrastava a cadeira no piso de linóleo. O barulho estava começando a dar nos nervos de Karen.

– Fui eu quem matou o homem que você encontrou.

Karen se sentiu mais aliviada do que surpresa. Ela sabia que tinha sido ele. "Ele está dizendo a verdade", ela pensou, e lhe ofereceu uma pastilha para a garganta. O rapaz parecia preferir fumar com uma pastilha na boca, tal qual ela. Karen iniciara esse ritual muitos anos atrás, convencida de que prevenia o mau hálito. Com o tempo teve que reconhecer que não adiantava nada, mas então já se habituara às pastilhas.

– Fui eu quem matou o sujeito – era como se estivesse tentando convencer alguém. Não era necessário. – Não sei quem ele é. Quem era, quero dizer. Sei o nome dele e como se parece. Parecia. Mas não o conhecia de verdade. Você conhece algum advogado de defesa?

– Sim, claro que conheço – respondeu ela, dando um sorriso de alívio. O rapaz não sorriu de volta. – Bem, depende de como você define conhecer. Não tenho nenhum *amigo* que seja um advogado de defesa, se foi o que você quis dizer, mas será fácil encontrar um bom advogado que faça sua defesa. Fico feliz que você tenha se dado conta do que realmente precisa.

– Não estou pedindo que você me consiga outro advogado. Só estou perguntando se conhece algum. Pessoalmente.

— Não. Bem, alguns de meus colegas de faculdade se especializaram nesse tipo de direito, mas nenhum realmente se destacou nesse ramo. Ainda.

— Você os vê com frequência?

— Não, muito raramente.

Aquilo era a mais pura verdade. E também era bastante doloroso. Karen Borg não tinha muitos amigos. Foram saindo de sua vida um após o outro, ou ela da vida deles. As trilhas foram se apagando, as pontes que os uniam ruíram. E agora trocavam cumprimentos distantes e polidos, pequenas gentilezas durante um drinque rápido em um café com mesinhas na calçada ou na saída de um filme em uma tarde de outono.

— Bom. Então quero que seja você. Que me acusem de homicídio, e eu aceito a prisão preventiva. Mas você tem que conseguir que a polícia concorde com uma coisa: quero ficar aqui, preso na Central. Dê um jeito de me manter fora da maldita prisão.

Aquele era um homem cheio de surpresas.

As lamentáveis condições das celas na Central de Polícia alcançavam as páginas dos jornais com relativa frequência, e havia motivo para isso. As celas da Central eram dependências nas quais os suspeitos deveriam passar no máximo vinte e quatro horas. As celas não eram nem remotamente adequadas para uma permanência mais longa. E, ainda assim, era ali que o rapaz queria ficar por semanas.

— Por quê?

O rapaz se inclinou na direção dela como se fosse confidenciar algo. Chegou tão perto de Karen que ela conseguia sentir seu hálito desagradável. Ele estava havia dias sem tocar em uma escova de dente. Karen recuou.

— Não posso confiar em ninguém. Preciso pensar. Podemos conversar novamente depois que eu tiver refletido sobre algumas coisas. Você vai voltar? — ele falou de forma veemente, parecendo quase desesperado, e, pela primeira vez, ela quase sentiu pena dele.

Discou o número de telefone que Håkon rabiscara em um pedaço de papel.

– Terminamos. Você já pode vir nos buscar.

* * *

Karen Borg não teve que fazer uma apresentação oral no tribunal naquela tarde. Para seu grande alívio. Em apenas uma ocasião estivera presente em uma audiência. Fora durante a faculdade, quando ainda acreditava que iria usar seus conhecimentos de Direito para ajudar a quem realmente precisasse. Na ocasião, acomodara-se em um banco reservado ao público da Sala de Audiências 17, atrás de uma divisória que dava a impressão de ter sido colocada ali para proteger os espectadores da realidade brutal da sala. Os casos eram discutidos em intervalos de meia hora, e só um suspeito em onze conseguira convencer o juiz de que realmente não cometera o crime. Nesse caso em particular, Karen teve dificuldade para distinguir o advogado de defesa do promotor, porque eles mantinham uma atitude de camaradagem recíproca trocando cigarros e sorrisos e contando piadas de advogados, até que o suspeito miserável se sentou no banco dos réus, e, tanto o advogado de defesa quanto o promotor tomaram seus respectivos lugares para começar o embate verbal. A promotoria venceu dez rounds. As coisas aconteciam com grande rapidez, o funcionamento da corte parecia eficaz e implacável. Apesar da simpatia juvenil pelos suspeitos, Karen precisava admitir que não ficava muito perturbada quando o juiz decretava a prisão de um deles. Para Karen Borg, os acusados pareciam perigosos, desalinhados, antipáticos, agressivos e pouco convincentes quando declaravam inocência e despejavam ressentimento contra o tribunal, alguns chorando, e muitos xingando e praguejando. Ainda assim, Karen ficava indignada com a rapidez com a qual o clima amistoso retornava à sala assim que um dos suspeitos era levado pelos policiais de volta à cela. Não apenas os dois oponentes, que um momento atrás haviam negado a respeitabilidade um do outro, em seguida continuavam contando a anedota que ficara pela metade, como também o juiz se inclinava em sua cadeira para ouvir, sorria, balançava a cabeça e fazia algum comentário engraçado até que o pobre coitado seguinte sentava--se no banco dos réus. Até ali, Karen acreditava que os juízes deveriam se dar o respeito e que a amizade devia ser mantida fora dos tribunais. E ainda agora ela mantinha o mesmo idealismo. Por isso ficava feliz ao pensar que nos seus oito anos de prática profissional nunca colocara os pés em um tribunal, sempre conseguindo resolver os dilemas que se apresentavam antes que chegassem tão longe.

A ordem de prisão de Han van der Kerch foi um mero trâmite de despacho. Ele aceitou por escrito a prisão preventiva por oito semanas, durante as quais não poderia receber visitas nem correspondência. Não sem algum espanto, a polícia aceitara sua petição para permanecer nas celas da Central. O homem era um tipo raro.

Desse modo, a presença de Karen Borg não se fizera necessária na audiência, e ela estava de volta a seu escritório. Os quinze advogados coorporativos tinham suas salas com vista para o mar em um prédio moderno em Aker Brygge, o antigo porto de Oslo, onde também trabalhava o mesmo número de secretárias e dez assistentes jurídicos. A butique de artigos de luxo para cavalheiros do andar térreo fora à falência em três ocasiões e acabara sendo substituída pela filial de uma loja de departamentos sueca, que ia muito bem. Um restaurante caro e aconchegante que ficava ali tivera que ceder seu espaço a uma lanchonete. De forma geral, a vizinhança não atendera às expectativas que Karen e seus colegas tinham ao instalarem o escritório ali, mas a venda do prédio naquele momento implicaria perdas catastróficas. E eles ainda estavam no centro, afinal de contas.

Nas portas de vidro da entrada podia-se ler Greverud & Co., em homenagem a Greverud que, aos 82 anos, ainda aparecia no escritório todas as sextas-feiras. Ele havia fundado a firma logo depois do fim da Segunda Guerra Mundial. Firmara sua reputação durante os julgamentos dos colaboracionistas. Em 1963, a firma já contava com cinco advogados, mas o nome Greverud, Risbakk, Helgesen, Farmøy & Nilsen não era fácil de ser cantarolado pela recepcionista toda vez em que ela atendia o telefone. Em meados dos anos 1980, a Greverud & Co.

comprara aquele prédio no lugar que, acreditava-se, se tornaria a Meca do capitalismo em Oslo. E, agora, estava entre as poucas que sobreviveram por ali.

No terceiro ano da faculdade, Karen Borg fez um estágio naquele escritório confiável e sólido. Nada era mais valorizado na Greverud & Co. do que o trabalho duro e a inteligência. Ela foi a quarta mulher na história da empresa a ter essa oportunidade, e a primeira a subir na hierarquia. Quando se formou, um ano mais tarde, ofereceram-lhe trabalho, bons clientes e um salário astronômico. E ela não pôde resistir à tentação.

Na verdade, nunca se arrependera. Karen Borg se deixara levar pela emocionante agitação do mundo dos negócios e se sentia participando de uma versão para o mundo real de Banco Imobiliário durante a década em que o jogo fora mais emocionante. Ela era tão talentosa que, ao final de três anos, um tempo recorde, propuseram-lhe sociedade. Algo impossível de recusar. Sentiu-se valorizada e feliz, e acreditava merecer aquilo. Agora ganhava 1 milhão e meio de coroas por ano, e isso quase a fizera esquecer-se das razões que a levaram a estudar Direito. Em vez de poncho e jeans, Karen Borg passara a usar terninhos elegantes comprados por uma fortuna nas butiques exclusivas da rua Bogstad.

O telefone tocou. Era a secretária. Karen pressionou o botão de viva-voz. O recurso era incômodo para quem telefonava, que podia ouvir o eco da própria voz. Karen achava que isso lhe dava certa vantagem.

– Está na linha um advogado chamado Peter Strup. Digo que você está disponível para atendê-lo, está em reunião ou já foi para casa?

– Peter Strup? O que ele quer comigo?

Foi impossível disfarçar seu espanto. Peter Strup, entre muitas outras coisas, era presidente da Associação de Advogados de Defesa, a extraordinária associação de advogados que se consideravam muito bons, ou muito maus, para participar apenas da Ordem dos Advogados da Noruega, como todos os demais. Alguns anos atrás, fora eleito o solteiro mais cobiçado da Noruega, e a mídia o retratava como um dos maiores formadores de opinião do país, pedindo que falasse sobre praticamente qualquer assunto. Estava com mais de 60 anos, mas aparentava 40, e seu tempo na etapa de esquis da competição Birkebein estava entre os melhores. E, além de tudo isso, comentava-se que era amigo íntimo da família real, ainda que ele nunca tivesse confirmado isso na presença da imprensa.

Karen nunca havia encontrado ou falado com Peter Strup, mas obviamente lera muitas coisas sobre ele.

– Passe a ligação – disse, depois de vacilar um instante, e segurou o telefone em um gesto de respeito inconsciente. – Olá, aqui fala Karen Borg – disse com a voz neutra.

– Boa tarde, aqui é Peter Strup. Não tomarei muito seu tempo. Tive conhecimento de que você foi nomeada advogada de defesa de um holandês acusado do assassinato à margem do rio Aker na sexta-feira à tarde. Está correto?

– Sim, até certo ponto é verdade.

– Até certo ponto?

– Bom, quero dizer que é verdade que sou a advogada dele, mas na realidade ainda não tive a oportunidade de conhecer bem meu cliente.

Karen folheou distraída os papéis da pasta que tinha à sua frente, a cópia dos documentos do processo disponíveis até então. Ela ouviu o riso de Strup do outro lado da linha. Um riso encantador.

– Desde quando você ganha pouco menos de 500 coroas a hora? Não sabia que o salário de um advogado de defesa do Estado cobria os custos do aluguel em Aker Brygge! As coisas vão tão mal que você decidiu nos caçar no território alheio?

Karen não ficou ofendida com o comentário. Seus honorários referentes ao trabalho por hora passavam das 2 mil coroas, dependendo de quem era o cliente. Ela riu também.

– Estamos nos saindo bem, sr. Strup. Foi o acaso que me levou a ser designada para defender essa acusação de assassinato.

– Sim, bem, foi o que imaginei. Ando bastante ocupado, mas um de seus amigos recorreu a mim para pedir que ajude o rapaz. É um de meus clientes mais antigos, esse amigo dele, e como você sabe, nós, os advogados de defesa, temos que cuidar de nossos clientes – ele riu mais uma vez. – Em outras palavras: eu não me incomodaria em assumir esse caso e suponho que você não está muito interessada em ficar com ele.

Karen não sabia o que dizer. A tentação de deixar todo o caso nas mãos do melhor advogado de defesa do país era grande. Não restava dúvida de que Peter Strup se sairia muito melhor do que ela.

– Obrigada, você é muito amável, mas ele insistiu em que fosse eu, e, até certo ponto, prometi a ele que continuaria no caso. É óbvio que vou transmitir sua oferta, e, caso aceite, meu cliente telefonará para o senhor.

– Está bem. Enfim, então temos que ficar nisso. Mas suponho que entende que preciso de retorno o mais rápido possível. Tenho que me colocar a par do caso, como sabe. Confio em você.

Karen estava um pouco confusa. Ainda que soubesse que entre os advogados criminais era comum o roubo de clientes – ou a "mudança estratégica de conselheiros legais" como era chamada a prática –, era surpreendente que Strup tivesse que recorrer a esse tipo de coisa. Fazia pouco tempo, vira o nome dele no jornal. Ele era citado junto com outros três advogados em uma reportagem sobre como o julgamento de casos criminais estava sendo adiado por meses a fio por causa do tamanho das listas de espera dos advogados mais famosos. Por outro lado, gostava da ideia de vê-lo nesse caso, ainda mais quando o pedido vinha de um amigo de Van der Kerch. Karen percebia como era sedutora essa atitude de cuidado e atenção, embora preferisse manter seus clientes a distância.

Karen fechou a pasta que tinha diante dela. Eram 4 horas da tarde, e ela deu o dia por encerrado. Na saída, passando pela recepção, constatou, na lista de saída, que era a primeira advogada a ir embora. Ainda não conseguira se livrar da pontada de culpa que a atingia quando menos de dez advogados haviam saído antes dela. Mas, naquela tarde, Karen resolveu não pensar nisso. Depois de uma corridinha debaixo da chuva, pegou um bonde lotado em direção a sua casa.

– Aceitei um caso na área penal – murmurou entre os pedaços de peixe que, não importava como tivesse sido preparado, só poderia ser chamado de congelado.

Karen Borg era de Bergen, e em Oslo não comia peixe fresco. Para ser chamado de fresco, o peixe não poderia estar há mais de dez horas morto. O peixe que demorava quarenta e oito horas para chegar à capital ficava sempre com a consistência de goma de mascar, por isso, Karen preferia comprá-lo congelado e pasteurizado no supermercado.

– A verdade é que seria mais correto dizer que me empurraram para esse caso – acrescentou ela, depois que terminou de mastigar.

Nils sorriu.

– E você acha que dá conta de um caso nessa área? Você vive se queixando de ter se esquecido de tudo o que aprendeu, exceto do que vem fazendo nos últimos oito anos – disse ele, limpando a boca com os pulsos, e com um mau hábito irritante que Karen vinha tentando exterminar durante os seis anos em que viviam juntos; algumas vezes chamando a atenção dele, outras colocando enormes guardanapos junto ao seu prato. Nils não tocara no guardanapo e repetiu o gesto nojento.

– Bem, depende, acho que sim... – murmurou ela, surpreendendo-se ao se sentir ofendida, pois pensara exatamente o mesmo. – Claro que posso dar conta, só tenho que estudar um pouco – completou, resistindo à tentação de acrescentar que havia tirado uma nota impressionante na última prova de Direito Penal.

Karen contou toda a história, mas, por alguma razão, omitiu o telefonema de Strup. Não sabia por quê. Talvez fosse porque aquilo a incomodasse. Desde menina, Karen Borg era muito cuidadosa em não discutir coisas que julgava difíceis. Guardava para si mesma o lado complicado da vida. Nem mesmo Nils a conhecia por inteiro. O único que uma vez esteve perto de derrubar suas barreiras foi Håkon Sand. Depois que ele desaparecera de sua vida, ela se tornara campeã mundial em resolver problemas; os dela, em silêncio, e os alheios, profissionalmente.

Quando ela terminou de falar, haviam acabado de comer. Nils começou a tirar a mesa e não parecia muito interessado em seu relato. Karen se sentou em uma poltrona baixa, reclinou o encosto e o observou carregar os pratos e talheres. Depois de um momento, o barulho da cafeteira se uniu ao da lava-louças.

– Bem, parece estar claro que ele está assustado – gritou Nils da cozinha. Em seguida, enfiou a cabeça pela porta e repetiu: – Acho que alguém está deixando seu cliente apavorado.

Ah, ótimo, brilhante. Como se isso não fosse evidente. Aquilo era típico de Nils. A capacidade dele em fazer observações sobre o óbvio a seduzira durante muito tempo. Karen tinha a impressão de que Nils estava sendo irônico. Mas, nos últimos tempos, ela se dera conta de que ele realmente acreditava ver coisas que os outros não conseguiam ver.

– Claro que ele está com medo, mas do quê? – murmurou ela, enquanto Nils entrava na sala trazendo duas xícaras de café. – É evidente que não tem medo da polícia. Queria que o prendessem – continuou, aceitando uma xícara. – Sentou-se no meio de uma rua movimentada esperando que a polícia o apanhasse. Mas por que não queria dizer nada? Por que não admitir logo de cara que havia sido o assassino do homem junto ao rio Aker? Por que ele tem medo de ser transferido para a penitenciária se não tem medo da polícia? E por que diabos ele insiste em que eu seja advogada dele?

Nils deu de ombros e pegou o jornal.

– Você vai acabar descobrindo isso tudo – disse ele, concentrando-se na página dos quadrinhos.

Karen fechou os olhos.

– Vou acabar descobrindo isso – repetiu ela para si mesma e bocejou, enquanto coçava atrás da orelha do cão.

Terça-feira, 29 de setembro

Karen Borg tivera uma noite agitada, o que, até certo ponto, era comum. Sempre tinha sono à noite e adormecia poucos minutos depois de se deitar. O problema era que acordava quando ainda era madrugada, geralmente por volta das 5 horas. Ainda estava cansada e cheia de sono, mas era incapaz de voltar ao mundo dos sonhos. À noite, todos os seus problemas se tornavam enormes, inclusive aqueles que durante o dia não eram mais do que pequenos incômodos, e, às vezes, nem isso. Coisas que seriam facilmente resolvidas à luz do dia, consideradas não mais do que inconvenientes nada ameaçadores e até mesmo desinteressantes, no decorrer da noite transformavam-se em fantasmas que a incomodavam e lançavam suas sombras sobre ela. Com frequência, Karen enfrentava o final da madrugada revirando-se na cama até que, por volta das 6h30, desmaiava de cansaço e conseguia dormir profundamente para, meia hora mais tarde, o despertador arrastá-la para o mundo real.

Naquela madrugada, despertara às 2 horas, banhada em suor. Estava em um avião sem assoalho, e todos os passageiros tinham que se equilibrar em pequenas saliências que despontavam das paredes do avião, sem cintos de segurança. Depois de tentar se manter em pé até se sentir exausta, Karen sentiu subitamente que o avião estava caindo. Acordou no momento em que a aeronave se chocava contra uma montanha. Sonhos com acidentes de avião diziam respeito, supostamente, à falta de controle sobre a própria vida. Mas Karen não achava que aquilo se aplicava a ela.

Era um magnífico dia de outono. A semana anterior fora de chuvas torrenciais, mas a temperatura na noite passada subira para 15 graus e o sol fizera enorme esforço para se lembrar de que, ao fim e ao cabo, o verão não estava tão longe. As árvores da praça Olaf Ryes já estavam da cor amarelo-avermelhada, e a luz era tão deslumbrante que mesmo os comerciantes paquistaneses pareciam um pouco pálidos enquanto expunham os produtos em seus quiosques e barracas na rua. O trânsito em Toftes Gata era pesado, mas o ar estava surpreendentemente fresco e limpo.

Cinco anos antes, quando Karen se tornara a sócia mais nova da Greverud & Co., além de a única mulher, ela e Nils haviam discutido a possibilidade de abandonar o bairro de Grünerløkka. Sem dúvida, uma mudança de bairro era um luxo que eles poderiam se permitir. O bairro não se transformou no que Karen esperava quando comprou seu apartamento em um edifício em ruínas que, pouco depois, foi salvo pela campanha de renovação de Oslo. A salvação, uma vaga tentativa de restauração do imóvel, consistira em uma reforma desagradável por um preço extorsivo e foi responsável por inacreditáveis quinze aumentos de condomínio em três anos. As pessoas sem recursos financeiros suficientes tiveram que se mudar. Os credores não puderam reaver seu dinheiro, o que fez com que a construtora falisse. A coisa toda tinha sido um desastre. Mas Karen vendera o apartamento a tempo, pouco antes da grande queda nos preços dos imóveis em 1987, e saíra do negócio com reservas suficientes para adquirir um novo imóvel: um apartamento no prédio ao lado que miraculosamente se salvara do plano de renovação da cidade porque os próprios inquilinos haviam se encarregado de terminar as reformas que a Câmara Municipal exigia na área.

Karen e Nils haviam planejado seriamente mudar de bairro, mas, alguns anos antes, em uma noite de sábado que se revelou muito interessante, analisaram seus motivos. Fizeram uma lista com os prós e os contras, como se estivessem se preparando para uma prova. Por fim, concluíram que era melhor usar o dinheiro para ampliar seu pequeno apartamento e ainda aproveitaram para reforçar o caixa do condomínio, comprando o restante da planta do andar, que era de quase 200 metros quadrados. Quando tudo ficou pronto, o imóvel tinha se valorizado e se transformado em um apartamento magnífico. Nunca se arrependeram. Depois de quatro ou cinco anos sem usar métodos anticoncepcionais e sem que isso levasse a uma gravidez, surgira entre eles, de forma surpreendentemente tranquila, uma espécie de reconhecimento silencioso de que nunca teriam filhos. Com isso, começaram a esquecer todas as objeções que seus amigos faziam ao centro poluído da cidade de Oslo. O apartamento tinha um terraço com piscina de hidromassagem e uma churrasqueira, sem plantas para cuidar e com o cinema mais próximo a uma caminhada leve de distância. Assim, podiam ir até o cinema sem se cansarem. Eles tinham ainda um carro usado, o qual haviam comprado julgando ser bobagem gastar dinheiro em um veículo que ia ficar estacionado na rua. De modo geral, porém, costumavam andar a pé ou de ônibus.

Karen havia sido criada em Kalfaret, um bairro de classe média em Bergen. A infância foi marcada pelo sofisticado e intrincado sistema de informações dos subúrbios, com agentes que tudo testemunhavam, espiadelas por trás das cortinas, sempre uma nova informação sobre qualquer coisa, até os menores gestos de cada um, de chãos mal lavados a casos extraconjugais. Algumas vezes por ano, ao passar um fim de semana na casa dos pais, era sempre tomada por uma claustrofobia insuportável que não conseguia entender, especialmente porque nunca tivera nada para esconder.

Por isso, para ela, Grünerløkka significava liberdade. Criaram raízes ali e não tinham a menor intenção de se mudar.

Deteve-se em frente à banca de jornal junto ao ponto do ônibus. A manchete em amarelo se destacava diante dela.

"Assassinato brutal vinculado ao mundo das drogas surpreende a polícia."

A manchete do jornal *Dagbladet* chamou sua atenção. Pegou um exemplar, entrou na banca lendo e jogou o dinheiro sobre o balcão, mal notando o vendedor. Quando saiu dali, o ônibus havia acabado de chegar. Pagou sua passagem e se acomodou em um assento dobrável que estava livre. A capa indicava a matéria na página 5. Debaixo de uma foto do cadáver que ela mesma encontrara quatro dias antes, o texto informava que "o brutal assassinato de um homem em torno dos 30 anos, não identificado até agora, está ligado ao tráfico de drogas, segundo a polícia".

Não informavam a fonte. A história narrada pelo jornal era estranhamente parecida com a que Håkon Sand lhe contara.

Karen estava muito irritada. Håkon reforçara que o que conversaram não deveria sair dali. Não que ela precisasse que lhe dissessem aquilo, claro, havia poucas pessoas de quem Karen gostava menos do que os jornalistas. A negligência da polícia a deixava louca da vida.

Pensou em seu cliente. Teria acesso aos jornais na cela? Não, pois aceitara a proibição de receber cartas e visitas, e Karen acreditava que isso valia também para jornais, televisão e rádio. Mas não tinha certeza.

"Isso tudo vai deixá-lo ainda mais assustado", pensou e se envolveu com a leitura do jornal enquanto o bonde moderno sacolejava e rangia pelas ruas da cidade, exatamente como os bondes de décadas atrás.

* * *

Do outro lado da cidade, um homem estava apavorado com a ideia de morrer.

Hans E. Olsen era tão ordinário quanto o próprio nome. O ar inconfundível da ingestão abusiva de álcool durante um número excessivo de anos fizera estragos em seu rosto. A pele pálida e cinzenta era oleosa, com os poros profundos bem visíveis, e nunca parecia totalmente seca. Mas a eterna expressão sombria e taciturna tinha menos a ver com o abuso do álcool do que com sua amargura inata. Naquele momento, ele suava mais do que nunca e parecia ser bem mais velho do que os 42 anos que realmente tinha.

Hans E. Olsen era advogado. No início da faculdade parecia ser uma promessa e por isso tivera alguns amigos. No entanto, a infância em um ambiente excessivamente religioso no sudoeste da Noruega acorrentara fortemente todo o vigor e a alegria de viver que poderia ter. Poucos meses depois de chegar à capital, Olsen já havia perdido a fé que marcara sua infância e infelizmente não encontrara nada para substituí-la. Nunca conseguiu se livrar totalmente da imagem de um deus vingativo e implacável, e o rompimento entre seu eu primitivo e o sonho com um período de estudos repleto de vinho, mulheres e realizações acadêmicas não tardara a levá-lo a buscar consolo nas tentações da cidade grande. Já naqueles tempos, seus companheiros de escola afirmavam que Hans E. Olsen nunca havia usado seu membro para mais do que urinar. Era uma meia verdade. O rapaz aprendera logo que o sexo era algo que se podia comprar. A falta de beleza e a insegurança fizeram com que não tardasse a compreender que as mulheres não se interessariam por ele. Olsen tornara-se frequentador do distrito da luz vermelha na região do centro da cidade, acumulando muito mais experiência do que a que lhe atribuíam os companheiros.

O consumo de álcool aumentou com tal velocidade que, aos 25 anos, podia-se dizer que era um alcoólatra – afirmação que, do ponto de vista estritamente médico, não era correta. Isso impediu-o de se formar com os resultados que sua habilidade original prometia. Formou-se em Direito com notas medíocres e aceitou trabalho no Ministério da Agricultura. Permaneceu ali durante quatro anos, antes de se estabelecer por conta própria após dois anos de estágio em um juizado do norte da Noruega, um tempo do qual agora se recordava com horror e que não considerava mais do que um mal necessário no caminho para obter sua licença e a liberdade pela qual sempre ansiara.

Depois disso, encontrou outros três advogados que tinham um espaço livre no escritório que dividiam e que procuravam mais um sócio. Não demorou a que se dessem conta de que Hans E. Olsen era um homem retraído, difícil e dono de um temperamento imprevisível. Mas eles o aceitaram ali, em boa parte porque, diferentemente dos demais sócios, Olsen estava invariavelmente em dia com o pagamento do aluguel e o restante das despesas comuns, fato atribuído pelos demais advogados do escritório mais às suas ínfimas despesas pessoais do que à sua capacidade em ganhar dinheiro como advogado. Hans Olsen era, para definir em uma palavra, mesquinho. Tinha uma queda pelos ternos cinzentos; possuía três. Dois deles tinham mais de seis anos, e se notava. Nenhum dos colegas jamais o vira vestido de outra forma. Usava o dinheiro somente para uma coisa: álcool.

Para surpresa de todos, durante um breve período ele havia progredido. A impressionante mudança em sua vida manifestou-se pelo fato de que lavava os cabelos com mais frequência, começou a usar uma loção pós-barba de qualidade – o que, por um período, ocultou o odor modorrento e desleixado de seu corpo, que também impregnava o escritório – e uma manhã apareceu com sapatos italianos que, na opinião da secretária, eram muito elegantes. A causa da transformação foi uma mulher que estava disposta a se casar com ele. A cerimônia aconteceu três semanas depois que se conheceram, coisa que, na realidade, significava umas cinquenta cervejas no bar Old Christiania.

A mulher era feia como o pecado original, mas aqueles que a conheciam diziam que era boa, gentil e inteligente. Era muito religiosa, mas isso não colocara nenhum impedimento no curto caminho em direção à separação e ao divórcio.

O fato era que Hans E. Olsen tinha um ponto forte: os criminosos o adoravam. Ele lutava por seus clientes como poucos o fariam. E, por colocar-se de forma tão incisiva ao lado dos clientes, odiava a polícia. Ele odiava a força policial como um todo e nunca tentara esconder isso. Sua fúria incontrolável e incansável irritara incontáveis membros do Departamento de Polícia e da Promotoria no decorrer dos anos em que praticara Direito, e, como consequência disso, seus clientes permaneciam em prisão preventiva durante muito mais tempo do que a média. Olsen odiava a polícia, e a polícia o odiava em retribuição. Como era natural, isso afetava os suspeitos que ele representava.

Mas agora Hans E. Olsen temia por sua vida. O homem que tinha em sua frente lhe apontava uma pistola que seus escassos conhecimentos sobre armas o impediam de identificar. Parecia perigosa, e ele já vira filmes o suficiente para reconhecer o silenciador.

– Você fez uma tremenda besteira, Hanse – disse o homem com a pistola.

Hans E. Olsen odiava quando o chamavam de Hanse, ainda que fosse um apelido comum. Era de se esperar que fosse chamado assim, já que sempre incluía a inicial do nome do meio quando se apresentava.

– Só queria discutir o assunto com você – queixou-se o advogado da poltrona baixa em que haviam mandado que se sentasse.

– Tínhamos um acordo, Hanse – disse o outro sujeito, com a voz exageradamente controlada. – Daqui ninguém sai. E ninguém vai dar para trás. Temos que ter cuidado e garantir que a operação seja à prova de vazamentos. Temos que nos lembrar sempre de que não se trata somente de nós. Você sabe o que está em jogo e nunca se opôs a nada. O que você me disse ontem por telefone, Hanse, foi uma ameaça. Não podemos aceitar ameaças. Se cair um, caem todos, e não podemos permitir isso, Hanse. Você entende.

– Eu tenho documentos!

Foi uma última tentativa desesperada de agarrar-se à vida.

Imediatamente, a sala foi tomada pelo inconfundível odor de excrementos e urina.

– Não, você não tem nenhum documento, Hanse. Nós dois sabemos disso. Em todo caso, é um risco que prefiro correr.

O disparo soou como uma tosse controlada e discreta. A bala atingiu o advogado no meio do nariz, que se deformou por completo no momento em que o projétil atravessou sua cabeça e formou uma cratera do tamanho de uma castanha na parte de trás. Respingos vermelhos e acinzentados salpicaram o pequeno tapete de crochê que cobria o encosto da poltrona; grandes manchas atingiram a parede que ficava atrás do advogado atingido.

O homem da pistola tirou a luva de plástico da mão direita, foi até a porta e desapareceu.

Quinta-feira, 1º de outubro

O assassinato do advogado Hans E. Olsen teve grande cobertura dos jornais. Nunca alcançara as manchetes em vida, apesar de suas repetidas e furiosas tentativas. Morto, foi mencionado em matérias estampadas em não menos que seis primeiras páginas. Olsen teria ficado orgulhoso. As declarações dos colegas foram acompanhadas do respeito devido, e, ainda que a maioria o considerasse um idiota, a imprensa o retratou como um nobre cavalheiro, um altamente valoroso e respeitado advogado de defesa. Foram vários os que encontraram motivos para criticar a polícia, que mais uma vez não tinha pistas em um caso grave de assassinato. A maioria parecia concordar que o advogado fora mandado para o além por um cliente insatisfeito. Dada a considerável limitação de sua carteira de clientes, a caça ao criminoso deveria acabar logo e de forma simples.

A inspetora Hanne Wilhelmsen não acreditava nessa teoria. Ela precisava discutir algumas ideias ainda desordenadas com o assistente da promotoria Håkon Sand.

Eles encontraram um lugar para conversar no fundo da cafeteria. A mesa ficava junto a uma janela com uma vista privilegiada sobre as zonas menos abastadas de Oslo. Pediram uma xícara de café para cada um, e ambos haviam derramado o líquido sobre os pires. As xícaras gotejavam. Em cima da mesa se destacava um pacote aberto de biscoitos de chocolate.

Hanne foi a primeira a falar.

– Para ser franca, Håkon, acho que os dois assassinatos estão relacionados.

Olhou para ele, insegura. Não sabia como seu palpite seria recebido. Sand molhou um biscoito de chocolate no café, colocou-o na boca e depois lambeu os dedos um a um. Não pareceu ter ficado particularmente limpo.

Então, olhou para Hanne.

– Não há nada em comum entre os dois casos – disse ele lentamente. – As armas são diferentes, o lugar dos crimes é diferente, as pessoas são diferentes, e os horários não coincidem. Essa sua teoria não vai convencer ninguém.

– Mas Håkon, ouça-me primeiro. Não deixe que as diferenças o ceguem. Observe o que liga os dois casos – ela parecia entusiasmada e usava os dedos para enumerar os argumentos. – Em primeiro lugar: os assassinatos foram cometidos com somente cinco dias de diferença – não fez caso do sorriso levemente desdenhoso de Sand e do modo como ele arqueava as sobrancelhas. – Em segundo lugar: ainda não temos explicação para nenhum dos assassinatos. Está certo que identificamos o homem do rio Aker, Ludvig Sandersen: um drogado durante toda a vida dele e com uma ficha policial tão extensa quanto meu braço. Fazia seis semanas que estava em liberdade desde sua última temporada na prisão. E você sabe quem era o advogado dele?

– Já que você pergunta nesse tom de triunfo, aposto que era o nosso amigo, o finado Hans E. Olsen.

– Bingo! Aí, ao menos, temos algum tipo de ligação – continuou ela em tom mais baixo. – E não apenas Sandersen era cliente de Olsen, como também tinha um encontro com ele no dia em que o advogado foi assassinado! A agenda de Olsen está com Heidi Rørvik, que é a responsável por esse caso. Ludvig Sandersen tinha uma reunião marcada na sexta-feira, às 14 horas, e havia reservado duas horas para esse compromisso. Uma longa conversa pelo jeito. Se é que aconteceu. Na verdade, não sabemos disso. Suponho que a secretária dele possa nos contar.

Sand comera a maior parte dos biscoitos rapidamente, enquanto a inspetora não tivera tempo de comer mais do que dois. Agora, ela estava fazendo uma pequena cegonha com o papel dobrado enquanto esperava uma resposta. De repente os dois começaram a falar ao mesmo tempo, e ambos interromperam a si mesmos com um sorriso.

– Você primeiro – disse Håkon Sand.

– Tem mais uma coisa – ela baixara o tom de voz de novo, apesar de a cafeteria estar quase vazia e de o cliente mais próximo deles estar a várias mesas de distância. – Não penso em colocar nada disso no relatório, nem mencionar a ninguém. Só a você – a inspetora fez um pouco de suspense colocando os cabelos para trás das orelhas e ajeitando os cotovelos sobre a mesa. – Faz algum tempo, interroguei um sujeito envolvido em um caso de estupro. Nós o havíamos detido apenas por rotina, ele tem um histórico que lhe custa uma visita nossa a cada caso de crime sexual que temos sem resolver. Não demoramos a descartar seu envolvimento naquele caso, mas ele parecia muito nervoso, diabos. Naquele momento não lhe dei muita importância, alguns suspeitos sempre estão nervosos por um motivo ou por outro. Mas o sujeito estava assustado de verdade. Antes que lhe disséssemos o que queríamos, deixou bastante claro que queria um acordo. Disse alguma coisa, que já não recordo exatamente, sobre saber que havia um advogado envolvido com tráfico de drogas em grande escala. Você sabe como é essa gente: mente mais do que comete crimes, e faz qualquer coisa para se livrar de uma acusação. Por isso, naquele momento, não lhe dei nenhuma importância. – Hanne Wilhelmsen estava sussurrando agora. Håkon teve que se curvar por cima da mesa e inclinar a cabeça para o lado para entender o que ela dizia. Um observador casual poderia achar que era uma cena romântica de troca de confidências. – Acordei no meio da noite porque não conseguia tirar esse sujeito da cabeça. A primeira coisa que fiz hoje pela manhã foi pesquisar o caso de estupro e comprovar seu nome. Adivinhe quem era seu advogado.

– Olsen.

– Exato.

Os dois voltaram o olhar para a imagem nebulosa da cidade desenhada à frente. Sand respirou fundo algumas vezes e palitou os dentes pensativo. Então se deu conta de que era um gesto horrível e parou com aquilo.

– O que temos até agora exatamente? – perguntou ele, pegando uma folha em branco e começando a fazer uma lista numerada. – Temos um viciado em drogas morto. O autor confesso do assassinato, conhecido e capturado, nega-se a explicar seus motivos – ele escrevia com entusiasmo, a caneta perfurando o papel. – O serviço foi feito de tal maneira que ele não teria sobrevivido nem que tivesse sete vidas. E então temos um advogado morto, executado de um modo um pouco mais sofisticado. Sabemos que as vítimas se conheciam. Tinham uma reunião no dia em que deram cabo da vida do primeiro sujeito. O que mais temos? – continuou sem aguardar resposta. – Alguns rumores soltos e pouco confiáveis sobre o suposto envolvimento com o tráfico de drogas de um advogado cujo nome desconhecemos. O advogado da fonte que espalhou o rumor era nosso querido Olsen. – Hanne Wilhelmsen se deu conta de que um lado da boca de Sand tremia, em uma espécie de espasmo muscular. – Acho que você não está tão errada, Hanne. Penso que talvez estejamos lidando com algo grande. Mas qual nosso próximo passo?

Pela primeira vez durante toda a conversa, Wilhelmsen se recostou na cadeira. Ela tamborilou os dedos sobre a mesa.

– Vamos manter isso entre nós. Por enquanto – disse ela. – Essa vai ser a pista mais fraca com a qual já trabalhei na vida. Manterei você informado, de acordo?

* * *

A Força-Tarefa era a ovelha negra da Central, e também seu grande orgulho. Os policiais que se uniam a ela costumavam trabalhar usando jeans, e não era incomum que tivessem cabelos compridos e parecessem desleixados. Eles não obedeciam mais ao regulamento, no tocante à vestimenta. Não precisavam. Mas, às vezes, resolviam também não observar outros artigos do regulamento, o que gerava críticas e advertências do chefe de Departamento ou mesmo do comissário. Quando era o caso, os integrantes da Força-Tarefa ouviam as broncas de cabeça baixa e murmuravam desculpas, prometendo melhorar e concordando com tudo, mas mantendo os dedos cruzados. E cometendo as mesmas irregularidades assim que passavam pela porta da sala do chefe. Ao longo dos anos, alguns deles haviam passado dos limites, sendo transferidos para as divisões mais detestáveis e tediosas do Departamento de Polícia, ainda que, na maioria dos casos, temporariamente. Porque a verdade era que o Departamento adorava seus agentes indisciplinados vestidos como adolescentes tardios. A Força-Tarefa era eficiente, trabalhava duro e, de vez em quando, recebia inclusive visitas de colegas vindos da Suécia ou da Dinamarca, que chegavam à Central com uma ideia vaga do que era aquele trabalho e iam embora profundamente admirados.

Na semana anterior, durante uma visita da polícia de Estocolmo, uma equipe da televisão sueca os acompanhara por uma noite. Os rapazes levaram a equipe da televisão até a casa de uma prostituta que sempre tinha por lá uns gramas de uma coisa ou outra. Foi fácil derrubar a porta, porque não restava muito do batente depois de repetidas visitas anteriores. Com a câmera atrás deles, invadiram de surpresa a sala às escuras. Jogado ao chão, havia um homem de meia-idade usando um longo vestido vermelho com um grande decote e uma coleira de cachorro em torno do pescoço. Assim que viu os policiais, começou a chorar. Os policiais o consolaram e disseram que não estavam ali por causa dele. Mas, depois de descobrir quatro gramas de haxixe e duas doses de heroína em uma estante repleta de tranqueiras, mas sem nenhum livro, resolveram pedir os documentos do homem caído no chão. Soluçando muito, o sujeito sacou uma carteira de tecido. Os policiais mal conseguiram se conter ao verificarem que o sujeito era um oficial do Exército. Seu desespero era compreensível. Circunstâncias como aquela, ainda que não fosse um ato criminoso, tinham, no entanto, que ser comunicadas aos cavalheiros do 7º andar, a Brigada de Informação. Ninguém na Força-Tarefa soube o que aconteceu mais tarde ao sujeito, mas a equipe de televisão sueca adorou gravar aquilo tudo. A reportagem, em nome da decência, nunca foi ao ar.

A missão da Força-Tarefa se deduzia pelo nome. Tinham que agir com energia e não muita delicadeza no mundo das drogas, tanto para prevenir como para combater a venda, além de desencorajar a contratação de novos trabalhadores para o setor.

Os rapazes da Força-Tarefa não agiam como agentes infiltrados como faziam os policiais norte-americanos, por isso não era essencial que suas identidades fossem mantidas em sigilo. O aspecto lúgubre que a maioria deles havia adquirido era mais uma forma de se adaptar ao mundo em que transitavam do que de se fazerem passar por algo que não eram. Sabiam quase tudo que acontecia no submundo de Oslo. Mas, ainda que estivessem à frente de outras divisões, o problema era que raramente podiam provar alguma coisa.

Hanne Wilhelmsen podia ouvir a conversa animada e as risadas trovejantes que saíam da sala de descanso da Força-Tarefa muito antes de chegar lá. Teve que bater com força na porta várias vezes, antes que alguém viesse abri-la. Com a porta apenas entreaberta, um homem com sardas, os cabelos incrivelmente oleosos e uma descomunal bola de tabaco para mascar na boca lhe deu um sorriso malandro, revelando um pedaço de fumo incrustado entre os dentes.

– Ei, Hanne, o que podemos fazer por você?

Ele foi extremamente amável, apesar da linguagem corporal pouco acolhedora e de continuar mantendo a porta apenas entreaberta.

Hanne retribuiu o sorriso e empurrou a porta. O homem das sardas permitiu relutantemente que fosse aberta.

Espalhados pelo chão da grande sala havia restos de comida, lixo e enormes quantidades de papel, jornais e revistas ligeiramente pornográficas. Em um canto, espalhado em uma poltrona, havia um homem com a cabeça raspada, uma cruz invertida na orelha, coturno e um blusão de lã islandesa que provavelmente poderia andar sozinho. Ele se chamava Billy T. Estudara com Hanne Wilhelmsen na Academia de Polícia e era considerado um dos agentes mais eficientes e inteligentes de todo o Departamento. Billy T. tinha um caráter amável e alegre, era meigo como um passarinho e tinha que conviver com seu apetite pelas mulheres que, combinado com a invejável fertilidade, havia lhe proporcionado nada menos do que quatro filhos de quatro mães diferentes. Nunca vivera com nenhuma delas, mas amava os filhos, todos eles homens, dois deles com praticamente a mesma idade. Ele pagava suas despesas sem mais queixas do que poucas reclamações em voz baixa no dia do pagamento.

Era com Billy T. que Hanne queria conversar. Passou por cima dos montes de roupas e outros objetos que bloqueavam o caminho. Ele baixou a revista sobre motocicletas que lia e ergueu os olhos levemente surpreendido.

– Você poderia me acompanhar até meu escritório?

Com um eloquente movimento da cabeça e do braço, ela indicou que não achava que pudessem ter algo parecido com uma conversa particular naquele antro.

Billy T. assentiu, jogou para o lado a revista, que foi recolhida avidamente pelo próximo leitor, e acompanhou a inspetora de polícia ao 2º andar.

* * *

Hanne Wilhelmsen se inclinou sobre a mesa e arrancou da parede uma lista escrita à máquina, de modo que a tachinha caiu ao chão. Ela não se incomodou em ajuntá-la, apenas passou a lista para Billy T.

– Esta é uma lista dos advogados de defesa que atuam na cidade, além de outros que não atuam especificamente na defesa, mas que têm muitos casos criminais. São trinta pessoas. Mais ou menos. – Billy T. baixou a cabeça raspada e olhou para o papel com interesse. Apertou um pouco os olhos porque a letra era pequena para que todos os nomes coubessem em uma folha. – Qual a sua opinião sobre eles? – perguntou Hanne.

– Qual a minha opinião sobre eles? O que você quer dizer com isso? – correu o dedo pela folha. – Este é gente boa, este não é tão ruim, este é um bastardo, esta é muito ruim... É isso que você quer saber?

– Bem, na verdade não – murmurou Hanne e hesitou antes de perguntar: – Qual deles defende mais casos de drogas?

Billy T. pegou uma caneta e marcou seis dos nomes. Hanne pegou a folha outra vez e a olhou fixamente. Em seguida, colocou-a sobre a mesa, olhou para a janela por um momento e perguntou:

– Alguma vez você ouviu rumores de que algum deles poderia estar envolvido com o tráfico de drogas?

Billy T. não parecia surpreso com a pergunta. Mordiscou o polegar.

– Você diz a sério, de verdade? Ouve-se tanta coisa que não se pode acreditar nem na metade. Mas suponho que o que você está me perguntando é se suspeitei alguma vez de algum deles, não é?

– Sim, é a isso que me refiro.

– Digamos assim: de vez em quando temos razões para nos questionar. Durante os últimos dois anos aconteceu algo no mercado. Talvez nos últimos três anos. Algo indefinível que não conseguimos entender completamente. De um lado, está o eterno problema das drogas na prisão. Não há quem o pare. O controle é cada vez mais rigoroso, mas não serve para nada. Nas ruas também está acontecendo algo. Os preços estão baixando. Isso significa que há muita oferta. Pura economia de mercado, você já sabe. Claro que se ouvem rumores. Mas eles se dispersam em todas as direções. Assim, se você me pergunta se suspeito de alguns desses advogados, em função de quem são, tenho que lhe responder que não.

– Mas se eu pedir que me revele suas impressões mais íntimas, se eu perguntar o que lhe diz seu instinto, e se não for preciso me dar nenhum motivo, então, o que você diria?

Billy T., membro da Força-Tarefa, passou a mão pela cabeça raspada, pegou o papel e colocou o dedo indicador sobre um dos nomes. O dedo deslizou pela folha e se deteve sobre outro nome.

– Se soubesse que aconteceu algo, estes dois seriam os primeiros a quem iria procurar – disse ele. – Talvez porque correram muitos rumores, talvez porque não goste deles. Entenda como quiser. Eu não lhe disse nada, de acordo?

Wilhelmsen tranquilizou o companheiro de promoção.

– Você nunca disse isso, e nós só estávamos falando dos velhos tempos.

Billy T. assentiu, sorriu e levou seu corpo de 2 metros de altura de volta à sala do 4º andar.

Sexta-feira, 2 de outubro

Karen Borg recebeu vários telefonemas relacionados ao seu novo e não muito bem-vindo trabalho. Naquela manhã, um jornalista telefonou. Trabalhava no jornal *Oslo Dagbladet* e foi intrometido e amável e extremamente inconveniente.

Ela não estava nem um pouco acostumada a lidar com jornalistas e reagiu de forma extremamente cautelosa. Respondeu quase que apenas com monossílabos. Houve uma conversa preliminar, durante a qual o jornalista pareceu querer impressioná-la com tudo que sabia sobre o caso, coisa que de certa forma conseguiu. Em seguida, vieram as perguntas.

– Seu cliente deu alguma explicação sobre por que matou Sandersen?
– Não.
– Explicou por que se conheciam?
– Não.
– A polícia tem alguma teoria a respeito disso?
– Não sei.
– É verdade que o holandês não tem outros advogados além de você?
– Até certo ponto.
– Você conhecia o advogado assassinado, Hans E. Olsen?

Karen disse a ele que não tinha mais nada a declarar, agradeceu pela conversa e desligou.

Hans E. Olsen? Por que ele perguntara sobre a morte do advogado? Lera nos jornais do dia os sanguinolentos detalhes sobre o caso, mas não dera muita importância. Não era de sua conta e certamente não conhecia o homem. Não lhe passara pela cabeça que o caso tivesse algo a ver com seu cliente. Na verdade, não era provável que tivesse. Devia ser um tiro no escuro do jornalista. Decidiu deixar aquilo para lá, apesar de ter se irritado um pouco com a conversa. Na tela do computador que tinha à frente, viu que nove pessoas haviam tentado falar com ela naquele dia, e pelos nomes compreendeu que teria que dedicar o restante do dia ao seu cliente mais importante, a Companhia de Petróleo da Noruega. Pegou duas das pastas do cliente, com as letras C.P.N. impressas em vermelho na capa. Depois de servir um café, começou com uma série de telefonemas. Se acabasse rápido, teria tempo de fazer uma visita à Promotoria Geral antes de ir para casa. Era sexta-feira e estava com peso na consciência por não ter visitado seu cliente preso desde a primeira vez que se viram. Tinha que tomar providências antes que o fim de semana começasse.

* * *

Quase uma semana de prisão preventiva não havia tornado Han van der Kerch mais falante. Haviam colocado em sua cela um colchão com manchas de urina e lhe deram um cobertor limpo. Em um dos cantos da plataforma que servia de cama, o holandês colocara uma pilha de livros baratos sem capa. Tinha permissão de tomar um banho por dia e começara a acostumar-se com o calor. Tirava a roupa enquanto entrava na cela, ficando apenas de roupa de baixo. Só se dava ao trabalho de vestir suas roupas nas raras ocasiões em que o tiravam da cela para o banho de sol ou para interrogá-lo. Uma patrulha passara em sua casa em Kringsjå e haviam lhe trazido roupas de baixo, artigos de higiene e inclusive um pequeno tocador portátil de CD.

Estava vestido agora, sentado na frente de Karen Borg em uma sala no 2º andar. Não estavam exatamente conversando, era mais um monólogo no qual a outra parte às vezes grunhia.

– No início da semana, Peter Strup, o advogado de defesa, ligou para mim. Disse que conhecia um dos seus amigos e queria ajudar. –

não houve reação, o olhar sombrio do cliente apenas pareceu ficar um pouco mais intenso. – Você conhece Strup, esse advogado? Sabe de que amigo ele fala?

– Sim. Mas quero você.

– Está bem.

Karen estava ficando sem paciência. Depois de um quarto de hora tentando extrair algo daquele homem, estava a ponto de jogar a toalha. De repente o holandês inclinou-se na cadeira. Com um movimento de desamparo, apoiou o rosto nas mãos e os cotovelos sobre os joelhos. Correu os dedos pelos cabelos, olhou para ela e falou.

– Entendo que você esteja confusa. Eu mesmo estou confuso demais. Na sexta-feira passada, cometi o maior erro da minha vida. Foi um assassinato premeditado, frio e muito cruel. Fui pago para matar aquele homem. Não vi nem um centavo do dinheiro e me parece pouco provável que minhas contas sejam pagas nos próximos anos. Passei uma semana em uma cela superaquecida perguntando-me o que diabos aconteceu.

De repente, ele começou a chorar. Foi tão brusco e inesperado que Karen Borg ficou completamente desarmada. O rapaz, que agora parecia um adolescente, mantinha a cabeça entre as pernas, como se estivesse praticando as medidas de segurança de um avião no caso de acidente, e os ombros sacudiam como se ele convulsionasse.

Ao final de alguns segundos, reclinou-se na cadeira para respirar melhor. Tinha manchas vermelhas no rosto, o nariz escorria, e, na falta do que dizer, Karen pegou uma caixa de lenços de papel da bolsa e a estendeu para ele. O rapaz assou o nariz e secou os olhos, mas não parou de chorar. Karen não sabia como consolar um assassino arrependido, mas aproximou-se um pouco com a cadeira e segurou a mão dele.

Permaneceram assim por dez minutos. Dera a impressão de ser uma hora, e ela pensou que era provável que ambos tivessem se sentido assim. Mas afinal a respiração do jovem começou a se estabilizar. Karen soltou a mão dele e afastou um pouco a cadeira, sem fazer barulho, como se quisesse apagar aquele pequeno momento de aproximação e intimidade.

– Talvez agora você queira dizer algo mais – disse em voz baixa e lhe ofereceu um cigarro, que ele pegou com a mão trêmula, como um mau ator.

Ela sabia que o tremor era autêntico. Ofereceu-lhe o isqueiro.

– Não tenho nem ideia do que dizer – gaguejou o rapaz. – Uma coisa é ter matado um homem, mas é que eu fiz muitas outras coisas, e não gostaria de falar tanto que me fizesse pegar uma prisão perpétua. Não sei como contar uma coisa sem revelar a outra.

Karen não sabia o que dizer. Estava acostumada a tratar as informações recebidas de seus clientes com a maior discrição e sigilo. Se não fosse por essa qualidade, não seria uma advogada tão bem-sucedida. Mas, até agora, sua discrição servia a assuntos financeiros, segredos industriais e estratégias comerciais. Nunca lhe confessaram algo abertamente criminoso; de fato, não estava certa de que podia se calar sem que ela mesma transgredisse a lei. Antes de pensar bem sobre aquele problema, tranquilizou seu cliente.

– O que você me disser fica entre nós dois. Sou sua advogada e sou obrigada a manter sigilo profissional.

Depois de outros dois ou três suspiros, o holandês assoou-se com os lenços de papel encharcados e contou sua história:

– Entrei em uma espécie de organização. Digo "uma espécie" porque a verdade é que não sei muita coisa sobre ela. Conheço algumas pessoas mais que estão envolvidas, mas são pessoas como eu, buscamos e entregamos, e, às vezes, vendemos um pouco. Meu contato tem uma loja de carros usados em Sagene. A operação parece ser bem grande. Bem, pelo menos é o que acho. Nunca tive problemas em receber pelos trabalhos que fiz. Um cara como eu pode viajar com frequência para a Holanda, sem levantar suspeitas. Cada vez que chego lá, visito minha mãe – ao pensar na mãe, voltou a fraquejar. – Nunca tive contato com a polícia, nem aqui nem em casa. Diabos. De quanto tempo você acha que vai ser a minha pena? – Karen sabia perfeitamente quanto tempo de detenção esperava um assassino, que talvez fosse também traficante, mas não disse nada, limitando-se a encolher os ombros. – Calculo que devo ter feito umas dez ou quinze viagens no total – continuou o rapaz. – É um trabalho muito simples, na verdade. Antes de sair, eu recebia um endereço em Amsterdam, nunca o mesmo, para onde ir. A mercadoria já estava embalada. Em plástico. Eu trazia os pacotes, ainda que na verdade não soubesse o que continham – interrompeu-se por um momento antes de continuar. – Bem, sempre pensei que era heroína. Na verdade, eu sabia. Uns cem gramas por vez, que são mais de 2 mil doses. Tudo sempre correu bem, e, ao entregar, davam-me 20 mil coroas. Além do dinheiro para cobrir minhas despesas.

A voz dele soava embargada, mas ele se explicava com clareza. Não parava de rasgar os lenços, que estavam a ponto de se desintegrar. Em nenhum momento deixara de olhar para as mãos, como se tivesse que constatar com incredulidade que eram exatamente aquelas mãos que haviam matado outro ser humano uma semana atrás.

– Acredito que deve haver bastante gente envolvida, ainda que não conheça mais de duas ou três. É um negócio muito grande, um idiota de Sagene não pode levar tudo isso sozinho. Ele não me parece tão inteligente assim. Mas nunca perguntei. Cumpria minha tarefa, recebia o dinheiro e mantinha a boca fechada. Até dez dias atrás.

Karen Borg estava exausta. Ela se sentia presa a uma situação da qual não tinha controle. Seu cérebro registrava a informação que recebia ao mesmo tempo que lutava febrilmente com a pergunta de o que fazer com ela. Podia sentir o rosto vermelho com o esforço e o suor empapando sua blusa. Sabia que o holandês ia começar a falar de Ludvig Sandersen, o homem que ela mesma encontrara na semana anterior, um encontro que desde então a perseguia noites afora e a atormentava durante os dias. Agarrou-se aos braços da cadeira.

– Na terça-feira passada, fui ver o sujeito dos carros usados – continuou Han van der Kerch. Ele estava mais tranquilo agora. Finalmente abandonara os lenços de papel, jogando-os em uma lixeira que havia ao seu lado. Pela primeira vez desde o começo da conversa, ele olhou para Karen e continuou a falar. – Há meses que não fazia nenhum trabalho. Estava esperando que entrassem em contato comigo a qualquer momento. Instalei um telefone em minha casa para não depender do telefone público que há no corredor. Nunca atendo o telefone antes que ele toque quatro vezes. Se toca duas vezes e logo para, e depois toca outras duas vezes e para novamente, tenho que me encontrar com ele às 2 horas da manhã seguinte. É um sistema bastante inteligente. Não há conversas registradas em meu telefone, e ao mesmo tempo podem se comunicar comigo. Enfim, na terça-feira passada fui até lá, mas dessa vez não se tratava de drogas. Um dos sujeitos estava se excedendo, pelo que entendi. Começou a chantagear um dos grandes. Algo assim. Não me explicaram muito bem, só disseram que era uma ameaça para todos nós. Quase morri de susto. – Han van der Kerch esboçou um sorriso irônico, autodepreciativo. – Nos dois anos que lido com isso, nunca havia pensado a sério na possibilidade de que me pegassem. Até certo ponto me sentia invulnerável. Diabos, eu me borrei de medo quando percebi que algo podia acabar mal. Não havia passado pela minha cabeça que alguém de dentro da organização poderia estragar tudo. Na verdade, foi o pânico de que me pegassem que me levou a aceitar tal missão. Iam me pagar 200 mil coroas pelo serviço. Tentação demais. A intenção não era simplesmente matar o sujeito. Era enviar um recado alto e claro para todos os membros da organização. Por isso destruí o rosto dele – o rapaz começou a chorar de novo, mas desta vez não com tanta intensidade, pois ainda era capaz de falar. As lágrimas corriam por seu rosto e de vez em quando fazia uma pausa, suspirava profundamente, fumava e pensava. – Uma vez feito, porém, acovardei--me. Eu me arrependi imediatamente. Passei vinte e quatro horas dando voltas, sem rumo. Não me lembro de muita coisa.

Karen não interrompera o rapaz nenhuma vez. Também não fizera nenhuma anotação. Mas tinha que perguntar algumas coisas.

– Por que você quis a mim como sua advogada? – perguntou em voz baixa. – E por que não quer ir para a penitenciária?

Han van der Kerch olhou para ela por uma eternidade.

– Você encontrou o cadáver, mesmo estando bem escondido.

– Sim, estava andando com o cachorro. E o que tem a ver?

– Eu já lhe disse que não sabia muita coisa dos demais integrantes da organização, mas uma ou outra coisa se vai percebendo aqui e ali. Alguém que fala demais, alguma insinuação... Acho, ainda que não tenha certeza, que há algum advogado metido no esquema. Não sei quem é e não posso confiar em ninguém. Mas o fato é que era conveniente que se demorasse a encontrar o cadáver. Quanto mais tempo passasse, mais frias estariam as pistas. Você deve tê-lo encontrado poucas horas depois que eu o matei. É impossível que esteja envolvida.

– E quanto à penitenciária?

– Sei que o grupo tem contatos lá dentro. Internos, creio. Poderiam ser funcionários, pelo que sei. O mais seguro é ficar com a polícia. Por mais quente que seja a minha cela, meu Deus.

Ele parecia aliviado. Karen, ao contrário, estava angustiada, como se aquilo que passara uma semana martirizando o rapaz tivesse sido despejado agora sobre seus ombros.

O holandês perguntou o que pensava em fazer, e ela respondeu, com franqueza, que não tinha certeza, que precisava pensar.

– E você me prometeu que essa conversa vai ficar entre nós – lembrou-lhe o preso.

Karen não respondeu, mas levou um dedo aos lábios em sinal de silêncio.

Chamou um policial. Levaram o holandês novamente de volta para sua repugnante cela amarelo pálido.

* * *

Ainda que passasse das 18 horas de sexta-feira, Håkon Sand continuava no escritório. Karen Borg percebeu que o ar de cansaço em seu rosto, que na segunda-feira atribuíra a um fim de semana agitado, era um estado permanente. Estava espantada em perceber que ele trabalhava até tão tarde. Sabia que na polícia não se pagavam horas extras.

– Isso de trabalhar tanto é um desastre – admitiu Håkon Sand –, mas o pior é despertar no meio da noite agoniado por tudo que você não fez. Tento estar mais ou menos em dia com minhas tarefas quando chega a sexta-feira. Assim o fim de semana se torna mais agradável.

O grande prédio cinzento estava silencioso. Os dois permaneciam sentados em um estranho estado de irmandade profissional. De repente, uma sirene rompeu o silêncio, estavam testando um carro de patrulha no pátio. O barulho parou com a mesma brusquidão com que havia começado.

– Ele disse alguma coisa?

Ela estava esperando a pergunta, sabia que iria chegar, mas, depois de uns minutos de descanso, aquilo a pegou de surpresa.

– Pouca coisa.

Ela se deu conta de como era difícil mentir para ele. O rubor começou a subir por seu pescoço, esperava que não se estendesse até o rosto, mas ainda assim ele percebeu.

– A confidencialidade cliente-advogado – disse Håkon, sorrindo. Ele passou os braços por trás da cabeça, entrelaçou os dedos e os colocou na nuca. Karen percebeu que havia círculos de suor debaixo das axilas dele, mas aquilo não parecia nojento, e sim normal depois de uma jornada de trabalho de dez horas. – Eu respeito – continuou ele. – Também não posso dizer grande coisa!

– Pensei que o advogado de defesa tinha direito a receber informações e documentos – ralhou Karen.

– Não se acreditamos que isso pode afetar a investigação – declarou Sand com um sorriso ainda mais largo, como se achasse divertido que se encontrassem em uma situação de enfrentamento profissional. Levantou-se e foi buscar duas xícaras de café. Parecia ainda pior que o de segunda-feira, como se a mesma dose de café estivesse fervendo na cafeteira desde então. Karen se contentou com um gole e deixou a xícara sobre a mesa com um careta.

– Isso vai matar você – advertiu ela, mas ele ignorou a advertência e afirmou que tinha um estômago à prova de bombas.

Por alguma razão que não podia explicar, Karen sentiu-se bem. Havia surgido entre eles um conflito estranho e surpreendentemente agradável, que nunca estivera ali. Håkon Sand nunca estivera de posse da informação da qual ela precisava. Karen olhou com atenção para Sand e se deu conta de que os olhos dele brilhavam. O cinza incipiente de suas têmporas não só o fazia parecer maior, como também mais interessante, mais forte. A verdade era que ele se tornara muito bonito.

– Você está muito bonito, Håkon – deixou escapar.

Ele nem sequer ficou ruborizado e a encarou. Ela se arrependeu em seguida, aquilo era como abrir uma torneira em um tanque, que havia muito tempo aceitara que não podia se permitir abrir, para ninguém. Mudou imediatamente de assunto.

– Então, se você não pode me contar nada, e eu não posso contar nada a você, é melhor nos despedirmos – concluiu. Em seguida levantou-se e vestiu o casaco.

Ele pediu que ela voltasse a se sentar. Ela obedeceu, mas não tirou o casaco.

– Sinceramente, esse caso é ainda mais sério do que havíamos pensado. Estamos trabalhando com diversas teorias, as quais são bastante voláteis no entanto; e, até agora, não há nenhuma pista de algo concreto. O que posso lhe dizer é que parece que se trata de tráfico de entorpecentes em grande escala. É muito cedo para dizer até que ponto seu cliente está envolvido, mas ainda assim o ligamos a um assassinato. Acreditamos que foi premeditado. Se não posso dizer mais, não é por má vontade. Não sabemos realmente de mais nada e temos que ser cuidadosos, mesmo com uma amiga antiga como você. Não posso divulgar rumores e especulações.

– Isso tem algo a ver com Hans E. Olsen?

Karen pegara Håkon Sand desprevenido. Ele a encarou fixamente, e ninguém disse nada por trinta segundos.

– Como você sabe disso?

– Não sei de nada – respondeu ela. – Mas hoje um jornalista me telefonou. Um homem chamado Fredrik Myhre ou Myhreng ou alguma coisa assim. Do *Dagbladet*. Perguntou-me se eu conhecia o advogado assassinado. Em meio a uma lista de perguntas sobre o meu cliente, assim, sem mais nem menos. A verdade é que dá impressão de que os jornalistas estão perfeitamente informados sobre o trabalho da polícia, visto que ele decidiu me perguntar. Mas eu não sei de nada. Deveria saber de alguma coisa?

– Que filho da mãe – disse Håkon, levantando-se. – Conversamos na semana que vem.

No momento em que iam sair pela porta, Håkon esticou o braço para apagar a luz. O movimento levou seu braço para cima do ombro de Karen e, sem aviso prévio, inclinou-se sobre ela e a beijou. Foi um beijo juvenil, como o de um rapaz.

Olharam-se por alguns segundos, então ele apagou a luz, passou a chave e, sem uma palavra, acompanhou-a até a saída do enorme edifício quase deserto.

A semana enfim acabara.

Segunda-feira, 5 de outubro

O jornalista Fredrick Myhreng estava inquieto. Em um gesto nervoso, arregaçou as mangas antes de começar a brincar com uma caneta esferográfica que, de repente, estourou e fez a tinta tingir suas mãos de azul. Olhou ao redor procurando algo com que se limpar, mas teve que se contentar com o papel duro de seu caderno. Não adiantou muito.

Além disso, manchou de tinta a roupa cara que vestia, com as mangas arregaçadas, como se não soubesse que isso saiu de moda quando *Miami Vice* desapareceu da televisão. Há muito, muito tempo.

Myhreng não tirara a etiqueta da manga direita da camisa, ao contrário, havia dobrado a manga com tanto esmero que a marca aparecia como se fosse um sinal da aristocracia. Mas não foi de grande utilidade: ele ainda se sentia insignificante e desconfortável no escritório de Håkon Sand.

Viera voluntariamente. Sand lhe telefonara na primeira hora da manhã, antes que tivesse se livrado da sensação de melancolia que as segundas-feiras carregavam, depois de um fim de semana livre e animado. O assistente da promotoria fora correto, ainda que consideravelmente firme, quando pedira que se apresentasse na promotoria o quanto antes. Eram 10 horas, e ele se sentia um tanto nauseado.

Håkon Sand ofereceu-lhe uma bala de uma tigela de madeira. O jornalista aceitou, mas se arrependeu assim que a colocou na boca. Era uma bala grande e impossível de chupar sem fazer barulho. Sand não pegara uma, e Myhreng entendia o porquê. Ficava difícil falar com aquilo na boca, e começar a mastigá-la lhe parecia muito infantil.

– Pelo que entendi, você está investigando nossos casos de assassinato – disse o assistente da promotoria sem um pingo de arrogância na voz.

– Sim, sou um repórter policial, afinal – respondeu Myhreng sem rodeios, sem conseguir disfarçar o orgulho. Em seu esforço para parecer seguro, quase cuspiu a bala da boca. Ao tentar recuperá-la às pressas, ele a engoliu sem querer. E agora podia sentir a lenta e incômoda peregrinação da bala em direção ao estômago.

– O que você sabe, na verdade?

O jovem jornalista não estava certo do que fazer. Todos os seus instintos lhe recomendavam cautela, ao mesmo tempo que sentia a imperiosa e irresistível necessidade de mostrar tudo que sabia.

– Acredito que sei o que vocês sabem – respondeu, acreditando ter matado dois pássaros com um tiro só. – E talvez algo mais.

Håkon Sand suspirou.

– Ouça. Sei que você não vai dizer nada sobre quem ou como, sei que para vocês é uma questão de honra não revelar suas fontes. Então, não estou exigindo nada, estou propondo um acordo.

Os olhos de Myhreng brilharam de interesse, mas Håkon não estava certo de que conseguiria trazer o jornalista para o seu lado.

– Posso lhe confirmar que você não está errado – continuou Sand. – Fiquei sabendo que você ligou os dois casos de assassinato, e me dei conta de que ainda não escreveu nada sobre o assunto. Isso é bom. Para a investigação seria muito ruim, para dizer de maneira suave, que isso saísse na mídia. Como é óbvio, poderia conseguir que a promotoria chamasse o diretor do seu jornal, para pressioná-los a não divulgar nada por enquanto, mas talvez possa evitar fazer isso – o sujeito estava cada vez mais interessado. – Prometo que você será o primeiro a saber quando tivermos mais alguma informação, mas presumo que possa confiar em você quando lhe peço discrição. Posso?

Fredrick Myhreng não gostava do rumo que a conversa havia tomado.

– Isso depende – disse, sorrindo. – Conte-me mais.

– Como você ligou os dois assassinatos?

– Como *vocês* relacionaram?

Sand suspirou. Levantou-se, foi até a janela e ficou assim durante meio minuto. De repente, voltou-se.

– Estou tentando fazer um acordo amigável, Myhreng – disse ele de forma dura. – Mas também posso enfiar você em um interrogatório judicial, acusá-lo de ocultar provas importantes em uma investigação de assassinato. Talvez não possa obrigá-lo a me dar a informação, mas posso tornar sua vida um inferno. Acha que será necessário?

O discurso teve certo efeito. Myhreng se retorceu na cadeira e pediu mais garantias de que seria o primeiro a saber quando tivessem algo. Sand garantiu que sim.

– Eu estava bebendo no Old Christiania no dia em que mataram Sandersen. Era de tarde, creio que por volta das 15 horas. Estavam ali o advogado Olsen e Sandersen. Reparei porque estavam sentados sozinhos. Olsen tem uma turma com a qual costuma sair... Perdão: costumava sair para beber. Eles também estavam ali, mas em outra mesa. Naquele momento, não pensei muito, mas, como é óbvio, me lembrei disso quando aconteceram os dois assassinatos. Não sei sobre o que falaram, mas era muita coincidência! Além disso, porém, não sei de mais nada. Bem, tenho algumas suspeitas, claro.

A sala ficou em silêncio. Ouvia-se o barulho do trânsito na rua Ákeberg. Uma gralha pousou sobre o batente da janela e protestou bravamente contra alguma coisa. Håkon Sand não prestou atenção.

– Talvez os casos estejam ligados, mas não podemos assegurar. Até agora não há mais do que duas pessoas aqui na Central que pensem assim. Você falou com alguém sobre isso?

Myhreng disse que não, que lhe interessava guardar a informação, e que havia começado a investigar. Perguntara um pouco aqui e ali, mas nada que pudesse despertar suspeitas. Além disso, tudo o que descobrira até aquele momento, já sabia antes. A relação de Olsen com o álcool, a defesa incansável que fazia de seus clientes, sua falta de amigos e os inúmeros companheiros de bebedeira. O que a polícia estava fazendo?

– Até agora, muito pouco – admitiu Håkon. – Mas estamos começando a nos mexer. Falaremos no fim da semana. Que não lhe reste dúvida de que, se não respeitar nosso acordo, vou atrás de você. Nem uma palavra sobre isso nos jornais. Eu o chamarei quando soubermos de algo mais. Pode ir.

Myhreng estava entusiasmado. Fizera um bom trabalho naquele dia e, ao deixar a Promotoria Geral, sorria de orelha a orelha. A tristeza da segunda-feira fora levada pelo vento.

* * *

A sala era enorme e estava às escuras. Pesadas cortinas marrons de veludo com bordados nas bordas roubavam a pouca luz que conseguira penetrar no apartamento térreo daquele prédio antigo, que ficava no centro da cidade. Todos os móveis eram de madeira escura; Hanne Wilhelmsen achava que era mogno. O lugar cheirava a mofo e estava coberto por uma grossa camada de pó que era impossível ter se acumulado em uma semana somente. Os policiais chegaram à conclusão de que para Hans E. Olsen a limpeza não era muito importante. Mas estava tudo muito arrumado. Uma estante de livros cobria uma parede inteira; era marrom escura, com armários na parte de baixo, e um bar móvel iluminado e com portas de vidro colorido em uma das extremidades. Håkon Sand foi até a biblioteca pisando sobre o tapete grosso. Tinha a impressão de que afundava a cada passo. Seus passos não faziam mais barulho do que o suave estalo do couro dos sapatos. Não havia sequer um romance na estante, mas o advogado tinha uma imponente coleção de livros jurídicos. Håkon inclinou a cabeça e foi lendo os títulos das lombadas. Alguns daqueles livros poderiam ser vendidos por milhares de coroas em um sebo. Pegou um deles da estante, apalpou o couro autêntico com o qual estava encadernado e sentiu aquele odor característico ao folheá-lo com cuidado.

Hanne se sentara à enorme mesa de mármore com pernas em forma de patas de leão e olhava fixamente para a poltrona baixa de couro. Sobre o encosto havia um tapete de crochê, coberto de sangue seco e escuro. Pareceu-lhe sentir um leve odor de ferro, mas descartou-o como se fosse mera imaginação. O assento também estava manchado.

– O que estamos procurando, na verdade? – a pergunta de Håkon Sand era oportuna; porém, não houve resposta. – Você é a investigadora. Por que me trouxe aqui?

Continuava sem receber resposta, até que Hanne se levantou, aproximou-se de uma das paredes e apalpou debaixo da estrutura da janela.

– Tudo isso foi analisado por técnicos – disse, por fim. – Mas eles estavam procurando pistas para um caso de assassinato, e talvez tenham deixado passar o que nós estamos procurando. Acho que deve haver documentos escondidos em algum lugar. Em alguma parte deste apartamento deve haver algo que diga o que esse sujeito tinha nas mãos. Além do trabalho como advogado, quero dizer. Já analisamos suas contas no banco, ao menos as que conhecemos, e não foi encontrado nada suspeito – continuou apalpando as paredes e prosseguiu: – Se nossa teoria ainda frágil estiver certa, Olsen tinha que ter dinheiro escondido. Muito dinheiro. Não acredito que se atreveria a guardar os documentos no escritório. Aquela firma é um vaivém dos diabos. A não ser que Olsen tivesse outro esconderijo em algum outro lugar, a papelada tem que estar por aqui.

Håkon seguiu o exemplo da detetive e começou a correr as mãos na parede oposta à que ela trabalhava. Sentia-se idiota, não fazia ideia de como reconheceria uma suposta câmara secreta. Mesmo assim, continuaram a procurar em silêncio, até que tivessem vasculhado todo o apartamento. A única coisa que conseguiram foi sujar as mãos.

– E se estivermos lidando com o óbvio? – perguntou Håkon enquanto ia até a estante de mau gosto e abria as portas.

No primeiro armário não havia nada, e o pó acumulado nas prateleiras indicava que estava vazio havia muito tempo. O próximo estava repleto de filmes pornográficos, meticulosamente ordenados por categorias. A inspetora pegou um deles e o abriu. Continha o que a voluptuosa etiqueta prometia. Deixou o filme em seu lugar e pegou o seguinte.

– Bingo!

Um papel havia caído no chão. Hanne se abaixou para pegá-lo: era uma folha dobrada minuciosamente. Na parte de cima da folha estava anotada à mão a palavra "Sul". Depois vinha uma série de números, em grupos de três, com hifens intercalados: 2-17-4, 2-19-3, 7-29-32, 9-14-3. E assim por diante quase até o final da página.

Olharam para a folha por um longo momento.

– Tem que ser um código – interveio Sand, e se arrependeu em seguida.

– Não me diga – sorriu Hanne, logo dobrando a folha com cuidado e colocando-a em um saco plástico. – Então vamos ter que tentar decifrá-lo – disse entusiasmada, guardando o saco plástico em sua maleta.

* * *

O advogado Peter Strup era muito ativo. Mantinha um ritmo que, levando-se em conta sua idade, deixaria qualquer médico alarmado, se não se mantivesse em um impressionante estado físico. Atuava nos tribunais trinta dias ao ano. Além disso, participava de protestos e passeatas, programas de televisão e debates. Havia publicado três livros nos últimos cinco anos, dois deles com suas bravatas nos tribunais e outro com sua autobiografia. Os três haviam vendido bem, e cada um deles foi lançado no mercado bem a tempo do Natal.

Naquele momento, encontrava-se em um elevador, rumo ao escritório de Karen Borg. Vestia um terno de bom gosto, de lã castanha. As meias combinavam com uma listra da gravata. Olhou-se no enorme espelho que cobria toda uma parede do elevador. Passou a mão nos cabelos, endireitou a gravata e irritou-se ao notar uma sombra de fuligem no colarinho.

No momento em que se abriram as portas de metal, e ele entrava no vestíbulo, uma jovem saiu pelas grandes portas de vidro marcadas com números brancos que lhe indicavam que estava no andar certo. A mulher era loura, muito bonita, e usava um conjunto que era praticamente da mesma cor e do mesmo tecido que ele usava. Ao vê-lo, a mulher ficou perplexa.

– Peter Strup?

– *Mrs. Borg, I presume* – disse ele em tom brincalhão, estendendo-lhe a mão, que ela apertou depois de uma breve hesitação. – Você está saindo? – perguntou Strup de forma bastante casual.

– Sim, eu ia resolver algumas coisas na rua. Mas, entre, por favor – respondeu Karen e se deteve. – O senhor queria me ver?

O advogado confirmou e entraram juntos no escritório dela.

– Venho por causa de seu cliente – disse ele assim que se sentou em uma das poltronas separadas por uma mesinha de vidro. – A verdade é que queria me colocar a par do caso. Falou com ele sobre o assunto?

– Sim, e temo que ele não aceite sua ajuda. Quer que eu seja sua defensora. Aceita um café?

– Não, não tomarei tanto seu tempo – respondeu Strup. – Mas sabe por que ele insiste em que seja você?

– Não, na verdade não – mentiu, e espantou-se com a facilidade com que fez isso. – Talvez queira que uma mulher se encarregue do caso, simplesmente.

Karen sorriu, e o advogado deu uma gargalhada breve e encantadora.

– Não pretendo ofendê-la – assegurou ele –, mas com todo o respeito: você sabe algo de Direito Penal? Tem alguma ideia do que acontece em um tribunal?

Ela não respondeu, mas as perguntas a ofenderam. No decorrer da última semana sofrera com as gozações dos colegas, aguentara as teorias e piadinhas de Nils, e a reprovação da esnobe de sua mãe por ter assumido um processo criminal. Peter Strup pagou o pato. Karen bateu a mão contra a mesa.

– Para ser franca, estou bastante farta de que as pessoas ressaltem minha incompetência. Tenho oito anos de experiência como advogada, e isso depois de obter notas sem dúvida brilhantes na faculdade e no Exame da Ordem. E usando as próprias palavras: com todo respeito, como pode ser difícil defender um homem que confessou um assassinato? Será uma defesa tranquila, sem sobressaltos, meu cliente confessou, e cabe a mim simplesmente explicar as dificuldades de vida que ele enfrentou para que depois o júri decida a duração da pena que deve enfrentar.

Não estava acostumada a ser presunçosa, e não costumava ficar irritada. Apesar de tudo, sentiu-se bem. Percebeu que Strup parecia se conter.

– Por Deus, claro que você pode fazer isso – disse ele de forma conciliadora, como um avaliador amável. – Não era minha intenção ofendê-la – no momento em que saía, voltou-se com um sorriso e acrescentou: – Mas a oferta continua de pé!

Quando fechou a porta, discou o número do Departamento de Polícia. Ao fim de um momento, foi atendida por uma recepcionista de mau humor. Pediu que a transferissem para o assistente da promotoria Håkon Sand.

– Sou eu, Karen.

Ele não respondeu, e durante um centésimo de segundo sentiu a peculiar tensão que surgira entre eles na sexta-feira anterior, mas que quase havia esquecido. Ela queria mesmo esquecer-se daquilo.

– O que você sabe sobre Peter Strup?

A pergunta fez com que o encanto do momento se perdesse. Håkon não pôde disfarçar seu espanto.

– Peter Strup? Um dos advogados de defesa mais competentes do país, talvez o melhor. Pratica o Direito desde tempos imemoriais. E é um sujeito muito amistoso também. Eficiente, famoso e sem uma só mancha em sua reputação. Está casado há vinte e cinco anos com a mesma mulher, tem três filhos que se saíram muito bem, e vive em uma casa no subúrbio, em Nordstrand. Esta última informação fiquei sabendo pelos tabloides. O que tem ele?

Karen contou sua história. Foi breve, sem acrescentar nem ocultar nada. Ao terminar, disse:

– Tem algo errado. Ele não pode estar procurando trabalho. E deu-se ao trabalho de vir até o meu escritório! Poderia ter me telefonado novamente! – ela parecia quase indignada, mas Håkon estava pensando e não disse nada. – Ei, está ouvindo?

– Sim, ainda estou aqui – respondeu ele. – Não, a verdade é que não entendo, mas é provável que ele apenas estivesse passando por aí. Talvez estivesse nos arredores para resolver algum assunto de trabalho e tenha aproveitado para vê-la.

– Bom, pode ser, mas então é estranho que não estivesse com uma maleta ou algo assim.

Håkon Sand concordou, porém não disse nada. Absolutamente nada. Ainda que a cabeça dele estivesse funcionando com tal intensidade que era estranho que Karen não ouvisse seus pensamentos.

Quarta-feira, 7 de outubro

– Isto é um código de livro. Ao menos isso está claro.

O velho tinha certeza do que dizia. Estava na cantina do 6º andar com Hanne Wilhelmsen e Håkon Sand.

Era um homem bonito, esbelto e muito alto para sua geração. Ainda que os cabelos estivessem mais escassos do que foram em outros tempos, havia o suficiente para o homem ter uma imponente cabeleira grisalha, penteada para trás e cortada recentemente. Tinha um rosto marcante e bem definido, com o nariz reto, de estilo nórdico, e uns óculos que balançavam graciosamente na ponta. Vestia-se bem, camisa vermelho escuro e calças azuis alinhadas. As mãos seguravam a folha de papel com firmeza e tinha uma aliança afundada no dedo anular direito.

Gustav Løvstrand era um policial aposentado. Começara a vida profissional durante a Segunda Grande Guerra, membro do serviço secreto do Exército, mas, mais tarde, apostara em uma carreira na polícia, mais orientada para o público. Era um homem de enorme aprumo, muito apreciado e respeitado pelos companheiros antes que a Brigada de Informação o recrutasse, onde terminou a carreira como conselheiro. Havia experimentado a grande alegria e satisfação de ver os três filhos trabalhando em serviços relacionados com a polícia. Gustav Løvstrand cuidava da mulher e de suas rosas, desfrutava a vida de aposentado e ajudava todos aqueles que achavam que ele ainda tinha algo a contribuir.

– É fácil ver que se trata de um código de livro. Vejam – disse, colocando a folha sobre a mesa e seguindo a sequência de números com o dedo. – 2-17-4, 2-19-3, 7-29-32, 9-14-3, 12-2-29, 13-11-29, 16-11-2. Incrivelmente banal – acrescentou com um sorriso.

Os outros dois não entendiam bem o que ele queria dizer, e foi Hanne quem se atreveu a perguntar:

– O que é um código de livro? E por que está tão claro que é isso?

Løvstrand olhou para ela durante um momento e depois apontou para a primeira fila de números.

– Três dígitos em cada grupo. Número de página, de linha e de letra. Como vocês podem ver, só o primeiro número de cada grupo tem alguma conexão lógica. Ou é o mesmo número que o anterior, ou é mais alto: 2, 2, 7, 9, 12, 13, 16, e assim sucessivamente. O número mais alto na segunda posição é 43, raramente os livros têm mais de quarenta e poucas linhas em uma página. Se tivermos o livro do qual se trata, o enigma se resolverá imediatamente – acrescentou que o código não parecia ter sido feito por profissionais, porque códigos de livro eram coisas fáceis de reconhecer. – Por outro lado, são incrivelmente difíceis de decifrar. É preciso saber de que livro se trata. Se não se sabe a qual livro o código diz respeito, é preciso muita sorte para encontrá-lo. Quando você me mandou essa cópia, passei por uma biblioteca. Deram-me uma lista com mais de 1.200 livros cujos títulos contêm a palavra "Sul". Nada menos do que isso. Na verdade, essa palavra também poderia ser um código, assim, estaríamos na mesma. Sem o livro certo, não há como resolver isso – pegou a folha e a entregou a Hanne, que parecia desanimada. Ele não queria ficar com o papel, ainda que fosse uma cópia. Os muitos anos que passara no serviço secreto haviam deixado sua marca. – Mas como o código é banal, eu procuraria pelo mais evidente. Procure pelo livro mais óbvio. Talvez tropece com ele. Grande parte do trabalho policial de qualidade é resultado de uma mera casualidade. Boa sorte.

Hanne e Håkon ficaram ali sentados, sem dizer nada por um tempo.

– Veja pelo lado positivo, Håkon – disse Hanne afinal. – Ao menos sabemos que não estamos tão perdidos. Não acho que o advogado Olsen tinha necessidade de escrever suas declarações em código. Sem dúvida, tem que ser algo que ele tentava esconder.

– Mas o quê? – suspirou Håkon. – Repassamos outra vez o que temos?

Passou-se um momento. Ao fim de uma hora, os dois estavam com o humor consideravelmente melhor. Estava claro que havia a possibilidade de encontrarem o livro. Além disso, haviam confirmado que o advogado Olsen realmente se encontrara com seu cliente no dia em que tinham uma reunião marcada, ainda que a reunião não tivesse acontecido no escritório dele. Os dois estavam surpresos que o encontro tivesse acontecido em um lugar tão público quanto o bar Old Christiania.

– Isso pode ser um sinal de que era uma reunião inocente. De que não precisava ser segredo – disse Håkon sombriamente.

– *You never know, baby* – disse Hanne, preparando-se para sair.

– Por que você usa tantas expressões em inglês?

– Porque sou uma apaixonada pelos Estados Unidos – a inspetora sorriu, um tanto envergonhada. – Sei que não é uma coisa bonita de se confessar.

Beberam o resto do café e foram embora.

* * *

Naquela mesma tarde, dois sujeitos conversavam sentados sobre uma árvore caída em uma encosta no meio da mata de Nordmarka, ao norte de Oslo. O mais velho colocara um saco plástico debaixo do traseiro para proteger-se da umidade. O outono estava passando por sua época mais característica. Pequenas gotas de chuviscos enchiam o ar, além de uma suave neblina. A visibilidade era péssima, mas eles não estavam ali para apreciar a paisagem. Um deles jogou uma pedra no reluzente lago do bosque, e ambos ficaram em silêncio observando a água se deslocar para todos os lados, formando ondas que se espalhavam lindamente em um padrão circular que seguia rigorosamente as leis da Física. Depois de um tempo, a superfície do lago ficou quieta novamente.

– Você acha que a organização tem chance de sobreviver?

Foi o homem mais jovem dos dois, de 30 e poucos anos, que fez a pergunta. A voz dele, apesar de controlada, revelava certa tensão. Podia-se perceber que estava assustado, ainda que tentasse parecer relaxado.

– Não, não. Vai ficar tudo bem – tranquilizou-o o mais velho. – A organização tem uma estrutura sólida, e o sistema está construído a portas fechadas. Podamos um dos galhos podres, foi só isso. Uma pena, na verdade, porque era lucrativo. Mas foi necessário. Havia muita coisa em jogo.

Jogou outra pedra, desta vez com mais força, como que para dar ênfase ao que dissera.

– Mas sinceramente – aventurou-se a dizer o mais jovem –, até agora o sistema foi seguro, sempre tomamos cuidado, nunca corremos riscos, e a polícia nunca se aproximou demais. No entanto, dois assassinatos é algo mais sério do que o que vínhamos fazendo até agora. Sei que Olsen estava ficando cada vez mais ganancioso, mas, droga, não poderíamos simplesmente pagar o que ele queria? Esse negócio todo está me deixando preocupado. Muito preocupado.

O homem mais velho se levantou e se colocou na frente dele. Olhou para os dois lados para assegurar-se de que estavam sozinhos. A neblina ficara mais densa, e não se via mais do que a vinte ou trinta metros. Não havia ninguém dentro desse raio.

– Agora me escute – falou. – Sempre soubemos claramente que esse negócio era arriscado. Ainda assim, é necessário que façamos algumas poucas operações a mais, para evitar que fique clara demais a relação entre os assassinatos e a droga. Vamos sair enquanto estamos tendo lucro, mas isso exige que você mantenha a cabeça fria e não tropece durante os próximos dois ou três meses. Você é quem tem os contatos. Ah, sim, temos um pequeno problema que pode nos atrapalhar – acrescentou. Han van der Kerch. Quanto ele sabe?

– Em princípio nada. Bem, ele conhece Roger, o sujeito da loja de carros usados. E não deve saber muito mais além disso. Quero dizer... ele estava havia alguns anos no esquema, deve ter se interessado por alguma coisa. Bem... Tenho certeza de que não sabe nada sobre mim.

Não fui tão burro como Hanse, que começou a enviar e-mails. Eu me ative aos códigos e às mensagens por escrito.

– Toda a sua hesitação me faz acreditar que ele pode ser um problema – concluiu o mais velho. – Problema seu – permaneceu em um silêncio eloquente sem desviar o olhar do colega mais jovem enquanto mantinha uma postura ameaçadora, com uma perna sobre o tronco da árvore e a outra plantada junto aos pés do outro. – E, além disso, temos que nos lembrar de uma coisa. Ninguém além de você sabe nada sobre mim, agora que Hanse está morto. Nenhum dos rapazes que ocupam um escalão mais baixo sabe da minha existência, só você me conhece. Isso o deixa muito vulnerável, meu amigo.

Era uma ameaça em uma linguagem simples. O mais jovem se levantou e se colocou a poucos centímetros do outro.

– Eu digo o mesmo – disse com frieza.

Domingo, 11 de outubro

Hanne Wilhelmsen imaginava ter a mesma relação com o Departamento de Polícia que os pescadores tinham com o mar em seus momentos mais românticos. Estava indissoluvelmente ligada à corporação e não se via fazendo outra coisa. Ao escolher a Academia de Polícia aos 20 anos, rompera com as pesadas tradições acadêmicas da família. Seu gesto significou uma atitude de rebelião contra seus pais, catedráticos, e suas origens, solidamente burguesas. A escolha de seu caminho na vida foi recebida com um silêncio esmagador por parte de sua família, à exceção dos dois ataques de tosse da mãe durante um almoço de domingo. Mas, de modo geral, todos pareceram aceitar sua escolha com serenidade, e ela acabou se tornando uma espécie de mascote para todos eles. Era Hanne quem contava as piadas mais divertidas durante os encontros natalinos. Por meio dela, a família acreditava estar em contato com a realidade das pessoas comuns, e ela amava seu trabalho.

Ao mesmo tempo, tinha muito medo do que fazia. Começara a notar ultimamente que sua alma vinha sendo afetada pelo contato diário com os assassinatos, os estupros, os maus-tratos e as demais doses cotidianas de violência às quais ficava exposta. Tudo o que via e ouvia acabava colado à pele. Mesmo quando, ao chegar a sua casa depois do trabalho, tomava um banho demorado, Hanne, às vezes, sentia que desprendia um cheiro de morte, do mesmo modo que os pescadores sempre têm o cheiro de peixe entranhado nas mãos. A inspetora imaginava que os pescadores estavam sempre alertas aos indícios mais ou menos claros de peixes na água – a aglomeração de gaivotas, o barulho das baleias –, reflexos gravados nos ossos de geração após geração de homens do mar. Desse mesmo modo, Hanne Wilhelmsen deixava que seu subconsciente trabalhasse simultaneamente em todos os casos.

Não havia nenhum dado sem importância que não pudesse conduzir a algo. O perigo estava no eterno excesso de trabalho. A criminalidade de Oslo aumentava mais rápido do que o dinheiro destinado à polícia nos orçamentos estatais.

Procurava nunca investigar mais de dez casos ao mesmo tempo, um objetivo que deixava de cumprir com bastante frequência. As pastas verdes de espessura variável estavam se acumulando em uma pilha ameaçadora de um lado de sua mesa de trabalho. Mesmo nos últimos meses, em que estivera extremamente ocupada, havia reservado um tempo para revisar a pilha regularmente, a fim de etiquetar o maior número de casos possíveis com as palavras "Recomenda-se arquivamento".

Às vezes, sentindo-se péssima e ainda que estivesse convencida da culpa do suspeito, Hanne tinha que lidar com a própria culpa e procurar alguém da promotoria, que carimbaria a pasta desse determinado caso com o carimbo do código 058: "Arquivado por falta de provas". E, então, um delinquente voltava às ruas, ela ficava com um caso a menos com que ocupar o tempo, e só lhe restava torcer para que houvesse decidido corretamente. O fardo se tornava mais pesado porque os advogados nunca se opunham às suas recomendações. Confiavam nela cegamente e limitavam-se a folhear os documentos por obrigação, antes de seguirem suas recomendações, sem exceção. Hanne Wilhelmsen sabia que as pastas verdes também eram o pesadelo dos promotores.

Era domingo, e Hanne tinha as pastas de 21 casos sobre a mesa. Ela os separava de acordo com a severidade da pena que poderiam receber. Sentiu-se momentaneamente paralisada, impossibilitada de agir, mas, depois de um momento, atacou o trabalho. Nenhum dos casos parecia ter potencial para ser arquivado. Havia 11 casos que incorriam no parágrafo 228/229, atentados contra a integridade física e lesões.

Talvez pudesse propor sanções em alguns deles, uma maneira simples e amparada pela lei de encerrar o caso.

Três horas mais tarde havia proposto sanções para sete casos, que tratavam da violência mais ou menos grave relacionada a clientes bêbados em restaurantes e porteiros agressivos. Com uma considerável dose de boa vontade, dois dos casos poderiam ser investigados, apesar de não haver dúvidas de que seria melhor se mais testemunhas fossem interrogadas. Torcendo para que os tribunais fossem capazes de reconhecer um delinquente quando o tinham diante de si, Hanne recomendou que os suspeitos fossem processados.

Era realmente bom trabalhar aos domingos. O telefone não tocava, não havia nenhuma reunião marcada, e o prédio estava quase vazio, à exceção de uns poucos colegas tão atarefados quanto ela, com quem Hanne podia trocar frases autocomplacentes de admiração recíproca por usar o único dia livre para trabalhar, sem que lhes pagassem por isso, sem que recebessem agradecimentos de ninguém além deles mesmos. Mas a verdade era que, depois do trabalho domingueiro, ficava mais fácil enfrentar a segunda-feira.

Hanne escutou vozes no pátio dos fundos da Central e olhou pela janela. Viu uma quantidade considerável de fotógrafos da imprensa e se deu conta de que o ministro da Justiça estava de visita. "Por que em um domingo?", perguntara de mau humor o superintendente ao comissário geral quando anunciaram a visita no escritório da chefe da promotoria. A única resposta que recebeu foi que cuidasse de seus próprios assuntos. Hanne Wilhelmsen suspeitava de que haviam escolhido esse dia porque nas segundas-feiras os jornais dispunham de muito espaço livre para as manchetes, já que as principais notícias e as manchetes bombásticas eram veiculadas aos domingos. Os jornais de segunda-feira costumavam ser mais finos, então era mais fácil fazer uma notícia virar manchete de primeira página. A visita do ministro da Justiça à Central era uma resposta às frequentes manchetes sobre os altos índices de crimes não resolvidos. Hanne sabia que ele também aproveitaria a oportunidade para discutir a escalada da criminalidade, os conflitos nas ruas que resultavam em mortos e feridos e que a mídia vinha chamando de "ataques não provocados". Esse título não era muito bom, principalmente quando se tinha acesso aos arquivos policias, o que os jornalistas não tinham. Por isso, eles não entendiam que o problema não era a falta de provocação, e sim que esta fosse combatida com punhos e facas, em vez de agressões verbais, como se fazia antes.

Conseguira reduzir sua pilha para doze casos sem resolver.

Estava próxima de sua meta pessoal, e seu humor estava melhorando. Pegou a pasta mais grossa.

Não sabia por que Ludvig Sandersen tivera que ser executado de modo tão brutal, em um mundo no qual alguns afirmavam que ele era o melhor. Pelo bem de Ludvig Sandersen, Hanne esperava que estivesse errada, e que, naquele momento, o falecido viciado estivesse sentado em uma nuvem, vestindo um camisolão de anjo e desfrutando livremente do pó branco que transformara sua vida terrena em um inferno. Sua morte ainda não fora relacionada com o assassinato do advogado Hans E. Olsen. Havia falado com Håkon Sand na sexta-feira, porque pensava que tivessem informação suficiente para propor uma ligação oficial. Mas ele disse que deveriam esperar. Hanne, porém, sentia que chegara o momento de analisar os casos simultaneamente. Afastou os documentos e tirou os pés da mesa. As botas golpearam o chão. Ela, então, vasculhou os bolsos procurando pelas chaves que também abriam os escritórios dos demais agentes. O caso que queria estava com Heidi Rørvik, cujo escritório ficava duas portas adiante.

Hanne Wilhelmsen não viu ninguém no corredor quando saiu. Estava tudo silencioso, como era normal em um domingo à tarde. Quando ia abrir a porta do escritório de Rørvik, ouviu passos atrás dela. Virou-se, mas era muito tarde. O golpe, aplicado com um objeto que não teve tempo de ver, atingiu-a com força na cabeça. Sua cabeça explodiu em um violento mar de luzes, e teve tempo de perceber, antes de cair ao chão, que sangrava muito. Ela não teve forças para amortizar sua queda. A cabeça recebeu outro golpe assim que o lado esquerdo da testa se chocou com o solo, mas Hanne não se deu conta. Já estava inconsciente e só conseguiu registrar a intensa sensação de que a vida acabara, antes de mergulhar em uma escuridão redentora, que evitou a dor provocada pelo corte da pele de sua testa, um corte que formava um enorme sorriso desdenhoso acima de seus olhos fechados.

* * *

Acordou por causa do enjoo que sentia. Estava virada de bruços, com a cabeça em uma posição torta e incômoda. A vontade de vomitar era tanta que, por um triste momento, conseguiu apagar a sensação de que a cabeça ia explodir. Sentia dor no corpo inteiro. Com muito cuidado, confirmou que tinha dois cortes que sangravam, um na testa e o outro sobre a orelha direita, e constatou com triste surpresa que a dor que lhe causavam não era maior que a latejante dor luminosa que vinha de algum lugar dentro dela, das profundezas da mente. Hanne permaneceu por alguns minutos deitada, lutando contra a náusea, mas, ao final, teve que dar o braço a torcer. Por algum instinto, teve forças suficientes para apoiar-se sobre os braços, como uma criança que assiste à televisão, e pôde vomitar sem engolir nada. Sentiu-se um pouco melhor.

Secou a testa, mas não pôde evitar que o sangue caísse em um de seus olhos e lhe dificultasse a visão. Tentou se levantar. O corredor azul não parava de dar voltas, e teve que fazer o esforço em etapas. Ao final, conseguiu colocar-se de pé. Apoiou-se contra a parede e foi então que tentou entender o que acontecera. Não se lembrava de nada. Entrou em pânico. Não sabia por que estava ali, mas compreendeu que estava na Central. Onde estavam os outros? Conseguiu chegar cambaleando ao seu próprio escritório e manchou o telefone de sangue ao discar o número de casa. Teve que fazê-lo várias vezes, pois era difícil acertar as teclas. A luz que entrava pela janela a incomodava demais, e Hanne sentia marteladas atrás dos olhos.

– Cecilie, você precisa vir me buscar. Estou machucada.

Soltou o telefone e desmaiou novamente.

* * *

A escuridão era reconfortante. A cabeça continuava doendo, mas, onde antes havia cortes sangrando, percebeu que agora tinha suaves ataduras. Não sentia as feridas, então imaginou que houvessem aplicado anestesia local. A cama era de metal, e, depois de apalpar os curativos, descobriu que haviam colocado soro em uma de suas mãos. Hanne estava no hospital, e Cecilie estava sentada ao seu lado.

– Isso deve doer demais – disse sua companheira, sorrindo ao pegar na mão que não estava enfaixada. – Fiquei muito assustada quando a encontrei. Mas está tudo bem. Eu mesma examinei suas radiografias, e não há sinal de fratura em parte alguma. Você tem uma forte concussão, uma concussão cerebral. Os cortes eram muito feios, mas foram suturados e vão cicatrizar.

Hanne começou a chorar.

– Não me lembro de nada, Cecilie – sussurrou.

– Isso é só um pouco de amnésia – disse Cecilie, com um sorriso. – É normal. Não se preocupe, você vai ficar aqui uns dois ou três dias, e logo poderá desfrutar de três deliciosas semanas de licença. Eu cuidarei de você – o choro não havia parado, Cecilie inclinou-se sobre Hanne com muito cuidado e encostou seu rosto contra a cabeça enfaixada, de modo que sua boca ficou na altura do ouvido de Hanne. – Você vai ficar muito *sexy* com essa cicatriz na testa – sussurrou. – Muito, muito *sexy*.

Segunda-feira, 12 de outubro

— Não, maldição, *isso não é o suficiente*! — Håkon Sand só praguejava quando estava furioso. — Não estamos seguros nem no escritório, diabos! E na droga de um domingo! — as palavras saíam como se fossem cuspidas de sua boca, acusações de incompetência sem destinatário; estava no meio da sala e marcava com o pé o ritmo das próprias explosões. — De que adianta colocar cadeado nas portas e ter um sistema de segurança quando podem nos atacar a qualquer momento?

O administrador responsável pelo setor A 2.11, um homem impassível de 50 e poucos anos, escutava o desabafo de Sand sem mudar a expressão do rosto. Não pediu a palavra até que o assistente da promotoria tivesse posto tudo para fora.

— Não faz muito sentido transformar alguém em bode expiatório, Sand, não agora. Não somos uma fortaleza nem pretendemos ser. Em um edifício com cerca de 2 mil empregados, qualquer um pode ter se distraído no momento em que alguém entrava pela entrada de serviço. É simplesmente uma questão de aproveitar a ocasião. Alguém pode se esconder atrás de uma das árvores junto à igreja e entrar junto com algum funcionário com cartão de acesso. Tenho certeza de que você também abriu a porta para gente que vinha atrás de você, ainda que não os conhecesse. — Sand não contestou, coisa que o administrador interpretou acertadamente como uma concordância. — Além disso, teoricamente, alguém pode se esconder dentro do prédio enquanto ainda está aberto. Nos banheiros, em qualquer lugar. E é fácil sair também, sempre se pode sair. Mais do que nos perguntarmos como, deveríamos nos perguntar por quê.

– O porquê está mais do que claro, droga – disse Sand. – O caso, droga, o caso! Os documentos desapareceram do escritório de Hanne! Não que isso seja uma tragédia por si só, temos cópias, mas é óbvio que alguém queria saber o que sabíamos – de repente se interrompeu, olhou para o relógio, e se acalmou. – Tenho que sair correndo. Fui chamado na promotoria, tenho que estar lá às 9 horas. Faça-me um favor: ligue para o hospital e veja se Hanne pode receber visitas. Deixe um recado na minha sala assim que souber de algo.

* * *

A deusa da Justiça era impressionante. Ficava 35 centímetros acima do tampo da mesa, e o bronze oxidado indicava que tinha certa idade. A venda dos olhos estava quase verde, e a espada na mão direita, avermelhada.

Mas os dois pratinhos da balança estavam brilhantes e se balançaram levemente devido ao deslocamento de ar que sua entrada na sala provocou. Håkon Sand percebeu que realmente funcionavam e não pôde se conter. Tocou na estatueta.

– Impressionante, não é verdade? – a mulher uniformizada atrás da mesa enorme parecia mais afirmar um fato do que formular uma pergunta. – Ganhei de presente de meu pai na semana passada, por meu aniversário. Passou a vida toda no escritório dele e eu a venho admirando desde que era uma garotinha. Meu bisavô a comprou nos Estados Unidos, no final da década de 1890, algo assim. Talvez seja valiosa. De qualquer forma, é muito bonita.

Ela era a primeira mulher que ocupava o posto de chefe da promotoria da polícia de Oslo. Havia substituído no cargo um sujeito grandalhão de Bergen, um homem muito controverso que estava sempre em conflito com os subalternos, mas que, apesar de tudo, tinha uma integridade e uma determinação que faziam falta na história do

Departamento de Polícia, até que ele assumira o cargo sete anos atrás.

Deixou atrás de si uma Central muito mais bem organizada do que a que passaram para ele, mas o preço foi alto. Tanto ele quanto sua família suspiraram aliviados quando pôde aposentar-se, um pouco antes do que deveria, porém com a reputação intacta.

A mulher de 45 anos que agora ocupava a poltrona de chefe era bem diferente. Håkon Sand não a suportava. Era uma pessoa arrogante e esnobe de Trøndelag, ao norte, e o ser humano mais ambicioso, no mau sentido, que Sand conhecia. Durante todos os seus anos na Central direcionara seus esforços para chegar ao cargo de chefe da promotoria: havia se cercado das pessoas certas, participado das festas adequadas e brindado com as pessoas convenientes nas reuniões do Ministério Público. O marido trabalhava no Ministério da Justiça, o que também fora extremamente conveniente.

Apesar disso, sua competência era inegável. Se o antigo chefe da promotoria não tivesse decidido se aposentar o quanto antes, ela teria sido promovida ao cargo intermediário de Procuradora do Estado. Sand não sabia o que teria sido pior.

Apresentou seu relatório da forma mais direta possível e não deu todos os detalhes. Depois de alguns segundos de avaliação, concluiu que seria errado não informar à sua superior a ligação não oficial dos dois casos de assassinato. Mas foi breve. Para grande irritação do assistente da promotoria, a chefe da promotoria entendeu tudo imediatamente, fez perguntas breves e apropriadas, concordou com suas conclusões e, por último, reconheceu que ele havia feito um bom trabalho. Pediu que a mantivesse informada o tempo todo, de preferência por escrito, e logo acrescentou:

– Não especule demais, Håkon. Ocupe-se de um assassinato por vez. O caso de Sandersen já está resolvido. As provas técnicas são suficientes para condenar o holandês. Até certo ponto, você deve entender isso como uma ordem.

– Estritamente falando, em questões de investigação, meu superior é o procurador do Estado – rebateu ele.

Em resposta, a mulher pediu que ele se retirasse. Ao se levantar, Sand perguntou:

– Por que ela tem uma venda nos olhos?

Apontou com a cabeça a deusa que estava sobre a superfície quase vazia da mesa, acompanhada somente por dois telefones.

– Não deve se deixar influenciar por nenhuma das partes. Tem que exercer um julgamento cego, imparcial – explicou a chefe da promotoria.

– É difícil enxergar com uma venda diante dos olhos – disse Håkon. Não obteve resposta.

Todavia, o rei, que aparecia junto à rainha em uma moldura dourada pendurada acima do ombro da chefe da promotoria, parecia concordar com ele. Sand escolheu interpretar o insondável sorriso de Sua Majestade como um apoio às suas próprias ideias, levantou-se e deixou o escritório do 6º andar. Saía do lugar mais irritado do que quando chegara.

* * *

Hanne Wilhelmsen se alegrou ao ver Sand. Mesmo com ataduras na cabeça e com os cabelos raspados de um lado, ele não pôde deixar de reparar em como Hanne era bonita. A palidez fazia com que seus olhos parecessem ainda maiores, e, pela primeira vez desde que soube que ela fora atacada, deu-se conta de como havia ficado preocupado. Não se atreveu a lhe dar um abraço. Talvez as ataduras o tenham desanimado, mas, ao pensar melhor, percebeu que, de qualquer forma, não pareceria natural. Hanne nunca levara a intimidade existente entre eles para além da confiança profissional que depositava nele. Mas estava claro que havia se alegrado ao vê-lo. Não sabia muito bem o que fazer com o buquê de flores, e, depois de alguns segundos de dúvida, deixou-o no chão. A mesinha já estava lotada. Aproximou uma cadeira de tubos de alumínio da cama.

– Estou bem – disse Hanne, antes que ele pudesse perguntar. – Voltarei ao trabalho assim que puder. Pelo menos deram-nos a prova definitiva de que estamos lidando com algo grande!

O humor negro não lhe caía bem, e Sand percebeu que ela sentia dor ao sorrir.

– Você não pode voltar até estar totalmente recuperada. É uma ordem – esboçou um sorriso, mas se deteve, porque ela poderia tentar fazer o mesmo, apesar da dor. A pele da mandíbula de Hanne estava cheia de hematomas azuis e amarelos. – Os documentos originais desapareceram do escritório. Não havia nada lá de que não tivéssemos cópia, não é?

A pergunta estava carregada de esperança, mas Hanne o decepcionou.

– Havia – respondeu em voz baixa. – Fiz algumas anotações para uso pessoal. Sei o que escrevi, sendo assim não é que tenhamos perdido, mas incomoda saber que outros vão ler. – Håkon se deu conta de que estava ficando com calor, e sabia por experiência própria que o cor-de-rosa era uma cor que não o favoreceria em nada. – Temo que, a partir de agora, a pessoa que me atacou vá se interessar como nunca por Karen Borg. Escrevi algo sobre ela saber mais do que nos disse. E também sobre a ligação que estabelecemos entre os dois casos – olhou para ele com uma careta e tocou a cabeça com cuidado. – A coisa não parece muito boa, não é?

Ele concordou. Não parecia nada boa.

* * *

Fredrick Myhreng mostrou-se bastante exigente. Por outro lado, tinha razão quando afirmava que cumprira sua parte no acordo. Estava anotando tudo que Håkon Sand lhe contava, como um aluno aplicado. A ideia de ser o primeiro a publicar a história de que a polícia não enfrentava apenas mais dois assassinatos na cidade onde os homicídios aconteciam com frequência cada vez maior, e sim um caso de duplo assassinato relacionado com o tráfico de drogas e talvez até com o crime organizado fazia com que suasse de tal maneira que os óculos de aro redondo deslizassem constantemente por seu nariz, apesar das hastes práticas que se prendiam atrás das orelhas. Espalhava tanta tinta quando escrevia que Sand pensou consigo mesmo que o rapaz deveria usar um avental para trabalhar. Ofereceu um lápis ao jornalista no lugar de sua caneta danificada.

– Como você vê as possibilidades de resolver o caso? – perguntou Myhreng depois de escutar as explicações cuidadosas e escorregadias, embora ainda assim interessantes, do assistente da promotoria.

O jornalista já estava com o nariz completamente azul de tanto empurrar os óculos para cima. Sand começou a perguntar-se se devia chamar a atenção do homem sobre seu aspecto estranho, mas chegou à conclusão de que seria bom que ele parecesse um pouco ridículo, então disse:

– Sempre acreditamos na possibilidade de resolver os casos. Mesmo que possa levar algum tempo. Temos muitas coisas para investigar. Você pode me citar como autor dessa frase.

Isso foi tudo o que Fredrick Myhreng conseguiu do assistente da promotoria Håkon Sand naquele dia, mas estava mais do que satisfeito.

Terça-feira, 13 de outubro

As manchetes foram bombásticas. O Departamento de Arte havia encontrado uma das fotografias do cadáver de Ludvig Sandersen e feito uma montagem com uma fotografia do arquivo de Hans E. Olsen de pelo menos dez anos atrás. Estava desfocada, era a ampliação de uma parte de outra foto na qual originalmente aparecia mais gente. O advogado aparecia com uma expressão de surpresa e estava prestes a piscar, o que lhe emprestava um ar abobado. A manchete foi impressa em vermelho vibrante e cobria parte da montagem fotográfica.

"Máfia por trás de dois assassinatos" era a mensagem violenta que transmitiam. Håkon Sand achou a história irreconhecível. Leu a primeira página e as duas páginas inteiras que o jornal dedicara ao caso. Na parte superior de ambas as páginas havia uma tarja preta com letras brancas: "O caso da máfia". Rangeu os dentes pela irritação que tanto exagero lhe causava, mas, depois de ler com mais atenção, chegou à conclusão de que Myhreng, na verdade, não dizia nada que fosse necessariamente mentira. Havia aumentado os fatos, as especulações eram maliciosas e estavam tão bem camufladas que podiam passar por certezas. Também havia citado corretamente o assistente da promotoria; portanto, Sand não tinha do que reclamar.

– Enfim, poderia ter sido pior – disse ele, entregando o jornal para Karen Borg, que já estava se sentindo à vontade o suficiente dentro do Departamento para se servir sozinha daquele líquido que Sand insistia em chamar de café. – Já está na hora de você me contar alguma coisa relevante sobre seu cliente. O sujeito continua na cela dele, de cuecas, e se recusa a falar conosco. Considerando que já sabemos o que sabemos, o correto seria que nos ajudasse a seguir adiante.

Observaram um ao outro. Karen recorreu ao velho jogo do silêncio que usavam no tempo da faculdade. Encarou-o sem desviar os olhos até que tudo o que estava além de seus olhos cinza esverdeados ficasse embaralhado. Håkon viu as manchinhas marrons de sua íris, mais abundantes no olho direito que no esquerdo, e não pôde nem pestanejar; não se atrevia. Tinha medo de que, se piscasse, não conseguisse mais olhar para ela quando abrisse os olhos. Diabos, nunca conseguira vencê-la naquele jogo. Ela sempre dava um jeito de fazê-lo desviar o olhar. Ele era um perdedor. O elo mais fraco.

Foi ela que teve que se render. Ele viu que os olhos de Karen se encheram de lágrimas, ela piscou e desviou o olhar, impulsionada por um leve rubor no lado esquerdo do rosto. O vencedor não se vangloriou. Estava surpreso com a própria atitude porque ela deixara seus flancos completamente abertos. Mas o que fez foi tomar as duas mãos dela.

– Na verdade, estou um pouco apreensivo – disse com franqueza. – Não sabemos muito sobre essa organização, sobre essa máfia como a chamam agora, mas sabemos que não são crianças da escola dominical. É provável que o jornal *Dagbladet* tenha razão quando afirma que são capazes de pisar em cadáveres para defender seus interesses. Temos razões para acreditar que eles sabem que você conhece o envolvimento deles com o caso, ou que ao menos suspeitam.

Contou a ela sobre as anotações de Hanne, que já não estavam em suas mãos. Aquilo produziu um efeito visível em Karen Borg. Sand nunca vira Karen com aquela expressão. Era como se buscasse a proteção dele, a quem protegera e maltratara durante todo o tempo como estudantes.

– Não teremos nenhuma possibilidade de proteger você se não nos contar o que sabe!

Deu-se conta de que estava apertando as mãos dela com muita

força. Elas estavam brancas e com manchas roxas onde ele as havia segurado. Soltou-as.

– Han van der Kerch me contou algo. Não muito. Não que eu vá lhe contar tudo, mas há algo que ele me deu permissão para revelar. Não sei se terá utilidade. – Karen havia se recomposto, os ombros voltaram ao lugar, e havia ajeitado a blusa. – Ele estava coletando dinheiro de uma entrega. Enquanto conferia o valor contando as notas, reparou que uma delas fora rabiscada com uma caneta. Havia um número de telefone nela, do qual não se lembra mais, e três letras. Teve a impressão de que eram iniciais: estavam separadas por pontos. Consegue se lembrar das letras porque formavam uma palavra. J.U.L.

– JUL?

– Sim, separadas por pontos. Ele começou a rir e disse ao sujeito que lhe dava o dinheiro que não queria cédulas danificadas. O homem pegou a cédula de volta e, ao que parece, ficou bem irritado.

– Você pensou no que significa isso?

– Sim, eu fiz isso.

Ficaram em silêncio.

– O que você concluiu, Karen? – perguntou Håkon em voz baixa.

– Eu me perguntei se existiria um advogado em Oslo com essas iniciais. E há apenas um. Confirmei no registro da Ordem dos Advogados.

– Jørgen Ulf Lavik.

Na verdade não era tão impressionante que Håkon acertasse. Haviam estudado com Lavik, que já naquela época era uma figura popular, um rapaz com talento, sempre rodeado de gente e envolvido em política. Durante muito tempo, Håkon acreditou que Karen estivesse apaixonada por ele, coisa que ela sempre negara. Lavik era bastante conservador, e Karen era membro do conselho da Frente Socialista da Faculdade. Naquela época, esse tipo de barreira era praticamente insuperável. Karen se referia com frequência ao colega de estudos como um "bastardo reacionário". Inclusive na presença dele. Só haviam estado do mesmo lado em uma ou outra ocasião, entre outras quando lutaram juntos contra a implantação de cotas de acesso aos estudos. Em função da batalha, chegaram a passar um fim de semana juntos no chalé dos pais de Karen, em Ula, uma viagem que estava planejada como um seminário de política estudantil, mas que acabou sendo somente um fim de semana de diversão. Aquilo não contribuiu para melhorar a opinião de Karen sobre Lavik.

– Não entendo muito do assunto, mas o jornal insinua que alguns advogados poderiam estar na folha de pagamento de uma organização que distribui drogas. Não sou totalmente capaz de imaginar Jørgen Ulf Lavik como líder de uma organização dessas, mas, enfim, é isso o que sei. Não estou certa, como disse, de que essa informação sirva para alguma coisa. – Para Sand a informação valia muito, e o valor aumentou quando Karen acrescentou: – Você descobriria por si mesmo, mas vou lhe adiantar: Jørgen começou sua carreira de advogado como assistente de um advogado muito importante. Adivinhe com quem?

– Peter Strup – respondeu Håkon Sand imediatamente, sorrindo de orelha a orelha.

Antes de Karen deixar a Central naquela tarde, emprestaram-lhe um rádio comunicador, que a fez lembrar de um *walkie-talkie* antiquado. Era maior e mais pesado do que um telefone celular. Para ligá-lo, precisava apertar um botão. Feito isso, o aparelho começava a chiar como em um velho filme norte-americano de detetives. Depois, era preciso apertar outro botão, que estabelecia contato direto com a Central de Operações da Polícia. Seu nome em código era BB 04, e o 01 era o código da Central de Operações.

– Leve-o sempre com você – ordenou Håkon. – Não hesite em usá-lo. A Central de Operações está informada. A polícia estará com você em cinco minutos.

"Cinco minutos pode ser muito tempo", pensou Karen. Mas não disse nada.

Quinta-feira, 15 de outubro

Em uma ocasião, fazia muito, muito tempo, ela havia flertado descaradamente com ele. Naquela época, ainda não era chefe da promotoria, trabalhava na Divisão de Crimes Contra o Patrimônio, recém começando na promotoria. Viajaram juntos para a Espanha para reunir provas para um caso de contrabando de álcool. Aquela foi sua primeira viagem a trabalho. O homem que agora tinha à sua frente, sentado na cadeira para convidados, era naquela época um advogado de defesa. Levara três horas para reunirem as provas, e a viagem durou três dias. Comeram muito, e bem, e beberam ainda mais. O vinho era de excelente qualidade.

O homem tinha tudo que ela admirava: era mais velho, estava bem de vida, tinha experiência e era bem-sucedido. Agora era secretário de Estado no Ministério da Justiça. Isso também não era ruim. Durante aquela viagem, dez anos antes, nunca foram além de trocar alguns beijos, algumas carícias e um ou outro abraço. Não foi por escolha dela que a coisa havia parado aí. Por isso ela estava um pouco constrangida.

– Uma xícara de café? Chá?

Aceitou o primeiro e recusou um cigarro.

– Parei – disse ele.

A chefe da promotoria tinha as mãos úmidas e se arrependeu de não ter tomado uns documentos ou alguma outra coisa para folhear; acabou brincando com os dedos e movendo-se inquieta na enorme poltrona.

– Parabéns pela nomeação de chefe da promotoria! – riu ele. – Nada mal!

– Não esperava – brincou ela.

A verdade é que o antigo chefe da promotoria a incentivara a solicitar o cargo, por isso não foi surpresa para ninguém que tenham lhe dado.

O secretário de Estado deu uma olhada para o relógio e foi direto ao assunto.

– O conselho de ministros está preocupado com esse caso dos advogados – disse ele. – Muito preocupado. O que está acontecendo realmente?

Era verdade que fazia muito tempo que se insinuara abertamente àquele sujeito, e também que o homem ainda a entusiasmava, o título de secretário de Estado não exatamente diminuía seus sentimentos, mas ela era uma profissional.

– É um caso difícil e também bastante confuso – respondeu vagamente. – Temo não ter muita coisa para contar, além do que tem saído nos jornais. Parte daquilo é verdade.

O homem ajeitou a gravata e pigarreou eloquentemente, como para lembrar-lhe de que ele, enquanto subordinado direto do ministro, tinha direito de saber mais do que aquilo que era publicado na imprensa, fossem ou não informações relevantes. Mas ela não ficou impressionada.

– A investigação está em fase inicial, e a polícia ainda não está preparada para dar informações. Caso a investigação descubra algo que acreditamos que a direção política do ministério deva saber, informarei imediatamente, claro. Isso posso lhe prometer.

Isso era tudo o que ele conseguiria arrancar dela, e era experiente o suficiente para saber disso. Assim, não insistiu. Quando ele deixou o escritório, ela percebeu que os quilos que ele adquirira o tornaram um pouco menos atraente. Quando a porta foi finalmente fechada, sorriu, feliz consigo mesma. Apesar do traseiro agora enorme, ele ainda era atraente. Haveria novas oportunidades de um encontro. Um fio de cabelo grisalho planou lentamente até atingir o tampo de sua mesa, e ela o recolheu rapidamente. Depois ligou para sua secretária.

– Marque uma hora com meu cabeleireiro – pediu. – O mais rápido possível, por favor.

* * *

Han van der Kerch estava começando a perder a noção do tempo. Certamente apagavam a luz para informar aos detentos que era noite, e, além disso, serviam pontualmente a intragável comida embalada em plástico, o que contribuía para decompor a existência em partes que logo formavam um dia. Mas, ao não ter oportunidade de ver o sol nem a chuva, o ar ou o vento, e dispondo de muito tempo que não podia usar para mais nada além de dormir, o jovem holandês desmoronara, entrando em um estado de apatia e de não-existência. Uma noite na qual as cinco horas de sono diurno tornaram insuportável e insone, a eternidade que passou escutando o doloroso choro do rapaz da cela ao lado e os gritos estridentes de um marroquino com uma forte síndrome de abstinência, acomodado em uma cela um pouco mais adiante, fizeram com que Kerch pensasse estar a ponto de enlouquecer. Rezou para um Deus no qual não acreditava desde o tempo em que frequentava a catequese para que voltassem a ligar logo a potente luz no teto da cela. Parecia evidente que Deus se esquecera dele, do mesmo modo que Han van der Kerch se esquecera de Deus, porque a manhã não chegava nunca. Estava tão desesperado que havia atirado o relógio de pulso que lhe haviam devolvido, ao fim de alguns dias, contra a parede, destruindo o objeto. Por isso, não podia sequer acompanhar a passagem do tempo em seu insuportável avanço em direção a um futuro em branco, sem absolutamente nada para esperar.

A desenvolta mulher míope que trazia o carrinho com a comida dos presos lhe dava de vez em quando um pedaço de chocolate, que ele aceitava como se fosse um presente de véspera de Natal. Partia o chocolate em pedacinhos e depois deixava que derretessem um a um na boca. O chocolate não havia impedido que perdesse peso; em três semanas de prisão preventiva, havia perdido sete quilos. A nova magreza não lhe caíra bem, mas sua aparência não tinha muita importância dada sua situação, às vezes, usando apenas roupas de baixo, e, às vezes, ficando totalmente despido.

Além disso, Kerch estava com medo. A angústia que se instalara em seu peito como um cacto no momento em que se inclinou sobre o cadáver desfigurado de Ludvig Sandersen, acabara estendendo-se a todos os seus membros e provocava um desagradável tremor em seus braços, que o fazia derramar tudo o que bebia. No começo conseguira distrair-se com os livros que lhe emprestavam, mas, com o passar do tempo, foi perdendo a capacidade de concentração. As letras dançavam e se amontoavam sobre o papel. Haviam receitado comprimidos para ele, que os guardas o faziam tomar, um a um, acompanhados de água morna em um copo de plástico. À noite lhe davam uns pequenos comprimidos azuis, que o ajudavam a entrar no mundo dos sonhos, e, três vezes ao dia, comprimidos brancos maiores, que lhe davam uma calma que, por um momento, fazia o cacto retrair seus espinhos. Mas a certeza de que não demorariam a voltar, recém-afiados e maiores, era quase tão terrível quanto a sensação dos espinhos em si.

Han van der Kerch estava a ponto de perder a noção da própria existência.

Acreditava que fosse dia. Não podia saber ao certo, mas a luz estava ligada, e ao seu redor havia muitos ruídos. Acabavam de servir uma comida, ainda que não soubesse se era o almoço ou o lanche da tarde. Talvez fosse o jantar? Não, era muito cedo, havia muito barulho.

No começo não entendeu o que era. Quando o pequeno pedaço de papel caiu por entre as grades, demorou um bom momento até entender. Seguiu com os olhos a trajetória do papelzinho, que era tão pequeno e leve que demorou uma eternidade para chegar até o chão. Agitava-se como uma mariposa, oscilando de um lado para o outro, enquanto caía em direção ao concreto. O rapaz sorriu. O movimento lhe parecia gracioso e aquilo parecia não lhe dizer respeito.

O papel ficou ali jogado. Han van der Kerch não fez caso dele e desviou o olhar para concentrar-se novamente nas sombras dos movimentos que lhe contavam o que acontecia no corredor. Acabara de tomar os comprimidos brancos e se sentia melhor do que há uma hora. Ao fim de um momento, tentou se levantar. Sentia-se tonto e estivera tanto tempo deitado na mesma posição que os braços e as pernas estavam dormentes. Sentia um formigamento incômodo, porém, mesmo com movimentos entorpecidos, conseguiu percorrer os poucos passos que o separavam da porta. Agachou-se e pegou o papel sem olhar para ele. Levou vários minutos para sentar-se na postura adequada, sem que as pernas se queixassem muito.

O papel tinha o tamanho de um cartão-postal, dobrado duas vezes. Desdobrou-o em seu colo.

Era óbvio que a mensagem era dirigida a ele. Continha apenas umas poucas palavras escritas em letras maiúsculas com uma caneta de ponta grossa: "O silêncio é ouro, fale e estará morto". Aquele era um recado bastante melodramático, e Kerch começou a rir. A risada foi estridente e tão alta que ele mesmo se assustou, e fez silêncio de repente. Em seguida, o medo o dominou. Se um papel era capaz de passar pelas portas de sua cela, uma bala também poderia alcançá-lo.

Começou a rir novamente, tão alto e histericamente como havia feito instantes atrás. A risada ecoou nas paredes de tijolos e saltou de lá para cá ao redor do homem que a produzia, antes de desaparecer entre as grades e levar consigo o último traço de sanidade que Han van der Kerch ainda possuía.

Sexta-feira, 16 de outubro

Dois mortos e duas pessoas no hospital. E tudo que temos para seguir adiante são umas poucas iniciais e algumas suspeitas vagas.

As folhas amarelas dos bordos haviam sofrido sua primeira noite de geada e estalavam. Era como se caminhassem sobre papel de arroz. Aqui e ali havia manchas de neve recente, a primeira que caía tão perto do centro. Haviam chegado à parte alta da encosta de Saint Hans. A cidade se estendia às suas costas com a palidez e o frio típico do outono. Dava a impressão de que a baixa temperatura repentina pegara a cidade de Oslo tão desprevenida quanto os motoristas da rua Geitemyr, que não conseguiam dirigir seus carros porque ainda estavam andando com os pneus do verão. O céu parecia tão baixo. Só as cúpulas das igrejas, a mais alta em Uranienborg e as duas mais baixas próximas a Saint Hans, impediam que o céu desabasse.

Wilhelmsen recebera alta do hospital. No entanto, mal tinha forças para dar um passeio no bosque. A cabeça machucada ainda inspirava cuidados, mas Håkon não pôde resistir à tentação quando ela o convidou para um passeio. Hanne ainda estava pálida e mostrava claros sinais de fraqueza. A mandíbula azulada ficara de uma cor verde-clara, e as enormes ataduras foram substituídas por grandes faixas. Os cabelos estavam completamente desiguais, coisa que surpreendeu a Håkon. Ele imaginou que ela rasparia a cabeça toda porque uma larga faixa acima da orelha já havia sido raspada. Quando se encontraram, depois de se cumprimentarem, ela explicou entre sorrisos tímidos que se negava a renunciar ao restante dos cabelos compridos. Por mais estranho que tivesse ficado.

— Foram apenas uns dias de hospital, Håkon — disse ela. — Eles me deram alta.

— Sim, nesse aspecto você teve mais sorte do que nosso amigo holandês. O sujeito perdeu completamente a cabeça. Psicose retroativa, disse o médico, seja lá o que isso for. Maluco como um cão, é o que acho que significa. Agora está no setor de psiquiatria do hospital de Ullevål. Não creio que possamos contar com o que ele vai falar depois disso. No momento está na cama e balbucia coisas sem sentido. Assusta-se com tudo e com todos.

— Isso é muito estranho — comentou Hanne, que se sentou sobre um banco, e, em seguida, deu umas palmadinhas no espaço junto a ela, chamando Håkon. — É bastante curioso que tenha perdido a cabeça depois de mais de três semanas. Bem, sabemos que a vida nas celas da Central não é exatamente como férias de verão na casa da vovó. Mas há muita gente que passa mais tempo lá do que deveria. Você já ouviu dizer que alguém tenha ficado louco por causa disso?

— Não, mas suponho que o rapaz tenha razões mais fortes do que a maioria para ter medo. É estrangeiro, acho que se sente só, e tudo o mais.

— Mas ainda assim...

Håkon aprendera a escutar quando Hanne dizia alguma coisa. Confiava em seus instintos. Realmente não havia parado para pensar sobre o estado mental de Han van der Kerch. Limitou-se a registrá-lo com desânimo: mais uma porta batia em sua cara, em meio a uma investigação que parecia se arrastar sem rumo.

— Alguma coisa pode ter provocado isso? Pode ter acontecido algo na cela?

Håkon não respondeu, e Hanne também não disse mais nada. Håkon tinha a estranha sensação de bem-estar que sempre sentia na presença de Hanne. Aquilo era novo comparado com outras mulheres que conhecera até então. Era um tipo de companheirismo, de confraria, e tinha a profunda convicção de que se respeitavam e se davam bem. Pegou-se pensando que deveriam tornar-se amigos, mas descartou a ideia. Compreendia por instinto que devia ser ela a tomar a iniciativa para que passassem de colegas de trabalho a amigos. Sentado ali sobre a encosta de Saint Hans, um cinzento dia de outubro, estava mais do que satisfeito com a sensação de estar na equipe daquela mulher, tão próxima e tão distante ao mesmo tempo, tão competente e tão decisiva para o trabalho que ele tinha que fazer. Esperava que ela também se sentisse assim em relação a ele.

– Encontraram algo diferente na cela?

– Não que eu saiba, mas, de qualquer modo, o que poderia ser?

– Mas a equipe procurou alguma coisa?

Ele não respondeu. Sentia a ausência dela no trabalho e estava começando a entender por quê. Faltava a ele experiência ao dirigir uma investigação: ainda que formalmente tivesse sido responsável por todas as investigações em seu nome, era raro que os promotores participassem diretamente do trabalho em campo, tal como Sand estava fazendo nesse caso.

– Creio que isso me passou despercebido – admitiu.

– Ainda não é muito tarde – consolou ela. – Você ainda pode investigar o que aconteceu.

Ele se deixou consolar e depois, para endireitar sua duvidosa posição de chefe da investigação, contou para a inspetora o que havia conseguido apurar a respeito de Jørgen Ulf Lavik.

Lavik obtivera êxito considerável em um prazo bastante curto. Depois de trabalhar por dois anos como assistente de Peter Strup, começara a trabalhar por conta própria com outros dois advogados de sua idade. Entre os três, a firma cobria a maioria das especialidades do Direito. Metade dos casos de Lavik era criminal, e a outra metade, casos variados dentro do Direito Comercial. Havia casado pela segunda vez e tivera três filhos com ela em um intervalo curto. A família vivia em um chalé simples, em uma região respeitável da cidade. À primeira vista, seus gastos não pareciam ultrapassar o que se podia permitir um homem como Lavik: tinha dois carros, um Volvo de 1 ano e um Toyota de 7 para a mulher. Não possuía barco ou casa de campo. A mulher era dona de casa, coisa que talvez fosse necessária, pois tinham três filhos, de 1, 2 e 5 anos.

– Parece um advogado comum de Oslo – disse Hanne com resignação. – *Tell me something I don't know.*

Håkon notou que ela parecia cansada. Sua respiração, condensada no ar gelado de Oslo, parecia acelerada, apesar do tempo em que estavam sentados. Håkon se levantou, bateu no traseiro para limpar uma neve imaginária e estendeu a mão para Hanne a fim de ajudá-la a se levantar. Ainda que não fosse preciso, ela aceitou.

– Investigue mais sobre a parte comercial da vida profissional dele – ordenou Hanne a seu superior. – E faça uma lista de todos os seus casos criminais nos últimos dois anos. Aposto o que você quiser que encontraremos algo. Além disso – acrescentou –, chegou o momento de juntar os casos. São todos meus, porque eu tinha o caso mais antigo.

Dava a impressão de que aquilo a deixava quase feliz.

Segunda-feira, 19 de outubro

Apenas oito dias haviam se passado desde o brutal encontro de Hanne Wilhelmsen com seu agressor. A inspetora deveria ficar afastada do trabalho por pelo menos mais uma semana e, pensando bem, tinha que admitir que seria isso o correto. Ainda sentia um pouco de dor de cabeça e enjoos. Fazer esforço a deixava zonza. Mas para todos, inclusive Cecilie, afirmava que se sentia em plena forma, que só estava um pouco cansada. Aceitou trabalhar apenas meio período durante uma semana.

Foi recebida com aplausos ao entrar no espaço que fazia as vezes de sala de refeições e sala de reuniões ao mesmo tempo, e sentiu-se envergonhada. Apesar disso, sorriu e apertou as mãos dos colegas. Fizeram alguns comentários sobre seu penteado, ela respondeu às brincadeiras ironizando a si mesma, e todos riram. Ainda tinha curativos, e a parte inferior do rosto apresentava todas as tonalidades de verde e amarelo. Isso evitou os abraços até entrar na sala do chefe do Departamento, que a agarrou pelos ombros e lhe deu um grande abraço.

– Esta é minha garota – disse ao seu ouvido. – Diabos, Hanne, você nos deu um grande susto, criatura!

Hanne teve que repetir que estava muito bem e prometeu dar ao chefe do Departamento as explicações que achava que tinha direito. Combinaram local e hora, e o chefe de polícia Kaldbakken concordou em esperar.

De repente, Billy T. apareceu na porta. Com seus 2 metros e pouco de altura, além das botas, a cabeça raspada roçava o batente de cima da porta. Sorria de orelha a orelha, e sua aparência dava um pouco de medo.

– Beijou a lona no primeiro assalto, Hanne? Esperava que você se defendesse melhor – disse, fingindo estar decepcionado. Billy T. fora o professor de autodefesa de Hanne Wilhelmsen. – Está pensando em passar o dia aí, deixando-se ser paparicada, ou pode dedicar uns minutos ao trabalho de verdade?

Hanne podia. A mesa de sua sala estava ocupada por um enorme arranjo de flores. Era lindo, mas o vaso era horrível, além de não ser grande o bastante. Quando o levantou com cuidado para colocá-lo no beiral da janela, toda a armação se desequilibrou, caiu de suas mãos e se partiu contra o chão. As flores se espalharam, e a água escorreu em todas as direções. Billy T. riu.

– É assim que acabam as coisas quando alguém tenta ser gentil nesta Central – disse ele.

Afastou Hanne, juntou as flores com as mãos enormes e tentou desviar a água para a parede com as botas. Não adiantou nada, então se sentou e deixou as flores em um canto.

– Acho que tenho algo para você – disse ele, tirando duas folhas de papel do bolso de trás da calça que haviam tomado a forma de seu traseiro, como ficam com o passar do tempo as carteiras dos homens. Era claro que estavam lá já havia alguns dias. – Estão comigo há dias – explicou, enquanto a inspetora Wilhelmsen as desdobrava. – Na semana passada, invadimos um apartamento. Era um reincidente, e tivemos sorte. Vinte gramas de heroína e quatro de cocaína. Uma sorte dos diabos, o sujeito só tinha sido detido por bobagens. Neste momento, é um hóspede bastante apavorado de nossas luxuosas instalações – estendeu o braço em direção à janela, na direção das celas do pátio dos fundos. – Deve ficar por ali, bem, você já sabe, ao menos por uma temporada – acrescentou com satisfação.

As duas folhas se pareciam muito com o papel encontrado em meio aos filmes pornográficos do advogado Olsen. Linhas inteiras de números, agrupados de três em três. Ambas estavam escritas à mão, na parte alta da folha estava escrito "Bornéu" e "África" respectivamente.

– Nosso suspeito está falando como um louco, mas insiste em que não sabe o que significam esses códigos nem para o que servem. Demos uma dura nele, e ele nos deu muitas informações úteis, mais do que precisamos. Por isso começo a achar que talvez esteja dizendo a verdade quando afirma que não tem a menor ideia do que significam os números.

Encararam as páginas misteriosas como se elas escondessem algo que de repente pudesse saltar-lhes à vista, desde que olhassem o suficiente para elas.

– Seu suspeito disse como as conseguiu?

– Sim, insiste em que as encontrou por acaso e que resolveu guardá-las para segurança dele. Achou que poderiam ser úteis. Não conseguimos arrancar mais nada dele, sequer o que exatamente quer dizer "por acaso".

Hanne Wilhelmsen estudou a textura do papel. Era incomum. As páginas estavam cobertas por uma camada de pó na qual se destacavam, em lilás, algumas impressões digitais.

– Já fiz com que investigassem as impressões digitais do papel, mas não há nada – disse Billy T. que, em seguida, pegou os papéis, saiu da sala e voltou ao fim de dois minutos. Entregou duas cópias ainda quentes da copiadora à Hanne. – Os originais ficam comigo, mas, se você precisar, peça.

– Muito obrigada, Billy T.

O agradecimento era sincero, apesar de sua expressão exausta.

* * *

A primeira coisa que ela disse foi que, naquele caso, ele era uma testemunha, não um suspeito. Aquilo não fez diferença nenhuma para o rapaz, que tinha suas próprias acusações com as quais se preocupar. Em seguida, recebeu o refrigerante que pedira. Além disso, antes de trazê-lo para o interrogatório, permitiram que tomasse um banho. A inspetora Hanne Wilhelmsen tratava-o com amabilidade, parecia ser muito gentil e deixou claro que o acusado em um caso poderia ser uma boa testemunha em outro. Não pareceu que o suspeito se deixara impressionar. Conversaram um pouco sobre coisas sem importância. O rapaz achava a permanência na cela algo tedioso, e a mudança de ambiente era agradável. Ele parecia satisfeito.

Hanne Wilhelmsen não se sentia assim. A enxaqueca havia aumentado, e as caretas que fazia cada vez que seus pontos doíam piorava tudo.

– Parece que podem diminuir alguns anos da minha pena se eu colaborar.

Ele parecia mais confiante do que Billy T. dissera.

– Bem, deixe-me lhe dizer que seu caso não me interessa. Continua sendo seu caso e seu problema, amigo. Quero falar com você sobre os documentos que encontraram em sua casa.

– Documentos? Não eram documentos. Eram folhas de papel com números. Os documentos têm carimbos e assinaturas, e coisas assim, você sabe.

Havia acabado com uma garrafa de refrigerante e logo pediu outra. Hanne apertou o botão do interfone e mandou trazer outra garrafa.

– Serviço de quarto! Gosto disso! Onde estou não há essas coisas!

– Esses documentos, ou folhas de papel – tentou a policial, mas foi interrompida.

– Não faço a menor ideia, realmente. Mas as encontrei. E guardei como uma espécie de segurança. Na minha profissão nunca se é cauteloso o bastante, você sabe.

– Segurança contra o quê?

– Segurança, nada mais, contra nada em especial. Você levou uma surra, ou o quê?

– Não, nasci assim.

Depois de três horas de trabalho, a inspetora começava a entender por que o médico insistira tanto para que continuasse de licença do trabalho por mais uns dias. Cecilie a advertira sobre a enxaqueca e as náuseas, e descrevera cenas horrorosas sobre como a dor podia tornar-se crônica se Hanne não fosse com calma. E a policial estava começando a achar que sua namorada podia estar coberta de razão. Massageou com cuidado a têmpora onde não havia curativos.

– Não posso dizer nada, você sabe, não é? – de repente, o suspeito parecia um pouco mais calmo. Seu corpo desajeitado tremia ligeiramente, e ele derramou o líquido quando tentou beber a segunda garrafa de refrigerante.

– Crise de abstinência, você está vendo? Será que consigo uma transferência para a penitenciária? Lá posso conseguir drogas com facilidade. Você não poderia conseguir isso para mim?

Hanne Wilhelmsen estudou o homem. Estava esquálido e pálido como um fantasma. A barba desalinhada não conseguia cobrir totalmente a grande quantidade de espinhas. Tinha muita acne para ter mais do que 30 anos. Em algum momento devia ter sido bonito. Imaginou-o com 5 anos, com cachinhos louros e vestido de marinheiro para ir ao estúdio fotográfico. Era provável que tivesse sido um menino bonito. Estava acostumada a ouvir as queixas dos promotores sobre todas as bobagens que diziam os advogados de defesa: uma infância miserável, traído pela sociedade, pais que se matavam de tanto beber, mães que bebiam um pouco menos e se mantinham vivas impedindo uma transferência sensata de sua custódia, até que o menino, por volta dos 13 anos, estava completamente incontrolável e além de toda ajuda que poderiam oferecer os serviços de proteção a menores e outras almas caridosas. Essas coisas não podiam acabar bem. Wilhelmsen sabia que os advogados de defesa tinham razão. Com dez anos de impotência nas costas, havia muito entendera que toda aquela frustração um dia explodiria, e não seria em forma de serviço voluntário. Essas pessoas invariavelmente tinham histórias de vida assustadoras. E tristes. Como o sujeito à sua frente. Como se lesse seus pensamentos, o homem se encolheu e disse com um fio de voz:

– Foi uma vida de cão, sabe.

– Sim, eu sei – respondeu ela abatida. – Não há muito que eu possa fazer. Mas talvez possa conseguir hoje a transferência se me disser de onde tirou os documentos.

Era evidente que a oferta lhe parecia muito tentadora. Ela o ouviu contar dedos imaginários, se é que sabia contar.

– Eu os encontrei. Não posso dizer mais do que já disse. Acho que sei de quem são. Gente perigosa, você sabe. Encontram-no esteja onde estiver. Não, a verdade é que acho que esses papéis ainda são meu salvo-conduto. É melhor eu esperar minha vez no pátio, avancei bastante na lista, já faz cinco dias que estou aqui.

A inspetora Wilhelmsen não tinha forças para continuar. Disse a ele que bebesse o resto de seu refrigerante. Ele obedeceu à ordem e foi bebendo pelo caminho, em direção ao pátio dos fundos. Em frente à porta da sua cela, devolveu-lhe a garrafa vazia.

– Ouvi falar sobre você, sabe. Dizem que é justa. Obrigado pelo refrigerante.

* * *

O homem magro e destruído pelas drogas foi transferido para a penitenciária no mesmo dia. Wilhelmsen não estava tão cansada que não conseguisse tomar algumas providências antes de ir para casa. Ainda que não pudesse tirar da manga lugares em uma penitenciária lotada, ao menos podia fazer alguma pressão sobre as pessoas certas. Aquele homem maltratado se sentiu feliz quando, horas depois de interrogado, foi instalado em uma cela com janela na qual havia algo ao menos parecido com uma cama para, em seguida, receber a visita de seu advogado.

Estavam sozinhos em uma sala, o advogado de terno e o homem com síndrome de abstinência. Estavam no anexo do salão principal, onde os mais afortunados recebiam visitas da família ou de amigos, um lugar ermo e pouco acolhedor que tentava sem êxito causar uma boa impressão. Haviam inclusive montado um canto de jogos para as visitas mais jovens.

O advogado folheou os documentos. A maleta estava sobre a mesa. Estava aberta, e a tampa era como um escudo entre eles. Parecia mais nervoso do que o preso, coisa que o estado de saúde do drogado o impediu de perceber. O advogado baixou a tampa da maleta e lhe estendeu um lenço. Desdobrou o pedaço de tecido e lhe ofereceu o conteúdo.

Ali estava a bênção, tudo de que necessitava aquele homem exausto para conseguir algumas horas de êxtase merecido. Tentou pegá-lo, mas foi em vão. O advogado retirou a mão rapidamente.

– O que você contou a eles?

– Nada! Você me conhece! Nunca falo mais do que o necessário, você sabe, não sou desse tipo.

– Há algo na sua casa que possa dar pistas à polícia? Alguma coisa?

– Não, não, nada. Só um pouco da minha mercadoria, nada que me ligue à organização, você sabe. Que tremendo azar receber a polícia logo antes de uma entrega, diabos! Nada disso foi culpa minha.

Se o cérebro do homem não estivesse danificado pelos vinte anos de abuso de estimulantes artificiais, talvez tivesse dito outra coisa. Se a promessa de alívio que saíra da maleta do advogado não tivesse obliterado o resto de juízo que ainda possuía, talvez tivesse contado que tinha em seu poder provas materiais comprometedoras, papéis que encontrara no chão depois de outra venda ilegal, depois de outro encontro em uma sala de visitas, depois de outra prisão. Se estivesse de posse plena de suas faculdades mentais, quem sabe tivesse entendido que as folhas de papel com números rabiscados só serviam como salvo-conduto se ele contasse que as tinha em seu poder. Talvez inclusive devesse ter inventado uma história sobre alguém que contaria tudo à polícia caso lhe acontecesse algo. Assim teria conseguido alguma vantagem. Talvez isso salvasse sua vida. Ou não. Mas ele estava com dificuldade de raciocinar. De prever. E de se proteger.

– Continue mantendo a boca fechada – disse o advogado, e permitiu que o suspeito se servisse do conteúdo do lenço.

Deu-lhe também um cilindro do tamanho de um cigarro, em cujo interior o criminoso, com mãos entusiasmadas e cada vez mais trêmulas, conseguiu introduzir o material. Sem pudor, baixou as calças e colocou o pequeno recipiente alongado no reto, fazendo uma careta.

— Vão me revistar antes de me colocar na cela novamente, mas não vão usar luvas de látex após uma visita do advogado — riu o homem, satisfeito.

Foi encontrado morto na cela cinco horas mais tarde. A overdose o levara à morte com um sorriso feliz nos lábios. O material estava no chão, ínfimos restos de heroína em um pequeno pedaço de plástico. Na grama molhada, dois andares abaixo da janela gradeada de sua cela, havia um pequeno cilindro do tamanho de um cigarro. Ninguém procurou pelo objeto, e ele ficou ali, na chuva, até que, depois de seis meses, um vigilante o encontrou e jogou fora.

A mãe idosa do preso só foi informada da morte dele dois dias depois que tudo aconteceu. Derramou umas lágrimas amargas e, para se consolar, bebeu uma garrafa inteira de aquavita. Havia sofrido quando o menino veio ao mundo, em uma gravidez não planejada, e o acompanhou chorosa ao longo de sua vida, do mesmo modo que chorou no momento de sua morte. Além dela, ninguém, absolutamente ninguém, sentiria falta de Jacob Frøstrup.

* * *

Ainda que o homem mais velho tivesse se comportado de modo ameaçador na última vez em que se viram, agora estava furioso, quase irreconhecível. Os dois homens haviam se encontrado como na outra vez, em um estacionamento no fundo do vale de Maridalen. Haviam estacionado seus respeitáveis carros em extremidades opostas do estacionamento, coisa que chamava a atenção, pois só havia outros três veículos no lugar, todos estacionados juntos. Um de cada vez, haviam se dirigido ao bosque, o mais velho com roupas adequadas, o mais jovem passando frio com seu terno e sapatos pretos.

— Em que droga está pensando? Não tem outra roupa para vestir? — alfinetou o mais velho, quando já haviam entrado uns cem metros entre as árvores. Quer que todos olhem para você?

— Relaxe, ninguém me viu.

Ele batia os dentes. Os cabelos escuros estavam molhados, e a chuva tingira seus ombros de preto. Parecia o Conde Drácula, uma impressão reforçada por seus caninos afiados que, naquele momento, apareciam inclusive quando fechava a boca; já os lábios encolhiam-se por causa do frio.

A pouca distância escutaram o barulho de um trator. Apressaram-se a se esconder atrás de troncos caídos, uma medida de segurança absolutamente desnecessária: encontravam-se a mais de cem metros do caminho que cruzava o bosque. O som do motor foi desaparecendo.

– Temos uma política clara de não nos encontrarmos nunca – continuou o que estava mais irritado. – E agora tenho que me encontrar com você duas vezes em muito pouco tempo. Você perdeu completamente o controle?

A pergunta era inútil. O homem molhado parecia estar fora de si. Seu desespero se fazia ainda mais evidente em contraste com o terno caro e o penteado na última moda. Ele parecia estar a ponto de se desintegrar, junto com o penteado e a roupa ensopada. Não respondeu.

– Acalme-se, homem! – o mais velho parecia completamente fora de si e agarrou o mais jovem pelos colarinhos, sacudindo-o. O outro não ofereceu resistência, e sua cabeça sacudia como a de um boneco de pano. – Escute-me, escute-me agora mesmo – disse o mais velho, subitamente mudando de técnica. Soltou o outro homem e falou devagar e articulando as palavras, como quem fala com uma criança pequena: – Fechamos o negócio, desmantelamos a organização. Deixamos para lá, esquecemos minha ideia de funcionarmos mais algum tempo que eu tinha mencionado. Recolhemos nossas coisas. Ouviu? Mas você tem que me dizer em que pé estamos. O passarinho engaiolado sabe algo sobre nós?

– Sim, sobre mim. Sobre você não sabe nada, claro.

O mais alto quase começou a gritar:

– Que droga você queria me dizer então quando me contou que não tinha sido tão idiota quanto Olsen? Você me disse que não tinha contato com os entregadores!

– Eu menti – respondeu o outro quase apático. – Como diabos eu iria recrutá-los se não fosse assim? Enviei-lhes droga para dentro da prisão. Não muita, mas o suficiente para controlá-los. Correm atrás de droga como os cães atrás das cadelas no cio.

O homem mais velho ergueu o punho como se fosse acertar um soco no outro, mas foi muito lento para pegá-lo de surpresa. O homem mais jovem deu um passo para trás, completamente espantado, escorregou nas folhas molhadas e caiu de costas. Não se levantou. Cheio de desdém, o mais velho deu-lhe um pontapé.

– Você vai ter que dar um jeito nisso, seu bastardo.

– Já fiz isso – resmungou o mais jovem, entre as folhas apodrecidas. – Já resolvi tudo.

Sexta-feira, 23 de outubro

Ele não se sentia solitário, apenas um pouco sozinho. A voz feminina que vinha do noticiário noturno era agressiva e comum, mas servia como companhia. Herdara da avó a poltrona, que era muito confortável e por isso a usava, apesar de que a velha havia se encontrado com o Senhor sentada naquele mesmo móvel. Duas gotas de sangue continuavam manchando um dos braços como resultado de um golpe que a mulher, ao que parece, sofrera na cabeça ao ter um infarto. Eram impossíveis de tirar, como se a avó, de sua existência imaterial no além, cuidasse obstinadamente para que prevalecesse seu direito de propriedade, coisa que provocava em Håkon um sentimento de ternura. Lembrava-se dela teimosa como uma mula, e as manchas pálidas de sangue sobre a capa de veludo azul evocavam a esplêndida mulher que vencera a guerra sozinha, que cuidara de todos os indefesos e abandonados, que fora a heroína de sua infância e que o havia convencido a estudar Direito, apesar de o neto ter a cabeça bastante limitada para os livros.

O apartamento estava decorado com mau gosto, sem nenhuma coerência ou tentativa de manter um estilo homogêneo. As cores eram mortas, mas, paradoxalmente, a casa transmitia a amabilidade e o calor de um lar. Cada objeto tinha sua própria história: algumas coisas eram herdadas, outras foram compradas em lojas, e os móveis da sala de jantar ele comprara em uma grande loja de móveis escandinavos. Em resumo: era um apartamento de um homem solteiro, ainda que mais limpo e arrumado do que a média. Como filho único de uma lavadeira, aprendeu rapidamente o ofício e gostava das tarefas domésticas.

O procurador geral do Estado lançava duros ataques contra a imprensa pelo modo como cobria os processos criminais, e a apresentadora tinha problemas para mediar o debate e fazer com que os participantes se comportassem. Håkon acompanhava o que eles diziam, com os olhos fechados e pouco interesse. "Seja como for, a imprensa nunca se deixa controlar", pensou. Estava quase dormindo quando o telefone tocou.

Era Karen Borg. Podia ouvir o eco da própria respiração no aparelho. Tentou em vão soar animado, mas a boca estava seca como se enfrentasse uma ressaca.

Cumprimentaram-se sem nenhuma intimidade. Era incômodo permanecer em silêncio daquele jeito em uma ligação telefônica. Para preencher o vazio, Håkon pigarreou de um modo um tanto forçado.

– Estou sozinha em casa – disse Karen finalmente. – Você gostaria de vir aqui? – e como para justificar por que queria companhia, acrescentou: – Estou com medo.

– E Nils?

– Está fora. Posso preparar algo gostoso para o nosso jantar. Tenho vinho, e podemos falar do caso e dos velhos tempos.

Estava disposto a falar com ela sobre o que fosse, estava entusiasmado, feliz, esperançoso e morto de medo. Depois de um longo banho e vinte minutos de táxi, chegou ao bairro de Grünerløkka e ficou boquiaberto ao ver o apartamento. Nunca vira nada igual na vida.

As borboletas em seu estômago de repente se acalmaram e pararam de esvoaçar. A recepção de Karen não foi muito calorosa, nem sequer lhe deu um beijo de boas-vindas. Ela apenas esboçou aquele sorriso circunspecto de sempre. Não demoraram em começar a conversar, e ele foi recuperando a pulsação. Sand estava acostumado com as decepções.

A comida deixou muito a desejar, ele mesmo teria feito melhor. Karen fritara demais as costeletas de cordeiro antes de colocá-las no forno. A carne havia ficado dura demais. Conhecia a receita e sabia que o molho levava vinho branco; porém, Karen havia exagerado tanto a dose que o penetrante sabor do vinho dominava os demais.

Contudo, o vinho tinto que beberam era maravilhoso. Durante

muito tempo falaram disso e daquilo, de antigos colegas do tempo de faculdade. Ambos se mantinham alerta, a conversa fluía, mas percorria um caminho estreito e rígido. Karen foi quem escolheu esse caminho.

– Vocês fizeram algum avanço na investigação?

Haviam acabado de jantar, e a sobremesa era um desastre: um sorvete de limão que se negou a manter-se firme por mais de trinta segundos. Håkon bebeu a sopa fria de limão com um sorriso e aparentemente com apetite.

– Temos a sensação de que entendemos muitas coisas, mas estamos a anos-luz de poder provar algo. Agora temos toda a parte burocrática e rotineira com que nos preocupar. Juntamos tudo que poderia ter algum valor e repassamos cada detalhe, examinando tudo com lupa na tentativa de não deixar passar nada. No momento, não temos coisa alguma sobre Jørgen Lavik, mas dentro de alguns dias saberemos mais sobre sua vida.

Karen o interrompeu estendendo sua taça para fazer um brinde. Ao dar um gole grande demais, Sand engasgou e tossiu, manchando a toalha de vermelho. Derrubou o saleiro ao tentar limpar a prova de que era um desastrado. Duas vezes desastrado. Karen segurou a mão dele, encarou-o e o acalmou.

– Relaxe, Håkon, limpo isso amanhã. Continue falando.

Ele ergueu o saleiro e se desculpou algumas vezes antes de prosseguir.

– Se você soubesse como é entediante... quase todo o trabalho em um caso de assassinato é totalmente inútil. Explorar cada detalhe minúsculo e insignificante, cada possibilidade. Por sorte, não tenho que fazer o trabalho em campo, digamos, mas tenho que ler tudo, e até agora interrogamos 21 testemunhas. Vinte e uma! E nenhuma delas acrescentou sequer um detalhe. As poucas pistas técnicas que temos não nos dizem absolutamente nada. A bala que acabou com a vida de Olsen provém de uma arma que nem mesmo é vendida neste país... Mesmo assim, seguimos adiante. Acreditamos encontrar um padrão aqui ou ali, no entanto, não encontramos ainda o denominador comum, essa peça do quebra-cabeça que nos daria a conexão para continuar trabalhando. – Sand tentou nivelar o montinho de sal com o dedo indicador, na esperança de que as superstições envolvendo sal derrubado sobre a mesa e falta de sorte no amor estivessem erradas. – Talvez estejamos totalmente equivocados – acrescentou bastante desanimado. – Pensamos ter encontrado algo importante quando o registro de visitas revelou que Lavik estivera na prisão no dia em que seu cliente enlouqueceu. Eu estava animado com as possibilidades, mas os guardas que cuidam das celas se lembravam da visita em detalhe e juraram que o advogado não falou com ninguém mais além do próprio cliente e que, ainda por cima, foi vigiado o tempo todo, como acontece com todas as visitas.

Håkon Sand não queria falar sobre o caso. Era sexta-feira, a semana fora longa e exaustiva, e o vinho começava a fazer efeito. Sentiu-se aliviado, e o calor interno se expandiu e desacelerou seus movimentos. Esticou os braços para recolher o prato de sua anfitriã, despejou com cuidado o que havia sobrado no seu, colocou os talheres em cima e estava se levantando para levá-los para a cozinha quando aconteceu.

Karen se levantou de repente, deu a volta na mesa pesada de pinho e, ao tropeçar, bateu com o quadril no encosto arredondado da cadeira, o que deve ter doído, mesmo que não tenha demonstrado nenhum sinal de dor. Acabou sentada no colo do colega. Ele permaneceu mudo e perplexo, seus braços pendiam indolentes e flácidos; as mãos pesando como chumbo. Sand não sabia o que fazer com elas.

O medo de Sand aumentou quando Karen tirou os óculos dele com firmeza e habilidade. Estava tão aturdido que, ao piscar, uma pequena e solitária lágrima deslizou pelo lado esquerdo de seu rosto. Karen estendeu a mão e secou a lágrima.

Em seguida, ela aproximou os lábios dos de Sand e o beijou pelo que pareceu uma eternidade. Era muito diferente do roçar de lábios que haviam experimentado no escritório de Håkon. Esse era um beijo cheio de promessas, de paixão e de desejo, o beijo com o qual Håkon sonhara, que desejava há tanto tempo, uma doce fantasia. Era exatamente como havia imaginado, diferente de todos os beijos que trazia na memória ao longo de seus quinze anos de solteiro. Era a compensação e a recompensa por ter amado a uma única mulher desde que se conheceram na faculdade, há catorze anos. Catorze anos! Lembrava-se daquele encontro com mais clareza do que do almoço do dia anterior.

Estava cinco minutos atrasado. Entrou aos trancos no auditório e se acomodou em uma cadeira na frente de uma loura muito bonita. Ao baixar o assento, esmagou os pés que ela apoiara sobre a cadeira. A moça deu um grito, e Håkon se desculpou entre seus próprios sussurros e as risadas e alaridos dos demais. Quando descobriu quem era sua vítima, apaixonou-se de um jeito que nunca mais a esqueceria. Jamais disse uma só palavra, ainda que sua espera paciente fosse um suplício doloroso e triste. Durante todos aqueles anos, assistiu ao desfile dos namorados de Karen. A resignação levara Sand a entender que poderia vir a gostar de alguma mulher, alguém que não fosse Karen. Um pouco. Por um ou dois meses, enquanto durasse o interesse sexual. E, assim como começavam, aqueles relacionamentos acabavam.

Sand permaneceu estático durante alguns segundos até que o beijo eterno começou a ser mútuo. A coragem dele aumentou, e suas mãos acordaram para percorrer as costas dela, enquanto separava as pernas para que ela ficasse mais confortável.

Fizeram amor durante horas, perdidos em uma estranha e mútua paixão entre dois velhos amigos com uma longa história em comum, que nunca haviam se tocado, não dessa forma. Era como passear por um local estranho e familiar, mas em uma estação incomum. Conhecido e desconhecido ao mesmo tempo, cada coisa em seu lugar, ainda que a luz fosse diferente, e a paisagem, inexplorada e alheia.

Sussurraram palavras encantadoras e doces um no ouvido do outro, completamente fora da realidade. O bonde rangia lá fora, na rua. Tão longe, tão longe, e o barulho abriu caminho e penetrou na densa atmosfera do chão da sala, engoliu o amanhecer e desapareceu como um bom amigo que lhes desejava o melhor. Karen e Håkon estavam sozinhos novamente: ela, confusa, exausta e feliz. Ele, feliz, só feliz.

* * *

Na sexta-feira à noite Hanne Wilhelmsen estava envolvida com atividades bem diferentes. Dividia com Billy T. o assento dianteiro de um carro oficial, que tinha as luzes apagadas e estava estacionado na ladeira de um beco na região de Grefsenkollen. A rua era estreita, e, para não atrapalhar o trânsito escasso de uma noite de fim de semana, pararam o veículo em uma elevação um pouco distante, e ele ficou inclinado. As costas de Hanne protestavam por causa da postura que a obrigava a manter o corpo torto. Tentou ajeitar-se, ainda que sem êxito.

– Aqui está – disse Billy T., esticando-se para alcançar a jaqueta dele jogada no banco de trás. – Sente-se sobre isso e tente se endireitar.

Aquilo a ajudou um pouco. Não muito. Comeram o que ela havia trazido, elegantemente embalado em papel filme: três sanduíches para ele, e um para ela.

– O jantar!

Billy T. gritou de alegria e se serviu de café da garrafa térmica.

– Sexta-feira *gourmet* – comentou Hanne, dando um sorriso, com a boca cheia.

Já estavam ali havia três horas, e era seu terceiro dia de vigilância, plantados em frente a casa com varanda onde moravam Jørgen Lavik e sua família. A casa não tinha nada de especial. Era marrom, simples. Mas as cortinas bonitas e a suave luz interior transmitiam uma atmosfera de lar. Os membros da família foram dormir tarde, os policiais estavam acostumados a ver as últimas luzes da casa se apagarem por volta da meia-noite. Até o momento, sua espera em um carro frio não dera resultado. A família Lavik se comportava de um modo tediosamente normal. A luz azul de uma televisão piscava através da janela da sala, desde os programas infantis da manhã até a última edição dos telejornais. Às 20 horas se apagaram duas luzes de um quarto do segundo andar, e os dois agentes deduziram que se tratava do quarto das crianças. Apenas uma vez alguém saiu pela porta de madeira envernizada, com gansos entalhados que cumprimentavam os visitantes com uma saudação também entalhada em letra rebuscada. Era provável que fosse a senhora Lavik, saindo para jogar fora o lixo. Não conseguiram vê-la bem, mas ambos tiveram a impressão de estar diante de uma mulher esbelta e bem vestida, ainda que apenas para passar a noite em casa.

Estavam entediados. Música havia sido proibida nos carros oficiais, e os avisos que a rádio da polícia emitia sobre a ocorrência de crimes naquela sexta-feira à noite não eram exatamente divertidos. Os dois policiais eram pacientes.

Começara a nevar. Os flocos eram grandes e secos, e o carro estava estacionado havia tanto tempo que a neve já não derretia sobre o capô, que não tardou a ficar todo coberto de branco. Billy T. ligou o limpador de para-brisa para melhorar a visão.

— Hora de ir para a caminha — disse ele, apontando em direção à casa cujas luzes se apagavam uma depois da outra.

Uma das janelas do segundo andar continuou acesa mais alguns minutos, mas logo a luz da entrada era a única fonte de iluminação que permitia discernir o contorno da casa.

— Bem, vamos ver se o querido Jørgen tem outra coisa para fazer na sexta-feira à noite além de refestelar-se debaixo dos lençóis — falou Hanne, sem parecer muito esperançosa.

Uma hora se passou, e continuava nevando, calma e silenciosamente. Hanne acabava de propor que fossem embora. Billy T. rosnou, rejeitando a ideia. Por acaso era a primeira vez que ela ficava de tocaia vigiando alguém? Tinham que aguentar mais duas horas.

De repente, alguém saiu da casa, e os ocupantes do carro estiveram a ponto de perdê-lo, porque haviam começado a fechar os olhos e cochilar. O perfil de um homem emergiu do frio. Vestia um longo casaco preto e lutou contra a fechadura da porta pelo que pareceram eras. Ao voltar-se, levantou a gola do casaco para se proteger do frio, cruzou os braços na altura do peito e começou a correr em direção à garagem situada na lateral da casa. A porta se abriu antes que ele alcançasse a garagem. "Controle remoto", deduziram os policiais.

O carro era azul-escuro, mas com as luzes acesas foi fácil segui-lo. Billy T. se mantinha a uma distância prudente. O trânsito àquela hora da noite era tão pouco denso que o perigo de perdê-lo de vista era mínimo.

– É loucura vigiar um suspeito com apenas uma unidade – murmurou Billy T. – Esses sujeitos são uns paranoicos, deveríamos ter pelo menos dois carros.

– Dinheiro, sempre o orçamento e suas limitações – observou Hanne. – Esse aí pelo menos não está acostumado com o jogo, ele não cobre as próprias pegadas. É bem fácil segui-lo.

Desceram até o cruzamento de Storo. Os semáforos do cruzamento pareciam enormes ciclopes sem cérebro cujo olho cor de âmbar piscava de forma intermitente para instigar os motoristas em direção ao desastre. Havia dois carros atravessados na alça de acesso da autoestrada periférica, um deles com sérios danos na parte dianteira. Os policiais não podiam permitir-se parar, sendo assim continuaram em direção a Sandaker.

– Ele parou – disse Hanne bruscamente.

O carro azul-escuro estava estacionado com o motor ligado junto a uma cabine telefônica no distrito de Torshov. Lavik estava com problemas para abrir a porta da cabine, pois o gelo e a neve prendiam as dobradiças. Só era possível entrar ali por uma estreita abertura. Billy T. passou lentamente diante da cabine, dobrou à direita no primeiro cruzamento e, em seguida, virou o veículo com habilidade no chão coberto de neve. Depois, voltou ao cruzamento e estacionou quase cinquenta metros mais adiante do homem ao telefone. Era evidente que a luz que iluminava o cubículo o incomodava, porque o sujeito protegia os olhos com a mão. Estava de costas para o carro dos policiais.

– Conversa telefônica de uma cabine. Em uma sexta-feira à noite. Jørgen, meu camarada, o que você está aprontando? Acho que nossas suspeitas têm fundamento – disse Billy T. visivelmente satisfeito.

– Pode ser que ele tenha uma amante, Billy – argumentou Hanne sem sucesso, tentando refrear o entusiasmo do colega.

– Uma amante para a qual liga de uma cabine telefônica às 2 horas da manhã? Ora, por favor, Hanne – objetou ele em tom de censura e reforçado pelo peso da própria experiência.

A conversa se prolongou por um tempo. A rua estava quase vazia, só se via um ou outro palhaço bêbado, que voltava para casa cambaleando, vagando pela neve que cobria o lugar e que dava um aspecto natalino ao mês de outubro.

De repente, o homem desligou o telefone. Parecia obviamente apressado para chegar a algum lugar. Entrou no carro e deu a partida. Os pneus patinaram um pouco antes de arrancarem e de o carro descer a rua Vogt como uma avalanche.

O carro da polícia deixou o cruzamento e acelerou, seguindo o rastro do carro do suspeito, que logo voltou a parar de repente, desta vez no distrito de Grünerløkka, depois de entrar em um beco e praticamente aterrissar em uma vaga de estacionamento livre. Os policiais estacionaram cem metros mais acima. Jørgen Lavik desapareceu do campo de visão enquanto dobrava a esquina. Hanne e Billy T. trocaram um olhar e, sem falar nada, concordaram em sair do carro nesse mesmo instante. Billy T. passou o braço ao redor dela, sussurrou em seu ouvido que eram namorados e, abraçados, desceram o beco onde o advogado havia desaparecido. O chão estava escorregadio. Hanne teve que se agarrar com força a Billy T. para não cair, com suas botas de sola de couro.

Dobraram na mesma esquina e, em seguida, viram Lavik acompanhado de outro homem. Falavam em voz baixa, mas os gestos que faziam com os braços diziam muito sobre o conteúdo da conversa. Não pareciam muito amigos. A distância que os separava dos policiais era de uns cem metros, cem longos metros.

– Vamos pegá-los agora – murmurou Billy T. impaciente como um *setter* inglês que acaba de farejar uma perdiz branca.

– Não, não – bufou Hanne. – Você está louco? Sob que alegação? Não é proibido falar com alguém durante a noite.

– Alegação? Que droga significa isso? Prendemos gente todo santo dia com base apenas em nossos instintos!

Percebeu o tremor que percorreu o corpo alto do colega e se agarrou à sua jaqueta para segurá-lo. Os dois homens notaram a presença deles, e os policiais, já muito perto da dupla, conseguiam ouvir suas vozes, mas sem distinguir as palavras. Lavik reagiu antes dos curiosos, levantou a gola do agasalho e voltou devagar, mas com passo firme até o carro. Hanne e Billy T. camuflaram-se em um abraço apaixonado e sentiram como os passos às suas costas se dirigiam até o carro escuro. O outro homem ficou onde estava. De repente, Billy T. se soltou dela e começou a correr em direção ao homem desconhecido. Lavik havia atravessado a calçada e entrado no primeiro beco. Estava fora de seu campo de visão. O estranho começou a correr, e Hanne ficou sozinha e desconcertada.

Billy T. estava bem treinado e diminuía a distância que o separava de sua presa à razão de um metro por segundo, mas, ao fim de uns cinquenta metros de corrida, o homem escapou pela entrada de um prédio. Billy T. já estava somente a dez metros dele e alcançou a porta justamente na hora em que foi trancada. Era impossível que o portão estivesse fechado antes, o homem precisava tê-lo empurrado com muita força ao entrar correndo. A porta de madeira era grande e pesada e retardou Billy T. o bastante como para que o perdesse de vista. Quando finalmente conseguiu entrar, perdera seu adversário.

Ele correu para a porta lateral de serviço que dava para um pátio dos fundos de dez metros quadrados, cercado por muros de 3 metros de altura. Um dos muros aparentava ser a parede traseira de uma garagem ou de uma cobertura. Da parte superior dessa parede se originava um telhado de zinco em declive. Em um canto havia um canteiro ladrilhado do qual brotavam, atravessando a camada de neve, tristes e murchos restos de flores e, na parede atrás das flores, uma treliça nua, porque as plantas em volta não conseguiram se fixar nela. Na parte superior, o fugitivo tentava pular o muro.

Billy T. tomou a diagonal no pátio e, em dez passos, alcançou o canto. Conseguiu agarrar uma bota do fugitivo, mas o homem chutou com violência e acertou o rosto do policial em cheio. Billy T. não o soltou. Tentou prender as calças do sujeito com a outra mão, porém não teve sorte porque o outro deu um chute potente e conseguiu se soltar.

Billy T. ficou com a bota na mão e teve tempo suficiente para sentir-se ridículo antes de ouvir o baque que o sujeito produziu ao tocar no chão do outro lado do muro. O policial demorou três segundos para reagir, mas o fugitivo havia aproveitado muito bem o tempo. Estava a ponto de alcançar a outra porta, e desta vez ganhar a rua. Quando chegou à saída em forma de arco, girou em direção a Billy T., empunhou uma arma e apontou em direção ao policial.

– Polícia! – gritou Billy T. – Sou da polícia!

Parou de repente, mas suas solas de couro derraparam e continuaram deslizando pelo chão. A enorme figura como que dançou por cinco ou seis passos tentando recuperar o equilíbrio enquanto seus braços se agitavam parecendo reger uma orquestra imaginária. Não adiantou nada, caiu de costas no chão e só a neve recém-caída o salvou de um impacto terrível. Seu orgulho levou a pior, e ele praguejou de todas as formas que conhecia quando ouviu a porta exterior fechar-se atrás do fugitivo.

Estava alisando a neve quando Hanne aterrissou atrás dele do alto da parede.

– Você está louco, seu idiota? – perguntou ela, cheia tanto de admiração quanto de reprovação. – E de que você o teria acusado se o alcançasse?

– Porte ilegal de armas – resmungou o agente enquanto limpava a neve de seu troféu de caça: uma bota masculina comum, tamanho 44, feita de couro.

Ordenou a retirada. Bastante irritado.

Segunda-feira, 26 de outubro

Havia um verdadeiro enxame de papeizinhos amarelos autocolantes grudados junto ao telefone sobre a mesa no escritório de Hanne Wilhelmsen. Ela teria coragem de simplesmente jogar todos no lixo, pois pelo menos metade daqueles onze recados era pura bobagem. A parte mais irritante daquele trabalho era ter que responder às perguntas do público. Vítimas impacientes que não entendiam por que demorava mais de seis meses para investigar um caso de estupro quando se conhecia o agressor, advogados irascíveis que exigiam a busca de antigos processos arquivados, e uma ou outra testemunha que se achava mais valiosa do que a polícia conseguia entender.

Dois dos papeizinhos eram da mesma pessoa. "Ligar para Askhaug, hospital de Ullevål", e um número de telefone. Wilhelmsen sentiu-se aflita pensando em todos os exames e tomografias que haviam feito de sua cabeça e decidiu ligar. Askhaug estava em sua sala, e Hanne teve que passar por três secretárias antes de chegar à mulher em questão. Finalmente se apresentou.

– Ah, sim, alegro-me por você ter ligado – respondeu a senhora do telefone com voz polida. – Bom, sou a enfermeira chefe na Seção de Psiquiatria. – Hanne respirou aliviada. Não era sua cabeça que estava com problemas. A enfermeira prosseguiu: – Tivemos um paciente aqui, um detento em prisão preventiva decretada. Acho que o rapaz era holandês, e me disseram que você está cuidando do caso, é verdade? – era. – Ele entrou em um estado psicótico e se manteve à base de neurolépticos durante vários dias até podermos observar alguma melhora. Finalmente conseguimos colocar um pouco de ordem na sequência de raciocínio dele, mesmo que não saibamos o quanto vai durar. Nas duas primeiras noites tivemos que colocar fraldas nele, porque já não aguentávamos mais, sabe? – o leve sotaque do sul parecia pedir perdão, como se ela fosse a única responsável pelos parcos recursos da saúde pública. – São as auxiliares de enfermagem que trocam as fraldas dele, como você pode imaginar. Mas o fato é que o rapaz estava muito constipado, já fazia muito tempo. Fazemos rodízio dos pacientes, e acontece que fui escalada para um turno noturno e acabei trocando as fraldas dele. Apesar de ser um trabalho das auxiliares, entende? – Hanne entendia. – Então descobri nas fezes dele um grumo branco sem digerir e, como estava curiosa, peguei-o... Bem, temos luvas de plástico, claro.

Soltou uma risadinha pelo aparelho.

– E então?

Wilhelmsen estava perdendo a paciência, e começou a massagear a têmpora com o dedo indicador, no lugar do corte, onde o cabelo que estava nascendo começava a coçar.

– Era um pedaço de papel, do tamanho de um cartão-postal, mas bem dobrado, e se podia ler o que estava escrito, inclusive depois de uma rápida limpeza. Pensei que podia ser do seu interesse, sabe como é. Então telefonei, para ter certeza de fazer a coisa certa.

Wilhelmsen não economizou elogios para a mulher, desejando que chegasse o mais rápido possível ao ponto.

A duras penas, ficou sabendo enfim o que dizia no papel.

– Estarei aí dentro de quinze minutos – disse apressada. – Vinte minutos no máximo.

* * *

Finalmente a Central conseguira se organizar para ter uma Sala de Guerra. O nome soava um tanto pretensioso até que alguém entrava em suas dependências. Haviam sobrado vinte metros quadrados depois da redistribuição do espaço na área A 2.11 do prédio da Central de Polícia, bem no final do corredor que dava para a ala nordeste. Aquele era um lugar impessoal e difícil de ocupar dada a distância e o formato da sala. Quando havia algum caso importante e era necessário um espaço para instalar várias equipes, documentos e provas, era ali que a ação acontecia. Era território neutro, não pertencia a nenhum esquadrão e era bastante funcional. O lugar tinha duas linhas de telefone, cada aparelho apoiado sobre duas pesadas escrivaninhas com pés de metal, como os demais móveis da Central. Com os tampos inclinados em direções opostas, os móveis pareciam formar uma espécie de telhado. Na base de cada um dos tampos, havia um porta-lápis cheio de lápis roídos, borrachas e canetas esferográficas baratas. Atrás de cada escrivaninha, as paredes estavam cobertas de prateleiras vazias que lembravam quão pouco material tinham sobre o caso. Em uma sala anexa, uma velha copiadora rosnava de forma monótona e irritante.

    O inspetor Kaldbakken liderou a reunião. Era muito magro e usava um dialeto cujas palavras desapareciam em meio a um murmúrio confuso, porque todos os presentes estavam acostumados ao seu modo de falar e adivinhavam o que ele dizia.

    A inspetora Hanne Wilhelmsen esclareceu a situação aos presentes. Foi elucidando cada ponto, fazendo a distinção entre fatos e especulações, verdade e rumores. Infelizmente, havia mais especulações e rumores do que certezas e evidências físicas. Ainda assim, a exposição de Hanne causou certa impressão nos presentes.

    – Prendam o advogado Lavik – sugeriu um jovem policial, cheio de sardas e arrogância. – Temos que apostar tudo em uma jogada, e aposto que ele não aguenta a pressão.

    O silêncio feito pelos outros policiais presentes permitia que se ouvisse se um alfinete caísse no chão. Embaraçado, o jovem percebeu que fora afoito demais e começou a roer as unhas de vergonha.

    – E você, o que diz, Håkon? O que temos, na verdade? – perguntou Hanne, que estava com uma aparência melhor e que finalmente aceitara cortar os cabelos. Era uma clara melhoria, o corte que havia usado durante uma semana era realmente cômico.

Håkon parecia estar ausente e fez um esforço para acompanhar.

– Se conseguíssemos fazer com que Lavik falasse por vontade própria, é possível que estivéssemos um pouco mais perto. O problema é que, taticamente, devemos fazer com que o interrogatório pareça autêntico. Sabemos... – interrompeu a frase e começou de novo. – Achamos que o homem é culpado, há muitas coincidências, como o encontro em plena noite com o fugitivo armado, as iniciais na cédula de pagamento de droga, a visita ao pátio dos fundos no dia em que Han van der Kerch recebeu o bilhete ameaçador na cela da Central, aquele que o deixou completamente fora de si e o levou a um surto. E outra coisa: Lavik visitou Jacob Frøstrup na penitenciária poucas horas antes de esse bom homem decidir acabar com a própria vida.

– Isso não significa nada – afirmou Hanne Wilhelmsen. – Todos sabemos que as penitenciárias estão cheias de drogas. Os próprios carcereiros, por exemplo, entram e saem quando bem entendem e não precisam passar por nenhuma espécie de controle desde a rua até as celas. – Depois de refletir durante alguns segundos, acrescentou: – Na verdade, é incrível. É muito estranho que os empregados das grandes lojas de departamento e supermercados devam aceitar que os revistem para prevenir os furtos, ao mesmo tempo em os funcionários de uma penitenciária se negam a passar pela revista para evitar o contrabando de drogas para dentro da instituição.

– Os sindicatos, ah, os sindicatos – murmurou Kaldbakken.

– Além disso, talvez o medo que Han van der Kerch sente da penitenciária tenha algo a ver com o caso. Talvez o holandês suspeite de algum funcionário da penitenciária – prosseguiu Hanne, sem se deixar afetar pelas considerações políticas do inspetor. – Parece-me muito pouco provável que Lavik se arrisque a ser pego com a maleta cheia de drogas. A morte de Frøstrup é sem dúvida um sinal que confirma que o pavor que Van der Kerch sente pela penitenciária está mais do que justificado. De qualquer forma, este bilhete é obra de Lavik, disso estou certa – disse ela, pegando um saco plástico que continha a "advertência" não digerida.

As letras estavam um pouco apagadas, mas ninguém teve dificuldade alguma para ler a mensagem.

– Parece uma brincadeira de mau gosto – atreveu-se de novo o ruivo. – Esse tipo de história parece mais com as séries policiais da televisão do que com a vida real – ele riu. Sozinho.

– É possível que alguém realmente tenha um surto psicótico por ler uma mensagem um pouquinho ameaçadora? – perguntou Kaldbakken em tom cético, já que em trinta anos de serviço nunca vira nada igual.

– Sim, é claro que sim, ele foi ameaçado de morte – interveio Wilhelmsen. – Talvez ele já não estivesse muito bem, e o tal bilhete foi a gota que fez transbordar o copo. De qualquer forma, ele melhorou e voltou para a cela. Bom, melhorou em termos... Passa o tempo todo sentado em um canto e se recusa a falar. Pelo que entendi, nem mesmo Karen Borg consegue se comunicar com ele. Na minha opinião, deveria estar em um hospital, mas eles os devolvem ao sistema penitenciário logo que são capazes de lembrar o próprio nome.

Sabiam disso perfeitamente: a psiquiatria carcerária era um ir e vir constante, para a frente e para trás, para a frente e para trás. Os presos nunca melhoravam, só pioravam.

– Que tal se solicitássemos uma conversa com Lavik? – propôs Sand. – Aposto que ele não iria se negar a vir aqui, e podemos ver até onde chegamos. Pode ser uma enorme estupidez, mas, por outro lado, alguém tem uma proposta melhor?

– E sobre Peter Strup? – perguntou o superintendente, falando pela primeira vez na reunião.

– Ainda não temos nada sobre ele. Nas minhas anotações ele é só um enorme ponto de interrogação.

– Não devemos nos esquecer dele – afirmou o superintendente, encerrando a reunião. – Traga Lavik, mas, por Deus, em bons termos. Não o assustem. Não queremos a Ordem dos Advogados declarando guerra ao Departamento de Polícia, pelo menos no momento. Enquanto isso, você – apontou para o rapaz arrogante, e para mais alguns jovens policiais – ... você e você vão se encarregar do trabalho sujo. Venham comigo: vou lhes dar suas incumbências, falta muito para investigar. Quero saber tudo sobre nossos advogados, preferências culinárias, que desodorante usam, afinidades políticas e aventuras amorosas. Antes de começar, verifiquem tudo o que nossos rapazes têm em comum.

O superintendente deixou a sala de guerra, seguido pelo policial ruivo e pelos outros da mesma idade e com a mesma experiência, que haviam sido sensatos o suficiente para ficarem de boca fechada durante toda a reunião, ainda que não adiantasse muito: mais cedo ou mais tarde, todos os cadetes bancariam os tolos na frente dos policias mais velhos. Era parte do ritual de iniciação.

Håkon Sand e Hanne Wilhelmsen foram os últimos a deixar a sala. Ela percebeu que ele parecia feliz. Feliz até demais para alguém envolvido em uma investigação difícil e quase estagnada.

– É verdade, estou feliz – respondeu ele à sua amigável e inesperada pergunta. – Na verdade, feliz como o diabo.

* * *

Håkon Sand implorou permissão para ir junto. A inspetora Hanne Wilhelmsen tinha quase certeza de que não deveria deixar. Ela ainda não se esquecera da lamentável participação dele durante o primeiro interrogatório de Han van der Kerch.

– Mas eu conheço o homem, pelo amor de Deus! – argumentou ele. – Minha presença na sala o deixaria mais à vontade. Você não imagina como até os bons advogados gostam de se exibir para os profissionais não tão bem-sucedidos quanto eles. Talvez eu faça com que ele se sinta mais confiante e resolva abrir o bico.

Wilhelmsen finalmente cedeu em troca da promessa de Håkon de que manteria a boca fechada. Ele poderia falar quando ela fizesse um sinal, mas se limitaria a fazê-lo sobre trivialidades, e não sobre algo referente ao caso.

– Vamos brincar de tira bom e tira mau – concluiu ela com um sorriso.

Ela seria rude, e ele daria palmadinhas no ombro de Lavik.

– Não se exceda – advertiu o assistente da promotoria. – Não vamos correr o risco de que ele se ofenda mortalmente e vá embora. Não temos como segurá-lo aqui.

Lavik se apresentou à Central por vontade própria, sem trazer sua maleta, vestido elegantemente e de acordo com a profissão, terno e sapatos alinhados, elegantes demais para as ruas cobertas da neve semiderretida que inundava toda a Oslo. As barras da calça estavam molhadas, e os sapatos de couro tinham uma borda escura ao longo de toda a lateral, o que queria dizer que ele provavelmente pegaria um tremendo resfriado naquele inverno. As ombreiras do paletó de *tweed* também estavam molhadas. Quando o advogado resolveu tirá-lo, Sand pôde ver, no forro, a etiqueta de uma grife cara e exclusiva. Lavik então procurou um gancho ou um cabide para pendurá-lo. Não encontrou nenhuma das duas coisas. Por isso ajeitou o paletó nas costas da cadeira. Lavik estava sorridente e de bom humor. Não parecia tenso.

– Bem, preciso dizer, estou curioso – disse, com um sorriso, afastando da testa uma mecha de cabelos, que voltou imediatamente para o seu lugar. – Sou suspeito de alguma coisa? – perguntou, com um sorriso ainda mais largo.

Hanne o tranquilizou.

– No momento, de nada.

Para Håkon, pareceu que ela estava sendo atrevida demais, mas prometera se conter e optou por ficar calado. Nem ele nem Hanne tinham blocos de anotações ou gravadores à mão. Sabiam que o advogado não falaria de forma tranquila se visse sinais de que suas palavras seriam registradas de alguma forma.

– Estamos analisando teorias variadas e seguindo diferentes linhas de investigação em alguns casos que não param de nos levar a becos sem saída – admitiu a inspetora. – Temos a impressão de que você pode nos ajudar em algo. Serão só algumas perguntas, você pode ir embora quando quiser.

A última informação fora desnecessária.

— Sei disso perfeitamente — disse Lavik, sorrindo, ainda que fosse visível que ele começava a se sentir desconfortável. — Ficarei o tempo que eu quiser, de acordo?

— Certo — assentiu Håkon, esperando conservar a simpatia do homem. O promotor queria dizer alguma coisa, algo que o fizesse sentir-se menos inútil. Mas não ajudou em nada.

— Você conhecia Hans E. Olsen, o advogado que foi assassinado?

Hanne foi direto ao ponto, mas era óbvio que o advogado Lavik esperava pela pergunta.

— Não, não posso dizer que tenha conhecido o homem — respondeu com total serenidade, nem de forma muito brusca nem muito hesitante. — Não o conhecia, mas falei com ele algumas vezes. Atuávamos na mesma área do Direito, quer dizer, como advogados de defesa. Provavelmente cruzei com ele nos tribunais e talvez em alguma reunião da Associação de Advogados de Defesa, mas, como disse, não o conhecia.

— Qual a sua opinião sobre o assassinato?

— O assassinato de Hans Olsen?

— Sim.

— Opinião? Ora... — sua hesitação soava natural. Lavik parecia estar refletindo, como se quisesse demonstrar boa vontade. Apenas um homem inocente colaborando com a polícia. — Para dizer a verdade, não dei muita atenção a esse caso. O que me ocorre é que talvez possa ser um ajuste de contas por parte de clientes insatisfeitos. Bem, digamos que essa é uma das versões que circula nos meios jurídicos.

— E o que você me diz de Jacob Frøstrup?

Mais tarde os dois policiais afirmaram ter percebido uma leve insegurança no advogado ao ouvir o nome de seu cliente azarado. A verdade é que não puderam definir essa percepção e tiveram que admitir que foi mais fruto da esperança do que da capacidade imparcial de julgamento de ambos.

— Tenho pena de Jacob, pois passou por dificuldades desde que nasceu. Foi meu cliente durante muitos anos, mas nunca o haviam detido por algo grande, então não entendo por que teve que se meter em algo assim. De qualquer forma, não lhe restava muito tempo. Tinha *aids* havia mais de três anos, se não me falha a memória – o advogado olhou para a janela enquanto falava. Aquela foi a única mudança de qualquer tipo durante sua resposta. Parecendo se dar conta disso, voltou a encarar os policiais. – Fiquei sabendo que ele morreu no mesmo dia em que o visitei. Uma pena. Parecia muito deprimido e falava em tirar a própria vida. Não suportava seguir vivendo com as dores e a humilhação e, sobretudo, com essa última prisão... Tentei animá-lo um pouco, confortá-lo, disse que tinha que aguentar firme. Devo admitir, no entanto, que a notícia de sua morte não me surpreendeu.

Lavik moveu a cabeça devagar em sinal de compaixão e espanando uma caspa inexistente dos ombros. Tinha uma quantidade de cabelos considerável e brilhante, e um couro cabeludo saudável, do qual Håkon não podia se vangloriar. Na defensiva, o assistente da promotoria olhou de relance para o próprio casaco preto e se livrou então das embaraçosas partículas brancas que contrastavam com o fundo escuro. O advogado reagiu com um sorriso piedoso e infinitamente condescendente.

– Ele chegou a lhe dizer por que tinha uma quantidade tão grande de drogas?

– Sinceramente – censurou Lavik –, embora meu cliente esteja morto, não me parece adequado estar aqui relatando à polícia o que ele me contou.

Os dois policiais aceitaram calados a argumentação.

Hanne Wilhelmsen concentrou-se um instante antes de descartar seu último ás. Passou a mão pela têmpora raspada, um tique que desenvolvera nos últimos dias. A sala estava tão silenciosa que imaginava que os outros podiam ouvir o barulho que fazia ao esfregar a ponta dos dedos ali.

– Por que você se encontrou com um homem suspeito na sexta-feira, às 3 horas da madrugada, em Grünerløkka?

A voz dela soou incisiva, como se quisesse que a questão parecesse mais dramática do que realmente era. Ele estava preparado.

– Ah, isso, sim, era um cliente. Tem um problema muito grande e precisava de ajuda urgente. No momento, a polícia não está envolvida, mas ele tem muito medo, e eu tinha que lhe dar alguns conselhos. – Lavik exibiu um sorriso tranquilizador que dava a entender que para ele era habitual ter que se levantar da cama em plena madrugada para atender aos clientes nos bairros mais desfavorecidos da cidade. Era assim que os bons advogados agiam, sua expressão parecia dizer. Estou disponível para meus clientes dia e noite, sem distinção.

– E você quer que eu acredite nisso? – perguntou a inspetora, parecendo levemente irritada. – Realmente você quer que eu acredite?

– Não me importa no que você acredita ou no que deixa de acreditar – disse Lavik, dando mais um sorriso de seu interminável estoque. – O importante é que eu diga a verdade. Se você acredita em outra coisa, seu dever é provar.

– É exatamente o que eu vou fazer – respondeu Wilhelmsen. – Você está dispensado. Por hora.

Lavik vestiu o paletó, agradeceu, despediu-se cordialmente e fechou a porta educadamente ao sair.

– Você não foi de grande ajuda, senhor promotor – disse Hanne, irritada, dirigindo-se ao colega. – De que adiantou ter você aqui?

A agressão que sofrera a tornara mais irascível. Håkon não fez caso. O estado emocional de Hanne era fruto da decepção que sentia pela maneira brilhante com a qual Lavik controlara o interrogatório, impedindo-o de fluir. Håkon sabia e limitou-se a sorrir.

– Melhor falar pouco do que demais – defendeu-se. – Além disso, Hanne, sabemos de uma coisa: o dono da bota deve ter falado com Lavik depois do que aconteceu sexta-feira à noite. Ele parecia muito bem preparado. A propósito, por que você não mencionou nada sobre o bilhete?

– Guardei para usar em uma ocasião melhor – disse ela, depois de um instante de reflexão. – Vou para casa dormir, estou com dor de cabeça.

* * *

– Eles não sabem de nada!

Lavik estava radiante e satisfeito, algo que o homem mais velho pôde perceber até mesmo através do aparelho telefônico que distorcia sua voz. Estivera preocupado com seu jovem associado que durante o último encontro em Maridalen parecia estar à beira de um ataque de nervos. Uma discussão com a polícia teria consequências catastróficas. Mas Lavik estava totalmente seguro de que não sabiam de nada. Enfrentara de queixo erguido a investigadora de cabeça raspada e o estúpido contemporâneo de faculdade dele, ambos desconcertados e sem nenhum ás na manga. Como era óbvio, o episódio de sexta-feira à noite havia mesmo sido um desastre, mas eles engoliram sua explicação, disso estava certo. Lavik estava mesmo muito aliviado.

– Aposto que não sabem de nada – repetiu. – Além disso, com Frøstrup morto, Van der Kerch completamente doido, e a polícia sem pista alguma, não temos o que temer.

– Você se esquece de um detalhe – disse o outro homem –, esquece-se de Karen Borg. Não temos a menor ideia do que ela sabe, mas de algo deve saber. Pelo menos, é nisso que a polícia acredita. Se você tem razão quando diz que a polícia está sem pistas, é porque a mulher não falou ainda... E não sabemos quanto tempo vai demorar a fazê-lo.

Lavik não podia argumentar, pois o outro tinha toda razão. Seu entusiasmo infantil foi desmantelado.

– Talvez estejam enganados – respondeu. – Talvez a polícia esteja enganada, talvez os investigadores não saibam mesmo de nada. Karen Borg e o promotor eram como unha e carne na faculdade. Aposto que ela teria contado o que sabe se tivesse algo a dizer. Estou quase certo – o jovem se recompôs e voltava a sentir-se em posição dominante. O homem mais velho não parecia nada convencido.

– Karen Borg representa um problema – afirmou com segurança. – E seguirá sendo um problema – fez-se silêncio durante alguns segundos antes que o mais velho entre os dois pusesse um ponto final à conversa. – Não volte a me ligar, nunca mais. Nem de uma cabine telefônica nem de um celular. Não telefone, use o método habitual; darei a confirmação a cada dois dias – desligou o telefone, batendo-o contra a mesa. Lavik sobressaltou-se do outro lado, o golpe retumbou em seus ouvidos, e a úlcera do estômago mandou um aviso de que ainda continuava ali. Tirou de seu bolsinho interior um envelope de antiácido, abriu-o com os dentes e engoliu todo o conteúdo. Seus lábios se cobriram de uma camada fina e branca, que permaneceria ali o dia todo. Ao fim de dez segundos começou a sentir-se um pouco melhor, olhou para ambos os lados e saiu da cabine telefônica. A alegria triunfante que havia sentido ao sair da Central de Polícia se apagara. Voltou regurgitando ao escritório.

Quinta-feira, 29 de outubro

"Cobiça. A cobiça é o pior inimigo do criminoso. A moderação é a chave do êxito", disse a si mesmo.

Fazia um frio dos diabos. Àquela altura, a montanha já estava coberta de neve havia muitas semanas. Em Dokka, trocou os pneus de verão por pneus de inverno e continuou rumando para o norte de Randsfjorden, patinando perigosamente sobre o gelo fino e invadindo a pista contrária duas ou três vezes. Teve enormes problemas para subir a encosta longa e íngreme, de apenas 1 quilômetro de extensão, que atravessava o bosque em direção ao chalé. A certa altura, teve que contar com a força de tração da marcha a ré. Só uma vez enfrentara dificuldades parecidas, tendo em mente que o chalé era propriedade da família havia mais de vinte anos. O que estaria em péssimas condições, a estrada ou seus nervos? A pequena garagem estava vazia, e, em meio à escuridão, ele mal podia enxergar os quatro chalés da vizinhança. Sem nenhuma fonte de luz, mas com a Lua para guiá-lo pelo caminho e calçando suas raquetes de neve, percorreu os duzentos metros que o separavam do chalé. Suas mãos estavam congeladas, e ele deixou as chaves caírem duas vezes antes de conseguir abrir a porta.

Ao entrar, verificou que o interior do chalé cheirava a mofo. O ar ali estava parado. Mesmo não sendo necessário, fechou a porta da frente com chave. Custou-lhe muito acender o pavio da lamparina, por causa da falta de combustível e da umidade do ambiente. Depois de algumas tentativas, conseguiu acendê-la, e nuvens ameaçadoras de fuligem começaram a se acumular no teto. O equipamento que proporcionava energia solar não funcionava. Não conseguia ver se a engenhoca tinha combustível suficiente. Talvez estivesse quebrada. Pendurou o lampião no teto, tirou o sobretudo e vestiu uma grande blusa de lã.

Ao fim de uma hora, estava tudo em seu lugar. A lamparina era um pouco temperamental, e ele a abandonara em favor da luz emanada pelo fogo da lareira. O lugar ainda estava longe de ter alcançado uma temperatura agradável, principalmente porque ele abrira as janelas para arejar o ambiente por meia hora, mas as chamas ardiam com força, e a chaminé parecia estar dando conta da fumaça. O fogão a gás continuava funcionando. Por isso, resolveu que merecia uma xícara de café. Decidiu que o assunto importante que o trouxera até ali deveria esperar até que houvesse aquecido o chalé o suficiente. Além de passar frio, iria ter que se molhar até os ossos para cumprir sua missão.

Reparou no revisteiro de vime repleto de velhos gibis dos anos 1960. Pegou um deles e começou a folhear com os dedos ainda gelados. Lera--os centenas de vezes, mas cumpriam seu propósito de passatempo.

Sentia-se inquieto e não via a hora de resolver o assunto que o trouxera ali.

Já era meia-noite quando começou a se preparar para sair. Pegou do armário um sobretudo mais pesado do que o seu e botas pesadas e gastas, que ainda lhe serviam com perfeição, depois de mais de trinta anos que as usara em sua temporada no Exército. A Lua continuava cheia, e a luz que refletia tornava sua lanterna dispensável. Levava uma corda enrolada no ombro e um arado de neve, de alumínio, na mão. Deixou as raquetes de neve para trás: podia percorrer sem problemas os quarenta metros que separavam o poço do chalé.

O poço estava protegido por uma cobertura e ficava em uma área abaixo do chalé que só poderia ser descrita como um pântano. Tinham sido avisados sobre os perigos de usar água daquele poço, mas nunca houve qualquer problema. A água sempre estava fresca e doce, com um sabor diferente conforme cada estação. Quatro troncos baixos, amarrados em uma extremidade e separados na outra, formavam com simplicidade os quatro pilares da cobertura que protegia a estrutura. As quatro laterais eram revestidas, por sua vez, de madeira compensada recortada em forma de A, com uma abertura em uma das laterais que servia de porta e que estava trancada com um simples cadeado. No passado, aquela fora uma estrutura pequena, onde só era possível introduzir o balde. Mas fora ampliada fazia quatro anos. Agora uma pessoa tinha que se arrastar um pouco para entrar, algo que não agradava muito à sua família, mas sem dúvida era mais fácil obter água dessa maneira.

Demorou quase quinze minutos para remover a neve da frente da porta até que conseguisse abri-la. Ele suava e respirava com dificuldade. Em seguida, cravou a porta na neve para mantê-la aberta, acocorou-se e deslizou pela fenda até o interior. A parte de dentro da estrutura coberta media apenas um metro quadrado, e o telhado impedia que ele ficasse completamente em pé. Com muito esforço conseguiu aproximar a lanterna para iluminar o fundo do poço escuro e silencioso. Aquela posição tão desconfortável o fez reviver uma velha lesão que tinha no ombro. O esforço fez com que soltasse gases.

Por fim, conseguiu direcionar a luz até uma pequena saliência situada meio metro mais abaixo, próxima à superfície da água. Introduziu uma perna dentro do poço e apoiou o pé com muito cuidado sobre a pequena saliência. Percebeu, como era de se esperar, que a parede do poço era muito escorregadia. Sondou o entorno com o pé uma vez, depois outra até reunir confiança para colocar o outro pé dentro do poço, apoiado sobre a saliência oposta à primeira e em pé com as pernas abertas. Sentia-se relativamente seguro de assumir aquela posição. Tirou as luvas e as colocou em cima da viga de madeira que cruzava o poço na altura da cintura. Em seguida, tentou enrolar as mangas o máximo possível, mas o tecido do sobretudo era muito grosso. Além disso, os dedos começavam a endurecer por causa do frio. Por fim, teve que desistir e se conformar em ensopar o braço coberto. Agachou-se cuidadosamente e mergulhou o braço direto na água gelada, enquanto se segurava com a mão esquerda ao engate do balde do poço. Seu braço congelou em poucos segundos, a temperatura da água era indescritível. Sentia o coração bater com mais força e começou a sentir um aperto no peito. Os dedos dele tateavam pela parede do poço meio metro abaixo da superfície da água, mas não encontraram o que procuravam. Começou a dizer palavrões e teve que recolher o braço. Cobriu a mão com a manga e esfregou os dedos com vigor enquanto soprava para aquecê-los. Ao fim de alguns minutos, atreveu-se a tentar de novo.

Desta vez teve mais sorte. Ao fim de alguns segundos, conseguiu pegar uma pedra solta da parede e a tirou com cuidado da água. As costas molhadas, o braço congelado e o coração que batia com muita força tentavam convencê-lo a desistir. Cerrou os dentes antes de voltar a mergulhar o braço na água. Agora conhecia o caminho. Apertou com cuidado um objeto do tamanho e do formato de uma maleta alojada no mesmo buraco da parede. Uma de suas extremidades despontava pela abertura, e o homem certificou-se de ter o objeto bem seguro antes de tirá-lo por inteiro de sua câmara secreta. Quando a maleta, que parecia ser um cofre, emergiu da água, seus dedos endurecidos não aguentaram mais. O homem soltou a caixa e fez vários movimentos desesperados com os braços para impedi-la de afundar. Isso fez com que perdesse o equilíbrio, e seu pé esquerdo deslizou da saliência onde estava apoiado. Ele afundou, junto com a caixa, no poço quase congelado.

Não conseguia ver nada. Os ouvidos, a boca e o nariz se encheram de água. O casaco pesado encharcou-se em seguida, e ele percebeu que as roupas e as botas o puxavam para o fundo. Ficou desesperado. Não temia por sua vida, e sim pela caixa. Com extraordinária agilidade, conseguiu impedir que a caixa, que ficara presa entre seu corpo e a parede do poço, afundasse. Com um esforço incrível, conseguiu esticar-se o bastante em direção à porta da proteção do poço, para arremessar a caixa que finalmente puxara sobre a neve no lado de fora. Em seguida se assustou. Apesar de continuar se movimentando, começou a notar que seus movimentos eram cada vez mais lentos e que os braços e as pernas não obedeciam às ordens que dava. Por fim conseguiu agarrar-se ao engate do balde, e cruzou os dedos para que a madeira úmida aguentasse seu peso. Impulsionou metade do corpo e conseguiu esticar o braço até o batente da porta. Atreveu-se a soltar o engate do balde e conseguiu içar seu tronco para fora dali. Um minuto depois, o contorno do seu corpo se delineava sob a luz da Lua. A água escorria de suas roupas, e ele respirava pela boca com dificuldade. O coração intensificara seus protestos e tentou conter a explosão no peito com as mãos. As dores eram insuportáveis. Não fechou a porta antes de pegar a caixa e voltar cambaleando em direção ao chalé. Livrou-se da roupa ensopada e foi nu para a frente da lareira. Sentia-se insanamente tentado a entrar nas chamas, mas se limitou a se agachar, chegando o mais perto que pôde do fogo. Pouco depois, decidiu pegar um edredom. Ainda estava gelado e úmido, mas depois de alguns minutos compreendeu que não ia morrer de frio. As batidas do coração foram se acalmando aos poucos, e sua pele formigava e queimava, o que era um bom sinal, ainda que batesse os dentes como castanholas. A temperatura do chalé chegara, mais ou menos, aos 15 graus. Ao fim de meia hora, já estava tão recuperado que conseguiu vestir um moletom velho, um casaco de lã, meias de lã e sapatos de feltro. Assim, foi capaz de aquecer outra xícara de café e se acomodou, confortável, para abrir a caixa. Era feita de metal, mas estava bem embalada e vedada.

Dentro da caixa, tudo estava no lugar. Vinte e três folhas codificadas, um documento anexo de nove páginas e uma lista com dezessete nomes. Os papéis estavam todos protegidos por um saco plástico, medida de segurança desnecessária já que a urna era completamente selada. De dentro do saco, tirou o envelope. Abaixo dele, havia sete maços de cédulas que cobriam praticamente todo o fundo da caixa, com 200 mil coroas em cada um. Cinco deles estavam atravessados e dois na horizontal: 1,4 milhão de coroas.

Tirou a quarta parte de um dos maços e separou. Deixou o restante na caixa, fechou-a com muito cuidado e a colocou no chão.

Os papéis estavam secos. Primeiro correu os olhos pela lista de nomes e, em seguida, queimou o papel na lareira. Segurou a folha enquanto ardia até que teve que soltá-la para não queimar os dedos, dormentes. Em seguida, folheou o documento de nove páginas.

A organização não poderia ter uma estrutura mais simples. Ele era a eminência parda por trás de tudo. Selecionara seus dois assistentes com muito cuidado. Hans Olsen, porque tinha muita habilidade com os criminosos, um faro aguçado para dinheiro e uma relação tortuosa com a lei. E Jørgen Lavik, porque dava a impressão de ser o contrário de Olsen: hábil, inteligente, sóbrio, e frio como o gelo. A histeria manifestada ultimamente pelo mais jovem deles demonstrava que ele se equivocara. No início, começara analisando o jovem ativo como se fosse seduzir uma virgem. Um comentário ambíguo aqui, algumas palavras de duplo sentido lá. Por fim, decidiu ficar com aqueles dois candidatos. Nunca se envolvera diretamente com o trabalho, sob qualquer circunstância. Ele era o cérebro e tinha o capital inicial, conhecia todos os nomes, planejava cada jogada. Depois de inúmeras causas como advogado de defesa, sabia onde estavam as armadilhas.

Cobiça, a cobiça acabara por derrubá-los. Era fácil fazer contrabando de drogas, sabia de onde, como entrava no país e quais conexões eram confiáveis. Vários clientes o haviam advertido, confirmando com um movimento de cabeça, sobre o pequeno engano que os arrasara: a cobiça desmedida. O cerne do problema estava em delimitar cada operação, em não deixar que fossem longe demais. Era melhor um fluxo contínuo, embora os ganhos fossem menores, do que se deixar seduzir por um par de êxitos que supostamente levavam ao que se costuma chamar de Grande Golpe.

Não, o problema não estava na importação da mercadoria, o risco residia na comercialização. Em um ambiente cheio de delatores, compradores alterados e traficantes ávidos por dinheiro. Era preciso medir os passos com prudência. Por isso nunca se envolvera diretamente com a parte inferior da organização.

Só algumas vezes as coisas tinham dado errado. Às vezes, os vendedores eram apanhados. Mas a operação era pequena para que a polícia suspeitasse da existência de uma organização por trás de tudo. Os garotos mantiveram a boca fechada e aceitaram sua condenação como homens, com uma promessa implícita que lhes garantia um prêmio considerável uma vez que deixassem a penitenciária, ao fim de não muito tempo. A maior condenação foi de quatro anos, mas sabiam que ganhavam um bom pagamento para cada ano que passassem atrás das grades. E mesmo que os garotos que distribuíam as drogas escolhessem dar com a língua nos dentes, teriam pouco a dizer. Ao menos pensava, era no que ele acreditava até pouco tempo, antes que percebesse que seus dois assistentes haviam se excedido em suas atribuições.

Bem, ele ganhara um bom dinheiro, no fim das contas. Além de seus rendimentos serem bastante consideráveis, a quantidade de dinheiro que ganhara com a organização permitira que amealhasse uma pequena, porém significativa, fortuna. Usava o dinheiro de forma controlada, paulatinamente, jamais com ostentação, nunca chamando a atenção de quem quer que fosse. Tudo o que comprava poderia ser justificado, ainda que com certo esforço, como tendo sido retirado de seus rendimentos legítimos. O dinheiro do poço não existia para ninguém além dele mesmo. Tinha um valor igual escondido em uma conta bancária na Suíça. Mas a maior parte de seus rendimentos estava guardada em uma conta da qual não era titular, na qual podia depositar dinheiro, mas não sacar. Esse dinheiro era destinado à Causa, e ele sentia orgulho disso. A felicidade por poder contribuir com a Causa reprimira de forma eficaz a convicção de toda uma vida baseada na distinção do bem e do mal, e sobre o crime e o cumprimento da lei. Era o escolhido e fazia o que tinha que fazer. O destino que havia salvaguardado com sua mão protetora as operações de sua organização durante tantos anos estava do seu lado. Os poucos contratempos eram previsíveis, e os acontecimentos ocorridos ultimamente representavam somente uma advertência que provinha do mesmo destino: era preciso acabar com o negócio. Isso significava que a tarefa havia acabado. O homem grisalho considerava o destino um bom amigo e prestava atenção aos sinais que ele mandava. Havia acumulado milhões, agora os outros deviam continuar com o negócio.

As recompensas em dinheiro para os vendedores capturados pela polícia aqui e ali diminuíram de forma significativa o capital da organização, mas valia a pena. Só aqueles dois colegas sabiam quem ele era. Olsen estava morto, e Lavik manteria a boca fechada, pelo menos por enquanto. Tomaria cuidado e agiria de forma metódica. Tinha cada passo, sob quaisquer circunstâncias, pensado e planejado.

Hans E. Olsen foi sua primeira vítima em tempos de paz. Fora uma decisão incrivelmente fácil de tomar. Era algo necessário, e realmente não foi muito diferente daquela vez, quando dois soldados alemães caíram na neve diante dele com grandes disparos mortais em seu uniforme. Na ocasião, tinha 17 anos e estava indo para a Suécia. O disparo proveniente da pistola retumbou em seus ouvidos enquanto roubava dos mortos os seus pertences. Depois, cheio de fervor patriótico, prosseguiu em direção à Suécia e à liberdade. Aconteceu pouco antes do Natal de 1944, e já sabia que pertencia à equipe vencedora. Havia matado dois inimigos e não sentia remorso nenhum por isso.

Tampouco o assassinato de Hans Olsen lhe provocou algum sentimento de culpa. Fizera o que deveria fazer. Sentira, inclusive, certa excitação, uma satisfação parecida com o sentimento de triunfo experimentado depois de uma incursão exitosa entre as árvores frutíferas do vizinho, mais de cinquenta anos atrás. A arma que premiara o velho Hans era antiga, sem registro, mas estava em perfeito estado de uso e tinha sido comprada de um cliente que falecera havia muitos anos.

Depois de ler o documento, enrolou as folhas e as amassou, antes de jogá-las dentro do fogo. As vinte e três folhas de códigos tiveram o mesmo destino. Dez minutos mais tarde, não existia documento nenhum no mundo que pudesse relacioná-lo com outra coisa que não fossem atividades respeitáveis. Nenhuma assinatura, nenhum papel escrito à mão, nenhuma impressão digital. Em resumo: nenhuma prova.

Começou a tremer e foi ao quarto anexo buscar roupas secas. Foi uma tarefa mais fácil devolver a caixa ao seu lugar de procedência no poço do que tirá-lo de lá. Jogou o pó de café usado nas chamas antes de colocar a roupa que usava quando chegou, pendurou as roupas molhadas em uma despensa no lado de fora e fechou o chalé. Eram 2 horas da manhã. Tinha tempo suficiente para voltar à cidade para tomar um banho e apresentar-se no escritório pontualmente. Estava com frio e cansado, mas isso era mais do que normal, ao menos na opinião de sua secretária.

Terça-feira, 3 de novembro

Fredrick Myhreng estava em plena forma. Enquanto ainda estava vivo, Hans A. Olsen havia lhe proporcionado algumas boas reportagens em troca de umas poucas cervejas. O sujeito corria atrás dos jornalistas como as crianças atrás dos cascos das garrafas. Apesar disso, Myhreng o preferia morto. Agora contava com a plena confiança do diretor do jornal e com tempo livre para concentrar-se no caso da máfia, além de receber incentivo dos colegas, que consideravam que o rapaz estava alicerçando uma bela carreira.

– Contatos, já sabem, contatos – respondia às pessoas quando lhe perguntavam.

Acendeu um cigarro, e o fumo se misturou ao dióxido de carbono que, pesado como chumbo, flutuava três metros acima do asfalto.

Encostou-se a um poste e puxou a gola do casaco de pele de carneiro; sentia-se como James Dean. Ao inspirar, uma partícula de tabaco acompanhou a fumaça em direção às suas vias respiratórias, o que o fez engasgar violentamente. Seus olhos se encheram de lágrimas, e os óculos ficaram embaçados. Já não enxergava nada. Sacudiu a cabeça e abriu os olhos aos poucos a fim de se livrar da fumaça. Adeus, James Dean.

Do outro lado da rua movimentada ficava o escritório de Jørgen Ulf Lavik. Uma suntuosa placa de metal anunciava que Lavik, Sastre & Villesen tinham seu escritório no 2º andar do edifício alto de tijolos do final do século. Era muito bem localizado, bem perto do tribunal. Extremamente prático.

Lavik lhe parecia interessante. Myhreng já investigara muitas pessoas, fizera ligações telefônicas, folheara velhas declarações de imposto de renda e frequentara os bares, mostrando-se muito afável. Quando começou, tinha vinte nomes em seu caderno, agora restavam apenas cinco. A seleção fora difícil e em grande parte guiada pelo instinto. Lavik se destacava e terminou encabeçando a lista, com seu nome sublinhado. Gastava tão pouco dinheiro que parecia suspeito. Talvez fosse apenas econômico, mas tanto assim? A casa e os carros poderiam ser os de um assistente jurídico de um escritório pequeno, e não tinha nem barco nem casa de campo, apesar de suas declarações de imposto de renda demonstrarem que, nos últimos anos, as coisas haviam ido muito bem e que ganhara muito dinheiro com um projeto hoteleiro em Bangkok, projeto no qual ainda continuava envolvido. Parecia ser um investimento especialmente vantajoso para seus clientes noruegueses, e havia gerado novos projetos no exterior, a maioria deles com lucros substanciais tanto para os investidores como para o próprio Lavik.

Como advogado de defesa, Lavik também não ia nada mal. Sua reputação entre os colegas era boa, sua média de absolvições era excelente, e não era fácil encontrar alguém que falasse mal dele.

Myhreng não era muito inteligente, mas sabia que havia algo ali. Compensava o pouco brilhantismo sendo engenhoso e intuitivo. Fora treinado por um chefe de redação de um jornal pequeno, uma velha raposa, que sabia que o jornalismo investigativo consistia, em sua maior parte, em tentativas fracassadas e trabalho duro.

– A verdade está sempre bem escondida, Fredrick, sempre bem escondida – repetia o velho jornalista. – É preciso remover muita porcaria para encontrá-la. Vista-se bem, nunca desista e lave-se bem quando acabar.

Não faria mal nenhum ter uma conversinha com Lavik. O melhor era não ter hora marcada, chegar de repente. Apagou o cigarro, cuspiu e cruzou a rua fazendo zigue-zague entre os carros que aceleravam e um caminhão estacionado.

A senhora da recepção era completamente sem graça. Era uma mulher alta que parecia a bibliotecária de um filme para adolescentes. Era surpreendente, porque se esperava que as recepcionistas fossem belas e amáveis, e essa senhora definitivamente não era. Teve a impressão de que levaria uma bronca quando tropeçou na porta e quase entrou de bruços na sala; para sua surpresa, porém, ela sorriu. Seus dentes eram estranhamente regulares e cinzentos. Ficava evidente que usava dentadura.

– Essa porta é um perigo – queixou-se. – Já falei mil vezes. Na verdade, é um milagre que não tenha acontecido nada de grave com ninguém. Em que posso ajudá-lo, senhor?

Myhreng vestiu seu sorriso especial gentileza-com-senhoras-mais--velhas, mas ela percebeu suas intenções e ficou subitamente distante e profissional. Em torno da boca que indicava contrariedade, havia ruguinhas, que pareciam pequenos dardos.

– Eu gostaria de falar com o sr. Lavik – disse Myhreng, sem tirar o sorriso do rosto, apesar de seu evidente fracasso.

A senhora folheou um livro, mas não o encontrou.

– Não tem hora marcada?

– Não, mas o assunto é importante.

Myhreng disse quem era, e a boca da senhora se crispou ainda mais. Sem dizer nada, a secretária pressionou as teclas de um telefone. O advogado Lavik iria recebê-lo, mas demoraria uns minutos para estar disponível.

Demorou meia hora.

O escritório de Lavik era grande e iluminado. Era uma sala quadrada com piso de tacos de madeira, e nas paredes só havia três quadros. A acústica era ruim, teria sido útil usar mais enfeites nas paredes. A mesa de trabalho dele era tão organizada que chamava a atenção, e só havia quatro pastas em cima dela. Um enorme arquivo de madeira nobre ocupava um dos cantos da sala, ao lado de uma pequena caixa-forte. A cadeira para clientes era confortável, mas Myhreng sabia que fora comprada em uma loja popular e que era mais barata do que parecia. Ele tinha uma igual. Nas prateleiras da estante não havia muita coisa, então o jornalista imaginou que o escritório tivesse uma biblioteca. Sorriu ao perceber que uma das prateleiras estava coberta de livros juvenis, em excelente estado de conservação, a julgar pelas lombadas.

Fredrick se apresentou mais uma vez. O advogado parecia estar curioso e era provável que a culpa do suor sobre seus lábios fosse do ar-condicionado, que não funcionava. Myhreng também estava com calor e tirou o casaco de lã.

– Isto é uma entrevista? – perguntou o advogado, amável.

– Não, não. São perguntas preliminares para um artigo.

– Sobre o quê?

– Sobre sua relação com Hans Olsen e o negócio das drogas em que a polícia acredita que ele estivesse envolvido.

Podia jurar que o advogado Lavik esboçou algum tipo de reação. Um rubor leve, quase invisível, apareceu em seu pescoço, e com o lábio inferior sugou algumas gotas de suor do superior.

– Minha relação?

Sorriu, mas o sorriso não lhe caiu muito bem.

– Sim, sua relação.

– Mas eu não tinha nenhuma espécie de relação com Olsen. Ele estava envolvido em um negócio de drogas? Envolvido? Seu jornal afirma, ou pelo menos pensei ter entendido, que ele foi vítima de traficantes de drogas, não que estivesse envolvido em algo...

– Por enquanto, é tudo que podemos afirmar, mas temos nossas teorias. E a polícia também, acho.

Lavik havia se recomposto. Voltou a sorrir. Desta vez seu sorriso foi mais convincente.

– Bem, você está errando muito o alvo se quer me relacionar com tudo isso. Eu apenas conhecia Olsen. Encontrei-me com ele, aqui ou ali, mas não se pode dizer que o conhecia, de forma nenhuma. Trágico, com certeza, morrer dessa forma. Ele tinha filhos?

– Não, não tinha. Onde o senhor investe seu dinheiro, sr. Lavik?

– Meu dinheiro?

Parecia sinceramente perplexo.

– Sim, o senhor ganha muito dinheiro. Se os dados informados à Receita estão corretos: quase 1,5 milhão de coroas no ano passado. Onde os investiu?

– Isso não é da sua conta. Para ser franco, tenho a consciência completamente tranquila a esse respeito. Como invisto o dinheiro, que ganho legalmente, não é, absolutamente, problema seu.

Interrompeu-se de repente, sua paciência havia acabado. Olhou para o relógio e disse que tinha que se preparar para uma reunião.

– Mas eu tenho mais coisas para lhe perguntar, sr. Lavik, muito, muito mais coisas – protestou o jornalista.

– Mas eu não tenho mais respostas – disse Lavik decidido, levantando-se e indicando-lhe a porta.

– Posso voltar em outro dia que seja bom para o senhor? – insistiu Myhreng enquanto saía da sala.

– É melhor que telefone antes. Sou um homem muito ocupado – concluiu o advogado, fechando a porta.

Fredrick Myhreng foi deixado sozinho com a secretária. Ela havia se contagiado com a atitude distante do chefe e deu a impressão de que ia dizer não quando Myhreng pediu permissão para usar o lavabo, mas por fim consentiu.

Ao chegar ao escritório, o jornalista havia reparado em uma janela com vidro fumê, localizada a meio metro da porta de entrada, no corredor. Pensara tratar-se de um banheiro simples, mas não era exatamente isso. Atrás da porta com um coração de porcelana, havia uma antessala com a pia, enquanto o cubículo com o vaso sanitário estava separado por uma porta com ferrolho. Ele sacudiu a janela um pouco, depois sacou seu canivete suíço do bolso da jaqueta. Tinha três chaves de fenda, e não foi difícil afrouxar os seis parafusos que sustentavam a janela de vidro fumê. Myhreng sabia o suficiente de carpintaria para sorrir um pouco ao comprovar que a janela estava só aparafusada na parede. Devia estar presa com cimento, caso contrário, acabaria emperrando. Ainda que, no momento, não tivesse acontecido, talvez porque fosse uma janela interior e pouco exposta à umidade. Assegurou-se de que os parafusos ainda estivessem intactos. Em seguida, lavou as mãos, saiu do lavabo e sorriu amavelmente para a senhora da recepção que, em troca, nem mesmo lhe disse adeus quando ele deixou o escritório. Fredrick não a levou a mal.

* * *

Já era noite. Fazia um frio tremendo, mas Fredrick Myhreng não tinha pressa de entrar. Começou a inquietar-se. A confiança que sentira pela manhã dera lugar a uma hesitação inquieta. Na faculdade de Jornalismo não ensinavam nada sobre como invadir propriedade alheia nem como cometer outros atos ilegais. Muito pelo contrário. Não sabia sequer por onde começar.

O edifício tinha escritórios nos três primeiros andares e apartamentos nos andares superiores, pelo que se podia deduzir pelos nomes no quadro do interfone. Nos filmes, o ladrão costumava tocar todas as campainhas e dizer "*Oi, aqui é o Zé*", com a esperança de que alguém conhecesse algum Zé e abrisse a porta, mas Fredrick duvidava de que isso fosse funcionar. A porta da frente estava solidamente trancada. Optou pela segunda opção e tirou um pé de cabra da jaqueta de couro.

Foi muito fácil. Depois de dois rangidos, a porta cedeu. As dobradiças sequer chiaram quando ele entreabriu a porta o suficiente para deslizar para dentro. À esquerda, três degraus de granito conduziam a outra porta. O chão ali estava coberto de sal contra a geada da noite. Myhreng estava preparado para um novo obstáculo, mas testou a maçaneta antes de usar seu querido pé de cabra outra vez. Alguém certamente se esquecera de passar a chave, pois a porta se abriu. Esse fato o pegou tão de surpresa que, sem querer, deu um passo para trás, perdeu o equilíbrio e tropeçou no degrau logo atrás dele, atingindo o chão um pouco mais tarde do que tinham calculado seus reflexos. Entretanto, aquilo não diminuiu sua alegria por tudo estar dando certo.

Subiu as escadas com o dobro da velocidade de poucas horas antes. Ao chegar à janela fumê, parou por um momento para recuperar o fôlego e para se certificar de que ninguém o vira. Não ouvia mais que o zumbido dos próprios ouvidos. Depois de um minuto, pegou uma bisnaga de massa de vidraceiro. Com cuidado, colou um pouco da massa contra o vidro e, com a ajuda do polegar, foi introduzindo-a pela borda. Não era fácil calcular quanto podia apertar sem que o vidro se desprendesse. Mas, depois de um momento, pareceu-lhe suficiente e repetiu a operação um pouco mais abaixo. Quando já tinha aplicado a massa em torno do vidro todo, para se certificar de que o vidro não sairia do lugar quando tentasse remover a estrutura da janela, empurrou um pouco. A janela não se moveu.

Havia começado a suar e sentiu necessidade de tirar a jaqueta que, além de tudo, dificultava seus movimentos, assim, depois de uma segunda tentativa de tirar a estrutura da janela do lugar, resolveu tirar a jaqueta. Os dedos haviam deixado profundas marcas na massa, apesar das luvas. Na terceira tentativa, Fredrick empurrou a estrutura com todo o peso do corpo e sentiu que os parafusos cederam. Felizmente a janela se soltou primeiro por baixo. Fredrick ergueu a estrutura enquanto deslizava para dentro da pequena sala. A janela estava completamente solta, mas inteira. Apanhou a jaqueta e encaixou a janela no lugar, para que ninguém notasse, do lado de fora, sua pequena operação ilegal.

Com muito cuidado, abriu a porta que dava para a antessala. Myhreng não era tão tolo para não prever um alarme, ainda que talvez não fosse muito sofisticado. Sobre a janela descobriu uma caixinha com uma luz vermelha. Deitou-se de bruços e se arrastou até o escritório de Lavik. Colocara a lanterna entre o cinto e as costas, que esfolava sua pele conforme ele se movimentava lentamente para a frente. A porta estava aberta. Procurou com a luz da lanterna uma caixa de alarme como a da antessala, mas não havia, ou pelo menos a lanterna não a encontrou. Assumiu o risco e se levantou assim que passou pelo batente.

Claro que ele não sabia o que estava procurando. Não havia pensado nisso e se sentia bastante idiota vasculhando um escritório ao qual não tinha acesso legal, cometendo seu primeiro delito sem metas nem intenções claras. O cofre estava trancado, coisa que não podia ser considerada suspeita. O arquivo estava aberto. Fredrick foi abrindo as gavetas e encontrando pastas de papelão, todas elas com uma pequena etiqueta em um canto, com o nome do dono da pasta. A caligrafia era elaborada, mas clara. Os nomes não lhe diziam nada.

A gaveta da mesa continha o que se podia esperar. Bloquinhos de papel autocolante, marca-texto rosa fosforescente, montes de canetas e alguns lápis. Estava tudo organizado em uma bandeja com divisórias, presa pelas bordas da própria gaveta. Ergueu a bandeja, mas a papelada abaixo dela não tinha nenhuma importância: o catálogo de inverno de uma loja, um bloco de folhas com logotipo para cobrança de honorários, além de um caderno normal de papel quadriculado. Colocou a bandeja no lugar e fechou a gaveta. Debaixo havia um pequeno armário solto com rodas que também estava trancado.

Tateou com as mãos enluvadas a parte de baixo da mesa. Era lisa e polida. Os dedos não toparam com nada em lugar nenhum. Decepcionado, voltou-se para o armário no canto, aproximou-se dele, agachou-se e tateou da mesma forma. Nada. Deitou-se no chão e investigou a parte de baixo do armário sistematicamente com a lanterna.

Quase não percebeu a chave, talvez porque não esperava encontrar alguma coisa. O feixe de luz já havia se deslocado quando seu cérebro registrou o que vira e, por causa da emoção, deixou a lanterna cair.

Posicionou-a de um modo que continuava vendo a pequena mancha escura. Soltou-a e se levantou. Os postes de iluminação da rua lançavam uma luz pálida dentro da sala, que era suficiente para que visse do que se tratava. Uma chave, muito pequena, estava colada com cuidado debaixo do armário, com fita adesiva.

Fredrick Myhreng sentia uma felicidade que quase não conseguia conter. Estava prestes a colocar a chave no bolso quando lhe ocorreu uma ideia muito melhor. Pegou um pedaço de massa de vidraceiro, aqueceu-o contra o rosto e o moldou até chegar a um formato oval com os dois lados lisos. Pressionou a chave contra o primeiro deles durante um bom tempo. Teve que tirar as luvas para poder remover a chave do molde sem danificá-lo. Depois fez exatamente o mesmo com o outro lado da chave no outro lado do molde. Por fim, marcou a espessura da chave na parte de cima de um dos lados.

Prendeu a chave de volta em seu lugar com todo o cuidado, usando o mesmo pedaço de fita adesiva. Achou que a colocara mais ou menos onde estava antes. Vestiu a jaqueta, arrastou-se pelo chão de volta seguindo o mesmo caminho e, ao chegar ao lavabo, conseguiu aparafusar novamente a janela pelo lado de dentro, sem que ficassem marcas da chave de fenda. Passou a mão rapidamente pela estrutura para eliminar qualquer fragmento que tivesse esquecido e permaneceu um momento na porta que dava na antessala tomando ar antes do grande salto. Contou até dez de trás para a frente. Quando chegou a zero, saiu disparado em direção à porta de entrada, abriu-a, e depois fechou-a atrás de si. Já estava descendo as escadas quando o alarme estridente disparou. Encontrava-se a uma quadra de distância antes que alguém no edifício tivesse tempo de calçar os sapatos.

"Vão quebrar muito a cabeça", pensou Fredrick, satisfeito. "Não há sinais de violência, não falta nada, nada foi mexido. Só há uma porta aberta".

Fredrick Myhreng estava começando a se acostumar a se sentir satisfeito consigo mesmo. E aquele momento havia sido o melhor de todos. Ia cantarolando e meio correndo, como um menino depois de uma travessura bem-sucedida. Conseguiu alcançar o último bonde para casa, dando um grito e exibindo um sorriso nos lábios.

Sexta-feira, 6 de novembro

Havia se tornado costume ir até a Central para visitar seu pobre cliente nas sextas-feiras à tarde. Não que o rapaz falasse muita coisa, porém dava a impressão de gostar das visitas. Estava encurvado e esquálido, e ainda mantinha o mesmo olhar vazio, mas Karen tinha a sensação de perceber em seu rosto a insinuação de um sorriso cada vez que se viam. Apesar da insistência com a qual Han van der Kerch se opusera a ser transferido de sua cela na Central enquanto ainda tinha capacidade de dizer o que pensava, agora estava internado na penitenciária de Oslo. Karen obtivera permissão para visitá-lo na cela, já que não fazia sentido arrastar o sujeito até a sala de visitas. Na cela havia mais luz, e os vigilantes não só pareciam honrados, mas também mostravam tanta boa vontade quanto sua carga de trabalho inacreditável permitia. Durante cada visita, fechavam a porta ao sair; ela sentia um estranho bem-estar sabendo que estava trancada. A mesma sensação de quando era garota, na casa em Bergen, que a atraía em direção a um armário que ficava embaixo das escadas cada vez que o mundo a contrariava. As visitas à prisão haviam se transformado em um momento de contemplação. Ficava sentada em frente ao rapaz calado e escutava o balançar do carrinho de distribuição no corredor, o eco das risadas e dos gritos obscenos, o pesado tilintar das chaves cada vez que um carcereiro passava diante da porta.

Hoje o holandês não estava tão pálido como nos outros dias. Seus olhos a seguiram durante todo o trajeto até que se sentou junto a ele na cama. Quando segurou sua mão, sentiu que o jovem a apertava, de um modo quase imperceptível, mas estava certa de ter sentido uma leve pressão. Com um vacilante otimismo, Karen inclinou-se para a frente e afastou-lhe os cabelos da testa. Já estavam muito compridos e voltaram a cair imediatamente. Continuou acariciando a testa dele e corria os dedos por seus cabelos. Era evidente que ele achava agradável, porque fechou os olhos e se inclinou em direção a ela. Permaneceram assim durante vários minutos.

– Roger – murmurou o rapaz com a voz rouca, já que a havia usado durante muito tempo.

Karen não esboçou nenhuma reação, continuou acariciando-o e não perguntou nada.

– Roger – disse o holandês de novo, desta vez um pouco mais alto. – O sujeito de Sagene, o dos carros usados. Roger.

Logo pegou no sono, a respiração se regularizou, e o peso contra a mão dela aumentou. Karen levantou-se com cuidado, deitou-o, e, sem conseguir se conter, deu-lhe um beijo na testa.

– Roger de Sagene – repetiu para si mesma. Chamou um guarda para lhe abrir a cela e, ao fim de dois minutos, estava do lado de fora.

* * *

– Nada! Absolutamente nada!

O assistente da promotoria pegou o bolo de papéis presos a um prendedor robusto e o atirou sobre a mesa. As folhas se soltaram do prendedor e se espalharam no chão. Ainda mais esta.

– Droga! – praguejou, agachando-se para juntar aquela bagunça.

Hanne abaixou-se para ajudá-lo, e os dois ficaram de joelhos, olhando-se fixamente.

– Nunca vou me acostumar com isso. Nunca! – Sand falava rápido e com intensidade.

– Com o quê?

– Com o fato de que tantas vezes sabemos que algo não está bem, que alguém fez alguma coisa ruim, que sabemos quem fez, o que fez... Droga, sabemos muito, mas podemos provar? Quer dizer, estamos como os eunucos, paralisados e impotentes e com todos os preságios contra nós. Sabemos e sabemos, mas, se nos arriscarmos a ir aos tribunais com o que sabemos, aparecerá algum advogado de defesa para derrubar nossos argumentos, sacando da manga uma explicação sem pé nem cabeça para tudo e para cada uma das peças de nossa cadeia de indícios. Mexem e remexem, e, ao fim, tudo que sabíamos transforma-se em uma espécie de massa disforme de dados incertos, mais do que suficiente para exigir a dúvida razoável. E o sujeito sai livre como um pássaro, depois de ter passado o Estado de direito para trás. O direito de quem? Com certeza, o meu não. A máquina judicial se transformou em uma excelente ferramenta para os culpados. Qualquer um diria que está ali para que coloquemos o menor número possível de pessoas na prisão. Isso não é justiça, droga! E o que acontece com todas as pessoas assassinadas, estupradas, com as crianças que sofrem abusos, com as pessoas que roubam ou assaltam? Eu teria me saído melhor se fosse um xerife no velho oeste. Diabos, esses sim agiam quando sabiam o que estava acontecendo. Penduravam uma corda na árvore mais próxima e quebravam o pescoço do bandido. Uma estrela e um chapéu de vaqueiro iriam garantir mais justiça para a maioria das pessoas do que sete anos estudando Direito para tentar convencer um bando de jurados imbecis de alguma coisa. A Inquisição. Isso seria o certo. Juiz, promotor e advogado de defesa na mesma pessoa. Assim se resolveriam os casos, e não com essa palhaçada sobre justiça para os criminosos e os safados.

– Você não pensa assim, Håkon – disse Hanne, recolhendo os últimos papéis. Ela quase teve que se deitar no chão para alcançar uma folha que voara para baixo de uma estante. – Você não pensa assim – repetiu, meio sufocada debaixo da última prateleira.

– Bem, não. Não muito, não sempre. Mas... quase.

Os dois se sentiam frustrados. Era sexta-feira, e já era muito tarde, o dia não fora fácil para nenhum dos dois. A semana não fora fácil. Ela não estava melhor do que ele. Ficaram sentados organizando o monte de documentos.

– Mantenha-me informado da situação – pediu ele, quando acabaram.

Mexer na papelada não lhes tomou muito tempo. Sand já conhecia as poucas evidências físicas que tinham, e a investigação tática estava completamente parada. Haviam interrogado 42 testemunhas no total. Nenhuma delas pôde contribuir com nada que lançasse uma luz sobre o caso, sequer algo que acreditassem valer a pena continuar investigando.

– Conseguiram algo seguindo Lavik?

O assistente da promotoria deixou a pilha de papéis de um lado e pegou uma garrafa de cerveja quente de um saco plástico, cuja tampa tirou na quina da mesa. A madeira lascou, e um pedacinho de vidro se soltou da borda.

– A semana acabou – disse ele, à guisa de explicação, antes de levar a garrafa à boca.

Como o líquido estava quente, a boca de Håkon ficou cheia de espuma, e ele teve que se inclinar de repente para a frente e abrir as pernas para não se molhar. Secou a boca e respondeu.

– Não, com os recursos que temos, é impossível segui-lo vinte e quatro horas por dia. Se o seguíssemos, seria uma loteria. Não faz sentido segui-lo, se não for feito de forma eficaz. Seguir um suspeito em momentos aleatórios só serve para deixar todo mundo frustrado.

– E os negócios do escritório de advocacia de Lavik?

– Vai ser uma confusão investigá-lo. Teve alguns projetos hoteleiros no Extremo Oriente. Bangcok. Isso não fica muito longe dos mercados de heroína, mas os investidores para os quais ele tem trabalhado são pessoas sérias, e os hotéis estão sendo construídos mesmo. Assim, não há nada obscuro acontecendo ali. Se conseguíssemos verba, eu não me importaria de viajar para a Tailândia para investigar o assunto.

Wilhelmsen arqueou as sobrancelhas em uma careta que expressava, claramente, sua opinião sobre uma extravagância orçamentária desse tipo. Do lado de fora, a noite já caíra, e o cansaço que ambos sentiam, unido ao cheiro suave da cerveja, fazia com que o escritório ficasse quase acolhedor.

– Estamos em horário de serviço?

Sand sabia ao que ela se referia e sorriu negando com a cabeça, enquanto se esticava para apanhar uma cerveja para ela, depois de abri-la da mesma forma que a anterior. O tampo da mesa protestou, mas desta vez conseguiu que o vidro não se quebrasse. Hanne aceitou a cerveja, mas de repente largou a garrafa e saiu sem dizer nada. Dois minutos depois voltou e tentou manter de pé duas velas sobre a mesa. Depois de pingarem sobre o tampo, fazendo uma confusão da qual Håkon se arrependeria na segunda-feira, as velas pararam quietas, ainda que ligeiramente tortas, cada uma em uma direção. Em seguida, Hanne apagou a luz do teto, enquanto Håkon girava a luminária da mesa na direção da parede, de modo que o escritório ficasse na penumbra.

– Se alguém nos vir, a fofoca vai tomar conta deste lugar.

Ele concordou.

– Mas eu seria o herói do Departamento – sorriu Håkon.

Brindaram com as garrafas.

– Isso aqui ficou ótimo. É permitido?

– Faço o que quero quando estou no meu próprio escritório, na sexta-feira, às 18h30 da noite. Não me pagam um tostão para estar aqui, e vou para casa de metrô, além de que não há ninguém me esperando em casa. E você? Alguém espera por você?

Tivera apenas a intenção de ser amável, não era mais do que uma tentativa bem-intencionada e espontânea de se aproximar de uma colega de quem gostava naquele cenário incomum que haviam criado. Håkon de forma alguma pretendia passar dos limites. Mas Hanne ficou tensa, endireitou-se na cadeira e largou a garrafa. Ele percebeu a mudança de atitude dela e se arrependeu profundamente de ter aberto a boca.

– E o que está acontecendo com Peter Strup? – perguntou Håkon, depois de uma pausa incômoda.

– Na verdade não o investigamos muito. Talvez devêssemos. Só não sei exatamente no que iríamos nos focar. Estou mais interessada no que Karen Borg pode saber.

Mesmo naquela luz vacilante, Hanne pôde perceber que Håkon ficara ruborizado e constrangido. Ele tirou os óculos, um gesto de distração, e limpou as lentes com a extremidade da camisa de algodão.

– Sabe mais do que diz. Isso está claro. Provavelmente se trata de outros delitos de Van der Kerch que não conhecemos. Nós o prendemos por assassinato. A investigação técnica já terminou, e isso é suficiente para condenar esse sujeito. Mas, se estamos certos em nossas teorias, pode ser que, além de homicídio, ele esteja metido até o pescoço no narcotráfico. Não que seja muito conveniente somar isso à pena por assassinato premeditado. É obrigação dela manter silêncio. Karen Borg é uma mulher de princípios, acredite. Eu a conheço muito bem, diabos. Ou, ao menos, conhecia.

– Parece que minhas anotações não tiveram maiores consequências para ela – disse Hanne. – Ela não notou nada incomum, não foi seguida ou...

– Não.

Håkon não estava tão seguro como parecia. Fazia duas semanas que não falava com ela e não por falta de tentativa. Mesmo que ela o tivesse beijado até persuadi-lo a prometer não ligar para ela, Håkon quebrara a promessa exatamente dois dias depois de ter saído da casa dela dando pulos, treze dias antes, na primeira hora da manhã de um sábado. Na segunda-feira cedo, tentara ligar para ela no número de seu escritório, e uma recepcionista muito amável atendera. Karen estava ocupada, mas Håkon não precisava se preocupar, ela daria o recado de que ele havia ligado. Desde então, a mulher já dera outros quatro recados, no entanto ela não respondera a nenhum. Håkon fora tomado por aquele velho sentimento de resignação, mas, ainda assim, cada vez que o telefone tocava, corria para atender com a enorme esperança de que fosse ela. Sentia-se profundamente decepcionado ao comprovar que Karen se atinha à sua determinação de não querer falar com ele por pelo menos um mês. Faltavam duas semanas.

– Não – repetiu, apesar de tudo. – Não notei nada de especial.

As velas haviam formado dois grandes círculos na mesa. Håkon protegeu a chama com a mão em um gesto completamente inútil e as apagou. Em seguida levantou-se e acendeu a luz do teto.

– Fim do *happy hour*! – disse Håkon, fingindo alegria. – Agora vamos enfrentar o fim de semana!

Sábado, 7 de novembro

Apesar de ter ameaçado se instalar antes do tempo e com fúria inacreditável, o inverno tivera que se render ante um outono frio e normal. Durante alguns dias, as sobras da neve antecipada jaziam como manchas cinzentas sobre a terra, para depois desaparecer. Faltavam três ou quatro graus para a chuva transformar-se em neve outra vez, mas parecia bem mais frio. O asfalto que, poucos dias atrás, havia reluzido na obscuridade da noite por meio de milhões de diamantes negros, agora parecia um monstro chato e pegajoso que absorvia todos os raios de luz assim que alcançavam o chão.

Hanne e Cecilie estavam indo para casa depois de uma festa agradável. Cecilie havia bebido demais e tentava flertar com a companheira, tomando a mão de Hanne. Percorreram alguns metros de mãos dadas, a distância entre dois postes de luz, mas Hanne a soltou no momento em que alcançaram um raio de luz pálida.

– Covarde – disse Cecilie, caçoando.

Hanne limitou-se a sorrir e recolheu as mãos dentro das mangas da jaqueta, protegendo-se assim de novas tentativas de intimidade.

– Já estamos quase em casa – disse. Estavam com os cabelos molhados; e Cecilie reclamava de não enxergar através dos óculos. – Você precisa usar lentes de contato, criatura.

– Sim, eu sei, mas estou com problemas agora, Hanne. Não consigo andar direito e não enxergo a rua. Deixe-me segurar seu braço, pelo menos. Se você não deixar, vou cair e bater a cabeça, daí você vai ficar completamente sozinha no mundo.

Seguiram de braço dado. Hanne não queria ficar completamente sozinha no mundo.

O parque estava muito escuro. As duas tinham medo da escuridão, mas queriam poupar os cinco minutos de caminho que ganhavam cruzando-o. Correram o risco.

– Na verdade, você é muito engraçada, Hanne. Superengraçada – dizia Cecilie, como se a voz humana tivesse o poder de afugentar as eventuais forças do mal à espreita em uma noite de outono. – Morro de rir com suas piadas. Conte-me a do Teatro Nacional de Gryllefjord. Tem a mesma graça cada vez que você conta. E, além disso, dura um tempão. Conte!

E Hanne começou a contar a história, distraída. Quando chegou à parte da história que falava da segunda apresentação no Teatro Nacional de Gryllefjord, de repente interrompeu. Deteve Cecilie com um gesto agressivo da mão e arrastou a namorada para detrás de um enorme bordo. Cecilie interpretou mal e ofereceu a boca para um beijo.

– Pare com isso, Cecilie! Sossegue e fique quieta!

Soltou-se do abraço involuntário, apoiou-se no tronco da árvore e espiou.

Os dois homens haviam sido tão descuidados que pararam debaixo de um dos postes de luz que havia naquele grande parque escuro. As mulheres estavam a trinta metros de distância e não podiam ouvir o que diziam. Hanne Wilhelmsen só via as costas de um dos homens, que estava em pé com as mãos nos bolsos e dava pulinhos para se manter aquecido. Podia ser o sinal de que estava ali havia algum tempo. Permaneceram assim um bom momento, os homens conversando em voz baixa, e as mulheres em silêncio atrás da árvore. Cecilie finalmente entendera a gravidade da situação e que teria que esperar para escutar a explicação de Hanne sobre o que estava acontecendo.

O homem de costas para elas estava vestido de forma completamente normal. Jeans, botas com as solas gastas pelo uso, jaqueta jeans forrada com pele artificial que parecia cinzenta em volta do pescoço. Ele tinha os cabelos curtos, quase raspados.

O homem, cujo rosto Wilhelmsen enxergava perfeitamente, vestia um casaco bege e não usava gorro. Ele falava pouco, ainda que parecesse absorto pelo fluxo verbal do outro. Ao fim de alguns minutos, pegou a pequena pasta das mãos do amigo. Folheou rapidamente os papéis e pareceu perguntar alguma coisa sobre o conteúdo. Mostrou várias vezes os documentos, e ambos os examinaram com o auxílio da luz do poste. Ao final, dobrou-os e teve alguma dificuldade para colocá-los no bolso interno do casaco.

A luz caía sobre eles na vertical, como um sol fraco bem no centro do céu, o que fazia com que o rosto deles parecesse quase diabólico. Wilhelmsen reconheceu um deles imediatamente. No momento em que os dois homens apertaram-se as mãos e saíram cada um em uma direção, Hanne saiu de trás do bordo e voltou-se para a companheira.

– Sei quem é aquele sujeito! – constatou satisfeita. O homem do casaco seguia, altivo, até um carro estacionando do outro lado do parque.
– É Peter Strup. O advogado Peter Strup.

Segunda-feira, 9 de novembro

A parede estava repleta de quadros, mas eles não pareciam amontoados uns sobre os outros. As pinturas contribuíam para tornar aquele um ambiente aconchegante. Ela reconheceu algumas das assinaturas. Artistas reconhecidos. Em uma noite chuvosa, oferecera uma grande quantia em dinheiro por um quadro da praça de Lofa Ryes de quase 1 metro quadrado. Era uma aquarela, mas, ao contrário de todas as que vira na vida, dava a impressão de que haviam espalhado a tinta por um papel de embrulho que não absorvera as cores. O quadro era duro e violento, repleto de vida urbana e respingos. Ao fundo se percebia o edifício no qual vivia Karen Borg. O quadro não estava à venda.

As mesas ficavam muito próximas umas das outras. Isso era a única coisa de que não gostava a respeito daquele lugar. Não era fácil manter uma conversa íntima quando a mesa ao lado ficava a poucos centímetros de distância. Mas, às segundas-feiras, o restaurante nunca tinha muitos clientes. Havia tanto silêncio no lugar que os dois haviam recusado a mesa que lhes ofereceram educadamente e insistiram em sentar-se na outra ponta do salão, onde agora não havia mais clientes além deles. A toalha de mesa, negra, contrastava elegantemente com os guardanapos brancos de tecido, as taças de vinho eram perfeitas, sem adornos, e o vinho era fantástico. Era preciso dar crédito ao homem pela escolha que fizera.

– Você não desiste! – disse, sorrindo depois do primeiro gole.

– Não, não tenho fama de me render, pelo menos com mulheres bonitas!

O comentário na boca de outro homem teria parecido banal, inclusive atrevido, mas Peter Strup conseguia fazer com que soasse polido, e ela se deu conta, não sem certa autorreprovação, de que gostava daquilo. Depois do convite, resolvera tratá-lo por "você".

– Ninguém pode recusar um convite por escrito – disse Karen. – Faz séculos que não recebo um convite desse tipo.

O cartão se destacara entre a pilha de correspondência daquele mesmo dia. Um cartão amarelado de qualidade superior de Alvøen, com as bordas trabalhadas e com um texto breve impresso no canto superior: Peter Strup. Advogado do Supremo Tribunal.

O texto estava escrito à mão, com uma letra masculina, mas elegante e facilmente legível. Era um humilde convite para que se encontrasse com ele para jantar em um restaurante. Com muita consideração, escolhera um situado a somente duas quadras da casa de Karen. O encontro era para aquela mesma noite. No fim estava escrito: *Este é um convite com a melhor das intenções. Com suas negativas anteriores em mente, deixo em suas mãos a decisão de aceitar ou não. Não é necessário que me avise, mas, se vier, estarei lá às 19h. Se não vier, prometo que não ouvirá mais falar de mim, ao menos a respeito desse assunto.*

Havia assinado com seu primeiro nome, um gesto de intimidade impensável vindo de um homem tão importante. Parecia um pouco impositivo, mas só a parte do nome. A carta por si mesma era elegante e proporcionava a Karen a possibilidade de escolher. Podia aceitar se quisesse. E queria. No entanto, antes de decidir, ligou para Håkon.

Fazia mais de duas semanas que lhe pedira que se mantivesse a distância. Logo depois, oscilara entre a urgente necessidade de ligar para ele e o pânico pelo que havia acontecido. Aquela havia sido a melhor noite na vida de Karen Borg. Ameaçava tudo que tinha e lhe demonstrava que tinha, dentro de si, algo incontrolável que a tentava a sair da segurança que permeava sua existência, que julgava ser tão necessária. Pelo menos, até agora. Não queria manter uma relação paralela e não desejava, de forma alguma, divorciar-se. A única conclusão razoável era que devia manter Håkon a distância. Mas, ao mesmo tempo, se sentia doente e havia perdido quatro quilos tentando tomar uma decisão que ainda não sabia qual seria.

– É Karen – anunciou quando, por fim, depois de três tentativas, conseguiu falar com o assistente da promotoria.

Ele engoliu a saliva com tanta força que começou a tossir. Karen percebeu que Håkon teve que soltar o aparelho, o que não ouviu foi que a tosse e a excitação pela sua ligação lhe causaram náuseas e que mal conseguiu pegar a lixeira. O sabor amargo ainda lhe ardia na garganta quando, finalmente, foi capaz de responder.

– Desculpe – disse ele, ainda tossindo. – Alguma coisa trancou na minha garganta. Como você está?

– Agora não quero falar sobre isso, Håkon. Falaremos, mas mais adiante. Preciso pensar. Você é um homem muito doce. Vai me dar um pouco mais de tempo.

– E então, por que você me ligou?

A mistura de desespero com uma pitada de esperança fazia com que sua voz soasse desnecessariamente impaciente. Ele mesmo se deu conta disso, mas esperava que a distância e o telefone camuflassem a ansiedade em sua voz.

– Peter Strup me convidou para jantar.

O silêncio que seguiu essa declaração era quase uma segunda pessoa na sala de Håkon. Estava sinceramente surpreso e sentia um ciúme incontrolável.

– Ah, sei – o que mais poderia dizer? – Hum. Você aceitou? Ele deu alguma razão para fazer um convite desses?

– Na verdade não, não me deu nenhuma – respondeu ela. – Mas suspeito de que tenha algo a ver com o caso. Estou tentada a ir. Você acha que devo?

– Não, claro que não deve! O sujeito é suspeito de um delito grave! Você está completamente louca? Sabe Deus o que ele pode querer! Não, não permito que você vá. Ouviu?

Ela suspirou e se deu conta de que cometera um erro ao ligar para ele.

– Por Deus, Håkon, ele não está sob suspeita. Você não tem nada contra o sujeito! O fato de que ele mostra um interesse particular por meu cliente não pode, de forma alguma, ser suficiente para que a polícia suspeite dele. Francamente, sinto certa curiosidade por saber de onde vem tanto interesse, e talvez um jantar esclareça tudo. Isso pode servir para vocês também, não? Prometo contar a você o que descobrir.

– Temos mais indícios contra esse sujeito – respondeu Håkon com veemência. – Temos mais do que a simples intenção de roubar um cliente. Mas não posso lhe contar nada sobre isso. Você simplesmente tem que acreditar em mim.

– Acho que você está com ciúme, Håkon.

O promotor se deu conta de que ela estava sorrindo.

– Não sinto nem um pingo de ciúme – resmungou ele, engolindo novas ondas de ácidos estomacais. – Sinto uma preocupação genuína e profissional por sua saúde!

– Está bem – concluiu ela. – Se eu desaparecer esta noite, você terá que prender Peter Strup. Mas eu vou. Adeus.

– Espere! Onde você vai encontrá-lo?

– Não é da sua conta, Håkon, mas se você faz questão de saber, vamos jantar no Wine Bar, na rua Marke. Não me ligue. Ligo para você. Dentro de alguns dias ou algumas semanas.

Desligou e desapareceu, deixando atrás de si um despeitado zumbido monótono.

– Droga – murmurou Sand, antes de cuspir na lixeira, tirar o saco plástico e dar um nó. Em seguida, saiu para se desfazer do pestilento conteúdo.

* * *

A comida era fantástica. Karen apreciava profundamente uma boa refeição. Suas próprias tentativas com as panelas eram sempre um fracasso, e uma estante de um metro de largura cheia de livros de culinária não a ajudava muito. Ao longo dos anos de convivência com Nils, era ele quem se encarregava da cozinha. Era capaz de fazer pratos *gourmet* a partir de uma sopa de pacote, enquanto ela podia arruinar até uma peça de filé-mignon.

Peter Strup era mais bonito do que ela se lembrava dos jornais. Segundo diziam, tinha 65 anos. Parecia muito mais jovem nas fotografias, mas provavelmente era porque não apareciam suas muitas pequenas rugas. Agora, sentado a menos de um metro dela, dava-se conta de que a vida não o tratara tão bem como acreditara até então. Apesar disso, as marcas de seu rosto o tornavam mais confiável, com mais experiência de vida. A imponente cabeleira cinza escura parecia um capacete de aço sobre a cabeça. Um chefe *viking* com olhos de gelo.

– Como está se saindo como advogada de defesa? – perguntou sorridente por sobre o vinho do porto, depois de três fatias de *cheesecake*.

– Nada mal – disse ela, tratando de não dizer nem muito nem pouco.

– Seu cliente continua em surto?

Como ele poderia saber o estado de saúde do cliente dela? A pergunta a abandonou tão bruscamente quanto chegara.

– Sim. A verdade é que o sujeito dá pena. De verdade. Sequer iniciaram os trâmites do julgamento, e ele está perturbado demais para isso. Deveria estar internado, mas você já sabe como são essas coisas... É frustrante. Não posso fazer muita coisa por ele.

– Você o visita?

– Sim, na verdade sim. Todas as sextas-feiras. Tenho a impressão de que, nas profundezas das trevas de sua cabeça, ele gosta disso. É curioso.

– Não, não é nada curioso – disse Strup, agitando levemente a mão para se livrar da fumaça do cigarro de Karen.

– Você se incomoda? – perguntou ela, com tristeza, e apagou o Prince na metade.

– Não, por Deus – assegurou ele, pegou o maço, tirou um cigarro e ofereceu a ela. – Não me incomoda de forma alguma – apesar disso, Karen recusou o cigarro e guardou o maço no bolso. – Não é nada estranho que ele goste de suas visitas. Eles sempre gostam. Você deve ser a única pessoa que passa por ali. Isso a transforma em um raio de luz na existência dele, algo que ele pode esperar com alegria, algo a que se agarrar até a próxima visita. Por mais alterado que esteja, ele se dá conta do que está acontecendo. Ele fala?

Era uma pergunta completamente inocente e natural nesse contexto. Mas isso não impediu que ela ficasse alerta, apesar da cálida atmosfera e da agradável tontura provocada pelas três taças de vinho.

– Não mais do que murmúrios sem sentido – respondeu ela. – Mas sorri quando chego. Ao menos faz uma careta que parece um sorriso.

– Então não diz nada – replicou Strup rapidamente e olhou para ela por sobre a taça de vinho do porto. – E sobre o que ele murmura?

Karen tensionou a mandíbula. Estava sendo interrogada e não gostava disso.

Até aquele momento, desfrutara da comida e se sentira bem em companhia de um homem experiente, inteligente e encantador. Ele havia lhe contado histórias engraçadas dos tribunais e do mundo dos esportes, além de brincadeiras inocentes de duplo sentido, coroando tudo com uma atenção que agradaria mulheres mais atraentes que Karen Borg. Ela também se abrira, mais do que pretendia, e confessara a ele suas frustrações sobre a vida de advogada entre os ricos e poderosos.

Agora Strup a estava interrogando. E ela não estava disposta a aceitar isso.

– Não quero falar de um caso em particular. E muito menos desse caso. Sou obrigada a manter sigilo. Além disso, acho que já está na hora de você me explicar sua estranha curiosidade sobre essa história.

Cruzara os braços, como fazia sempre que estava irritada ou se sentia vulnerável. Agora sentia as duas coisas.

Strup colocou a taça sobre a mesa, cruzou os braços como se fosse seu reflexo e a olhou fixamente nos olhos.

– Estou interessado porque intuo o contorno de algo que me preocupa, como advogado e como pessoa. Tenho a possibilidade de proteger você contra algo que pode ser perigoso. Deixe-me ficar encarregado do caso.

Descruzou os braços e inclinou-se para ela. O rosto dele estava a menos de trinta centímetros do seu; ela tentou, sem querer, ir um pouco para trás. Não teve êxito, e sua cabeça chocou-se contra a parede produzindo um pequeno ruído surdo.

– Você pode entender isso como uma advertência. Ou você me deixa encarregado do holandês ou terá que assumir as consequências. Posso lhe assegurar uma coisa: não resta dúvida de que você sairá ganhando se esquecer esse assunto. Provavelmente ainda não é tarde demais.

Começara a fazer muito calor no salão. Karen sentiu que o rubor subia pelo rosto, e uma leve alergia ao vinho começara a formar manchas vermelhas em seu pescoço. Os aros do sutiã cravavam-se em sua pele suada abaixo dos seios, e, de repente, se levantou para fugir de tudo aquilo.

– E eu posso assegurar uma coisa a você – disse em voz baixa, enquanto remexia em seu bolso, sem deixar de olhar para ele. – Não penso em renunciar ao rapaz por nada no mundo. Ele me pediu ajuda, fui nomeada oficialmente e vou ajudá-lo. Não me importo com as ameaças, quer provenham de delinquentes ou de advogados do Supremo Tribunal.

Mesmo tendo falado em voz baixa, sua explosão chamara a atenção. Os poucos clientes, no outro lado do restaurante, estavam calados e olhavam com curiosidade para os dois advogados. Ela baixou ainda mais o tom de voz e quase sussurrou:

– Muito obrigada pelo jantar. Estava muito bom. Espero não voltar a ter notícias suas. Se eu voltar a escutar uma só palavra de sua boca sobre esse caso, vou denunciá-lo à Ordem dos Advogados.

– Não sou membro – sorriu ele e limpou a boca com o grande guardanapo branco.

Karen foi até a recepção pisando duro, pegou o casaco e o jogou sobre os ombros. Ao fim de menos de dois minutos, estava de volta a sua casa. Furiosa.

* * *

Quando acordou, a noite ainda estava no começo. Os números do rádiorrelógio mostraram a hora em vermelho: 2h11. A respiração de Nils era lenta e regular, e ele roncava a cada quatro inspirações. Tentou acompanhar seu ritmo, contagiar-se pela calma do homem ao seu lado, respirar da mesma forma que ele, obrigar seus pulmões intermitentes a funcionarem no mesmo ritmo que os do homem, mas seus pulmões protestaram até deixá-la tonta. Também sabia por experiência que, depois da tontura, o sono retornaria de forma quase imediata.

Mas não naquela noite. O coração se negava a bater mais devagar, e os pulmões chiavam em protesto à imposição de outro ritmo. Com que ela sonhara? Não se lembrava, mas sentia tal tristeza e impotência, além de uma angústia indefinível, que deveria ter sido com algo muito forte.

Moveu-se com cuidado até a beira da cama, estendeu a mão até o criado-mudo e desconectou o fio do aparelho de telefone. Desceu silenciosamente da cama, sem acordar Nils, graças a incontáveis noites de treinamento. Em seguida, saiu do quarto, parando antes na porta para vestir o roupão.

Só a luminária sobre a mesa lhe permitia ver alguma coisa no corredor. Karen pegou o telefone sem fio e o levantou com cuidado da base. Em seguida foi rapidamente em direção ao que ela e o marido chamavam de "o escritório". Ficava na outra extremidade da sala. A luz estava acesa. Vários livros de Psicologia estavam espalhados pela enorme mesa de pinho que pendia do teto inclinado, presa a dois suportes. As quatro paredes estavam cobertas de estantes, mas, ainda assim, não era suficiente, havia várias pilhas de livros sobre o chão. Era o cômodo mais aconchegante da casa, e, em um canto, havia uma poltrona com uma banqueta para os pés e uma boa lâmpada para leitura. Karen se sentou.

Sabia de cor o número de telefone dele, apesar de só tê-lo digitado uma vez na vida, havia pouco mais de duas semanas. Ainda se lembrava do número do telefone dele quando estudavam juntos, depois de tê-lo digitado pelo menos uma vez por dia durante seis anos. Por alguma estranha razão, ligar para ele, enquanto Nils dormia apenas três cômodos adiante, parecia uma traição maior do que fazer amor com Håkon no chão da sala quando o marido estava fora da cidade.

Ficou sentada olhando fixamente para o telefone durante vários minutos, até que seus dedos, praticamente por conta própria, escolheram a combinação certa de números. Depois de dois toques e meio escutou seu "alô" meio abafado.

– Olá, sou eu.

Não lhe ocorreu nada mais original.

– Karen, o que aconteceu?

De repente, parecia completamente em desespero.

– Não consigo dormir – o barulho dos lençóis indicou que ele estava se ajeitando na cama. – Na verdade, não deveria ligar para você por causa disso – desculpou-se.

– Não, não tem problema. Sejamos sinceros, é claro que fico feliz que você me telefone. Você pode fazer isso sempre que quiser. A qualquer hora. Onde você está?

– Em casa – fez-se um silêncio. – Nils está dormindo – explicou ela, adiantando-se à sua pergunta. – Desconectei o telefone do quarto. Além disso, a esta hora da noite, ele sempre dorme como uma pedra. Está acostumado a que eu acorde e perambule um pouco. Não creio que se importe.

– Como foi o jantar?

– Foi agradável até que chegamos ao café. Então, Strup começou outra vez a bater na mesma tecla. Não entendo o que ele quer com esse rapaz. De qualquer forma, Strup foi insistente demais. Tive que colocá-lo em seu lugar. Não acho que vou ter notícias dele novamente.

– Sim, você realmente parecia muito contrariada quando saiu do restaurante.

– Quando saí? Como você sabe?

– Você saiu do local exatamente às 22h04 e foi correndo em direção à sua casa.

Ele riu um pouco, como para desculpar-se.

– Seu monstro! Você estava me espionando?

Karen estava indignada e lisonjeada ao mesmo tempo.

– Não, não estava espionando, estava protegendo você. Foi uma forma congelante de passar o tempo. Três horas parado em frente a um restaurante em Grünerløkka não é exatamente muito agradável – fez uma pausa involuntária e, sem querer, espirrou duas vezes. – Droga, peguei um resfriado. Você deveria me agradecer.

– Por que você não falou comigo quando saí? – Håkon não respondeu. – Achou que eu fosse me aborrecer?

– Não descartava essa possibilidade, é verdade. Você ficou aborrecida ontem, você está aborrecida agora.

– Como você é doce. Doce de verdade. Claro que fiquei muito brava. Mas me alegra pensar que você estava ali me protegendo o tempo todo. Você estava lá como policial ou como Håkon?

Na pergunta subentendia-se um convite sutil. Se fosse durante o dia, ele se expressaria com elegância, como sabia que ela gostava. Mas era alta madrugada, e ele disse o que pensava, nada mais.

– Os assistentes da promotoria não fazem serviço de guarda-costas, Karen. Eles ficam em seus escritórios e não se importam com mais nada que não seja documentos ou julgamentos. Era eu que estava de guarda. Estava com ciúme e preocupado. E amo você. Por isso estava lá.

Estava tranquilo e feliz. Não importava de que modo ela reagiria, ele estava feliz por aliviar sua angústia. E a reação dela foi tão surpreendente que quase o derrubou.

– Talvez eu também esteja um pouco apaixonada por você, Håkon.

De repente, Karen começou a chorar, e ele não soube o que dizer.

– Não chore, Karen.

– Sim, choro, se quiser – soluçou. – Choro porque não sei o que vou fazer.

Começara a chorar desconsoladamente. Håkon tinha dificuldade para entender o que ela dizia, por isso deixou que ela terminasse de chorar.

Demorou dez minutos.

– Que grande bobagem gastar telefone assim – murmurou Karen finalmente.

– À noite a tarifa é bem mais barata. Claro que você pode se permitir.

Já estava mais tranquila.

– Estou planejando sair em viagem – disse ela. – Ir para meu chalé na montanha, sozinha. Vou levar o cachorro e vários livros. Tenho a sensação de que aqui, na cidade, não consigo pensar. Pelo menos não aqui no apartamento, e no escritório só tenho tempo para tentar resolver os assuntos do trabalho, e quase nem isso consigo fazer.

O choro voltou a se intensificar.

– Quando você vai?

– Não sei. Prometo ligar para você antes de ir. Pode ser que demore uma semana ou duas. Você tem que prometer que não vai me ligar. Até agora você cumpriu o combinado.

– Prometo. Palavra de honra. Mas, ouça, você poderia dizer novamente?

Depois de uma breve pausa, ela disse:

– Talvez eu esteja um pouco apaixonada por você, Håkon. Talvez. Boa noite.

Terça-feira, 10 de novembro

– Uma bela perda de tempo.

Hanne Wilhelmsen fora sensata o bastante para reunir todos os documentos do caso e prendê-los com dois elásticos grossos. Agora tinham a aparência de um tentador presente de Natal. Um presente resistente a tudo, até a ser jogado sobre uma escrivaninha com impaciência. Bang.

– Já investigamos Olsen e Lavik. Nada.

– Nada? Nada de nada?

Sand estava surpreso. Parecia mais curioso por não terem se deparado com nada de interessante do que se tivessem encontrado alguma coisa; por menor que fosse. Muito poucas pessoas suportariam uma investigação detalhada da polícia sem que se descobrisse uma coisa ou outra.

– Certamente, há algo curioso aí. Chamou muito a minha atenção – disse Hanne. – Não temos acesso às contas bancárias de Lavik, já que ele não é um suspeito, mas veja as declarações de imposto de renda dele dos últimos anos.

Era uma folha com números que não lhe diziam nada. Não entendia uma palavra, além de que o sujeito tinha uma renda anual que faria qualquer funcionário da promotoria empalidecer de inveja.

– Dá a impressão de que grande parte do dinheiro simplesmente desapareceu – explicou Hanne.

– Desapareceu?

– Sim, pelo jeito, o dinheiro que ele declarou ter ganhado não corresponde ao patrimônio que possui. Ou o sujeito tem gastos cotidianos enormes, ou tem dinheiro escondido em algum lugar.

– Mas por que iria esconder o dinheiro que ganha legalmente?

– Só existe uma explicação lógica: sonegação de impostos sobre o patrimônio. Mas os impostos sobre o patrimônio neste país não são nada abusivos. Parece-me bastante estúpido, além de pouco plausível, que ele se arrisque a sonegar impostos sobre o patrimônio por umas poucas coroas. Ele não correria esse risco. Suas contas estão em ordem, e o fisco as aprova todos os anos. Há algo aqui que eu não consigo entender.

Ficaram olhando um para o outro. Håkon colocou um pedaço de tabaco na boca.

– Desde quando você masca essa coisa horrorosa? – perguntou Hanne com cara de nojo.

– É só outra tentativa de não voltar a fumar cigarros. É totalmente temporário – desculpou-se ele, cuspindo os restos do tabaco.

– Isso destrói os dentes. E, além disso, cheira muito mal.

– Ninguém vai me cheirar – respondeu ele. – Bem, vamos pensar. O que levaria você a esconder dinheiro?

– Eu esconderia dinheiro sujo ou completamente ilegal. Na Suíça, quem sabe. Fazem isso nos romances policiais. Mas, se houver bancos suíços envolvidos, não poderemos fazer nada a respeito. As contas nem mesmo são registradas com o nome de um responsável. Só um número as identifica.

– Há registro de alguma viagem para a Suíça?

– Não, mas de qualquer forma não seria necessário viajar até lá. Os bancos suíços têm filiais em muitos dos países para onde ele viajou. Além disso, não me sai da cabeça que tem algo a ver com seus negócios no Oriente. Drogas. Isso se encaixa com nossa teoria. É uma pena que tenha uma explicação tão boa, e legítima, para suas viagens. Os hotéis estão aí.

Bateram na porta, e, sem aguardar resposta, um agente louro a abriu. Håkon não gostou, mas não disse nada.

– Aqui estão os papéis que me pediu – disse o policial a Hanne, estendendo para ela cinco páginas impressas do computador, saindo em seguida, sem fechar a porta.

Håkon se levantou e fez isso por ele.

– Não têm educação nenhuma, os jovens de hoje em dia.

– Håkon, se eu tivesse um monte de dinheiro ilegal e tivesse também uma conta na Suíça, e, se além de tudo, fosse avarenta, não tentaria talvez mandar parte do meu dinheiro legal para o mesmo lugar?

– Avarento? Sim, pode ser que Lavik se encaixe nesse adjetivo!

– Veja como ele vive de forma modesta! Esse tipo gosta especialmente de ter dinheiro guardado. Aposto que ele colocou todo o dinheiro na mesma conta!

A teoria não era muito boa, mas servia, na falta de algo melhor. A avareza leva inclusive os melhores a cometerem erros. Ainda que erro talvez não fosse a palavra adequada: dificilmente se podia alegar ser ilegal ter menos dinheiro na conta do que o que se ganhava.

– A partir de agora vamos supor que Lavik tenha dinheiro guardado na Suíça. Logo veremos aonde isso vai nos levar. Não muito longe, creio eu. E quanto a Peter Strup? Soube de algo a respeito dele depois daquele misterioso encontro no parque de Sofienberg?

Ela lhe estendeu uma pasta fina. O assistente da promotoria se deu conta de que não tinha o número do caso.

– É minha pasta particular – explicou a ele. – Essas cópias são para você. Leve-as para casa e guarde em algum lugar seguro.

Håkon folheou os papéis. A história da vida de Strup era impressionante. Durante a Segunda Guerra Mundial participara ativamente da resistência, apesar de ter apenas 18 anos quando o conflitou acabou. Na época já era membro do Partido Trabalhista. Nos anos seguintes, não se destacou dentro do partido, mas, como mantivera contato com os companheiros, contava com um impressionante círculo de amizades que ocupavam cargos importantes. Era amigo íntimo de vários peixes grandes do partido, mantinha boas relações com o rei, com quem além de tudo velejara quando jovem; só Deus sabia como conseguia tempo para tudo; e se reunia uma vez por semana com o secretário de Estado do Ministério da Justiça, com o qual também trabalhara tempos atrás. Era maçom de décimo grau e tinha, portanto, acesso à maioria dos caminhos para o poder. Era casado com uma antiga cliente, uma mulher que assassinara o marido depois de uma vida marital de dois anos de inferno e que, após dezoito meses de prisão, foi libertada, ouviu o chamado dos sinos de casamento e começou uma nova vida de felicidade conjugal e, bem, de prosperidade. O casamento era aparentemente feliz, e ninguém nunca pudera provar que o sujeito tivesse tido uma aventura extraconjugal. Ganhava muito dinheiro, apesar de o poder público pagar as contas de grande parte de seus clientes. Pagava seus impostos com alegria, conforme repetira muitas vezes nos jornais, mesmo que se tratasse de quantidades consideráveis.

– Esse não parece exatamente o retrato de um grande delinquente – disse Håkon, dobrando a pasta.

– Não, mas há algo de muito suspeito em encontros em parques sinistros no meio da noite.

– Encontros noturnos com clientes estão se transformando um hábito nesse caso – ironizou Håkon, enquanto ajeitava o tabaco com a língua.

– Temos que ter cuidado. Entre os muitos amigos de Peter Strup, também há pessoas da Brigada de Informação.

– Ter cuidado. Mais cuidado. Estamos sendo tão cuidadosos neste caso que parecemos inertes.

Dito isso, Håkon se rendeu na luta contra o tabaco e cuspiu na lixeira. Tinha perdido o jeito.

* * *

Era uma verdadeira preciosidade, além de ser o único artigo de luxo que Wilhelmsen possuía. Como a maioria dos artigos de luxo, não cabia em seu salário de inspetora, mas, graças a uma herança, durante seis meses do ano, podia sentir a liberdade de dirigir uma Harley-Davidson de 1972. Era cor-de-rosa. Totalmente cor-de-rosa. Rosa Cadillac, com cromo polido e brilhante. Naquele momento, estava parcialmente desmontada no porão, que era sua oficina particular, a qual tinha paredes amarelas e uma velha estufa em um canto, que conectara à lareira da casa sem pedir permissão aos vizinhos. Nas paredes, havia prateleiras com várias ferramentas. Na prateleira superior, uma televisão portátil em preto e branco.

Diante dela, estava o motor todo desmontado, que ela limpava com hastes flexíveis para os ouvidos. Tudo era pouco para uma Harley. Pensou que ainda faltava muito tempo para que chegasse março, e o pensamento a fez sentir a emoção do primeiro passeio do ano. Era preciso que fizesse um tempo estupendo e que não houvesse poças de água. Cecilie iria montada na garupa, e o barulho do motor seria constante e ensurdecedor. Se não fosse pela droga do capacete... Anos atrás, Hanne percorrera os Estados Unidos de costa a costa, com uma faixa na cabeça na qual se lia "Dane-se a lei sobre capacetes". Mas na Noruega era policial e usava o capacete. Não era a mesma coisa. Perdiam-se parte da liberdade, parte do prazer do perigo, o contato com o vento e os cheiros.

Voltou para a realidade e ligou a televisão para ver um programa de debates. O programa já havia começado, e a discussão estava acalorada. Alguns jornalistas haviam publicado um livro sobre a relação do Partido Trabalhista com os serviços secretos e, ao que parecia, sustentavam algumas teses que muitos consideravam intragáveis.

Acusavam os autores de especular e de fazer afirmações não documentadas, de exercer jornalismo amador e de coisas ainda piores, como manipular as notícias. O jornalista, um homem atraente de cabelos grisalhos, com 40 anos, respondia com uma voz tão calma que, ao fim de poucos minutos, Hanne se convenceu de que tinha razão. Depois de assistir ao programa durante quinze minutos, voltou a trabalhar no motor. Os ventiladores estavam sujos depois de tê-los usado por uma longa temporada.

De repente, o programa voltou a chamar sua atenção. O apresentador, que parecia estar do lado do autor, lançou uma pergunta a um dos críticos. Queria que o convidado garantisse que não se realizava nenhum trabalho, nem se fazia nenhuma compra de material para os serviços secretos sem que o dinheiro saísse do orçamento do Estado. O homem, um senhor grisalho vestido em um terno grafite, abriu os braços e garantiu que sim, sem dúvida.

– De onde iríamos tirar o dinheiro? – perguntou de maneira retórica.

Aquilo acabou com a discussão, e Hanne seguiu com seu trabalho, até que Cecilie apareceu na porta.

– Já estou pronta para ir dormir – disse ela, sorrindo.

Quarta-feira, 11 de novembro

O jornalista estava insatisfeito e de muito mau humor. Seu caso, seu Grande Caso, não rendia mais notícias, e ele nem conseguira arrancar alguma coisa mais substancial da polícia, que provavelmente estava tão perdida quanto ele. O diretor do jornal estava desgostoso e o mandara de volta às suas antigas atribuições. Ele se aborrecia por ter que correr aos tribunais para tentar arrancar uma informação irrelevante de um policial lacônico sobre casos que mal serviam de material para uma mísera coluna.

Fredrick estava sentado com os pés sobre a mesa e dava a impressão de estar tão emburrado quanto um menino de 3 anos depois de uma bronca. O café estava amargo e morno. Até mesmo o cigarro tinha gosto ruim. Não tinha nada anotado em seu caderno.

Levantou-se tão bruscamente que derrubou a xícara de café. O conteúdo negro espalhou-se rapidamente pelos jornais, pelas anotações e pelo livro de bolso que estava virado para baixo para que não se fechasse. Fredrick Myhreng ficou alguns segundos observando a bagunça antes de decidir que não se importava. Pegou sua jaqueta e se apressou a cruzar a redação antes que alguém pudesse detê-lo.

A lojinha pertencia a um antigo colega de escola. Myhreng passava por ali de vez em quando, para fazer uma cópia das chaves de casa para a nova namorada da vez: mulheres nunca devolvem as chaves ao fim de um relacionamento; ou para colocar um solado novo nas botas. Era incompreensível para ele o que o conserto de sapatos tinha a ver com cópias de chaves, mas seu colega de escola não era o único na cidade que trabalhava com essa combinação.

Cumprimentaram-se efusivamente, como sempre. Myhreng tinha a incômoda sensação de que o homem da loja estava orgulhoso por conhecer um jornalista da capital, mas não gostava de nada muito espalhafatoso. O lugar minúsculo estava vazio, e o dono trabalhava em uma gasta bota de inverno preta.

– Namorada nova outra vez, Fredrick! Nesta cidade deve haver cerca de cem molhos de chaves da sua casa!

O homem esboçou um grande sorriso libidinoso.

– Não, continuo com a mesma garota. Vim para pedir-lhe ajuda com uma coisa especial.

O jornalista tirou uma caixa de metal de um de seus bolsos largos, abriu-a e, com cuidado, tirou os dois moldes de massa de vidraceiro. Pelo que podia ver, os moldes estavam perfeitos. Mostrou-os ao amigo.

– Muito bem, Fredrick, você começou uma vida de crimes – havia uma insinuação de gravidade na voz dele. – É uma chave numerada? Eu não faço cópias de chaves numeradas. Nem mesmo para você, velho amigo.

– Não, não está numerada. Pode ver no molde.

– O molde não me garante nada. Pelo que sei, você poderia ter apagado os números... Mas vou confiar na sua palavra.

– Isso quer dizer que pode me fazer uma cópia?

– Sim, mas vai levar um tempo. Não tenho aqui o equipamento de que preciso. Uso chaves prontas, como a maioria das pessoas neste negócio. E então as lustro e aparo com esta ótima máquina que tenho – acariciou a máquina monstruosa com vários botões. – Dentro de uma semana você pode vir buscar. Até lá, deve estar pronta.

Fredrick Myhreng disse que ele estava sendo um sujeito muito legal. Já estava saindo pela porta quando se voltou.

– Poderia me dizer que tipo de chave é?

O homem hesitou.

– É pequena. Não acho que seja de uma porta grande. Quem sabe de um armário? Ou talvez de uma caixa. Vou tentar descobrir.

Myhreng voltou ao jornal, sentindo-se um pouco mais animado.

Talvez tivesse feito bem ao rapaz, perdido na escuridão, ter saído para dar uma volta. Hanne Wilhelmsen, pelo menos, estava disposta a fazer uma nova tentativa. A informação vinda da penitenciária indicava que estava um pouco melhor. Mas isso não queria dizer muita coisa.

– Tirem as algemas dele – ordenou ela, enquanto se perguntava se os jovens policiais não eram capazes de pensar por si mesmos.

A figura apática e esquálida diante dela não poderia ser páreo para os dois policiais robustos. Era incerto que fosse capaz até mesmo de correr. A camisa pendia solta de seu corpo, o pescoço que saía dela parecia o de um bósnio preso pelos sérvios. Provavelmente a calça fora adequada ao seu tamanho algum dia, mas agora se mantinha no lugar graças a um cinto ao qual alguém tivera que fazer um furo extra, a muitos centímetros do anterior. Para piorar a situação, o furo estava torto, fazendo com que a extremidade do cinto subisse para um lado, para em seguida cair por seu próprio peso, como uma ereção fracassada. O homem estava calçado, ainda que sem meias. Estava pálido, sujo e aparentava 10 anos a mais do que da última vez que o vira. Ofereceu-lhe um cigarro e uma pastilha para a garganta. Ela se lembrava dessa sua mania, ao que ele sorriu debilmente.

– Como você está? – perguntou amavelmente, sem, na verdade, esperar uma resposta. Não que esperasse uma. – Posso pedir alguma coisa para você? Um refrigerante? Algo para comer?

– Uma barra de chocolate.

A voz dele estava fraca e falhava. Provavelmente ele falara pouco nas últimas semanas. A inspetora pediu três chocolates e dois cafés pelo interfone. Não colocara papel na máquina de escrever, sequer estava ligada.

– Tem algo que você queira me contar?

– Chocolate – sussurrou ele.

Esperaram durante seis minutos. Nenhum deles disse nada. Uma funcionária trouxe o chocolate e o café. Ela aparentava estar ligeiramente contrariada por ter que fazer o trabalho de copeira, mas foi desarmada pela expressão de gratidão no rosto de Hanne.

Observar o holandês comendo chocolate era uma tarefa e tanto. Primeiro desembrulhou o chocolate com cuidado, descolando a embalagem para que o papel não rasgasse. Quando alcançou o doce, partiu-o seguindo as linhas, separando cada quadradinho escrupulosamente. Em seguida, alisou o papel sobre a mesa e separou os pedaços deixando um milímetro exato entre eles. Finalmente começou a comer, seguindo um padrão, como se fosse um ritual. Começou por um dos cantos, o pedaço que ficava por cima em diagonal, depois o da fila seguinte em diagonal para trás, e assim foi subindo em ziguezague até chegar ao topo. Então, começou de cima e foi comendo até embaixo, seguindo o mesmo padrão, até o chocolate acabar. A operação toda demorou cinco minutos. Para terminar, lambeu o papel até que estivesse completamente limpo, alisou-o com os dedos unidos e dobrou minuciosamente.

– Na verdade, eu já confessei – ele falou finalmente.

Hanne estava aérea, distraída, completamente fascinada pelo espetáculo da ingestão do chocolate.

– Não, estritamente falando, você não confessou, ainda – rebateu ela. Evitando fazer movimentos muito bruscos, tirou o papel que havia preparado com os dados pessoais obrigatórios, no canto superior direito. – Não é necessário que você confesse – disse com calma. – Além disso, você tem direito a que seu advogado esteja aqui – com isso cumprira as regras e lhe pareceu perceber um sorriso na boca do jovem quando mencionou a advogada, um sorriso bom. – Você gosta de Karen Borg – constatou com amabilidade.

– Ela é boa.

O holandês começara a comer o segundo chocolate, seguindo o mesmo esquema da primeira vez.

– Gostaria que ela estivesse aqui agora ou está tudo bem que eu e você tenhamos uma conversa em particular?

– Por mim tudo bem.

Não estava totalmente certa de que ele se referia à primeira alternativa ou à segunda, mas interpretou a seu favor.

– Então foi você quem matou Ludwig Sandersen.

– Sim – disse ele, ainda que estivesse mais concentrado no chocolate do que na conversa. Movera um pedaço, e o desenho estava alterado. Era evidente que isso o inquietava.

Hanne suspirou e pensou consigo mesma que aquele interrogatório ia ter menos utilidade que o relatório sobre ele que iria escrever. Ainda assim valia a pena tentar.

– Por que você fez isso, Han? – ele sequer olhou para ela. – Por que você não quer me contar? – continuou sem resposta, o chocolate estava na metade. – Há alguma outra coisa que você queira me contar?

– Roger – disse com voz alta e clara e com o olhar lúcido por um milésimo de segundo.

– Roger? Foi Roger quem pediu que você o matasse?

– Roger.

Estava prestes a voltar a desaparecer em si mesmo, a voz voltara a parecer a de um ancião. Ou a de um menino.

– Tem algum outro nome além de Roger?

A comunicação fora cortada. O olhar distante reaparecera. A policial chamou os dois homens robustos, ordenou que não o algemassem e lhe deu o último chocolate, para o lanche. Ele ficou muito feliz e saiu com um sorriso no rosto.

* * *

O papel com o número estava pendurado no mural. Atenderam o telefone em seguida, e ela se apresentou. Karen soava amável, mas surpresa. Conversaram por vários minutos antes que Hanne abordasse o motivo da ligação.

– Você não tem por que responder isso, mas, de qualquer maneira, vou lhe perguntar: Han van der Kerch alguma vez mencionou para você o nome Roger? – arriscou ela.

A advogada ficou completamente calada. Hanne também não disse nada.

– Tudo que sei é que mora em Sagene. Tente lá. Acho que você deve procurar por um vendedor de carros usados. Não deveria lhe dizer isso. E eu não disse.

Hanne garantiu que nunca ouvira isso dela, agradeceu efusivamente, encerrou a conversa e digitou um número de três dígitos no telefone.

– Billy T. está?

– Está de folga hoje, mas vai passar por aqui, acho.

– Quando ele chegar, peça que entre em contato com Hanne.

– Certo.

* * *

A água açoitava as janelas do carro formando desenhos furiosos feitos pela mão da tempestade, e o granizo grudava-se ao vidro da frente, apesar dos intensos esforços dos limpadores de para-brisas. Fora um outono estranho, alternando dias de frio intenso, neve e chuva e dias de até 8 graus centígrados. A temperatura se mantivera em torno do zero grau por vários dias.

– Você está se aproveitando bastante de nossa velha amizade, Hanne. – ele não estava aborrecido, só queria valorizar seu gesto. – Eu trabalho na Força-Tarefa, não sou o mensageiro de Sua Alteza Wilhelmsen. E, acima de tudo, hoje é meu dia de folga. Em outras palavras: você me deve um dia livre. Anote isso.

Para conseguir ver alguma coisa, tinha que inclinar o corpo enorme até tocar no vidro. Se não fosse por seu tamanho e pela cabeça raspada, poderia ser confundido com um quarentão em um bairro fino, com uma BMW e uma habilitação novinha em folha.

– Estarei eternamente em dívida com você – assegurou Hanne e estremeceu quando ele freou bruscamente por causa de uma sombra, que se revelou ser um adolescente desorientado.

– Droga, não enxergo nada! – disse Billy T., que tentou limpar o vapor que se condensava na parte interior do vidro assim que ele o limpava.

Hanne ligou o aquecedor do carro, sem obter, porém, o menor resultado.

– Viatura da polícia, você sabe – murmurou ela e anotou mentalmente o número do carro para não voltar a pegá-lo nos dias de chuva. – Só encontrei um Roger no ramo de automóveis em Sagene. Sendo assim, pelo menos não vamos ter que ficar procurando por ele – disse, tentando consolá-lo.

O carro subiu em uma calçada, e Hanne se chocou contra a porta. Bateu com o cotovelo na manivela da janela.

– Ei, você está tentando me matar? – choramingou ela para depois se dar conta de que eles tinham chegado.

Billy T. estacionou junto a uma parede de concreto cinzento, que tinha escrito em letras grandes: proibido estacionar. Desligou o motor e ficou sentado com as mãos no colo.

– O que vamos fazer, na verdade?

– Só vamos dar uma olhada. Talvez assustá-lo um pouco.

– Eu sou um policial ou um bandido?

– Um cliente, Billy T. Você é um cliente. Até que eu lhe diga o contrário.

– O que estamos procurando?

– Qualquer coisa. Qualquer coisa que possamos usar em nosso caso.

Hanne saiu do carro e fechou a porta com chave, ainda que fosse desnecessário. Billy T. limitou-se a fechar a sua com uma batida, sem maiores preocupações.

– Ninguém vai roubar esse traste – disse ele, encolhendo os ombros, sobretudo para se proteger do frio que o esperava ao dobrar a esquina.

A inspetora adivinhou o nome: Sagene Car Sales. Assim mesmo, em inglês. Ainda que fosse preciso trocar os tubos de néon, pois na penumbra só se podia ler: "Sa ene Ca S es".

– Nossa, que lugar de classe.

Quando entraram pela porta, soou uma campainha distante. O lugar cheirava a estofamento velho. Também cheirava a maior coleção que Wilhelmsen já vira de, assim chamados, purificadores de ar: quatro árvores de Natal de papelão, cada uma delas com uns 50 ou 60 centímetros de altura, estavam alinhadas sobre o mostruário de 5 metros de largura. O cheiro daria enjoo em um poste da rua. As árvores estavam, por sua vez, decoradas com árvores menores que pendiam de fios brilhantes e com exuberantes desenhos de mulheres impregnadas com a mesma essência. Como se fossem presentes ao pé da árvore, ao redor dos troncos havia pilhas de tartarugas de plástico com um odor que dava sua contribuição para que o ar ao redor da caixa registradora fosse um dos mais purificados da cidade. As tartarugas tinham a cabeça solta sobre uma pequena plataforma. Quando os policiais abriram a porta e se formou uma corrente de ar, as tartarugas saudaram os recém-chegados cumprimentando-os amavelmente com a cabeça.

O lugar estava lotado com tudo o que pudesse ter alguma utilidade para qualquer coisa sobre quatro rodas. Havia tubos de escapamento e tampas para o tanque de gasolina, capas com estampa de leopardo para os bancos, dados de pelúcia para pendurar no retrovisor e isqueiros para carro. Entre as estantes, onde não cabia mais nenhuma prateleira, havia velhas fotografias de calendário de mulheres seminuas. Os seios ocupavam dois terços das fotos, enquanto os dias do calendário se agrupavam na parte de baixo, em uma faixa estreita completamente desnecessária.

Mais de um minuto depois de a campainha ter tocado, apareceu um homem vindo da parte de trás da loja. Hanne Wilhelmsen teve que enfiar as unhas nas palmas das mãos para se impedir de rir.

O sujeito era um clichê ambulante. Gordo e baixinho, não devia medir mais do que 1,70 metro. Usava calças de poliéster marrom, com o friso da calça costurado. Uma longa costura, que mais parecia uma salsicha, desaparecia deixando um fio solto sobre o joelho do homem, para depois recomeçar; já a costura mais acima não estava desfeita. A calça devia ser dos anos 1970. Desde então, o mundo não vira uma calça com um friso costurado. Ele usava uma camisa de mangas curtas, do tipo informal, azul-clara com bolinhas; e para fazer justiça era preciso dizer que a gravata combinava com a camisa. Também era azul-celeste.

Para arrematar, o homem usava um *blazer* xadrez em preto e branco, ao qual faltava um botão. Não que isso fizesse diferença, o *blazer* ficava tão apertado que era impossível fechá-lo de qualquer forma. A cabeça lembrava a de um porco-espinho.

– Posso ajudá-los? Posso ajudá-los? – perguntou em voz alta e de forma amável.

Quase pareceu se assustar diante do aspecto do policial com o brinco na orelha, mas a presença de Hanne deve tê-lo tranquilizado, porque seu rosto se iluminou quando se virou para ela para repetir a oferta.

– Sim, gostaria de ver um carro usado – respondeu Hanne, hesitando um pouco e lançando um olhar por cima do ombro do homenzinho, em direção aos vidros de uma porta que não deviam ter sido limpos nos últimos dois anos. Tinha a sensação de que atrás havia um depósito de carros.

– Um carro usado, sim. Pois então veio ao lugar certo – disse o homem, rindo, desta vez ainda mais amável, como se, no início, houvesse pensado que estavam procurando um isqueiro para carros e agora via a possibilidade de fazer um negócio mais substancioso. – Queiram me acompanhar, minha senhora, meu senhor, venham!

Conduziu-os através da porta imunda. Billy T. se deu conta de que havia uma porta igual exatamente ao lado, que dava em uma espécie de oficina.

O cheiro de óleo supostamente era uma libertação dos purificadores de ar. Aquele ambiente cheirava simplesmente a carros. Estava claro que aquele negócio não tinha intenção de se especializar. O homem tinha carros das mais variadas marcas, com idade aproximada de 4 ou 5 anos, e todos pareciam estar em bom estado.

– Não há mais para escolher! Posso perguntar que preço o casal está pensando em pagar?

Sorriu esperançoso para eles e lançou um olhar à Mercedes mais próxima.

– Umas 3 ou 4 mil coroas – murmurou Billy T. O homem franziu sua boca úmida.

– Ele está brincando – interrompeu Hanne. – Temos por volta de umas 70 mil. Mas o limite é flexível. Nossos bons pais também poderiam ajudar com alguma coisa – disse, inclinando-se para o homem e sussurrando em tom íntimo.

O rosto do vendedor de carros se iluminou, e ele a pegou pelo braço.

– Pois então deveriam ver esta belezinha – disse. Era um carro com aparência bem melhor que a dos outros em exposição. – Modelo de 1987, não tem mais de 40 mil quilômetros rodados, com seguro, e teve um único dono. O carro está perfeito. E posso fazer um bom preço. Um bom preço.

– É um carro bonito – assentiu Hanne, lançando um olhar inequívoco ao marido fictício.

Entendendo a deixa, Billy T. perguntou ao homem do casaco xadrez se podia usar o banheiro.

– Está bem ali fora, bem ali fora – respondeu ele alegremente.

Hanne começou a se perguntar se ele tinha algum problema de fala que o obrigava a repetir tudo duas vezes. Imaginou que talvez fosse uma espécie de gagueira tardia. Billy T. desapareceu.

– Ele está um pouco nervoso, entende – disse. – Esta tarde tem uma entrevista de trabalho. É a quarta vez que vai ao banheiro, coitado – o vendedor demonstrou muita compaixão e a convidou a sentar-se no carro, que realmente parecia estar bom. – Não conheço este tipo de carro – continuou ela. – O senhor se importaria de se sentar comigo e me explicar um pouco?

– Sem problemas! Sem problemas!

Claro que não se importava. Ligou o motor e lhe mostrou todos os detalhes.

– É um modelo magnífico – enfatizou. – Desliza sobre o asfalto. Que fique entre nós, mas o antigo dono era muito apegado. O bom disso é que cuidou muito bem do carro.

Acariciou o painel recém-lavado, ligou e apagou as luzes, regulou o assento, ligou o rádio, colocou uma fita de Rod Stewart e demorou mais que o necessário para prender o cinto de segurança para Hanne.

Ela se virou para ele.

– E quanto ao preço?

– O preço, sim. O preço...

Nenhum dos carros tinha o preço escrito a giz no vidro da frente, o que Hanne achou estranho.

O homenzinho pensou um pouco, mastigou o lábio inferior e então deu um sorriso que pretendia ser íntimo e amável.

– Vocês têm 70 mil coroas e pais bondosos. Por isso o deixo em 75 mil. Incluindo o rádio e os pneus de inverno novos.

Já estavam sentados ali havia mais de cinco minutos, e Hanne estava começando a desejar ardentemente que Billy T. voltasse. Não podia passar muito tempo negociando por um carro sem, de repente, sentir um desejo irresistível de comprá-lo. Ao fim de três minutos, o colega a chamou pela janela. Ela se abaixou.

– Temos que ir. Precisamos buscar as crianças – disse.

– Não, eu vou buscá-los. Você tem que ir para a entrevista – corrigiu ela. – Vou telefonar para falarmos desse carro – falou ao homem vestindo poliéster, que não pôde dissimular toda sua decepção por perder o que acreditava ser uma venda certa.

Controlou-se e deu para a inspetora seu cartão, que era de tão mau gosto quanto o dono, um papel vagabundo e azul-marinho, onde se lia em letras douradas: *Roger Strømsjord, diretor administrativo*. Um título pretensioso, sem dúvida.

– Sou o dono do negócio – informou, encolhendo os ombros de forma modesta. – Mas vocês precisam decidir logo! Esse tipo de carro sai muito rápido. São muito populares. Muito populares, realmente.

Dobraram a esquina do prédio, desta vez com o vento às suas costas, entraram no carro e passaram dois minutos tendo um ataque de riso. Depois que Hanne enxugou as lágrimas, perguntou:

– Encontrou algo de interessante?

Ele se inclinou para a frente e tirou um caderninho do bolso traseiro da calça. Ajeitou-o no colo.

– Isto é a única coisa de interessante no que havia lá dentro. Estava no bolso do casaco.

Hanne já não ria.

– Droga, Billy T.! Não foi isso que aprendemos na Academia de Polícia. E, além disso, é uma enorme bobagem, caso tenha algo que nos interesse não vamos poder usar como prova. Conseguimos de forma ilegal! Como poderemos explicar isso?

– Relaxe, criatura. Esse caderno não vai colocar ninguém atrás das grades, mas pode nos ajudar a avançar um pouco. Na melhor das hipóteses. Não tenho nem ideia do que tem nele, só o folheei um pouco. São números de telefone. Deus do céu, mostre um pouco de gratidão.

A curiosidade afastou a irritação da inspetora, que começou a folhear o caderno. Como era de se esperar, cheirava a purificador de ar. Realmente continha uma série de números de telefone. A maioria deles aparecia logo depois de um nome. As cinco ou seis primeiras páginas estavam em ordem alfabética, mas depois era tudo um caos. Os últimos números não tinham um nome, alguns tinham umas iniciais, a maioria simplesmente pequenos sinais indecifráveis.

Hanne se surpreendeu. Alguns dos telefones começavam com números que não se usavam para isso, mas tampouco tinham prefixos. Continuou passando as páginas e se deteve junto a umas iniciais:

– H. V. D. K. – exclamou. – Han van der Kerch! Mas não reconheço o número...

– Confira na lista telefônica – disse Billy T., pegando uma lista do porta-luvas antes que Hanne tivesse tempo de reagir.

– Como aparece Van der Kerch? Em Van, em Der ou em Kerch?

– Não sei, tente de todas as formas.

Encontrou-o em Kerch. O número não coincidia com o do caderno. Hanne estava decepcionada, mas tinha a sensação de que naqueles números havia algo inexplicável. Era como se tivessem algo parecido, ainda que fossem completamente diferentes. Levou trinta segundos para compreender.

– Mas é claro! O número da lista telefônica é o número do caderno menos o número seguinte na série, se contar também com os números negativos.

Billy T. não entendeu uma palavra.

– Como?

– Você nunca viu esses passatempos com números? Eles lhe dão uma série de números, e então você tem que descobrir a regra para acrescentar o último número à lista. Uma espécie de teste de inteligência, dizem alguns, mas me parece mais um passatempo. Veja: o número do caderno é 93 24 35. Se de 9 restam 3, saem 6. Três menos 2 é 1, e 2 menos 4 é menos 2. Então, subtraímos. Quatro menos 3 é 1, e 3 menos 5 é menos 2. Do 5 subtraímos o primeiro número, 9, e dá menos 4. O número da lista telefônica tem que ser 61 21 24.

– Exatamente! – estava realmente impressionado. – Como você aprendeu a fazer isso?

– Ah, a verdade é que houve um tempo em que tive intenção de estudar Matemática. Números são algo fascinante. Isso não pode ser casualidade. Procure o número de Jørgen Lavik.

Usou o mesmo método e teve sorte. O número aparecia codificado na página 8 do caderno. Billy T. ligou o motor, que roncou com um rugido glorioso. Ou o mais próximo de glorioso que uma viatura policial naquelas condições conseguia alcançar. Juntos, mergulharam na tarde cinzenta.

– Ou Jørgen Lavik compra muitos carros usados, ou esta é a prova mais concreta que temos nesse caso – disse Hanne em tom triunfal.

– Você é um gênio, Hanne – respondeu Billy T. com um sorriso de orelha a orelha.

Ficaram em silêncio por um momento.

– Sabe de uma coisa? Acho que fiquei com muita vontade de comprar aquele carro – murmurou Hanne no momento em que entravam na garagem da Central.

Quinta-feira, 12 de novembro

Jørgen Ulf Lavik estava tão seguro de si mesmo quanto no interrogatório anterior. Håkon Sand se sentia constrangido em suas calças de veludo cotelê com joelheiras e uma camisa que tinha havia cinco anos, com um jacarezinho gasto no canto do peito que adorava a máquina de lavar roupas. O terno do advogado contradizia fortemente a teoria de que ele era um sujeito avarento.

– Não entendi, o que ele faz aqui? – perguntou Lavik, dirigindo-se a Hanne Wilhelmsen, mas indicando Sand com a cabeça. – Pensei que eram os policiais que faziam todo o trabalho braçal.

Ambos se ofenderam. Era isso mesmo que Lavik queria.

– E o que eu sou hoje? – perguntou o advogado. Sem esperar explicação sobre a presença de Sand, continuou: – Sou suspeito de algo ou continuo sendo só "testemunha"?

– O senhor é uma testemunha – respondeu a inspetora de forma brusca.

– Poderia perguntar de que se supõe que eu seja testemunha? Já é a segunda vez que me apresento aqui. Colaboro com satisfação com a polícia, vocês sabem, mas a partir de agora vou ter que me opor a mais visitas até que vocês tenham algo concreto para me perguntar.

Hanne Wilhelmsen olhou fixamente para ele durante vários segundos, e Lavik teve que desviar o olhar, ainda que o tenha desviado de forma desdenhosa em direção a Sand.

– Que carro o senhor dirige?

O sujeito não precisou nem pensar.

– Mas vocês sabem perfeitamente disso! A polícia me seguiu durante um encontro noturno com um cliente! Um Volvo, modelo 1991. Minha mulher tem um Toyota mais velho.

– Você os comprou novos ou usados?

– O Volvo era novo. Zero-quilômetro, comprado na concessionária. O Toyota já tinha um ano quando o compramos, se me lembro bem. Talvez um ano e meio.

Continuava parecendo completamente seguro.

– Imagino que o Volvo você comprou em Isberg, não? – sugeriu a inspetora de forma condescendente.

Ele confirmou. O Toyota fora comprado de segunda mão, de um amigo.

A janela estava entreaberta, com uma abertura de apenas um centímetro. Do lado de fora, o vento soprava com força e, em intervalos regulares, dava um lento assobio queixoso, como um uivo agudo, quando abria caminho através do batente de metal e entrava pela sala. Era quase tranquilizador.

– Você conhece um sujeito que vende carros em Sagene?

Hanne arrependeu-se imediatamente. Deveria ter tido mais cuidado, deveria ter atraído Lavik para uma armadilha mais sutil. O que Hanne acabara de fazer não tinha nada de armadilha. Novata! Estava perdendo a capacidade de fazer seu trabalho? A astúcia, da qual tanto se orgulhava, tinha sido arrancada dela durante a agressão que resultara na concussão? O deslize fez com que começasse a roer uma unha. O advogado teve o tempo que precisava. Pensou muito bem, evidentemente mais do que o necessário.

– A verdade é que não tenho o hábito de revelar o nome dos meus clientes, mas já que me perguntou: um antigo cliente meu se chama Roger, tem uma pequena loja de carros, e, sim, talvez seja em Sagene. Nunca estive lá. Preferia não dizer mais nada. Sigilo profissional, você sabe. Nesta profissão é preciso ser discreto; caso contrário, você fica sem clientes.

Cruzou as pernas e enlaçou as mãos ao redor dos joelhos. A vitória era sua, disso todos sabiam.

– É curioso que ele tenha seu número de telefone anotado em código, sr. Lavik. – Hanne tentou a sorte, mas não a obteve.

O advogado Lavik insinuou um sorriso.

– Se você tivesse ideia de como esse pessoal é paranoico, não se surpreenderia de maneira alguma. Tive um cliente que insistia em revistar meu escritório com um detector de aparelhos de escuta cada vez que tínhamos uma reunião. E eu o estava ajudando a fazer um contrato de aluguel!

Sua risada foi contundente e sonora, mas nada contagiosa. Wilhelmsen não tinha mais perguntas, e não tinha nada anotado em seus papéis. Rendeu-se. O advogado Lavik poderia ir. No entanto, no momento em que ele estava vestindo o casaco, a inspetora se levantou de repente e colocou-se a trinta centímetros do rosto do advogado.

– Sei que você está metido em alguma sujeira, Lavik. E você sabe que eu sei. Você é um bom advogado, o bastante para saber que, na polícia, sempre temos muito mais informações do que podemos usar, mas vou lhe prometer uma coisa: estarei no seu encalço. Logo atrás de você. Além disso, temos nossas fontes, nosso banco de dados e nossos segredinhos sujos. Temos Han van der Kerch na cela. Você já sabe que agora ele não está dizendo muita coisa, mas tem uma advogada com a qual conversa, uma advogada com um procedimento ético bem, bem diferente do seu. Você não tem ideia do que ela sabe, e não pode nem imaginar o que nos contou. Vai ter que viver com isso. Olhe por cima do ombro, Lavik, porque eu vou estar atrás de você.

O homem ficara vermelho escuro, com manchas brancas ao redor do nariz. Não se afastara nem um centímetro do rosto da inspetora, mas seus olhos davam a impressão de terem desaparecido no fundo da cabeça quando respondeu:

– Isso são ameaças, agente Wilhelmsen. São ameaças. Vou apresentar uma queixa por escrito. Hoje mesmo!

– Eu não sou agente da polícia, Lavik, sou inspetora. Uma inspetora que vai colar nas suas costas até você cair. Vá em frente, apresente sua queixa.

O advogado estava a ponto de cuspir no rosto dela, mas se controlou e saiu batendo a porta sem dizer mais nenhuma palavra. O ar deslocado ricocheteou nas paredes.

Håkon estava de boca aberta e não se atrevia a dizer uma palavra.

– Com essa expressão, você parece um idiota!

O homem reagiu e fechou a boca de repente.

– E para que você fez isso, Hanne? Você colocou a vida de Karen em perigo. E ele vai apresentar uma queixa!

– Pois, que a apresente – apesar de se sentir consideravelmente entorpecida, Hanne parecia feliz. – Eu o deixei com medo, Håkon. E pessoas com medo metem os pés pelas mãos. Não me espantaria que sua amiga Karen Borg tivesse um encontro com outro advogado criminalista. Se Lavik for para cima dela, estará cometendo um grande erro.

– Mas e se fizerem algo com ela?

– Não vão fazer nenhum mal a Karen Borg. Não são tão idiotas.

Por um momento sentiu uma dúvida aterradora, mas a descartou imediatamente. Massageou uma das têmporas e bebeu o resto do café. Da gaveta superior de sua escrivaninha tirou um lenço e um saco plástico. Com muito cuidado, pegou pela asa a xícara da qual o advogado Lavik bebera apenas uns goles.

– Ele segurou a xícara. Vou mandar isto para a perícia – disse ela em tom de satisfação. – Vale a pena manter o escritório frio. Acho que ele queria aquecer as mãos – a xícara desapareceu dentro do saco plástico e o lenço voltou à gaveta. – Você tem algo para me perguntar?

– Você não merece a fama que tem. Não é dessa forma que coletamos impressões digitais.

– Parágrafo 160 do Código Penal – respondeu ela, uma enciclopédia ambulante do manual. – Não é preciso uma ordem judicial para coletar as impressões digitais se você é suspeito em um caso criminal. Eu suspeito dele, e você também. Dessa forma, estamos cumprindo a lei.

Sand negou com a cabeça.

– Essa é a interpretação mais livre da lei que já ouvi. O sujeito tem direito de saber que temos suas impressões digitais. Tem, inclusive, o direito de saber que as apagaremos uma vez que deixe de ser suspeito!

– Isso não vai acontecer nunca – disse ela, segura de si mesma. – Comece a trabalhar!

* * *

Haviam se esquecido do cinto. Mas se não lhe deixavam ter nada, por que haviam se esquecido do cinto? Ao se levantar para ir ao interrogatório com a policial do chocolate, sua calça caíra. Tentara ajeitá-la pela frente, mas, quando lhe colocaram as algemas, ela caía constantemente. Os dois homens louros mandaram o vigia do corredor colocar seu cinto em torno dele e usaram umas tesouras para fazer um furo extra. Fora um detalhe, mas por que não o levaram de volta ao devolver o holandês para a cela? Tinha que ser um erro. Por isso ele tirara o cinto e, esta noite, deixara-o debaixo do colchão. Havia despertado várias vezes para confirmar que ainda estava ali e que não havia apenas sonhado com ele.

Transformou-se em seu pequeno tesouro. Durante mais de vinte e quatro horas, o holandês se sentiu feliz com seu cinto secreto. Tratava-se de algo que os outros não sabiam que ele tinha, de algo que estava em seu poder, mas que não deveria estar. Era como se lhe proporcionasse certa vantagem sobre eles. Duas vezes naquele dia, logo depois que o guarda o observou pela abertura da porta, colocara-o o mais rápido possível, pulando algumas passadeiras da calça por causa da pressa, e dera alguns passeios pela cela com a calça no lugar e um grande sorriso nos lábios. Apenas durante alguns minutos, porém. Pouco depois, tirava o cinto e o colocava novamente debaixo do colchão.

Tentou folhear as revistas que lhe deram. *O Homem de Hoje*. Sentia-se forte e bem melhor, mas, mesmo assim, não conseguia se concentrar, não queria pensar no que ia fazer. Antes de tudo, precisava escrever uma carta. Levou um longo tempo. Será que ela gostaria de receber uma carta dele? Era uma boa mulher e tinha boas mãos. Nas duas últimas vezes que ela o visitara, fingiu que estava dormindo. Era muito gostoso que lhe acariciassem as costas, era tão bom ser tocado.

A carta estava pronta. Pegou o banquinho da escrivaninha e o colocou debaixo da janela que estava no alto da parede. Esticou-se para alcançar o mais alto que poderia e conseguiu enganchar o cinto nas grades da janela. Deu um nó com a esperança de que aguentasse. Antes introduzira a extremidade do cinto pela fivela de maneira que formasse um laço. Um bom laço. Foi fácil enfiar a cabeça ali.

A última coisa na qual pensou foi na mãe, que estava na Holanda. Por um milésimo de segundo se arrependeu, mas era tarde demais. O banquinho já estava se movendo debaixo de seus pés, e o cinto se esticou como um relâmpago. Durante cinco segundos, chegou a constatar que não quebrara o pescoço. Em seguida tudo ficou preto, no momento em que o sangue, que entrava em abundância na cabeça através das artérias do pescoço, viu impedido seu regresso até o coração pelo cinto que comprimia a garganta. Ao fim de poucos minutos, a língua projetou-se por sua boca, grande e azul, e os olhos pareciam os de um peixe fora da água.

Han van der Kerch estava morto. Tinha apenas 23 anos.

Sexta-feira, 13 de novembro

Billy T. chamara o lugar de apartamento. Mas o termo não era apropriado. O edifício devia ter a pior localização de toda a cidade de Oslo. Estava preso entre a rua Moss e a de Ekeberg. Fora construído por volta de 1890, muito antes que alguém imaginasse o monstruoso trânsito que acabaria destruindo o prédio com pequenas mordidas de cada vez, ainda que o cuspisse por ser completamente intragável. Apesar de tudo, a construção continuava em pé, a duras penas e em um estado completamente inaceitável para qualquer um que não fosse um dos usuários habituais dos bancos da cidade, cuja alternativa era um contêiner no cais.

O apartamento, digamos assim, cheirava a mofo e era repugnante. Tão logo se entrava, havia um balde com restos de vômito velho e alguma outra coisa indefinível, mas provavelmente orgânica. Wilhelmsen ordenou ao ruivo de nariz arrebitado que abrisse a janela da cozinha. Ele girou o trinco e a empurrou, mas a estrutura não se moveu.

– Faz anos que não abrem essa janela – ofegou o jovem, e recebeu um breve assentimento em resposta, que interpretou como permissão para parar de tentar. – Isto aqui é um buraco! – constatou e parecia que não se atrevia a se mover por medo de se contagiar com bactérias desconhecidas e mortalmente perigosas.

"É jovem demais", pensou Hanne, que já vira muitos esconderijos como aquele, aos quais alguns chamavam de lar. Um par de luvas de látex voou pelos ares e alcançou o rapaz.

– Tome, coloque isso – disse, também colocando as suas.

A cozinha ficava imediatamente à esquerda, assim que entrava pelo estreito corredor. Por toda parte, havia pratos sujos, de várias semanas. No chão, havia dois sacos de lixo pretos. A inspetora usou a ponta do sapato para abri-los um pouco. O mau cheiro se espalhou pela casa, e o ruivo teve vontade de vomitar.

– Desculpe – ofegou. – Desculpe-me.

O rapaz saiu correndo. Ela sorriu e foi para a sala.

Não devia ter mais do que 15 metros quadrados, parte dos quais tomados por um quarto de dormir improvisado. Havia uma coluna, que ia do chão ao teto, no centro do cômodo, e uma cortina marrom de tecido barato estava pendurada em uma parede, presa com um prego a uma tábua. A tábua estava torta e provavelmente havia sido colocada ali durante uma bebedeira.

Atrás da cortina, uma cama de fabricação caseira, com as mesmas medidas de comprimento e largura. Era possível que aqueles lençóis não fossem lavados havia muito, muito tempo.

Ao erguer o edredom com dois dedos plastificados, viu que o lençol de baixo parecia a paleta de um pintor, onde a gama de cores era de matizes marrons com algo de vermelho. Havia uma garrafa de meio litro de aquavita nos pés da cama. Vazia.

Atrás da cortina, uma prateleira estreita. Surpreendentemente, continha alguns livros. Ao observá-los com mais atenção, percebeu que eram livros pornográficos dinamarqueses, em edição de bolso. Fora os livros, a prateleira estava ocupada por algumas garrafas meio vazias e outras completamente vazias, um ou outro suvenir de países vizinhos e uma fotografia desfocada de um menino de uns 10 anos. Pegou-a e a estudou atentamente. Jacob Frøstrup teria um filho? Haveria, em algum lugar, um menino que talvez tivesse gostado do pobre viciado em heroína que morrera de overdose na penitenciária de Oslo? Quase sem se dar conta, limpou o pó do vidro com a manga do casaco, abriu um pouco mais de espaço para a fotografia e a devolveu para a prateleira.

A única janela da sala estava espremida no corredor que se formava entre o quarto e o restante do apartamento. Poderia ser aberta. No pátio traseiro, três andares abaixo, viu como o jovem agente de polícia se inclinava com um braço contra a parede e o rosto em direção ao solo. Ainda usava as luvas de látex.

– Como você está?

Não obteve resposta, mas o rapaz se endireitou, olhou para cima e fez um movimento tranquilizador com o braço. Logo depois voltou a aparecer pela porta. Pálido, mas recomposto.

– Eu tive que passar por isso pelo menos cinco ou seis vezes – disse ela, sorrindo. – Você acaba se acostumando. Respire pela boca e pense em framboesas. Costuma ajudar.

Não levaram mais de quinze minutos para revistar o apartamento. Não puderam encontrar nada de interessante, mas Wilhelmsen não se surpreendeu. Billy T. havia assegurado a ela que não encontrariam nada ali. Ele revistara pessoalmente cada canto do lugar. Enfim, não havia nada visível. Teriam que começar a procurar o invisível. Mandou o rapaz buscar ferramentas no carro, e ele pareceu muito grato pela oportunidade de sair mais uma vez para o ar fresco. Três minutos depois estava de volta.

– *Bor ondi bocê quer cobeçar?*

– Você não precisa respirar pela boca o tempo todo, meu filho. Você não fala e respira ao mesmo tempo, não é?

– *Se eu dão tapar beu dariz o tempo todo, vou acabar vomitando, besbo falando, inspetora Wilhelmsen.*

Começaram pela parede que parecia mais nova, a que estava atrás do sofá. Era de tábuas de madeira, fáceis de soltar. O jovem manejava bem a alavanca e suava em excesso. Ali não havia nada. Voltaram a encaixar as tábuas e colocaram o sofá no lugar.

– O tapete agora – ordenou Hanne, agachando-se no canto da sala. Aquilo deveria ter sido verde em algum momento de sua existência, mas agora estava imundo e encardido. Os dois policiais tiveram que proteger o rosto por causa da poeira que tomou conta da sala quando começaram a enrolar aquela coisa podre. Enrolado, o tapete foi colocado atrás do sofá.

As tábuas do chão eram muito antigas. Em outro prédio, em outra vida, seriam lixadas e restauradas, porque eram belíssimas.

– Olhe, esta tábua não está tão gasta e arranhada quanto as outras – murmurou o jovem, que indicou uma tábua colocada a uns 20 centímetros da parede.

Ele tinha razão. Não restava dúvida de que a tábua era mais clara do que o restante do chão imundo. Além disso, a sujeira entre as tábuas, que igualava o resto do chão, desaparecera. Hanne pegou uma chave de fenda, soltou a tábua e a afastou com cuidado. Apareceu uma pequena caixa. Estava cheia de algo envolto em um saco plástico. O ruivo se emocionou tanto que se esqueceu de respirar pelo nariz:

– É dinheiro, inspetora Wilhelmsen! Veja, é dinheiro! Um saco de dinheiro!

A inspetora se levantou, tirou as luvas de látex manchadas, jogou-as a um canto e colocou um par novo. Em seguida, voltou a se agachar e pegou o pacote. O rapaz tinha razão. Era dinheiro. Um grosso maço de notas de mil. Rapidamente calculou que devia haver pelo menos 50 mil coroas. O agente havia tirado um saco plástico do bolso e o manteve aberto. O dinheiro quase não coube.

– Bom trabalho, Henriksen. Você será um excelente Sherlock Holmes um dia – elogiou Hanne. Estava sendo sincera com seu jovem aprendiz.

O rapaz gostou do elogio e, feliz com a possibilidade de deixar aquele lugar nojento, guardou tudo por iniciativa própria e fechou a porta às suas costas, antes de seguir a inspetora escadas abaixo, como um cãozinho com a cauda abanando.

Quinta-feira, 19 de novembro

Ninguém poderia afirmar que os resultados foram previsíveis. Na verdade, ninguém, além de Hanne, havia esperado algum resultado. Sand se esquecera das impressões digitais de Lavik na quinta-feira anterior, depois de um simples encolher de ombros. A morte de Han van der Kerch deixara tudo o mais em segundo plano. O cinto esquecido em poder de um suspeito, que ainda por cima estava psicologicamente fragilizado, causara uma confusão dos diabos em diferentes esferas do Departamento. Uma confusão desnecessária, diga-se de passagem, já que o rapaz poderia ter usado tanto a camisa quanto a calça para o mesmo fim. A experiência dizia que não havia forma de deter um suicida, uma vez que ele estivesse decidido. E Han van der Kerch estava.

– Sim! – Hanne Wilhelmsen inclinou-se para a frente com a cadeira giratória, fechou o punho e baixou o braço dobrado como se puxasse uma corrente imaginária. – Sim!

Repetiu o movimento. As pessoas que estavam na sala de guerra assistiram a tudo em silêncio, um tanto constrangidas.

A inspetora Hanne Wilhelmsen jogou um documento sobre a mesa, diante do magricela inspetor chefe. Kaldbakken o pegou com tranquilidade. Sua calma era uma reprimenda eficaz pela explosão inapropriada de sentimentos de Hanne. Leu com cuidado e não se apressou. Quando o deixou de lado, havia a insinuação de um sorriso em seu rosto quase equino.

– Isso é animador – pigarreou. – De verdade.

– *Come on!* Anime-se, inspetor Kaldbakken!

Hanne queria mais entusiasmo. As impressões digitais do advogado Jørgen Lavik, registradas claramente na xícara de café, eram idênticas a uma bela impressão completa de uma das notas de mil coroas encontrada embaixo da tábua do apartamento repugnante da rua Moss, que pertencia ao viciado em heroína, morto. O relatório do pessoal do laboratório era inequívoco e indiscutível.

– Não acredito!

O assistente da promotoria Sand pegou o documento tão rápida e bruscamente que acabou rasgando o papel.

Era verdade.

– Pegamos esse sujeito! – exclamou o ruivo orgulhosíssimo por ter contribuído com a resolução do caso. – Tudo o que temos a fazer é prendê-lo!

Evidentemente, não era assim tão simples. As impressões digitais não provavam nada, mas eram o indício de alguma coisa. Um ponto de partida. O problema era que Lavik, sem dúvida, seria capaz de tirar várias explicações da manga. Sua relação com Frøstrup fora completamente legítima, só as impressões digitais não bastavam. Todos os presentes sabiam disso, talvez com exceção do emocionado agente novato de polícia. Hanne Wilhelmsen colocou um *flip chart* diante dos homens sentados e tirou uma caneta hidrográfica azul e outra vermelha. Nenhuma das duas funcionava.

– Tome – disse o ruivo, jogando uma caneta hidrográfica preta nova.

– Vamos recapitular o que temos até o momento – disse Hanne e começou a escrever. – Para começar: a declaração de Han van der Kerch a sua advogada.

– Ela contou o que o sujeito lhe disse?

Kaldbakken parecia sinceramente surpreso.

– Sim, veja no documento. 11h12. O holandês deixou uma carta, uma espécie de carta de despedida. Ele gostava de Karen Borg e deixou por escrito uma autorização para que ela falasse conosco. Ontem ela passou o dia todo aqui depondo. As coisas que ela nos disse apenas confirmaram o que já sabíamos, mas é muito agradável receber uma confirmação tão clara de nossas certezas. O caso é que já temos tudo por escrito.

Virou-se em direção ao enorme bloco de papel e começou a escrever em silêncio.

1) A declaração de H. V. D. K. (Karen B.).

2) A ligação entre Lavik e Roger, o vendedor de carros usados (nº de telefone na agenda).

3) A impressão digital de Lavik no dinheiro da casa de Frøstrup (!!!).

4) A folha dos códigos encontrada na casa de J. F., que era do mesmo tipo da que encontramos na casa de Hans E. Olsen.

5) Lavik esteve na Central no dia em que H. V. D. K. surtou.

6) Lavik visitou a penitenciária no dia em que Frøstrup tomou uma overdose.

— A declaração de Han van der Kerch é importante — disse ela, usando uma régua quebrada para apontar para cada item da lista. — O único problema, bastante considerável, é que o sujeito nunca falou diretamente conosco. É informação de segunda mão. Por outro lado, Karen Borg é uma testemunha muito confiável. Pode confirmar que Han estava havia vários anos envolvido com o esquema. Além disso, ele admitiu sua relação com Roger, o vendedor de carros usados, e tinha ouvido rumores de que havia alguns advogados por trás da organização. Os rumores são um motivo bem frágil para fazer uma prisão, mas todas as suas preocupações em torno da escolha do advogado mostram que ele tinha que dispor de uma informação bastante clara. Por meio da declaração de Karen Borg, ao menos pegamos Roger — trocou a régua por uma caneta hidrográfica e sublinhou energicamente o nome de Roger. — E estamos nos aproximando de nosso querido amigo Jørgen — riscos enérgicos debaixo do nome de Lavik. — O vínculo aqui é muito frágil, ainda que tenhamos estabelecido que eles se conheciam. Lavik admitiu o fato uma vez, e é certo que o fará novamente, mesmo que venha de novo com a história de que ele era um cliente. A verdade é que é altamente suspeita essa história de codificar números de telefone. Parece trabalhoso, e seria ilógico que o fizessem sem motivos. Além disso – disse enfaticamente enquanto fazia um círculo ao redor do item 3 do quadro – encontramos a impressão digital de Lavik no dinheiro de Jacob Frøstrup. Os tribunais provaram dezesseis vezes que ele era um traficante de drogas. E, bem, sempre pensei que fossem os advogados que recebessem dinheiro do cliente, não o contrário. Vai ser difícil para Lavik explicar isso. Essa é a nossa melhor chance, na minha opinião – a inspetora fez uma pausa, como se esperasse protestos. Como não houve, seguiu adiante. – O item 4 já é outra coisa. É muito interessante dentro do contexto geral, e estou convencida de que as folhas de códigos nos dariam muitas informações, se fôssemos capazes de decifrar a coisa toda. No entanto, visto que não pensamos em acusar Lavik de assassinato, tenho dúvidas quanto à conveniência de trazer à luz esse assunto agora. Pode ser que, mais adiante, precisemos de um ás na manga. Quanto à presença de Lavik no momento crítico da vida de Kerch e de Frøstrup, devemos esperar. Assim ficamos com os itens 1 a 3 como base de uma eventual prisão – voltou a fazer uma pausa. – Temos o suficiente, Håkon?

Não era suficiente, os dois sabiam.

– Prisão? Por que motivo? Por assassinato? Não. Por tráfico de drogas? Não creio. Não temos base legal nenhuma para prender esse sujeito.

– Claro que temos – discordou Kaldbakken. – A prova encontrada na casa de Frøstrup não é nada desprezível.

– Use um pouco a imaginação, Håkon – repreendeu-o Hanne, com um sorriso torto. – Temos que poder tirar algo de tudo isso. Você já fez acusações vagas e imprecisas uma vez ou outra. E, ainda assim, conseguiu algumas prisões preventivas, não foi?

– Você está se esquecendo de uma coisa – disse Håkon. – Está se esquecendo de que esse homem é advogado. Isso não vai passar despercebido ao tribunal. Ele não ficaria nem vinte minutos atrás das grades. Se queremos tentar prender esse bastardo, temos que estar certos de que vamos conseguir. Em todo caso, isso vai ser uma confusão dos diabos. Se o trouxermos, o acusarmos e ele for liberado, a coisa toda sairá do controle. Temos muito a perder.

Apesar do ceticismo de Håkon, o inspetor chefe Kaldbakken estava convencido. E ninguém poderia desacreditar do autoritário inspetor chefe quando se tratava de trabalhos policiais. Item por item, os quatro repassaram o caso tal como estava, tiraram o que não se sustentava, apontaram o que mais precisavam e, por fim, chegaram ao esboço de uma acusação.

– Entorpecentes – concluiu por fim o inspetor. – Temos que prendê-lo pelos entorpecentes. Não é necessário que comecemos com muita coisa. Talvez devamos nos conformar com os 24 gramas que encontramos na casa de Frøstrup.

– Não, temos que jogar mais alto. Se nos basearmos só nesses gramas, acabamos com a possibilidade de usar qualquer outra quantidade acima desta, lembrem-se disso. Se quisermos ter uma oportunidade, temos que incluir tudo que temos. Há tanta podridão nessa lista que temos que mostrá-la toda para o tribunal.

Håkon agora parecia mais seguro. Seu coração começara a bater como um helicóptero ante a ideia de que, por fim, encontravam-se em frente a um ponto de ação mais concreto.

– Vamos elaborar uma acusação de caráter geral, sem especificar o espaço de tempo nem a quantidade. Em seguida, ligamos tudo à teoria da organização e nos apoiamos na informação de Han van der Kerch de que realmente existe uma organização desse tipo. E seja o que Deus quiser.

– E podemos dizer que temos uma fonte! – o rapaz do nariz arrebitado não conseguira se conter. – Pelo que ouvi, isso funciona em casos de drogas!

Seguiu-se um silêncio embaraçoso. Antes que o inspetor chefe Kaldbakken matasse o rapaz, Hanne interveio.

– Nós nunca fazemos isso, Henriksen – disse ela decididamente. –

Suponho que com a emoção você tenha falado por falar. Vou encarar da mesma maneira que o seu enjoo e colocar a culpa nos seus nervos. Mas você nunca vai deixar de ser um novato se não aprender a pensar duas vezes antes de falar. Podemos pegar atalhos, no entanto jamais forjar provas ou declarações. Nunca! – e acrescentou: – E, além disso, você está completamente enganado. Do que os tribunais de instrução menos gostam são declarações anônimas. Saiba disso.

Depois de o rapaz ter levado a maior bronca, concluíram a reunião. Hanne e Håkon ficaram.

– Preciso consultar a chefe da promotoria sobre isso. E o procurador do Estado também. Para cobrir minha retaguarda, na verdade deveria consultar até mesmo o rei.

Estava claro que Håkon não sentia somente alegria ante a ideia do que o esperava. O desânimo se instalara em seu peito, uma vez que o helicóptero se acalmara. Estava tentado a perguntar a Hanne se ela não poderia entrar com o pedido de prisão.

Ela se sentou ao seu lado no pequeno sofá. Para sua grande surpresa, Hanne colocou a mão sobre sua coxa e se inclinou em direção ao seu ombro com confiança. O leve aroma de um perfume que não conhecia o fez inspirar profundamente.

– É agora que tudo começa – disse ela em voz baixa. – O que fizemos até agora foi reunir pedacinhos, um pedaço aqui e outro lá, pedaços tão pequenos que não valia a pena tentar montar um quebra-cabeça. É agora que vamos começar a fazê-lo. Ainda que nos faltem muitas peças, mas você não consegue ver a imagem inteira, Håkon? Não desista, homem. Somos os mocinhos. Não se esqueça disso.

– Nem sempre tenho essa impressão, para dizer a verdade – respondeu ele em tom áspero, e pôs a mão sobre a dela, que continuava sobre sua coxa. Para sua surpresa, ela não a retirou. – Temos que tentar, de qualquer forma – disse com desânimo. Em seguida, soltou sua mão e se levantou. – Procure resolver tudo que você tiver para fazer antes da prisão. Suponho que queira fazê-la você mesma.

– Pode estar certo disso – afirmou ela decididamente.

* * *

Estavam todos ali. A chefe da promotoria, com seu uniforme recém-passado, permanecia séria e com as costas retas, como se tivesse dormido de mau jeito. O procurador do Estado, um sujeito pálido e rechonchudo com camisa alinhada e olhos sagazes por trás das lentes grossas dos óculos, tinha a melhor cadeira. O chefe interino da Divisão de Drogas (o titular estava substituindo o promotor de Hønefoss, porque o promotor estava exercendo as funções de procurador do Estado, que, por sua vez, desempenhava funções de juiz de segunda instância), também havia passado com esmero o uniforme para a ocasião. Ficava muito pequeno, e a camisa se abria na barriga proeminente. Parecia uma boa pessoa, com o rosto redondo e rosado e finos cachos grisalhos. A deusa da Justiça continuava sobre a mesa, na mesma posição, com as balanças erguidas e a espada ameaçadora.

Uma funcionária entrou e serviu a todos café em copos de plástico, sem dizer nada. Hanne Wilhelmsen e Håkon Sand foram os últimos a quem serviu, e tampouco encheu o copo deles. Não fez diferença. Hanne não chegou a prová-lo antes de se levantar. Levaram pouco mais de meia hora para repassar o caso. O conteúdo era o mesmo que o da reunião da manhã, mas estava mais estruturado. Desde a manhã, porém, Hanne conseguira algo mais. Sorriu pela primeira vez quando acrescentou.

– Um cão farejador encontrou traços de drogas no dinheiro – o chefe da Divisão de Drogas assentiu, mas, como a chefe da promotoria e o advogado do Estado olharam-na sem entender, Hanne explicou. – O dinheiro estava ligado às drogas. O que é mais provável: alguém tocou o dinheiro logo depois de tocar nos entorpecentes. Esse é o pedacinho que nos faltava. Infelizmente, a substância não estava na mesma nota que as impressões digitais, mas, mesmo assim...

– Falando sobre as impressões digitais – interrompeu-a o procurador do Estado –, você não obteve as impressões de Lavik legalmente. Por isso vamos ter que omitir essa parte quando fizermos a acusação formal e o pedido de prisão. Vocês pensaram nisso?

Ele olhou para Håkon Sand, que se levantou e, arrastando os pés, aproximou-se de Hanne e do *quadro* com anotações.

– Claro que pensamos. Vamos prendê-lo com o que temos e logo depois colhemos suas impressões digitais. Combinamos com o pessoal da perícia que eles deverão ter um relatório oficial preparado na segunda-feira pela manhã. Estará pronto a tempo. Nosso plano é prender Lavik e Roger amanhã à tarde. Ninguém pode exigir que, em um caso tão grande, apresentemos o pedido de prisão já no sábado. Isso nos dá tempo até segunda-feira, às 13 horas, para elaborar um pedido de prisão que seja à prova de erros. Sexta-feira à tarde é o momento ideal para prendê-los.

Fez-se silêncio. A chefe da promotoria, que parecia incomodada e nervosa, estava sentada em sua cadeira com as costas completamente esticadas e sem se apoiar no encosto. Esse caso poderia se transformar em um peso para o Departamento. E Deus era testemunha de que o Departamento não precisava de nenhum peso extra. A vida como chefe da promotoria estava sendo muito mais cansativa do que imaginara. Recebia críticas e havia confusão todo santo dia. Esse caso realmente poderia explodir no seu rosto. Uma veia grossa latejava em seu pescoço magro.

O chefe da Divisão de Entorpecentes seguia sorrindo de modo inapropriado. Com aquele sorriso inocente e os olhos entreabertos, parecia menos inteligente. O procurador do Estado se levantou e se aproximou da janela. Ficou ali, de costas para os outros, e falou como se os ouvintes estivessem sobre um andaime do lado de fora.

– Legalmente, deveríamos obter uma ordem judicial – disse em voz alta. – Vamos arrumar uma confusão dos diabos se não formos primeiro ao tribunal.

– Mas nós nunca fazemos isso – protestou Håkon.

– Não — disse o procurador do Estado, voltando-se bruscamente –, mas deveríamos! Ainda que... É você quem vai se encrencar. Como está pensando em se defender?

Surpreendentemente, Håkon estava mais calmo. O procurador de

Estado estava do lado dele, na verdade.

– Francamente. Não vamos conseguir uma ordem de prisão, se não tivermos as impressões digitais. E não vamos conseguir as impressões, a não ser que o prendamos. Esperamos que seu advogado tenha muito que fazer este fim de semana, que esteja com problemas demais para pensar em se agarrar às formalidades. Estou disposto a assumir as críticas e, como somos nós que temos que avaliar a necessidade de recorrer ao tribunal por uma ordem de prisão, não acho que nos ataquem demais por aí. Tudo que podem fazer é nos dar uma bela bronca. Posso suportar isso.

O homenzinho da camisa bem passada sorriu e olhou para Hanne Wilhelmsen.

– Como você está? Completamente recuperada da agressão?

Hanne sentiu-se quase lisonjeada com a atenção dele e se irritou consigo mesma por isso.

– Estou bem, obrigada. Mas ainda não sabemos quem planejou e quem executou aquilo. Achamos que tenha algo a ver com este caso, assim talvez surjam algumas pistas no caminho.

Estava começando a anoitecer, e o ar úmido de novembro deixava suas marcas contra as janelas do 6º andar. Dos fundos do edifício, vinha o som de música militar. Provavelmente, a banda de música da polícia estava ensaiando. Todos tinham voltado a se sentar, e Hanne estava juntando uma grande pilha de documentos.

– Para concluir, Sand: você pensou em como formular a acusação contra Lavik? Quantidade desconhecida, lugar desconhecido, espaço temporal desconhecido, e coisas assim?

– Vamos colocá-lo em prisão preventiva pela quantidade que encontramos na casa de Frøstrup. Vinte gramas de heroína e quatro de cocaína. Não é muito, mas é mais do que suficiente para passar à segunda etapa. É mais do que suficiente para a prisão preventiva.

– Acrescente um uma segunda acusação – ordenou o procurador do Estado. – Por "ter importado nos últimos anos uma quantidade desconhecida de entorpecentes". Ou algo assim.

– Está bem – disse Håkon, concordando com a cabeça.

– Outra coisa – prosseguiu o procurador do Estado, que se virou para o chefe da Divisão de Drogas –, por que esse caso está na onze? Ele não deveria estar com a A 2.4? Ao fim e ao cabo, terminou sendo um caso de drogas, ainda que os assassinatos continuem aí como pano de fundo.

– Estamos ajudando – apressou-se a dizer Wilhelmsen, sem aguardar a resposta do chefe da Divisão de Drogas. – Trabalhamos em cooperação. E, como pano de fundo, afinal, estão os casos de assassinato, como o senhor disse.

A reunião acabara. A chefe da promotoria apertou a mão do procurador do Estado antes que ele saísse. Aos demais só deu um aceno de cabeça. Håkon foi o último a sair. Perto da porta, se virou e deu uma última olhada na bela estátua. A chefe da promotoria se deu conta e sorriu.

– Boa sorte, Håkon. Muito boa sorte.

A verdade era que soava como se estivesse falando sério.

Sexta-feira, 20 de novembro

S e tivesse visto pequenos marcianos verdes com os olhos vermelhos, não teria parecido mais surpreso. Por um momento, inclusive Hanne Wilhelmsen ficou em dúvida. O advogado Jørgen Ulf Lavik lia uma e outra vez o papel azul, enquanto alternava entre olhar para ela com os olhos arregalados e soltar leves ruídos queixosos pela garganta. O rosto dele havia inchado subitamente e ficara vermelho escuro; um infarto começava a parecer um perigo iminente. Dois agentes da polícia vestidos como civis estavam parados diante da porta fechada, com as mãos nas costas e as pernas separadas, como se esperassem que o advogado, a qualquer momento, fosse tentar abrir caminho entre eles para alcançar uma liberdade da qual, ao menos, já devia intuir que seria privado durante um bom tempo. Inclusive a lâmpada do teto oscilou e piscou como se tivesse um ataque de excitação e fúria, no momento em que um pesado caminhão atravessou o cruzamento a toda velocidade para alcançar o sinal em amarelo.

– O que é isso? – gritou, depois de ter lido o papel azul pelo menos seis vezes. – Que droga de brincadeira é esta?

Bateu o braço contra a mesa, o que provocou um grande estrondo. Era evidente que havia se machucado e agitou involuntariamente a mão.

– É uma ordem de prisão. Vamos prendê-lo. Ou detê-lo, se você preferir. – Hanne apontou para o papel que estava sobre sua escrivaninha, meio destroçado pela fúria do advogado. – Aqui diz por quê. Você terá o tempo que quiser para apresentar objeções. O tempo que quiser. Mas agora precisa vir conosco.

O homem, furioso, controlou-se recorrendo a todas as suas forças. A musculatura do queixo se agitava fortemente, e até os homens junto à porta puderam ouvir o ruído de seus dentes, que se atritavam uns contra os outros. Fechava e abria os olhos a uma velocidade incrível e, ao fim de um minuto, estava um pouco mais tranquilo.

– Você tem que me deixar ligar para minha mulher. E tenho que chamar um advogado. Vá para a antessala enquanto isso.

A inspetora sorriu.

– A partir de agora e durante muito tempo, temo que não vá poder falar com ninguém sem ter um policial diante de você. Isso, evidentemente, não inclui seu advogado, mas, mesmo assim, terá que esperar até que liguemos para a chefe da promotoria. Agora fique calado e não crie confusão. Todos sairemos ganhando.

– Tenho que falar com minha mulher! – deu pena de ver o estado do advogado. – Ela vai me esperar em casa dentro de uma hora!

Não faria nenhum mal se o deixassem dar o recado. Iria lhes poupar críticas a esse respeito, pelo menos. Hanne apanhou seu telefone e o estendeu para ele.

– Explique para ela do jeito que quiser que não vai para casa. Pode dizer que está preso, se quiser, mas não pode dizer uma palavra sobre o motivo. Se disser algo de que eu não goste, corto a conversa.

Colocou um dedo sobre a tecla de desligar e deixou que ele digitasse o número. A conversa foi breve, e o advogado disse a verdade. Hanne pôde ouvir uma voz chorosa que perguntava "Por quê? Por quê?", do outro lado da linha. Em um ato digno de admiração, o homem conseguiu manter a compostura. Terminou a ligação prometendo à mulher que seu advogado entraria em contato com ela ao longo da noite. Desligou o telefone com um gesto brusco e se levantou.

– Vamos acabar com essa farsa – disse em tom mal-humorado. Colocou o casaco do lado avesso, e, ao se dar conta, começou a praguejar e conseguiu endireitá-lo antes de dar uma olhada para os dois homens na porta. – Vão me algemar também?

Não foi necessário. Um quarto de hora mais tarde se encontrava na promotoria. Não era a primeira vez que estava ali, mas anteriormente tudo fora muito, muito diferente.

* * *

A escolha de advogado de Jørgen Ulf Lavik surpreendeu a todos. Achavam que ele ia escolher uma das duas ou três superestrelas e estavam preparados para enfrentar um inferno. Às 18 horas, Christian Bloch-Hansen apresentou-se na promotoria e, de modo correto e em tom baixo, cumprimentou tanto Hanne como o inspetor Kaldbakken. Em seguida, revelou de forma cortês o desejo de falar com Sand antes de se reunir com seu cliente. O que, claro, foi permitido. Com uma sobrancelha arqueada, pegou a pasta do caso e, sem maiores objeções, aceitou as desculpas de Håkon por não poder lhe disponibilizar mais documentos sem prejudicar a investigação. Bloch-Hansen não se deixou provocar. Estava há trinta anos no ofício e era um homem conhecido e respeitado dentro da Ordem dos Advogados. No entanto, o leitor habitual de jornais não teria reconhecido seu nome. Nunca tivera muito interesse por relações públicas, bem pelo contrário, parecia evitar qualquer publicidade em torno de sua pessoa. Isso, por sua vez, reforçara seu renome nos tribunais e nos ministérios e proporcionara uma série de tarefas e missões especiais, que cumpria com grande seriedade e solidez profissional. O alívio imediato que Håkon Sand sentiu ante a amabilidade de seu oponente teve que ceder espaço à constatação inegável de que não poderia haver um adversário pior ou mais perigoso. O advogado do Supremo Tribunal, Christian Bloch-Hansen, não ia arrumar confusão, não ia proporcionar manchetes de guerra à imprensa marrom, nem ia insistir em assuntos irrelevantes. O que ia fazer era desarticulá-los. Nada lhe escaparia. Ele era um especialista em processos criminais.

Ao fim de trinta minutos, o asseado advogado de meia-idade tinha informação suficiente. Em seguida, reuniu-se a sós com seu cliente durante duas horas. Ao acabar, pediu que o interrogatório de Lavik fosse adiado até o dia seguinte.

– Meu cliente está cansado. E suponho que vocês também. De minha parte, tive um dia longo. A que horas ficaria bem começarmos? – aborrecida com a boa educação de Christian Bloch-Hansen, Hanne deixou que o advogado do Supremo Tribunal propusesse a hora.

– Às 10 horas parece muito tarde? – perguntou com um sorriso. – Nos fins de semana gosto de ter um tempo para tomar o café da manhã.

Para Hanne Wilhelmsen não era nem tarde nem cedo. O interrogatório começaria às 10 horas.

Sábado, 21 de novembro

Um som horrendo parecia querer demolir seu cérebro. Que diabo de confusão seria aquela? A princípio, não entendeu o que era, virou-se aturdido e piscou os olhos para olhar para o despertador, que era antiquado e mecânico: tinha um sistema que fazia tique-taque, números normais e uma chave na parte de trás que lembrava os patins de gelo de sua infância. A cada noite, tinha que lhe dar corda até que fizesse um som esquisito. Caso contrário, pararia de funcionar às 4 horas da manhã. Nesse momento marcava 6h50. O promotor bateu com força na campainha da parte superior. Não adiantou. Despertou, ajeitou-se na cama e, finalmente, se deu conta de que era o telefone que estava tocando. Tateou em busca do aparelho, mas só conseguiu que o telefone caísse no chão com um estrondo. Por fim, conseguiu murmurar que estava ali.

– Håkon Sand falando. Quem é?

– Olá, Sand! É Myhreng. Sinto...

– Sente o quê? Que diabos você pretende me telefonando às 7 horas, não, *antes* das sete da manhã de um sábado? Quem você pensa que é?

Bang. Além de bater o telefone, levantou-se furioso e desconectou o aparelho. Em seguida atirou-se novamente na cama e, depois de dois minutos de irritação, dormia profundamente. Durante uma hora e meia. Ao fim desse tempo, o interfone começou a tocar furiosamente. Oito e meia da manhã era uma hora aceitável para se levantar. Apesar disso, agiu com toda calma, com a esperança de que, quem quer que fosse, perderia a paciência antes que ele chegasse à porta. Enquanto escovava os dentes, voltaram a tocar. Com ainda mais força. De qualquer forma, Håkon levou um tempo para lavar o rosto e se sentiu agradavelmente livre e disposto enquanto vestia um roupão por cima do pijama e colocava a água do café no fogo, antes de se dirigir ao interfone.

– Sim?

– Homem! Escute, é Myhreng. Posso falar com você?

O rapaz não se rendia, mas Sand tampouco.

– Não – disse e desligou o interfone.

Não adiantou nada. Ao fim de um segundo, o zumbido desagradável atravessou o piso como uma vespa gigante fora de si. Håkon pensou durante alguns segundos, antes de voltar a pegar o interfone.

– Vá ao Seven & Eleven da esquina e compre uns pãezinhos. E suco de laranja, daquele com polpa. E os jornais. Os três.

Referia-se ao *Aftenposten*, ao *Dagbladet* e ao *VG*. Myhreng trouxe um exemplar do *Arbeiderbladet* e os dois últimos, e, além disso, se esqueceu do suco de laranja.

– Que apartamento incrível você tem – comentou Myhreng, dando uma longa olhada para o quarto.

"Xereta como um policial", pensou Håkon e fechou a porta.

Convidou Myhreng a entrar na sala, depois foi até o banheiro e colocou expostos uma escova de dente extra e um vidro de perfume feminino que alguém deixara ali um ano atrás. Era melhor não parecer muito patético.

Fredrick Myhreng não fora até lá para jogar conversa fora. Antes que o café estivesse pronto atacou com suas perguntas.

– Você o prendeu ou o quê? Não o encontro em lugar nenhum. A secretária disse que ele está no exterior, mas em sua casa só atende um menino que diz que nem o pai nem a mãe podem atender o telefone. Na verdade, estive a ponto de ligar para a proteção ao menor depois que fui atendido seis vezes por um menino de 5 anos.

Håkon negou com a cabeça, foi pegar o café e se sentou.

– Você se dedica a maltratar menores? Se tinha em mente que

talvez tivéssemos prendido Lavik, deveria ter se dado conta de que nem para o menino nem para o restante da família seria muito agradável ser aterrorizado por telefone!

– Os jornalistas não têm tempo para esse tipo de delicadeza – observou Myhreng, que avançou sobre uma lata de peixe ao molho de tomate, porém sem abri-la.

– Sim, está bem, pode abri-la – disse Håkon com um tom irritado, depois que a metade do conteúdo da lata estava sobre o pão de Myhreng.

– Sanduíche de cavala! Delicioso! – seguiu, falando com a boca cheia de comida e espalhando respingos de molho de tomate sobre a toalha branca. – Admita: você prendeu Lavik. Posso ver no seu rosto. Desde o começo me dei conta de que havia alguma coisa com esse sujeito. Descobri várias coisas, sabia?

O olhar que aparecia por cima dos óculos muito pequenos era desafiador, mas não estava completamente seguro do que dizia. Håkon permitiu-se sorrir para ele e passou margarina no pão com moderação.

– Dê-me só uma boa razão para que eu lhe conte algo.

– Posso lhe dar várias. Para começar: a boa informação é a melhor proteção contra a informação errada. Em segundo lugar: amanhã os jornais vão estar cheios de informações sobre o caso. A prisão de um advogado famoso não vai passar despercebida aos jornais por mais de um dia, de jeito nenhum. E, em terceiro lugar... – interrompeu a si mesmo, limpou o bigode de tomate com os dedos e, com ar sedutor, inclinou-se sobre a mesa. – E, em terceiro lugar, já cooperamos um com o outro em outras ocasiões. Convém aos dois continuarmos fazendo isso.

Aparentemente, o assistente da promotoria Håkon Sand deixou-se convencer, ainda que Myhreng atribuísse a si mesmo mais mérito do que realmente merecia. Satisfeito com a promessa de que receberia informações vitais sobre o caso, Fredrick esperou, obediente como um menino de escola, enquanto Sand foi até o banheiro com a pasta do caso, com a qual estivera trabalhando até altas horas da madrugada, e tomou um longo banho reconfortante.

O banho durou quinze minutos, e, durante esse tempo, Håkon formulou uma história jornalística que imaginava ser uma boa maneira de instaurar terror no coração da pessoa ou das pessoas que estivessem lá fora, no frio de novembro, roendo as unhas de ansiedade. Porque Håkon não tinha a menor dúvida de que lá fora havia alguém envolvido com o caso e que talvez tudo o que precisavam fazer era deixá-lo com um pouquinho de medo.

Segunda-feira, 23 de novembro

A coisa toda virou um circo. Três câmeras de televisão, inúmeros fotógrafos da imprensa, pelo menos vinte jornalistas e uma quantidade considerável de curiosos haviam se aglomerado no enorme vestíbulo situado no andar térreo do tribunal. As edições dominicais superavam umas às outras quanto às manchetes, ainda que, analisando o conteúdo de perto, elas se limitassem a informar sobre um advogado de Oslo, de 35 anos, que se encontrava preso, suspeito de ser a eminência parda, o cérebro por trás de uma rede de tráfico de entorpecentes. Isso era tudo o que os jornalistas sabiam, não fazia muita diferença. Eles enchiam capas e páginas de seus jornais com todas as variações possíveis. Conseguiram cozinhar um caldo bem temperado de conteúdo a partir de um pobre osso, contando, claro, com a inestimável ajuda dos colegas de Lavik, que concediam longas entrevistas durante as quais criticavam duramente o Departamento, esclarecendo que *estavam energicamente em desacordo com a monstruosa prisão, por parte da polícia, de um colega admirado e respeitado*. O fato de que seus honrados colegas não sabiam absolutamente nada sobre o caso não os impediu de fazer uso de toda a paleta linguística. O único deles que permanecia calado era quem realmente sabia alguma coisa, Christian Bloch-Hansen.

E foi difícil para ele abrir caminho entre a massa de pessoas que bloqueava a entrada da sala de audiências nº17. Ainda que somente dois ou três, dentre todos os jornalistas ali presentes, tenham-no reconhecido, a multidão reagiu como um bando de pombas quando um sujeitinho da televisão enfiou-lhe o microfone na cara. O microfone do jornalista da televisão estava conectado através de um cabo ao câmera, um homem de 2 metros de altura que não conseguiu levantar as pernas quando o entrevistador puxou o cabo de repente. Teve que se esforçar muito para manter o equilíbrio; durante alguns segundos, as pessoas que o rodeavam evitaram que caísse, mas foi só durante alguns instantes. Finalmente perdeu o equilíbrio e levou seis pessoas com ele na queda, e, nesse caos total, Bloch-Hansen entrou às escondidas na sala 17.

Håkon Sand e Hanne Wilhelmsen sequer tentaram entrar lá. Ficaram sentados em um carro com as janelas escuras até que Lavik, com seu casaco de grife sobre a cabeça, fosse levado para o interior do edifício pelo saguão situado ao lado da entrada principal. Quase ninguém se importou com a presença do pobre Roger de Sagene, que usava um casaco bege cujo capuz cobria-lhe quase todo o rosto, emprestando-lhe um aspecto bem mais cômico. Logo depois, todos os curiosos entraram no tribunal, enquanto Hanne e Håkon iam furtivamente pela porta dos fundos, que só a polícia poderia utilizar, e subiram diretamente do porão à sala de audiências.

Um funcionário magricela do tribunal tentou manter a ordem na sala, mas fracassou em seu intento. O homem mais velho e uniformizado não tinha a menor possibilidade de resistir à pressão das pessoas que estavam do lado de fora. Håkon entendeu a expressão de desespero no rosto daquele homem e usou o interfone do juiz para pedir reforços. Em poucos minutos, quatro agentes da polícia tiraram todos os que não cabiam no único banco de ouvintes da sala.

A sessão estava prevista para as 13 horas em ponto, e o juiz estava atrasado. Às 13h04, ele entrou, sem olhar para ninguém, e colocou uma pasta cheia de documentos sobre sua mesa. Era um pouco mais grossa do que a pasta que o advogado Bloch-Hansen recebera três dias antes e com a qual tivera que se conformar. Håkon se levantou e entregou ao defensor várias folhas suplementares para equilibrar as coisas. Havia custado a ele mais de sete horas classificar e selecionar o que desejava apresentar no julgamento, e o tribunal não poderia dispor de mais documentos do que a defesa.

O juiz solicitou a presença do acusado dirigindo-se a Håkon Sand. Sand olhou para o advogado de defesa assentindo com a cabeça, e o defensor se levantou.

– Meu cliente não tem nada a esconder – disse Bloch-Hansen em voz alta, para assegurar-se de que todos os jornalistas ouvissem. – Mas a detenção, como é de se supor, deixou meu cliente muito abalado, além de sua família. Peço que este julgamento corra a portas fechadas, sem a presença da imprensa ou de espectadores que não estejam diretamente ligados ao caso.

Um suspiro de decepção e desesperança percorreu o grupo de espectadores, não tanto pela expectativa frustrada de uma audiência aberta ao público, e sim porque esperavam que fosse a polícia quem fechasse as portas, como de costume. Com esse advogado de defesa, silencioso e discreto, o processo não seria nada divertido. O único que abriu um sorriso foi Fredrick Myhreng, muito satisfeito com a filtragem de informação da qual seguiria se beneficiando. O jornal *Dagbladet* fizera matérias mais extensas sobre todo esse caso do que seus competidores na edição da véspera. Antes mesmo do julgamento, Fredrick já estava se divertindo com o fato de que seus colegas mais velhos e mais experientes se dirigiam a ele com perguntas disfarçadas e olhares ressentidos, não querendo reconhecer sua própria ignorância, ainda que demonstrassem uma curiosidade fácil de desmascarar. O jovem jornalista se sentia muito bem.

O juiz bateu com o punho na mesa e ordenou que o local fosse evacuado e que o restante da audiência decorresse a portas fechadas. O porteiro saiu feliz e arrastando os pés atrás do último jornalista que resistia com unhas e dentes a abandonar o recinto. Finalmente, pegou o cartaz preto com letras brancas: "Porta fechada".

Na verdade, não houve nenhuma discussão. Com uma expressão facial que lembrava vagamente um sorriso, o juiz se levantou, entrou no escritório contíguo e saiu com uma resolução nas mãos, resolução que fora redigida anteriormente.

– Eu já imaginava – disse e assinou o papel.

Em seguida, folheou a pasta durante alguns minutos, então voltou a pegar o documento e, finalmente, se encaminhou em direção à saída e se apresentou diante do público para anunciar o que este já sabia. Ao entrar de novo, tirou o casaco e o colocou sobre o encosto da cadeira. Em seguida, apontou três lápis com muito cuidado e se inclinou em direção ao interfone.

– Tragam Lavik para cima – ordenou, afrouxando a gravata e sorrindo para a assistente sentada com as costas retas à frente do computador. – Este vai ser um longo dia, Else!

* * *

Ainda que Hanne o tivesse advertido com antecedência, Håkon se impressionou ao ver Lavik entrar pela porta atrás de seu advogado. Se não fosse fisicamente impossível, o assistente da promotoria poderia jurar que Jørgen Lavik perdera dez quilos durante o fim de semana. O terno dançava no corpo de Lavik e dava a impressão de que o homem estava oco por baixo da roupa. A pele do rosto estava preocupantemente cinzenta, e o contorno de seus olhos inchados estava vermelho. Parecia caminhar para o seu próprio enterro, e, pelo que constava a Håkon, o funeral poderia estar mais próximo do que a maioria pensava.

– Ele tem se alimentado direito? – sussurrou com preocupação para Hanne, que respondeu assentindo friamente com a cabeça.

– Só quis um pouco de refrigerante. Não comeu nada desde sexta-feira – respondeu em voz baixa. – Não é culpa nossa, trataram-no como rei.

O juiz também pareceu se preocupar com o estado do detento. Mediu Lavik várias vezes com os olhos até que ordenou aos dois policiais que escoltavam que o tirassem do banco dos réus e o colocassem em uma cadeira. A mulher aprumada que escrevia no computador abandonou por um instante sua rigidez, desceu da plataforma onde estava e ofereceu a Lavik um copo com água e um guardanapo de papel.

Uma vez que o juiz comprovara que Lavik não se encontrava tão próximo da morte como aparentava, puderam começar. Sand tomou a palavra, e, no momento em que se levantava, Hanne lhe deu um tapinha de ânimo na coxa. Mais forte do que ela pretendia, e a dor lhe deu vontade de correr para o banheiro.

* * *

Quatro horas mais tarde, tanto o promotor quanto o advogado de defesa haviam seguido o exemplo do juiz e tirado o casaco. Hanne Wilhelmsen também tirara seu suéter, enquanto Lavik dava a impressão de sentir frio. Somente a mulher no computador parecia não ser afetada pela temperatura. Havia pouco mais de uma hora, tinham feito um pequeno recesso, mas ninguém na sala tivera a coragem de sair e mostrar as garras aos lobos que perambulavam nos corredores. Cada vez que se fazia silêncio na sala de audiências era fácil constatar que o lado de fora continuava repleto de pessoas.

Lavik estava disposto a falar em defesa própria, mas o fez com uma lentidão exasperante. Media cada palavra com uma balança de ouro. A história do advogado não acrescentou nada de novo ao processo. Ele negou tudo e ironizou a versão dada pela polícia. Pôde explicar até mesmo, de algum modo, por que haviam encontrado as impressões digitais nas cédulas. Seu cliente simplesmente lhe pedira dinheiro emprestado, coisa que Lavik afirmou que não era incomum. À ácida pergunta por parte de Håkon "se ele se dedicava a distribuir dinheiro entre todos os seus clientes menos favorecidos", respondeu afirmativamente, e acrescentou que poderia apresentar testemunhas para comprovar. Evidentemente, Lavik não pôde explicar por que uma nota de mil coroas, legalmente adquirida, acabara junto ao dinheiro sujo do narcotráfico em um saco plástico debaixo do chão de tábuas na Rua Moss, mas não se poderia culpá-lo por seu cliente fazer coisas estranhas. Sobre sua relação com Roger, contou uma história bastante crível: em uma ocasião fizeram um favor ao homem ajudando-o com coisas como a declaração do imposto de renda, uma ou outra multa de trânsito etc. O problema de Håkon Sand era que Roger contara exatamente a mesma história.

De qualquer forma, a explicação sobre a cédula de mil coroas era bastante vaga. Ainda que fosse muito difícil ler ou captar algo no rosto impassível do juiz, Håkon se sentiu relativamente tranquilo. A esse respeito, estava claro que um dos pilares da acusação ia se sustentar. Seria suficiente? Saberia ao fim de algumas horas. Agora tinha que arriscar tudo pelo todo. Håkon iniciou o procedimento.

O dinheiro e as impressões digitais confirmaram a parte mais importante de sua argumentação. Em seguida, repassou a relação misteriosa entre Roger e Lavik e falou dos números de telefone codificados. Até o fim, levou vinte e cinco minutos para expor o que Van der Kerch contara a Karen, antes de concluir com uma série de argumentos tenebrosos sobre o perigo da destruição de provas e de fuga.

Isso era tudo que tinha. Expusera todas as suas cartas. Não disse uma só palavra sobre sua teoria em relação à conexão de Lavik com Hans Olsen por meio do falecido e desfigurado Ludvig Sandersen. Não disse nada sobre as folhas de códigos, absolutamente nada sobre a presença de Lavik na prisão nos dias em que Van der Kerch por algum motivo surtara e Frøstrup tomara a overdose.

No dia anterior, Håkon Sand havia se mostrado tão seguro. Eles discutiram e ponderaram, analisaram e debateram. A princípio, Kaldbakken era a favor de que usassem tudo que tinham, animado com a convicção absoluta que Håkon demonstrava a respeito das provas que tinham. Repentinamente o inspetor se rendera, enquanto Håkon permanecia firme em sua certeza. Mas isso havia sido ontem. Ele não se sentia mais assim. Vasculhara febrilmente seu cérebro em busca do discurso final contundente que passara a noite toda ensaiando, mas ele se desvanecera. As palavras haviam escapado. Em vez disso, engoliu saliva algumas vezes, antes de balbuciar que a polícia mantinha a acusação e pedia o julgamento do suspeito, acreditando ter um caso sólido. Em seguida, esqueceu-se de se sentar e durante alguns segundos pairou um silêncio embaraçoso, até que o juiz pigarreou e o lembrou de que não precisava ficar em pé. Hanne o ajudou com um leve sorriso alentador e outro tapinha em suas costas, mais gentil do que da primeira vez.

– Sr. juiz – começou dizendo o advogado de defesa antes mesmo de se levantar –, não resta dúvida de que estamos diante de um assunto certamente delicado. Encaramos aqui um colega de profissão que cometeu o mais deplorável dos crimes.

Os dois colegas que ocupavam o banco da acusação estavam atônitos. Que diabos era isso? O advogado Bloch-Hansen pretendia apunhalar o próprio cliente pelas costas? Olharam em direção a Lavik tentando captar alguma reação, mas o rosto triste e cansado do advogado não contraiu nenhum músculo.

– É um bom ditado aquele que diz que não devemos usar palavras mais fortes do que as que possamos sustentar – continuou Bloch-Hansen, que vestiu novamente o casaco para assumir uma atitude formal que até então não parecera necessária na enorme sala superaquecida. Sand se arrependeu de não ter feito o mesmo. Fazê-lo agora seria absurdo.
– Mas é lamentável... – fez uma pausa retórica, quase pedante, para enfatizar suas palavras. – De qualquer forma, é lamentável constatar que a advogada Karen Borg, que ao que me consta tem uma reputação e uma capacidade inatacáveis como advogada, não tenha percebido que violou o parágrafo 144 do Código Penal – fez-se nova pausa, em que o juiz procurava a disposição mencionada, enquanto Håkon esperava, paralisado com o desenrolar dos acontecimentos. – Karen Borg está sujeita pela lei ao sigilo profissional – prosseguiu o advogado de defesa.
– E ela o quebrou. Entre os documentos incluídos vejo algo que se parece com um consentimento por parte de seu falecido cliente, e suponho que pretenda que sirva de álibi à terrível infração que cometeu. Mas isso não pode, de modo algum, ser suficiente. Em primeiro lugar, quero insistir no fato de que o cliente em questão se encontrava em estado psicótico, o que é facilmente demonstrável, e que, portanto, não estava em condições de decidir o que era melhor para si. E, em segundo

lugar, quero chamar a atenção deste tribunal sobre a chamada carta de despedida do suicida, documento 17-1 – ele fez uma pausa, folheando as páginas devagar até encontrar a cópia daquela carta desesperada. – O teor do conteúdo deixa pouco claro, diria inclusive muito pouco claro, que os termos utilizados representem uma isenção do sigilo profissional. Na minha interpretação deste escrito, considerando que é uma despedida, parece mais uma patética declaração de amor a uma advogada que, com certeza, foi muito boa e próxima.

– Mas ele está morto!

Håkon não conseguiu se conter, erguendo-se brevemente e abrindo os braços em forma de protesto, mas voltando em seguida a sentar-se, antes que o juiz pudesse adverti-lo. O advogado de defesa sorriu.

– *Diário jurídico*, 1983, página 430 – citou, referindo-se ao papel que segurava, e contornou a plataforma para deixar uma cópia sobre a mesa do juiz. – Uma para a promotoria também – disse, oferecendo uma cópia a Håkon, que teve que se levantar e pegá-la ele mesmo. – No caso que os senhores têm à sua frente, a maioria baseou sua decisão em que o sigilo profissional, sob nenhuma circunstância, termina quando o cliente falece – explicou. – A minoria também pensou o mesmo, na verdade. Não pode haver nenhuma dúvida sobre esse assunto, com o que voltamos a esta carta – sustentou-a no alto, a um braço de distância e à altura dos olhos, e citou: – "Você foi boa comigo. Pode se esquecer de tudo que lhe disse sobre ficar de boca fechada. Escreva uma carta para minha mãe. Obrigado por tudo".

Colocou a carta em seu lugar, sobre a pasta. Hanne não sabia o que pensar. Håkon estava arrepiado da cabeça aos pés e sentia-se desamparado, como se o tivessem pegado de surpresa e mergulhado sua cabeça em um balde de água gelada.

– Isso – continuou o advogado de defesa –, isso não constitui uma isenção de sigilo profissional. A advogada Borg nunca deveria ter se estendido sobre o caso. Uma vez que o tenha divulgado, é importante que este tribunal não cometa o mesmo erro. Faço referência ao Código Penal e, mais concretamente, ao parágrafo 119. Afirmo que este tribunal atuaria contra a lei se baseasse um possível julgamento na versão de Karen Borg.

Håkon estava folheando a cópia do documento que tinha diante de si. Suas mãos tremiam tanto que tinha dificuldade para coordenar os movimentos, mas finalmente encontrou a sentença. Droga. Os tribunais deviam aceitar as declarações de advogados que tivessem obtido a informação no exercício de suas funções.

Estava morto de medo. Já não se importava com Lavik, não importavam o traficante e o assassino presumido Jørgen Ulf Lavik. Só pensava em Karen, que talvez tivesse se envolvido em uma séria confusão, e tudo por sua culpa. Foi ele quem insistiu em ficar com sua transcrição, e, apesar de protestar no início, ela cedeu porque confiava nele. Era tudo culpa dele. Tudo mesmo.

Do outro lado da sala, o advogado de defesa recolhera os papéis, havia se aproximado do estrado, mais próximo do juiz, e apoiou sua mão sobre a tribuna.

– E assim, sr. juiz, temo que a promotoria esteja de mãos vazias. Os números de telefone na agenda de Roger Strømsjord não têm a credibilidade suficiente para despertar o mínimo interesse. O fato de que o homem aprecie jogos com números não prova nada, salvo que é um sujeito curioso. E quanto às impressões digitais na cédula? A informação que temos é muito escassa. Mas, senhor, por que o advogado Lavik não poderia estar dizendo a verdade a esse respeito? É perfeitamente possível que tenha emprestado mil coroas a um cliente porque sentiu pena dele. Com certeza, não foi uma grande ideia, pois a solvência de Frøstrup era mais do que discutível, mas o favor representa sem dúvida um gesto amável. Um gesto amável, ao qual não podemos dar maior relevância – ele fez um movimento com os braços que indicava que estava a ponto de concluir. – Não falarei do terrível despropósito que foi a detenção de meu cliente, não é necessário. Não há o menor indício que alimente uma suspeita razoável. Meu cliente deve ser libertado. Obrigado.

Demorou exatamente oito minutos. Håkon falara durante uma hora e dez minutos. Os dois policiais que escoltavam Lavik bocejaram durante toda sua intervenção, mas sequer piscaram enquanto Bloch-Hansen falava.

O juiz não estava muito inspirado e tampouco tentou esconder o cansaço, fazendo movimentos com a cabeça, esticando o pescoço e esfregando o rosto com as mãos. Sand sequer foi convidado a fazer sua réplica, à qual tinha direito. Não se importou. O vácuo se alojara em seu estômago em forma de uma escuridão vazia e sinistra, e não se sentia em condições de abrir a boca. O juiz de instrução olhou para o relógio. Eram 18h30 e faltava meia hora para que começassem os noticiários na televisão.

— Enfim, vamos prosseguir imediatamente com Roger Strømsjord. Este caso não deveria se estender muito, mas o tribunal tem pleno conhecimento dos fatos alegados — disse esperançoso.

Levou apenas uma hora. Hanne teve a sensação de que o pobre Roger não se considerava mais que uma continuação, o apêndice de Lavik. Se Lavik caísse, Roger cairia. Se soltassem Lavik, soltariam Roger.

— Teremos uma decisão hoje, ao menos espero, mas pode ser que tenhamos que esperar até meia-noite — anunciou o juiz quando a audiência estava prestes a ser concluída. — Querem esperar ou cada um quer me deixar o seu número de fax?

Ficou com os números de fax.

Conduziram Roger Strømsjord de volta ao térreo, depois de uma conversa aos sussurros com seu advogado de defesa. O juiz estava no escritório contíguo acompanhado pela mulher do computador. O advogado do Supremo Tribunal, Bloch-Hansen, pegou sua pasta desgastada e imponente e se aproximou do assistente da promotoria. Parecia mais amável do que o esperado.

— Você não poderia ter muito quando levou a cabo a prisão na sexta-feira — disse em voz baixa. — Pergunto-me o que teria feito se não tivesse aparecido a agenda com os números de telefone e não tivesse tido sorte com as impressões digitais, o que, dito brevemente, significa que deveria estar a anos-luz de ter motivos razoáveis para suspeitar quando prendeu os dois homens.

Håkon estava a ponto de desmaiar, talvez aos outros dois parecesse claro, porque o advogado quis tranquilizá-lo.

– Não vou fazer nenhum estardalhaço com essa história toda. Mas, como amigo e colega mais experiente, posso lhe dizer o seguinte: não embarque em aventuras que não possa controlar. É um bom conselho, em todas as áreas da vida.

Assentiu breve e educadamente com a cabeça e saiu para falar com os jornalistas, e havia muitos deles, que ainda não haviam perdido a paciência e continuavam aguardando a saída. Os dois policiais ficaram sozinhos.

– Venha, vamos comer alguma coisa por aí – propôs Hanne. – Assim espero com você. Estou convencida de que tudo sairá bem.

Era uma mentira descarada.

* * *

Ele reparou, e não era a primeira vez, em como o perfume dela era suave e agradável. Ela lhe deu um beijo de consolo e o animou quando ficaram sozinhos, mas de pouco adiantou. Uma vez fora do honorável e imponente Palácio da Justiça, Hanne comentou como fora inteligente esperar essa meia hora. Já fazia um tempo que os curiosos haviam voltado ao calor de suas casas. O pessoal da televisão enfim se rendera, as emissoras tinham voltado a transmitir a programação de costume, e os jornalistas retornaram rapidamente à redação com o pouco que tinham. Os repórteres dos jornais haviam desaparecido depois de receberem as breves explicações do advogado de defesa. Eram 20h15.

– A verdade é que eu não comi nada hoje – disse Håkon, espantado. Percebeu que a fome despertara depois de passar o dia todo acovardada em algum canto do estômago.

– Eu também não – respondeu Hanne, mesmo não sendo completamente verdade. – Temos tempo. O juiz precisa de pelo menos três horas. Vamos procurar um lugar tranquilo.

Desceram a ladeira de braços dados, esquivaram-se de uma goteira do telhado de um velho edifício e conseguiram uma mesa afastada em um restaurante italiano na esquina. Um rapaz muito bonito com os cabelos negros como o carvão os acompanhou até a mesa, entregou um cardápio a cada um e perguntou mecanicamente se desejavam algo para beber. Depois de um instante de reflexão, pediram duas cervejas, que aterrissaram sobre a mesa alguns segundos mais tarde. Håkon bebeu meio copo de uma vez. A cerveja caiu muito bem. O álcool o afetou instantaneamente, ou talvez tenha sido seu estômago vazio que despertou de repente.

– Vai dar tudo errado – disse ele em um tom quase alegre, limpando a espuma do lábio superior. – Não pode acabar bem, eles vão voltar para a rua e retomar seus negócios. É culpa minha.

– Não antecipe as desgraças – repreendeu Hanne, sem poder esconder totalmente que também compartilhava de seu pessimismo, e olhou para o relógio. – Ainda nos restam algumas horas antes de termos que reconhecer nossa derrota.

Permaneceram sentados por um bom tempo sem dizer nada, com o olhar perdido ao longe. Os copos estavam vazios quando serviram a comida. Os pratos de massa tinham uma boa aparência e estavam quentes.

– Não será culpa sua se acabar mal – disse Hanne, esforçando-se para comer sem se sujar os fios longos banhados de molho de tomate. Com um breve pedido de desculpas, colocou o guardanapo sobre o peito para proteger a camisa contra as inevitáveis manchas. – E você sabe disso – acrescentou com ênfase, estudando seu rosto. – Se acabar mal, todos teremos falhado. Concordamos em apostar na prisão, ninguém pode censurar você.

– Censurar-me? – colocou a colher sobre a mesa fazendo salpicar o molho. – Censurar-me? Claro que vão me censurar! Não foi você nem Kaldbakken nem a chefe da promotoria nem ninguém neste mundo quem fez bobagens durante horas lá dentro! Fui eu! Dilapidei o pouco que tínhamos, claro que deveriam me censurar – de repente, não tinha mais fome e empurrou o prato com um gesto cheio de aversão, como se

encontrasse um asqueroso *habeas-corpus* escondido entre os mexilhões.
– Acho que nunca me saí tão mal assim diante de um tribunal, você tem que acreditar em mim, Hanne – respirava com dificuldade. Chamou com a mão o jovem garçom para pedir-lhe uma água com gás e limão. – Provavelmente teria feito melhor se tivesse enfrentado outro advogado. Bloch-Hansen me faz sentir-me inseguro, seu jeito correto e objetivo me tira do sério. Acho que havia me preparado para uma batalha campal, mas, em vez disso, o adversário recorreu a um elegante duelo com floretes. Lutei com a elegância de um saco de batatas – esfregou o rosto energicamente, sorriu e sacudiu a cabeça. – Prometa-me que não vai falar mal de minha atuação – pediu.

– Prometo por minha honra e consciência – jurou Hanne, levantando a mão direita. – Mas, juro, você não foi tão mal – acrescentou. Depois, mudando de assunto, perguntou: – Por que você falou ao jornalista do *Dagbladet* sobre a possível existência de uma terceira pessoa que estivesse ainda em liberdade? Da forma como ele escreveu no jornal, entende-se que temos em mente alguém concreto. Bom, imagino que ele tenha arrancado isso de você, não é?

– Você se lembra do que disse quando me escandalizei tanto pela forma como tratou Lavik durante o último interrogatório antes da prisão?

Uma ruga profunda na base do nariz indicou que estava pensando com muita força.

– Hum, não sei – disse, esperando a resposta.

– Você disse que as pessoas que têm medo cometem erros, que por isso quis assustar Lavik. Com isso em mente, resolvi tentar. Talvez tenha sido um tiro no escuro; mas, quem sabe, neste momento, pode haver um homem muito assustado lá fora, um homem morto de medo.

A conta aterrissou sobre a mesa poucos segundos depois de Håkon ter feito um discreto movimento com a mão. Ambos estenderam a mão para pegar o recibo, mas Håkon foi mais rápido.

– Nem pensar – protestou Hanne. – Ou eu pago tudo ou fico ao menos com a minha parte.

Com um olhar que implorava, Håkon apertou a conta contra o peito.

– Permita-me que, pelo menos uma vez neste dia, eu me sinta como um homem – suplicou ele.

Não era pedir muito. Ela o deixou pagar, e ele arredondou o valor com 3 coroas de gorjeta. O rapaz com o cabelo oleoso os acompanhou até a saída sem tirar o sorriso dos lábios, e os convidou a voltar. Não pareceu sincero.

* * *

O cansaço se instalara como um capuz apertado e negro ao redor da cabeça dele. Seus olhos se fechavam cada vez que deixava de falar durante alguns minutos. Tirou um frasco de colírio do bolso do casaco, jogou a cabeça para trás, afastou os óculos e encheu os olhos com o líquido. Restava muito pouco colírio, ainda que tivesse comprado o frasquinho naquela mesma manhã.

Håkon movimentou a cabeça de um lado para o outro, tentando distender um pouco os músculos do pescoço, que estavam tensos como as cordas de uma harpa. Alongando-se demais, sentiu o súbito espasmo de uma forte câimbra do lado esquerdo do corpo, o que o fez encolher-se.

– Ai, ai, ai! – gemeu, massageando febrilmente a região dolorida.

Hanne olhou para o relógio pela enésima vez. Faltavam cinco minutos para a meia-noite. Era impossível dizer se a demora do veredicto era bom ou mau sinal. O juiz teria que ser especialmente escrupuloso em seu trabalho se decidisse colocar um advogado atrás das grades. Por outro lado, não seria menos cuidadoso se lhe desse uma sentença de liberdade. Estava claro que, em qualquer caso, independentemente do conteúdo, alguma das partes iria recorrer da sentença.

Bocejou com tanto ímpeto que sua mão pequena e magrinha não conseguiu tapar toda a boca. A mulher se recostou jogando a cabeça para trás, e Håkon pôde comprovar que ela não tinha obturações nos dentes.

– O que você acha de resina nos dentes? – perguntou Håkon de modo muito inoportuno. Ela olhou para ele, surpresa.

– Implantes dentários? O que você quer dizer?

– Vejo que você não tem obturações prateadas nos dentes. Estive pensando se troco minhas obturações ou não. Li um artigo que atribuía doenças à obturação, sobre toda porcaria que contém, o mercúrio e essas coisas. Li inclusive que há pessoas quase inválidas em função de obturações. Mas meu dentista me preveniu, disse que a obturação comum é muito mais resistente.

Ela se inclinou na direção dele, a boca totalmente aberta, e ele pôde constatar que tudo estava completamente branco.

– Nenhuma cárie – disse ela, sorrindo com certo orgulho. – A verdade é que sou um pouco mais velha para pertencer à "geração sem cáries", mas tínhamos um poço onde cresci. Muito flúor natural, certamente era perigoso, mas na vizinhança éramos dezesseis crianças, e todos crescemos sem ter que recorrer ao dentista.

Dentes. Até os dentes acabaram se transformando em assunto de conversa.

Håkon se aproximou de novo para conferir o fax. Como na vez anterior e na anterior e na anterior a esta, estava tudo em ordem. A luzinha verde o olhava fixamente com ares de arrogância, mas, por via das dúvidas, conferiu mais uma vez se o compartimento alimentador tinha papel. Evidentemente, estava cheio. Um bocejo quis abrir caminho, porém ele o conteve apertando as mandíbulas, e seus olhos se encheram de lágrimas. Pegou o baralho e lançou um olhar interrogativo em direção à inspetora. Ela encolheu os ombros.

– Por mim tudo bem, mas vamos jogar outro jogo. Canastra, por exemplo.

Deu tempo de jogarem duas partidas até que o aparelho de fax fizesse um ruído promissor. A luz verde mudara para amarela. Ao fim de alguns segundos, a máquina pegou a primeira folha branca da bandeja. A folha permaneceu um momento no interior da máquina até que saiu a extremidade pelo outro lado, belamente adornada com o símbolo do juizado de instrução de Oslo.

Os dois policiais sentiram os batimentos cardíacos acelerarem.

Uma sensação desagradável de formigamento começou a percorrer as costas de Håkon e ele estremeceu.

– Começamos com essas folhas ou esperamos que saiam todas? – perguntou com um sorriso pálido.

– Vamos tomar uma xícara de café e quando voltarmos terão saído todas. É melhor do que ficarmos aqui esperando a última página.

Sentiram-se tremendamente sós quando saíram da sala para o corredor. Nenhum dos dois disse nada. Não havia café na sala de descanso. Devia haver mais pessoas no setor, pois Hanne fizera café havia menos de uma hora. Håkon optou por entrar no escritório, onde abriu a janela e pegou uma bolsa de plástico que pendia de um prego no batente. Tirou uma garrafa de refrigerante de lá.

– *O único refrigerante que mata apenas a sua sede* – citou com humor negro.

Fizeram soar as garrafas em um brinde sórdido, e Håkon não fez nada para evitar um sonoro arroto. Hanne regurgitou um pouco, e voltaram muito devagar à sala de guerra. Cheirava a cera. O assoalho reluzia como não fazia havia muito tempo.

Quando entraram na sala, a asquerosa luz verde voltara a ocupar o lugar de sua colega, a luz amarela. A máquina voltara ao seu estado de zumbido entorpecido.

Várias folhas descansavam na bandeja de plástico que havia poucos minutos estava vazia. Com a mão trêmula, mais pelo cansaço do que pela excitação, Håkon pegou o maço de papéis, juntou-os e passou rapidamente as folhas até chegar à última página. Afundou-se na poltrona e leu em voz alta:

– "O suspeito Jørgen Ulf Lavik permanecerá em prisão preventiva até que os tribunais e o Ministério Público determinem outra medida. Ainda assim, o encarceramento não deverá ultrapassar a data de segunda-feira, 6 de dezembro. Deverá ficar totalmente incomunicável durante esse período."

– Duas semanas! – o cansaço foi afugentado por uma forte dose de adrenalina. – Ele pegou duas semanas!

Levantou-se bruscamente da poltrona, tropeçou na mesinha e se agarrou ao pescoço de Hanne. Os papéis voavam ao seu redor.

– Calma – disse ela, rindo. – Duas semanas constituem literalmente meia vitória, já que você pediu quatro semanas.

– Duas semanas é pouco, claro, mas podemos trabalhar as vinte e quatro horas do dia e juro que... – deu um murro na mesa antes de prosseguir: – Aposto o salário de um mês que podemos fazer com que esse cretino fique mais tempo preso antes que acabem as duas semanas!

Seu entusiasmo e otimismo infantil não contagiaram de imediato a inspetora, que estava mais preocupada em recolher os papéis e colocá-los em ordem.

– Vamos ver o que nos diz o juiz.

Depois de uma leitura exaustiva, a sentença dificilmente poderia ser considerada uma meia vitória. Um oitavo de vitória, talvez.

O advogado do Supremo Tribunal, Bloch-Hansen, recebia respaldo, ao menos em grande parte, nas alegações sobre o testemunho de Karen Borg. O tribunal compartilhava a opinião do advogado de defesa de que a carta de despedida de Van der Kerch não poderia ser considerada uma dispensa do sigilo profissional. Era necessário realizar uma avaliação mais profunda sobre as intenções que moveram o holandês naquele dia, uma avaliação que devia dar ênfase à possibilidade de supor que o rapaz ia sair ganhando se os detalhes viessem à tona. Existiam certos indícios que mostravam que não era o caso, já que a declaração, até certo ponto, incriminava a ele mesmo e, portanto, poderia prejudicar sua reputação póstuma. De qualquer forma, opinava o tribunal, a entrevista realizada pela advogada Karen Borg era muito inadequada sob esse aspecto. Assim, o tribunal optava, no momento e nas condições atuais, por descartar a explicação, posto que poderia entrar em conflito com as decisões processuais.

Em seguida, o tribunal considerava, com certas reservas, que existiam razões fundamentadas para presumir que um crime fora cometido, ainda que só em relação à primeira parte do indiciamento, ou seja, sobre o valor específico de dinheiro encontrado na casa de Frøstrup. Segundo o tribunal, não havia um motivo razoável para atribuir ao advogado, em vista da declaração de Karen Borg ser considerada inadmissível. O perigo de destruição de provas era manifesto, e o juiz se limitara a mencioná-lo em uma frase. Tampouco um encarceramento de duas semanas poderia ser considerado uma intervenção desproporcional, levando-se em conta a importância e a gravidade do caso. Vinte e quatro gramas de droga representavam uma quantidade considerável: seu valor na rua chegava a 200 mil coroas. O resultado foram duas semanas atrás das grades para Lavik.

Roger Strømsjord ficava em liberdade.

– Droga – disseram ao mesmo tempo os dois policiais.

Roger só estava preso por causa da declaração de Han van der Kerch; enquanto esta fosse inútil ao tribunal, só restavam os números de telefone em código. Aquilo não era suficiente para retê-lo, sendo assim, foi posto em liberdade.

O telefone tocou, e ambos se sobressaltaram como se o leve toque do aparelho fosse um alarme de incêndio. Era o juiz, que desejava se assegurar de que o documento chegara ao seu destino.

– Espero recursos de ambas as partes – disse o juiz, muito cansado, ainda que Håkon adivinhasse um leve sorriso através do aparelho.

– Sim, vou recorrer ao menos da libertação de Roger Strømsjord e peço que se amplie seu efeito. Seria uma catástrofe que ele saísse em liberdade esta noite.

– Você poderá entrar com recurso – disse o juiz, tranquilizando-o. – Bom, encerramos por agora, de acordo?

Nesta questão todos estavam de acordo: fora um dia muito, muito longo. Vestiram os casacos e fecharam cuidadosamente a porta com chave, deixando para trás a garrafa de refrigerante meio vazia. A publicidade dizia a verdade: só ajudava a matar a sede.

Terça-feira, 24 de novembro

Foi como despertar de uma ressaca monumental. Hanne Wilhelmsen não pudera dormir ao voltar para casa, apesar de ter tomado um pouco de leite quente e de receber massagem nos ombros. Depois de apenas quatro horas de sono agitado, o despertador a arremessou em direção a um novo dia com um programa odioso de entrevistas que passava no radiorrelógio. A sentença de prisão ocupava todas as primeiras páginas. A locutora afirmava que o resultado fora um empate, ainda que colocasse em dúvida que a polícia tivesse um caso. Como era natural, não conhecia os argumentos que resultaram na sentença e, por essa razão, gastou vários minutos especulando sobre as causas que haviam levado o dono da loja de carros usados à liberdade. As especulações eram disparatadas.

Espreguiçou-se deprimida pela falta de sono, obrigou-se a levantar e a abandonar as cálidas cobertas que a abraçavam. Teria que sair sem café da manhã. Prometera a Håkon que estaria no escritório às 8 horas. O dia que tinham pela frente seria, no mínimo, tão longo quanto o anterior.

No chuveiro, tentou pensar em outra coisa. Encostou a testa contra os azulejos brancos do boxe e deixou que a água escaldante deixasse suas costas ficarem bem vermelhas. Era impossível abstrair-se do caso, seu cérebro trabalhava a todo vapor e a arrastava com ele contra sua vontade. Nesse momento só desejava uma transferência instantânea: três meses na polícia de trânsito não parecia uma ideia ruim. A verdade é que não era dessas pessoas que fogem das tarefas difíceis, mas o caso a absorvera completamente. Era impossível encontrar a paz, todas as pontas soltas se enredavam e se transformavam com outras soluções, novas teorias, novas ideias. Mesmo que Cecilie não se queixasse, Hanne sabia que ultimamente não estava sendo o que deveria ser, nem como namorada nem como amiga.

Durante os jantares e as celebrações permanecia silenciosa e moderadamente amável com um copo na mão. O sexo se tornara algo rotineiro, que levava a cabo sem muita paixão ou compromisso.

A água estava tão quente que suas costas estavam quase anestesiadas. Virou-se e se assustou ao queimar os seios. Foi no momento em que abria a água fria, para evitar ser cozida no chuveiro, que aquilo lhe veio à mente.

A bota! Tinha que existir o par do troféu de caça de Billy T. em alguma parte. Encontrar uma bota de couro, de inverno, tamanho 44, em Oslo, e nesta época do ano, parecia um tanto difícil. Por outro lado, o número de possíveis proprietários era bastante reduzido e valia a pena tentar. Se localizassem o proprietário encontrariam o sujeito que quase certamente estava envolvido, e então veriam o que aguentava. Lealdade nunca é o ponto mais forte dos traficantes de drogas.

A bota. Tinha que encontrá-la.

* * *

Amanhecia. E mesmo que o sol ainda não houvesse alcançado o horizonte, vagava por algum lugar atrás da encosta de Ekeberg, insinuando o nascimento de uma bela e fria terça-feira de novembro. A temperatura voltara a ficar abaixo de zero, e todas as emissoras locais advertiam os motoristas e falavam dos ônibus e bondes lotados. Alguns trabalhadores a caminho de outro dia de trabalho paravam em frente ao edifício onde ficava o jornal *Dagbladet* para ler a edição matutina exposta na vitrine.

Seu caso estava de novo na primeira página. Anotara na agenda, às escondidas, que era a 12ª vez aquele ano que aparecia na primeira página. Poderia parecer um pouco imaturo, talvez, mas era importante fazer a conta, considerou com orgulho. Ao fim e ao cabo, ele ainda era interino na função, ainda estava sendo testado.

A cópia da chave ardia em seu bolso. Por precaução, fez três cópias a mais e as escondeu em lugares seguros. O serralheiro não pôde ajudá-lo muito, as possibilidades eram muitas, mesmo que a chave não abrisse nada maior do que um armário. Talvez um arquivo, mas definitivamente não era de uma porta. Se fosse, tinha que ser muito pequena.

Os armários localizados nos lugares mais óbvios estavam fora da lista. A chave não abria armários da Estação Ferroviária Central, nem os localizados nos aeroportos de Fornebu e Gardemoen, nem nos grandes hotéis. O fato de a chave não ter um número de série indicava que era pouco provável que pudesse ser usada em algum lugar público.

Deveria entregá-la a Håkon Sand? Certamente, a polícia estava muito estressada nesses momentos, duas semanas eram pouco tempo para tentar reestruturar um caso daquelas proporções. Depois que os recursos passassem pelas mãos do tribunal de segunda instância, nada garantia que essas duas semanas seriam cumpridas.

A balança parecia inclinar-se a favor da polícia. Esta possuía meios que permitiriam procurar com muito mais efetividade algum lugar onde poder usar a maldita chave. Além disso, estava certo de que sairia beneficiado desse assunto, quem sabe poderia chegar a um bom acordo com eles. A verdade é que, quando acabou de avaliar o assunto, não lhe pareceu tão boa ideia colocar no bolso um objeto que poderia ser a prova decisiva em um caso de tanta importância, com assassinatos e tudo mais. Poderia estar cometendo um delito? Não tinha certeza.

Por outro lado: Como ia explicar de que forma a chave acabara em suas mãos? A invasão do escritório de Lavik era em si passível de punição e, se o diretor do jornal soubesse, adeus e obrigado. No momento não se sentia capaz de inventar uma história alternativa que fizesse sentido.

A conclusão era óbvia. Tinha que continuar procurando por conta própria. Se conseguisse encontrar o armário, a caixa ou o que fosse, procuraria a polícia, desde que o conteúdo tivesse algum interesse, claro. Desse modo, seu duvidoso procedimento ficaria em segundo plano e se dissiparia. Sim, o sensato era ficar com a chave.

Ajeitou as calças e entrou no grande edifício cinzento do jornal.

* * *

A mesa gigantesca estava repleta de jornais. Peter Strup estava no escritório desde as 6h30 da manhã. Ele também acordara com as notícias sobre a sentença. A caminho do escritório, comprara sete jornais diferentes: todos traziam a mesma notícia na capa. Não diziam praticamente nada, mas todas apresentavam pontos de vista diferentes. O jornal comunista *Klassekampen* opinava que a prisão representava uma vitória da justiça, e seu editorial elogiava o sistema judiciário do país, que provou que não praticava apenas a justiça de classes. Peter se irritou pensando sobre o quão curioso era que as mesmas pessoas que usavam artilharia pesada para atacar a necessidade primitiva de vingança desta sociedade podre que tranca as pessoas nas prisões, de repente, se alegrassem da mesma sentença quando afetava uma pessoa procedente de uma classe mais favorecida. Os jornais mostravam mais fotos do que texto, salvo as gigantescas manchetes. O conservador *Aftenposten*, por sua vez, falou do caso em um tom ponderado e inofensivo, apesar de o caso merecer destaque. Talvez tivessem medo de um processo por difamação. Uma sentença de prisão severa para Lavik era quase impossível, e era certo que ele se vingaria de quem o atacasse nessa fase.

A caneta rasgou o papel quando começou a fazer anotações a toda velocidade. Sempre era difícil entender as decisões jurídicas partindo das manchetes. Os jornalistas misturavam conceitos e se agitavam pelo panorama jurídico como galinhas. Só o *Aftenposten* e o *Klassekampen* tinham autoridade suficiente para saber que se tratava de uma sentença e não de um veredito, e que fora recorrido e não apelado.

Finalmente, fez uma pilha com todos os jornais restantes, que já estavam fora de ordem, uma bagunça, e os atirou na lixeira.

Recortou e grampeou os recortes junto com as anotações feitas à mão, colocou-os em uma pasta de plástico e guardou tudo em uma gaveta com chave. Em seguida, entrou em contato com a secretária através do interfone e ordenou que cancelasse todas as reuniões daquele dia e do dia seguinte. A secretária ficou perplexa e começou com um "mas", e então ela mesma se deteve.

– De acordo. Marco todos para outro dia?

– Sim, faça isso, por favor. Diga-lhes que surgiu um imprevisto. Tenho que dar uma série de telefonemas importantes, não quero ser incomodado.

Levantou-se e fechou a porta que dava para o corredor. Depois pegou um pequeno telefone celular e se aproximou da janela. Ao fim de algumas ligações, entrou em contato com a pessoa que estava procurando.

– Olá, Christian, é Peter.

– Bom dia.

A voz era tenebrosa e não combinava com a mensagem.

– Bom. A verdade é que não é exatamente uma boa manhã para nenhum de nós dois, mas acho que devo lhe parabenizar pelo que dizem as manchetes dos jornais: um, livre; outro, prisão parcial. Não é um mau resultado.

A voz soava inexpressiva.

– Essa é uma terrível confusão, Peter, uma confusão dos diabos.

– Não duvido.

Nenhum dos dois falou, e o chiado da conexão começava a ser incômodo.

– Alô, você ainda está aí?

Strup achou que a linha tivesse caído, mas não foi isso.

– Sim, estou aqui. Sinceramente, não sei o que é melhor, que permaneça na prisão ou que fique em liberdade. Vamos ver. O tribunal de apelação não revelará sua decisão até o final do dia, ou talvez até amanhã. Esse pessoal não é exatamente do tipo que estende a jornada de trabalho.

Strup mordeu o lábio inferior, mudou o telefone de mão, virou-se e ficou de costas para a janela.

– Existe alguma possibilidade de parar essa avalanche? Quero dizer, de uma forma relativamente decente?

– Quem sabe. No momento estou preparado para qualquer eventualidade. Se explodir, vai ser o caso mais importante desde a Segunda Guerra Mundial. Espero estar longe quando acontecer. Quem dera tivesse ficado de fora.

– Você não poderia fazer isso, Christian. Lavik ter escolhido você foi uma incrível sorte dentro de todo esse infortúnio. Alguém em quem poderia confiar, confiar de verdade.

Não pretendia em absoluto que fosse uma ameaça. No entanto, a voz de Bloch-Hansen se tornou mais incisiva.

– Que uma coisa fique muito clara – disse com determinação e frieza –, minha boa vontade tem limites, e deixei isso bem claro no domingo. Não se esqueça.

– Não terei oportunidade de fazê-lo – contestou Strup em tom seco, para concluir a conversa.

Continuou em pé, apoiado na janela fria. "Isto não é uma confusão dos diabos, é a droga de um caos", disse a si mesmo. Fez outra ligação, que finalizou em três ou quatro minutos. Em seguida, saiu para tomar o café da manhã, mesmo que não tivesse nem um pouco de fome.

* * *

Sentada diante de uma mesa de pinho, debaixo de uma janela com cortinas xadrezes vermelhas, Karen tomava o café da manhã com um apetite bem diferente. A terceira rabanada estava a ponto de desaparecer, e seu cão, deitado com a cabeça entre as patas entrelaçadas, olhava para ela com olhos melancólicos e suplicantes.

– Seu mimado! – recriminou ela, voltando a ler o romance.

O rádio sobre a bancada da cozinha estava ligado em uma estação antiquada e servia de agradável companhia.

A cabana estava localizada em uma encosta pedregosa com vista panorâmica que Karen, quando era criança, acreditava que chegassem até a Dinamarca. Aos 8 anos, imaginara aquelas paisagens sulinas planas e regulares cheias de fadas e pessoas gentis. A fantasia não desaparecera, nem com as gozações do irmão, nem com a demonstração científica do pai, que lhe dizia que era tudo imaginação sua. Quando Karen completou 12 anos, a imagem empalidecera. No verão em que começou a faculdade, a Dinamarca inteira afundara no mar. Foi uma das experiências mais dolorosas em seu caminho até a maturidade, teve a sensação de que as coisas não eram como sempre acreditara.

Não teve muitos problemas para aquecer a casa, que era muito bem isolada e estava preparada para o inverno. Ainda restava muito do domingo, quando a casa alcançou uma temperatura agradável. Não se atreveu a ligar a bomba de água porque não sabia se os canos estavam congelados. Não importava, o poço ficava perto.

Já haviam transcorrido dois dias, e se sentia mais relaxada do que em muitas semanas. O telefone celular estava ligado como medida de segurança, mas só o pessoal do escritório e Nils tinham o número. E ele a deixara em paz, pois as últimas semanas haviam sido uma dura prova para ambos. Encolheu-se ao recordar seu olhar aflito e interrogativo, e todas as suas desesperadas tentativas de satisfazê-la. A rejeição já era um hábito, e se dedicavam a falar com amabilidade do trabalho, das notícias e das coisas cotidianas e necessárias. Nenhuma intimidade, nenhuma comunicação. Na melhor das hipóteses, sentiu certo alívio quando ela decidiu sair uma temporada, ainda que tivesse tentado a protestar com lágrimas nos olhos e com perguntas desconsoladas. De qualquer forma, não voltara a dar sinais de vida depois que tiveram a conversa habitual para assegurar-se de que ela chegara bem. Estava contente por ele ter respeitado seu desejo de ficar sozinha, mas não poderia evitar sentir certo incômodo ao comprovar que realmente conseguia.

Sentiu um forte arrepio que a fez estremecer e bebeu seu chá. O cachorro ergueu a cabeça ao notar o movimento. Ela lhe jogou um pedaço de queijo, que ele pegou no ar.

– Não, não, um pedaço basta – disse para afastá-lo, sem que o cachorro mostrasse sinal algum de perder a esperança de pegar outro pedaço no ar, com o focinho cheio de baba.

Levantou-se de repente e aumentou o volume do rádio. Devia haver um mau contato porque o som se distorcia quando girava a tecla de volume.

Lavik na prisão! Meu Deus, isso tinha que ser uma vitória para Håkon. Haviam libertado o outro homem, de 52 anos, ainda que ambas as decisões fossem passar por revisão posterior. Certamente, estavam se referindo a Roger. Por que haviam libertado um e mantido o outro na prisão? Ela estivera convencida de que, ou bem prendiam os dois, ou bem libertavam a ambos.

O noticiário não acrescentou mais nada.

O peso na consciência começou a se manifestar, e havia prometido a Håkon que ligaria para ele antes de sair da cidade. Não o fizera, não teve forças, talvez ligasse para ele esta noite, mas só talvez.

Acabou a comida, e o boxer recebeu dois pedaços de queijo adicionais. Ia lavar as panelas antes de sair para percorrer os dois quilômetros até a banca de jornal. Não era má ideia acompanhar o assunto pelos jornais.

* * *

– Onde diabos se meteu essa mulher? – bateu o bocal contra a escrivaninha. O telefone ficou destroçado. – Droga! – disse um tanto surpreso e olhando cabisbaixo para o telefone. Em seguida, aproximou o aparelho do ouvido, e o sinal continuava ali, um elástico serviria como reparação provisória. – Não entendo... – continuou mais calmo. – No escritório dizem que não estará disponível por um tempo, e em casa ninguém atende.

"É, definitivamente, não vou ligar para Nils", pensou sem dizer. Onde estava Karen?

– Temos que encontrá-la – disse Hanne, em um comentário desnecessário. – É urgente interrogá-la de novo, e o melhor seria fazer isso ainda hoje. Se tivermos sorte, o tribunal de apelação não estudará o caso até amanhã, e na ocasião poderíamos brindá-los com outro interrogatório, não?

– Com certeza – murmurou Håkon.

Não sabia o que pensar. Karen prometera avisá-lo quando partisse. Ele cumprira sua parte no acordo, não havia telefonado nem tentara se encontrar com ela. Estranho que ela não tivesse cumprido sua parte, se é que realmente estava fora. As possibilidades eram muitas. Talvez estivesse em uma reunião sigilosa com algum cliente. Se fosse isso, tudo bem. Uma inquietação crescente o incomodava desde domingo. O consolo que lhe proporcionava saber que, ao menos, encontrava-se na mesma cidade que Karen foi diminuindo e acabou desaparecendo totalmente.

– Ela tem um celular com um número secreto. Use todo seu poder policial para descobrir. A operadora de celular, o escritório, o que seja. Traga-me esse número, não deve ser tão difícil.

– Vou continuar procurando o homem sem bota, não importa o que você diga – afirmou Hanne, que voltou a seu próprio escritório.

* * *

O homem mais velho, de cabelos grisalhos, estava assustado. O medo encarnava um inimigo até agora desconhecido e lutava energicamente contra ele. Estudara os jornais com lupa, porém era impossível ter uma ideia clara do que a polícia sabia. O artigo que apareceu na edição de domingo do *Dagbladet* era suficientemente assustador, mas não poderia estar certo. Jørgen Lavik jurara inocência, era isso que aparecia nos jornais. E ele, certamente, não falara com os jornais. Ninguém mais sabia quem ele era. Assim, não havia, nem poderia haver, perigo algum.

O medo não se deixou convencer e agarrou-se ao coração dele com as garras ensanguentadas, provocando uma dor intensa. Durante um instante, respirou de forma entrecortada para tentar recuperar o controle de si mesmo. Pegou uma caixinha do bolso interior do casaco, tirou uma pílula e a colocou debaixo da língua. Isso aliviou a dor, fez o ritmo respiratório voltar ao normal, e ele conseguiu se acalmar.

– Meu Deus, o que o senhor tem? – perguntou apavorada a secretária dele, uma senhora sempre bem-arrumada e prestativa. – Está tudo bem? Seu rosto está assustador!

A preocupação parecia sincera. Aquela mulher idolatrava o chefe. Além disso, sentia um terror persistente diante da pele cinzenta e úmida, desde que o marido falecera na cama junto a ela, cinco anos antes.

– Já estou muito melhor – assegurou ele, afastando com delicadeza a mão que a mulher pousara sobre sua testa. – É verdade, muitíssimo melhor.

A secretária saiu apressada para pegar um copo de água. Quando regressou, o velho havia recobrado parte da cor natural do rosto. Bebeu a água com avidez e com um sorriso pediu mais. A mulher buscou outro copo, que desapareceu com a mesma rapidez.

Depois de assegurar-se repetidas vezes de que estava tudo bem, a secretária se retirou com relutância à antessala. Inquieta, franziu a testa e deixou a porta entreaberta, com a esperança de que o homem, ao menos, desse algum sinal antes de morrer. O homem grisalho se levantou com firmeza e fechou a porta atrás dela.

Tinha que fazer das tripas coração e se recompor. Talvez devesse tirar uns dias de folga. O mais importante era se manter completamente neutro com tudo o que estava acontecendo. Não poderiam pegá-lo, então o mais sensato era controlar-se e aguentar firme enquanto pudesse se permitir. Mas deveria, não, mais do que isso, "precisava" averiguar o que a polícia sabia.

* * *

– Quanto se pode realmente ganhar com a venda de drogas?

A pergunta era curiosa, visto que fora formulada por uma inspetora que estava havia muitas semanas trabalhando em um caso de entorpecentes. Mas Hanne Wilhelmsen não tinha medo de fazer perguntas banais e, nos últimos tempos, começara a se perguntar seriamente sobre isso. Se homens mais ou menos respeitados, com uma renda muito acima do que ela consideraria alta, estavam dispostos a arriscar tudo para ganhar ainda mais, tinha que se tratar de grandes quantidades de dinheiro.

Billy T. não se surpreendeu de forma alguma. As drogas eram uma questão confusa para a maioria das pessoas, inclusive dentro da polícia. Para ele, ao contrário, o conceito era bastante tangível: dinheiro, morte e miséria.

– Neste outono, os policiais das divisões de entorpecentes nos países nórdicos apreenderam 11 quilos de heroína ao longo de seis semanas – disse ele. – Prendemos uns 30 vendedores em todos esses países, e foi graças à investigação da polícia norueguesa – parecia orgulhoso, e provavelmente tinha razões para estar. – Um grama da substância gera, no mínimo, 32 gramas. Na rua, cada dose custa, em média, 250 coroas. Assim você pode ter uma ideia dos valores de que estamos falando.

Hanne anotou os valores em um guardanapo, rasgando o papel no processo.

– Em torno de 8.700 coroas por grama! Isso dá... – com os olhos fechados e a boca se movendo em silêncio, desistiu do guardanapo e fez uma série de cálculos mentais, e então abriu os olhos. – Oito milhões e 700 mil por quilo, quase cem milhões pelos onze quilos. Onze quilos! Isso não ocupa mais do que um balde cheio! Mas há mercado, não é, já que gera tanto dinheiro?

– Se não houvesse mercado, não a importariam – afirmou Billy T. em tom seco. – E a introdução no país é desesperadamente simples com o tipo de fronteira que nós temos, você sabe, incontáveis entradas de barcos e aterrissagens de aviões, além do tráfego de carros que atravessam pelas estradas da fronteira. É evidente que é impossível fazer um controle efetivo. Mas, por sorte, a distribuição é mais problemática. É um mundo completamente podre, cheio de pessoas horríveis e desleais, o que é ótimo para nós. Nas investigações sobre drogas dependemos das denúncias. E, graças a Deus, temos muitas.

– Mas de onde vêm todas as substâncias?

– A heroína? A maior parte da Ásia. Do Paquistão, por exemplo. Os 60% ou 70% da heroína norueguesa vêm de lá. Mas, de modo geral, o material passou pela África antes de chegar à Europa.

– África? Isso é um desvio, não?

– Sim, geograficamente talvez sim, pois lá existem muitos vendedores disponíveis. As organizações do tráfico exploram africanos mortos de fome que não têm nada a perder. No Gâmbia, existem escolas para aprender a engolir a droga! *Gambian swallow school*. Esses rapazes são capazes de engolir grandes quantidades de substâncias. Primeiro fabricam bolas de uns dez gramas cada uma, envolvem-nas com papel laminado e aquecem o plástico para selar o pacote. Então, enchem um preservativo com essas bolas, mergulham-no em alguma substância e o engolem inteiro. Você não acreditaria do que são capazes de engolir. Entre um e três dias depois, sai pelo outro lado. Então remexem um pouco nas fezes e, viva, estamos ricos.

Billy T. contava com uma mistura de asco e entusiasmo. Quase terminara de comer uma enorme quantidade de pão integral com frios. Tudo que comprara na cantina foram duas garrafas de meio litro de leite e um café. Estava comendo tudo em um tempo recorde.

– Como disse o mestre Galeno: "Quem quer comer e o fizer devagar, fará com sabedoria".

Billy T. parou de comer e olhou para ela, surpreso.

– O Alcorão – explicou Hanne.

– Ah, o Alcorão...

Continuou comendo no mesmo ritmo.

Hanne não tivera tempo de tomar café naquela manhã e muito menos de preparar algo para o almoço. Um sanduíche de pão seco com camarão descansava sobre seu prato. Billy T. comentou que não tinham sido muito generosos com os camarões e apontou na direção do triste sanduíche. A maionese tinha uma aparência ruim. Mesmo assim, a inspetora aplacara o pior da fome. Não ia comer o restante.

– A cocaína, por outro lado, geralmente vem da América do Sul. Há governo no continente que só se mantém graças ao dinheiro do tráfico. No mundo todo, movimentam-se bilhões de dólares por ano com a compra e venda de drogas. Neste país, os entorpecentes geram milhões de coroas, todos os anos. É o que acreditamos. Com aproximadamente 7 mil drogados gastando mais ou menos 2 mil coroas por dia na manutenção de seus vícios... Hanne, faça as contas. É muito dinheiro. Muito, muito, muito dinheiro. Se esse negócio dá dinheiro? Sem dúvida nenhuma. Se não fosse ilegal, até eu me metia nisso, sem pensar duas vezes.

Hanne não duvidava, sabia que Billy T. gastava um dinheirão com pensão alimentícia. Mas um homem com a aparência dele seria pego em um piscar de olhos. Ele era fácil demais de identificar. Se caísse em uma investigação dela, seria o primeiro a ser interrogado.

A cafeteria estava começando a ficar cheia, já que era quase hora do almoço. Quando sua mesa também começou a se encher, Hanne resolveu que era chegada a hora de voltar para o trabalho. Antes de se despedirem, Billy T. prometeu que iria procurar pela bota perdida.

– Estamos atentos, Hanne – ele sorriu. – Enviei uma foto do objeto para todas as unidades. Será como uma caça ao tesouro!

Ele abriu um sorriso ainda maior, fez a saudação dos escoteiros, batendo dois dedos na cabeça, e se despediu.

Hanne devolveu o sorriso. Billy T. definitivamente não era um policial típico. E Hanne o adorava.

* * *

A sala não tinha escutas. Isso era uma certeza. Ficava no fim de um corredor, no 2º andar em um edifício no número 16 de Platou Gata. Visto de fora, o prédio não chamava atenção, era monótono, comum. E essa impressão era reforçada quando se entrava nele. A construção era o quartel-general das agências de Inteligência e Espionagem do país desde 1965. Era um prédio pequeno e modesto, mas servia ao seu propósito. Era muito discreto.

O escritório também não era muito grande. Estava completamente vazio, exceto pela mesa quadrada de plástico, bem no meio da sala, com quatro cadeiras dispostas uma de cada lado e um telefone em um canto. Nada pendurado nas paredes amarelo ocre, que ecoavam as vozes dos três homens em volta da mesa.

– Existe alguma possibilidade, ainda que remota, de que vocês assumam o caso?

O homem que perguntou, um sujeito louro com uns 40 anos, era funcionário de uma das agências de Inteligência, assim como o outro sujeito, de cabelos escuros e usando suéter e jeans. O terceiro homem na sala, mais velho que os demais e usando um terno, estava ligado à Brigada de Informações e mantinha os cotovelos sobre a mesa, tamborilando enquanto conversavam.

– É tarde demais – disse o homem de terno. – Talvez tivesse sido possível há um mês, antes que a coisa ficasse do tamanho que está agora e cheia de ramificações. Agora, sem dúvida, é tarde demais. Chamaríamos muito a atenção, muito mais do que seria sensato.

– Bem... Há algo que possamos fazer a respeito?

– Acredito que não. Enquanto não tivermos claras todas as implicações do caso, só posso recomendar que vocês mantenham contato com Peter Strup, que não percam de vista nosso bom amigo e que, de modo geral, tentem manter-se à frente do resto da manada. Não me perguntem como.

Não havia mais o que dizer. Os pés das cadeiras fizeram barulho ao rasparem no chão quando os três homens se levantaram ao mesmo tempo. Antes de sair, o convidado apertou a mão dos anfitriões de modo sombrio, como se estivesse saindo de um enterro.

– Isso não é nada bom, nada bom. Rezo para que vocês estejam errados. Boa sorte.

Dez minutos mais tarde, ele já estava de volta ao inacessível último andar da Central de Polícia. O chefe o escutou por meia hora. Depois, encarou o colega por trinta segundos, sem dizer uma palavra.

– Que confusão dos diabos – concluiu.

* * *

A chefe da promotoria estava um pouco irritada com a insistência do secretário de Estado. Por outro lado, talvez ele estivesse usando o caso como desculpa para passar mais tempo com ela. A ideia a deixava feliz. Olhou-se no espelho e ergueu os cantos da boca, um sorriso falso e vazio, cujo único objetivo era avaliar o estado geral de sua pele. Deprimente. Quanto mais magra ficava, mais velha parecia. Nos últimos meses, vinha esperando a próxima menstruação cada vez mais nervosa, cada vez mais temerosa. Seus períodos se tornavam cada vez menos confiáveis. Falhavam às vezes, pulavam um mês ou dois, atrasavam-se ou adiantavam-se sem aviso, e o fluxo também diminuíra muito, passando de quatro dias intensos para dois dias intermitentes. As cólicas também haviam diminuído substancialmente e ela sentia falta delas. E vinha sentindo calores, para seu eterno horror. No espelho, olhando para ela, havia uma mulher a quem a natureza colocara, sem nenhuma delicadeza, na classe das avós. E, como sua filha já estava com 23 anos, essa declaração poderia deixar de ser simples retórica em pouquíssimo tempo. Um arrepio desagradável percorreu as costas da promotora-chefe quando ela pensou nisso. Ela precisava continuar tentando.

Tirou uma embalagem de creme hidratante da gaveta da mesa de trabalho, cujo nome era Visible Difference, ou Visível Diferença. *Invisível Diferença*, comentara o marido, cheio de sarcasmo, algumas semanas atrás, enquanto se barbeava. Ela dera um soco no ombro dele. "O corte profundo no lábio superior feito pela lâmina vai doer por uma semana", pensou ela satisfeita.

Voltou para a frente do espelho e passou creme no rosto, com grande concentração. Não adiantou nada.

O secretário de Estado ainda era casado, claro. Bem, até onde ela sabia, as revistas semanais não haviam informado nenhuma separação.

De qualquer forma, ela não queria tirar conclusões precipitadas. De volta à sua cadeira, deu uma olhada no fax que recebera, o que atrasou sua ligação em alguns minutos. O papel estava assinado pelo ministro em pessoa, mas tinha sido enviado pelo secretário de Estado.

Aquele homem tinha uma voz profunda e agradável. Era de Oslo, mas pronunciava algumas palavras de modo particular, o que tornava sua forma de se expressar ainda mais atraente e fácil de reconhecer. Era quase como música.

Ele não havia sugerido um jantar, sequer um almoço simples. Tinha sido seco, impessoal, e se desculpava por ter que incomodá-la. Dizia ainda que a procurara por insistência do ministro. Será que ela teria um tempo para se encontrar com ele e deixá-lo a par da situação? A imprensa havia começado a incomodar o ministro da Justiça. Assim, talvez fosse uma boa ideia que o secretário de Estado se reunisse com ela, a chefe da promotoria. E por reunião, ela se dava conta, ele queria dizer uma reunião *mesmo*. Não um jantar.

Bem, se ele queria ser frio e profissional, ela também seria. Manteriam as coisas nessa base.

– Em vez de marcarmos uma reunião, vou enviar um fax do indiciamento ao seu escritório. Os esclarecimentos estão todos lá.

– Ótimo – respondeu ele e, para decepção da chefe da promotoria, o secretário de Estado sequer cogitou em insistir na reunião. – Pessoalmente não estou preocupado com isso. Mas não peça a minha ajuda quando o ministro puser a culpa de tudo o que está acontecendo em você. Lavo minhas mãos deste caso. Até logo.

Ela ficou sentada em silêncio olhando para o aparelho, sentindo-se rejeitada. Não o informaria de nada. De coisa alguma.

Quarta-feira, 25 de novembro

O ruído foi tão inesperado que ela quase caiu da cama de susto. Ainda estava acordada, lendo, apesar de já serem 2 horas da manhã. Não que o livro fosse especialmente emocionante, mas tinha tirado uma soneca de três horas depois de jantar. Sobre a mesa de cabeceira que ela mesma fizera anos atrás, havia uma vela e um copo de vinho tinto. A garrafa estava meio vazia, e Karen Borg, meio bêbada.

Ela se levantou da cama e bateu a cabeça na cabeceira. Não doeu. Seu celular estava recarregando na tomada perto da porta. Ela o apanhou e levou para a cama, onde, já debaixo das cobertas, apertou o botão verde e disse:

– Olá, Håkon – disse, antes de saber quem estava ligando. Foi um grande risco, uma vez que as chances de ser Nils eram maiores. Mas sua intuição estava certa.

– Olá – respondeu uma voz sonolenta. – Como você está?

– E você, como está? Como foi no tribunal?

Claro que ela já sabia.

– Não acabamos hoje. Bem, ontem. Mas ainda há esperanças. Daqui a algumas horas, um novo expediente começa, e acho que teremos uma solução. Mas eu não consigo dormir, mesmo sabendo disso.

Ele levou meia hora para explicar para Karen tudo o que acontecera. Não tentou dissimular a péssima atuação que tivera.

– Estou certa de que não foi bem assim – disse ela, sem parecer convincente. – E, de qualquer forma, você conseguiu que o juiz colocasse o principal suspeito sob custódia!

– Bem, por um curto período – respondeu ele mal-humorado. – Amanhã a coisa toda vai desandar. Tenho quase certeza. E não sei o que faremos depois disso. E, ainda por cima, posso ter metido você em uma confusão: quebra de sigilo advogado-cliente.

– Não se preocupe com isso, Håkon – disse ela, que, por sua vez, não estava nem um pouco preocupada. – Eu fiz minhas pesquisas e consultei alguns colegas mais velhos e experientes na firma.

Håkon ficou tentado a mencionar que o juiz do caso não era nenhum rapazola inexperiente. Aliás, Christian Bloch-Hansen também não era um advogado criminal em começo de carreira. Ele duvidava de que alguém da Greverud & Co. tivesse experiência nesse campo, especialmente para dar conselhos. Mas se calou. Não era o momento de deixar Karen preocupada.

– Por que você não me ligou antes de viajar? – perguntou Håkon sem rodeios e usando um tom de reprovação.

Ela não respondeu. Não sabia o que dizer. Não sabia por que não o avisara nem por que não conseguia responder agora. Por isso, não disse nada.

– O que você quer de mim, Karen? – perguntou Håkon, incomodado com todo aquele silêncio. – Eu me sinto como um ioiô. Você me dá ordens, enche minha vida de proibições que, aliás, tento seguir da melhor forma que posso, e depois você mesma quebra as regras! O que eu devo pensar dessa história toda?

Não havia uma resposta definitiva para aquela pergunta. Karen olhou fixamente para uma litografia pendurada na parede, como se a solução para aquele mistério estivesse escondida na paisagem azul cinzenta. Mas não estava. Aquilo tudo era demais para ela. Karen não tinha forças para discutir com ele sobre o que sentia ou deixava de sentir. Não naquele momento. Em vez de dizer isso tudo a ele, apertou o botão de desligar. Quando voltou a ligar o telefone, todas as reprovações haviam desaparecido. Karen só conseguia ouvir o ruído tranquilizador de linha livre, misturado aos ronquinhos de seu cão, que dormia no travesseiro ao lado dela.

O telefone tocou de novo, como um lamento. Karen deixou que tocasse mais de dez vezes antes de atender.

— Tudo bem — disse uma voz ao longe. — Não precisamos falar sobre nada disso agora. Avise quando você estiver pronta. Estarei aqui, esperando por você — meio anestesiada pelo álcool, ela pareceu não entender o sarcasmo dele. — Mudando de assunto, Karen, precisamos interrogá-la novamente. Será que você pode voltar?

— Não é questão de poder, Håkon. Eu não quero fazer isso. Eu não... Não consigo lidar com nada disso agora. Tenho apenas duas semanas de férias e não pretendo ver ninguém além do dono do armazém local. Entende? Será que você não pode me deixar fora disso, por favor?

O suspiro de desânimo dele percorreu os quase 120 quilômetros que os separavam. Karen também não queria lidar com aquilo. De forma nenhuma. Ela havia feito muito mais do que suas atribuições naquele caso terrível. E, agora, queria esquecer a coisa toda, pura e simplesmente. Esquecer aquele pobre rapaz holandês, esquecer o corpo desfigurado que encontrara na floresta, esquecer as drogas e os horrores do mundo. Queria pensar apenas nela mesma e em sua vida. Sua vida era o suficiente para ela se preocupar. Mais do que o suficiente.

Depois de pensar um pouco, Håkon propôs uma alternativa.

— E se eu mandar Hanne Wilhelmsen até aí? Na sexta-feira, ficaria bom para você?

Não, não ficaria. Nem quinta-feira nem sábado. Mas se essa era a alternativa, bem, certo. Melhor do que ter que voltar já para Oslo.

— Sim, Håkon, tudo bem para mim — concordou Karen. — Você tem o endereço. Diga a ela que marcarei a entrada da rua com uma bandeira da Noruega, assim ela saberá onde fica a casa.

Claro que Håkon conhecia o caminho. Estivera ali quatro ou cinco vezes, junto com os demais amigos deles da faculdade e até mesmo alguns dos namorados de Karen. Em mais de uma ocasião, ele tivera que recorrer a tampões de ouvido, para evitar ouvir os dolorosos gemidos que vinham do quarto ao lado, suspiros de prazer, gemidos e os rangidos das molas do colchão. Paciente como um cão em sua casinha, ele se encolhia na cama e enfiava os tampões tão profundamente nos ouvidos que na manhã seguinte era difícil de tirá-los. Håkon nunca dormira realmente bem na cabana dos pais de Karen, mas havia tomado café da manhã sozinho ali. Muitas vezes.

– Então temos um trato. Ela estará aí por volta do meio-dia. Espero que você continue tendo uma boa noite, Karen.

Não, aquela não estava sendo uma boa noite, de modo que não continuaria sendo assim. Mas a noite de Håkon melhorou um pouco quando Karen terminou a ligação dizendo:

– Não desista de mim, Håkon. Boa noite.

Sexta-feira, 27 de novembro

Não adiantava esperar que o Departamento cobrisse suas despesas de viagem. Mais de duzentos e vinte quilômetros para percorrer em um carro deprimente do Departamento, sem aquecimento ou rádio. Não seria exatamente um passeio no parque. Por isso, Hanne resolveu ir até o chalé de Karen no próprio carro. E um pedido de reembolso das despesas seria um interminável preencher de relatórios ilógicos, que depois teriam que passar por inúmeras instâncias ilógicas dentro do Departamento, para, no fim, seu pedido ser indeferido.

Tina Turner berrava bem alto "*We don't need another hero*". Para Hanne tudo bem, ela não se sentia mesmo muito heroica. O caso estava uma bagunça. O tribunal de apelação aceitara que Roger permanecesse em liberdade e reduzira a prisão preventiva de Lavik a uma mísera semana apenas. A alegria inicial que Håkon e ela sentiram quando o tribunal sinalizara que talvez houvesse motivo para considerar Lavik um criminoso passara em poucas horas. O pessimismo os alcançara com suas terríveis garras e, em pouco tempo, arrasara sua disposição. Por essa razão, Hanne estava mais do que feliz em poder passar um dia longe da Central. Como dizia o ditado, *em casa onde falta o pão, todos brigam, ninguém tem razão*. E no Departamento, durante aquela semana, estiveram todos famintos e rabugentos uns com os outros. O fim do prazo na segunda-feira era como um obstáculo de corrida para todos eles, e ninguém se sentia forte o bastante para saltá-lo. Na reunião daquela manhã, a qual Hanne compareceu antes de viajar, apenas

Kaldbakken e Håkon demonstraram alguma confiança de que ainda havia certa chance. No caso de Kaldbakken, provavelmente a confiança era sincera. Aquele era um homem que não se rendia enquanto o apito não decretasse o final da partida. Já o entusiasmo de Håkon, pensou Hanne, não passava de exibicionismo para a plateia. O assistente da promotoria tinha os olhos congestionados e a pele sem brilho pela falta de sono, e era provável que tivesse perdido alguns quilos, ainda que isso tivesse sido bom.

O caso agora contava com catorze investigadores, cinco deles emprestados pelo pessoal da Entorpecentes. Ainda que fossem cem, o relógio continuava avançando, inexorável, rumo à segunda-feira, seguindo o prazo insano que os três membros ranzinzas do tribunal de apelações lhes impuseram. A decisão judicial fora difícil de engolir. Se o Departamento não produzisse mais provas do que tinha no momento, Lavik voltaria a ser um homem livre. A perícia, relatórios das autópsias, viagens comprovadas ao exterior, um pé de bota gasto, folhas com códigos intrincados e incompreensíveis, resultados das análises laboratoriais de Frøstrup... tudo isso estava empilhado sobre a mesa da sala de guerra, como recortes de uma realidade cujo padrão eles reconheciam, mas que não conseguiam organizar de modo que convencesse mais alguém. A análise grafológica da carta que continha a ameaça à vida de Van der Kerch não ajudara a esclarecer nada. A letra da tal carta havia sido comparada com anotações retiradas do escritório de Lavik e com um papel onde o fizeram escrever a mesma coisa enquanto estava detido. Lavik escrevera o que pediram sem protestar, e aparentemente sem entender do que se tratava. Apesar de os resultados estabelecerem algumas semelhanças entre as caligrafias, o relatório foi inconclusivo. O perito achava possível que Lavik, tendo percebido que seria submetido ao exame, tivesse, voluntariamente, alterado a caligrafia. O traço na letra "T" e as curvas da letra "U" poderiam ser uma indicação disso. Mas a teoria do perito não se sustentava como prova processual.

Hanne deixou a estrada principal na altura de Sandefjord, uma cidadezinha de veraneio que, coberta pela neblina de novembro, não era assim tão encantadora. A cidade estava tão quieta que parecia hibernar. Apenas umas poucas almas valentes usando roupas de inverno atreviam-se a enfrentar o vento e a chuva que vinham quase que na horizontal, direto do mar. O vento era tão forte que, por várias vezes, Hanne teve que agarrar o volante com força, porque o carro perdia a estabilidade e ameaçava sair da pista.

Quinze minutos depois, percorrendo uma estradinha sinuosa, viu uma bandeirola da Noruega agitando-se ao vento, como que em homenagem à pátria, presa a um tronco de árvore que parecia inabalável. Hanne achava aquilo um modo estranho de marcar o caminho pelo bosque, mas, ainda assim, parecia quase um sacrilégio abandonar um símbolo nacional ao sabor dos elementos daquela forma. Hanne parou o carro, desceu e apanhou a bandeira.

Até que não foi difícil encontrar o caminho. Ao se aproximar do chalé, viu uma luz convidativa e cálida saindo das janelas, o que fazia os outros chalés, fechados e escuros, parecerem ainda mais sombrios.

Hanne quase não reconheceu Karen. A advogada usava um moletom muito antigo, azul, com apliques brancos nos ombros que, ao se encontrarem, formavam um "V" sobre o peito. Não pôde evitar sorrir quando a viu, porque lembrou que teve um moletom igual quando criança. A peça era um coringa adorável, e Hanne a usava como roupa de ginástica, de brincar e também como pijama, até que o moletom ficou completamente inutilizado, de tão gasto, e ela nunca mais encontrou um substituto.

Nos pés, Karen trazia um par de chinelinhos de lã surrados com furos nos calcanhares. Os cabelos dela estavam uma bagunça, e ela estava sem um pingo de maquiagem. A advogada composta e elegante havia sumido sem deixar resquícios; e Hanne, enquanto esteve lá, a procurou pela sala de estar do chalé.

– Por favor, desculpe a forma como estou vestida – sorriu Karen –, mas parte da liberdade que sinto quando estou aqui vem do fato de que, aqui, posso me vestir assim.

Karen ofereceu a Hanne um café, mas ela preferiu um copo de suco.

Conversaram disso e daquilo por meia hora. Depois, Karen mostrou o chalé para Hanne, e ela pareceu apropriadamente encantada. A inspetora nunca fincara raízes em nenhuma propriedade no campo. Seus pais preferiam viajar para fora do país nas férias. As crianças da rua tinham inveja das férias dela, mas Hanne trocaria férias em qualquer lugar por dois meses no campo com a avó, a única que ainda tinha, uma atriz fracassada e alcoólatra que vivia em Copenhague.

Finalmente, acomodaram-se na mesa da cozinha. Hanne tirou sua máquina de escrever portátil de dentro da sacola da polícia e se preparou para o interrogatório, que demorou quatro horas. Nas primeiras três páginas, Karen falou sobre seu relacionamento com o finado Van der Kerch. E deu sua própria interpretação dos desejos do rapaz. Em seguida, cinco páginas de declarações de Karen sobre o caso em geral, tudo muito parecido com o que eles já tinham no primeiro depoimento dela. Ambas assinaram cada folha de papel no canto inferior direito, e a última foi assinada no fim da declaração.

Já era tarde. Hanne conferiu o relógio antes de aceitar o convite para jantar. Estava morta de fome e calculou que teria tempo de fazer uma refeição antes de estar de volta a Oslo, às 8 horas da noite.

O jantar não foi especialmente refinado. Almôndegas de rena com molho, batatas e salada de pepino. A salada de pepino não combinava com nada, pensou Hanne, mas foi uma boa refeição, e não sentiria fome na volta.

Karen vestiu uma enorme capa amarela e galochas verdes para acompanhar Hanne até o carro. Passaram algum tempo falando da paisagem, antes que Karen impulsivamente desse um abraço em Hanne e lhe desejasse uma boa viagem. Hanne sorriu e desejou boas férias a ela.

Deu partida no carro, ligou o aquecedor e colocou Bruce Springsteen para cantar para ela, no último volume, antes de enfrentar a estrada acidentada que a levaria para a rodovia principal. Karen ficou ali, na entrada da casa, acenando em despedida. Pelo espelho retrovisor, Hanne via o vulto amarelo encolhendo com a distância, até desaparecer depois de uma curva. "Essa moça é o grande amor de Håkon Sand", pensou ela, com um enorme sorriso nos lábios. Hanne tinha certeza disso.

Sábado, 28 de novembro

— Vocês já ouviram aquela do sujeito que foi ao bordel sem dinheiro?
— Jááá! – gritaram os outros, fazendo com que o contador de piadas calasse a boca e fosse beber seu vinho sentado em seu lugar.

Era a quarta piada suja que ele tentava contar, e nenhum dos presentes havia demonstrado qualquer interesse por nenhuma delas. Ele encheu a taça mais uma vez, empinou o peito e tentou de novo.

— Sabem o que as garotas dizem quando...?
— Siiim – gritaram em coro os outros cinco presentes, e, de novo, o comediante foi obrigado a calar a boca.

Hanne se inclinou sobre Gunnar e deu um beijo no rosto dele.

— Será que você poderia dar um tempo com as piadas, Gunnar? A verdade é que, depois que as escutamos muitas e muitas vezes, elas meio que perdem a graça.

Ela sorriu e fez um carinho na cabeça dele. Conheciam-se havia treze anos. Gunnar era uma doce criatura, um homem realmente bom e um amigo maravilhoso. Quando estava com Hanne, Cecilie e os outros amigos, simplesmente não conseguia se controlar e sempre metia os pés pelas mãos. Mas as duas garotas eram loucas por ele. A casa de Gunnar, que ficava ao lado da casa delas, vivia em constante estado de sítio. Além de não entender nada de decoração, Gunnar não dava a mínima importância para detalhes como limpeza e ordem, e era um relaxado com as tarefas domésticas. Assim, escapulia sempre que possível para a casa de Hanne e Cecilie, onde se afundava nas poltronas macias em meio àquela sala limpa e arrumada e ficava por lá até que fosse expulso na hora de dormir. Chegava para visitá-las sem avisar algumas vezes por semana, além de simplesmente aparecer em qualquer festa ou jantar que elas oferecessem a outros amigos, não importando se conhecia ou não o restante do grupo.

Apesar das piadas vulgares e sem graça nenhuma de Gunnar, a noite foi maravilhosa. Pela primeira vez desde o descobrimento do corpo mutilado junto ao rio Aker naquela noite úmida de setembro, Hanne sentiu que conseguiria relaxar. Já eram 23h30, e o caso não era nada além de uma sombra esquecida. Talvez o álcool fosse o responsável pelo estado em que ela se encontrava. Depois de dois meses de abstinência total, cinco taças de vinho tinto tinham sido mais do que suficientes para fazer com que Hanne entrasse em um bem-vindo estado de torpor e para despertar seu charme sedutor, havia tanto esquecido. A troca de carinho com os pés em Cecilie, por baixo da mesa, a havia animado a tentar acabar com a festa e mandar todo mundo embora, mas ninguém captara suas indiretas. Estavam todos se divertindo muito. E, bem, ela também estava se divertindo, então resolveu que poderia esperar. Nesse momento, o telefone tocou.

– É para você, Hanne – chamou Cecilie do corredor.

Ao se levantar da cadeira, Hanne tropeçou nas próprias pernas, riu de si mesma e foi atender o telefone para descobrir quem se atrevia a lhe telefonar em plena noite de sábado. Fechou a porta da sala quando saiu. Não estava tão bêbada que não conseguisse notar a contrariedade de Cecilie, que, cobrindo o bocal do telefone, disse:

– É do seu trabalho. Eu vou ficar louca da vida se você tiver que sair agora.

De cara feia, Cecilie passou o telefone para Hanne.

– Você *não vai* acreditar, criatura! Pegamos o sujeito, Hanne! Ele está sob custódia!

Era Billy T.

A inspetora esfregou o nariz tentando clarear as ideias. Não adiantou.

– Oi? Quem foi que vocês prenderam?

– O sujeito da bota, claro! Caramba! Ele está apavorado e prontinho para falar, Hanne.

Não poderia ser verdade. Ela se recusava a acreditar. O caso não só tinha ido para o inferno, tinha sido recebido pelas alminhas penadas, que o chamavam de "irmão". Mas agora isso. Talvez uma tremenda virada. Uma pessoa de verdade, uma testemunha, no mínimo, provavelmente um suspeito a ser considerado, alguém envolvido na história. Uma pessoa que lhes desse informações de verdade. Alguém com quem eles pudessem, bem, ser duros. Digamos assim. E que arrastasse Lavik para baixo consigo, que fizesse aquele maldito advogado se sentir como os membros do Departamento vinham se sentindo havia semanas. Um informante. Exatamente do que eles precisavam.

Hanne balançou a cabeça e perguntou a Billy T. se ele poderia buscá-la já que não poderia dirigir naquele estado.

– Estarei aí em cinco minutos.

– Não, me dê quinze minutos, por favor, Billy T. Tenho que tomar um banho.

Quatorze minutos depois, a inspetora se despediu de seus amigos com um beijo em cada um e disse-lhes para continuarem com a festa até que ela voltasse. Cecilie foi até a porta, e Hanne tentou dar-lhe um abraço. Cecilie se esquivou.

– Às vezes, odeio o seu emprego – disse Cecilie com gravidade. – Nem sempre, mas, às vezes, sim.

– Quem foi que passou noite após noite sozinha naquela vila esquecida por Deus em Nordfjord, enquanto você cumpria sua cota de plantões na província? Quem teve paciência infinita por anos, enquanto você fazia turnos dia e noite no Hospital Ullevål?

– Você – admitiu Cecilie, com um sorriso conciliador.

E então elas se abraçaram.

* * *

— Ele é tão puro quanto um bebê recém-nascido. Não tem nem uma mísera multa de trânsito.

Ele tamborilava com os dedos sujos no papel, que poderia muito bem ser a ficha criminal do primeiro-ministro, porque não havia nada ali.

Nada mesmo.

— E agora — disse Billy T., sorrindo de orelha a orelha —, com essa ficha imaculada, vamos ver qual é a explicação dele para fugir apavorado de um policial e, ao ser confrontado por ele, ameaçá-lo com uma arma. Vamos aproveitar e ver se ele nos explica por que está tão apavorado, tremendo como vara verde.

Ele estava certo. A polícia poderia obter muitos dados a partir das reações do sujeito detido. Claro que os inocentes também ficavam apavorados. Mas, geralmente, o medo de um homem inocente diante de uma situação daquelas era algo que poderia ser mantido sob controle porque o inocente passava o tempo todo dizendo a si mesmo que tudo aquilo não passava de um mal-entendido e que seria esclarecido, mais cedo ou mais tarde. Eles nunca levavam mais de quinze minutos tentando acalmar um inocente. De acordo com Billy T., o suspeito estava havia mais de duas horas em um estado de pânico incontrolável.

Não fazia sentido começar o interrogatório naquela noite. Hanne não se sentia sóbria o suficiente, e era óbvio que o prisioneiro precisava de mais tempo. O procurador adjunto acusou-o de ameaçar um policial. Aquela acusação era suficiente para manter o suspeito na Central até segunda-feira.

— Como você o encontrou?

— Não fui eu, foram Leif e Ole. Que sorte eles tiveram. Você não iria acreditar.

— Pode me testar.

— Estamos marcando um sujeito há algum tempo. Nunca pegamos o desgraçado em ação. Ele é estudante de Medicina e, aparentemente, se comporta bem. Leva uma vidinha decente em Røa, um bairro decente, em uma casa com prestações decentes. Dirige um carro bem decente também, que talvez seja um pouquinho mais sofisticado do que sua renda permite, mas nada que chame a atenção. Relaciona-se com moças nada decentes. E bem bonitas. Nunca o pegamos em uma contravenção. A equipe de vigilância averiguou que ele poderia estar envolvido em alguma espécie de negócio não muito recomendável e resolveu dar uma olhada. Bingo. Encontraram quatro gramas de pó e uma quantidade considerável de maconha no pequeno ninho de amor do sujeito. Ole, então, percebeu que a coisa por lá seria demorada, porque o inventário da casa do camarada demoraria muito tempo. Viu que chegaria tarde em casa, então resolveu avisar a mulher dele. Só que o sujeito não tinha telefone, por incrível que pareça. Assim, Ole bateu na porta do vizinho para pedir para usar o telefone. O vizinho abriu a porta. Um sujeito de aproximadamente 30 anos. Nascido em 1961, para ser exato – seus dedos voltaram a dançar na folha impressa. – Tudo bem, pode não ser a coisa mais agradável do mundo receber uma visitinha da polícia em casa, às 21h30 de um sábado à noite, mas não a ponto de o sujeito ficar completamente paralisado de pavor para depois bater a porta na cara do policial.

Hanne Wilhelmsen disse a si mesma que não era tão estranho assim que alguém, morto de medo de Ole Andresen, batesse a porta na sua cara. Os cabelos dele chegavam até a cintura, uma espécie de massa confusa e suja que ele se vangloriava de lavar a cada duas semanas, "apesar de ainda não estar sujo". Ele usava os cabelos divididos ao meio, como um velho sobrevivente *hippie* e, através da cortina de cabelos, almas menos afortunadas tinham a oportunidade de ver um nariz enorme e cheio de cravos projetado para fora, além de uma barba que teria despertado a inveja de Karl Marx. Ela achava que era muito plausível ter medo de Ole, mas manteve-se imersa em um silêncio diplomático.

Billy T. continuou.

– Foi a coisa mais imbecil que o pobre coitado poderia ter feito. Ole bateu na porta mais uma vez, e o idiota teve que abrir, claro. O sujeito demorou alguns segundos para abrir a porta e, quando o fez... – Billy T. estava rindo e rindo, e o riso não parava de aumentar. Hanne não pôde deixar de rir, mesmo sem saber o que era tão engraçado, contagiada pelas gargalhadas daquele homem gigantesco à sua frente. Finalmente, Billy T. conseguiu se acalmar o suficiente para terminar a história. – E quando ele, finalmente, abriu a porta, Hanne, ele saiu com as mãos para cima!

Nova enxurrada de gargalhadas. Hanne achou que Billy T. ia ter um ataque cardíaco, mas ela também não conseguia se controlar.

– Ele estava com as mãos ao alto, como em um filme do velho oeste. E, antes que Ole pudesse dizer qualquer coisa, pois até então ele só tinha exibido seu distintivo da polícia, o cara se colocou voluntariamente de frente para a parede, e com as pernas abertas. Ole não fazia a menor ideia do que estava acontecendo, mas está no ramo há tempo suficiente para saber que tinha coisa errada ali. E, *voilà*, na sapateira do pobre palhaço, Ole encontrou um pé de bota sozinho no mundo. Puxou a foto que eu distribuí para todas as agências e a comparou com a bota que tinha à sua frente. Bingo. Mais uma vez. O cara começou a chorar, com a palma das mãos contra a parede – os dois explodiram em gargalhadas, de novo. Lágrimas escorrem pelo rosto deles.

– E tudo o que Ole queria era usar o telefone!

Talvez a coisa toda já não tivesse mais tanta graça, mas estavam no meio da noite e muito, muito aliviados. Muito mesmo.

– Aqui está o que encontramos na casa do infeliz – disse Billy, inclinando o corpo desajeitado para apanhar uma sacola que estava no chão.

Uma pistola de pequeno calibre foi colocada em cima da mesa, e depois a bota velha, tamanho 44, materializou-se na frente de Hanne.

– Bem, certamente não é por causa dessas coisas que nosso amigo está tão apavorado – observou ela. – Pelo menos, não apenas elas. Ele deve ter mais alguma surpresinha para nós.

– O que ele está precisando é de um tratamento especial, Hanne Wilhelmsen. Amanhã. E agora você vai para casa se divertir.

E foi exatamente o que ela fez.

Domingo, 29 de novembro

– Você está tremendo como uma fatia de pudim, meu camarada. Como uma gelatina. E, a não ser que apareça um atestado médico declarando que está em estágio avançado de Parkinson, vou ter que acreditar que você está morrendo de medo, meu amigo. Praticamente fazendo xixi nas calças de medo.

Wilhelmsen não deveria ter dito isso. Silenciosamente, formou-se uma poça embaixo da cadeira do suspeito, uma poça que foi aumentando lentamente até tocar as quatro pernas da cadeira. A inspetora suspirou, abriu a janela e resolveu deixá-lo ali, com as calças molhadas, pelo menos por um tempo. O suspeito começou a chorar. Um choro chatinho e manhoso que não fez Hanne sentir pena dele. Pelo contrário. Aquilo a irritou terrivelmente.

Era um choro horroroso, lamentável, cheio de gemidos, que não despertava em Hanne qualquer compaixão. Pelo contrário. Aquela barulheira a estava deixando muito irritada.

– Pare de choramingar. Eu não vou dar um tiro em você – suas palavras foram em vão. O sujeito continuou com seu chorinho sem lágrimas, um resmungar de menino mimado, tirando Hanne do sério. – Bem, camarada, tenho amplos poderes – mentiu ela. – Poderes bastante amplos. Você está em apuros. E sabe disso. E as coisas poderiam ficar um pouco melhores para você se eu percebesse um pouco de boa vontade, uma certa flexibilidade. Se você nos desse alguma informação. Qual é a sua relação com o advogado Jørgen Lavik?

Aquela era, pelo menos, a décima vez que ela perguntava isso. E, como das outras vezes, ele não respondeu. Desanimada, Hanne passou a batuta para as mãos de Kaldbakken, que até então tinha permanecido em silêncio, ocupando um canto da sala de interrogatório. Talvez ele conseguisse arrancar alguma coisa daquele imbecil. Mas ela achava que não.

* * *

Håkon ficou péssimo quando Hanne resumiu a situação para ele, como era de se esperar. Parecia que o sujeito de Røa preferia sofrer as torturas do inferno a entregar qualquer coisa sobre Lavik e a organização. Sem isso, a polícia não teria como fazer novas acusações no caso do advogado, como Hanne e Billy T. acreditaram que fariam, na noite anterior, tão animados e sorridentes. Ainda assim, a batalha ainda não estava perdida.

* * *

Cinco horas depois, Kaldbakken parou o interrogatório. Mandou o chorão para a cela e procurou por Hanne.

Encontrou-a no corredor.

– Não podemos continuar com isso, Hanne – sussurrou ele, com a mão na maçaneta da porta, como se tivesse certeza de que ninguém a roubaria. – Ele está esgotado, e temos que deixá-lo ver um médico. Esse tremor não pode ser bom. Temos que tentar outra vez amanhã.

– Talvez amanhã seja tarde demais!

A inspetora Hanne Wilhelmsen estava absolutamente desesperada, mas não adiantava nada ela ficar naquele estado. Kaldbakken havia tomado sua decisão e não seria persuadido por ninguém a mudar de ideia.

Hanne teve que dar as más notícias a Håkon, que a ouviu sem fazer nenhum comentário. Quando terminou de falar, Hanne ficou indecisa, momentaneamente indecisa. Não sabia o que fazer. Resolveu que era melhor deixá-lo sozinho.

– Ah, sim, só para avisá-lo: coloquei a declaração de Karen Borg em sua pasta do caso – disse ela antes de deixar a sala. – Não tive tempo de fazer cópias na sexta-feira à noite. Você poderia fazê-las antes de sair? Estou indo embora. Hoje é o primeiro domingo do Advento.

O último comentário foi um pedido de desculpas, ainda que desnecessário. Ele acenou para ela. Quando Hanne fechou a porta, Håkon se inclinou sobre a mesa e apoiou a cabeça nos braços.

Estava exausto. Queria ir para casa.

O problema foi que ele se esqueceu de fazer cópias da declaração de Karen, como Hanne lhe pedira. Só se lembrou disso no carro, na metade do caminho para casa.

Ah, bem. Droga. Aquilo poderia esperar até de manhã.

* * *

Apesar de ter alcançado a idade de se aposentar, ele se movia com a agilidade de um atleta. Eram quatro da manhã na segunda-feira, e 95% da população estavam dormindo. As luzes de uma enorme árvore de Natal piscavam no vestíbulo. Um pálido brilho azulado também era visível através da parede de vidro da sala da vigilância. As solas de borracha de seus sapatos não faziam nenhum ruído enquanto ele se movia rapidamente pelo corredor. Ele segurava seu impressionante molho de chaves com força, para ter certeza de que elas não fariam barulho. Quando alcançou a porta do escritório de Håkon Sand, procurou e imediatamente encontrou a chave certa para abri-la. Fechando a porta atrás de si, ligou sua enorme lanterna. O feixe de luz que ela produziu foi tão brilhante que o deixou momentaneamente cego. Foi fácil. Quase fácil demais. A pasta do caso estava bem na frente dele, sobre a mesa, e a declaração de Borg estava no topo. Ele vasculhou o interior da pasta, mas, aparentemente, não havia nenhuma cópia do documento. Não naquela pasta, pelo menos. Correu o feixe de luz pelas páginas da declaração. Era o original! Ele dobrou as páginas rapidamente e enfiou-as no bolso interno do paletó de *tweed*. Deu uma olhada rápida pelo escritório para se certificar de que tudo estava como quando ele chegou, apagou a lanterna antes de sair e trancou a porta por fora. Um pouco mais adiante no corredor, abriu outra porta com outra chave. Também nesse escritório a pasta do caso estava em cima da mesa de trabalho, aberta e dividida em duas pilhas desordenadas, como se tivesse adormecido de cansaço e desmoronado. Desta vez, a busca demorou mais. Não encontrou nenhuma cópia da declaração de oito páginas na pasta do caso. Ou em qualquer outro lugar do escritório, onde fez uma busca sistemática.

Depois de quinze minutos desistiu. Não havia cópias. A ideia o deixou esperançoso e não era totalmente descabida. De acordo com os relatórios, Hanne Wilhelmsen não havia retornado ao escritório antes das 19h30 da noite da sexta-feira. Talvez ela não estivesse com paciência de esperar os vinte minutos que a copiadora levaria para aquecer.

A teoria dele foi reforçada quando fez uma nova busca, em um terceiro escritório, que pertencia a Kaldbakken. Se nem Wilhelmsen nem o inspetor chefe tinham cópias, era bastante provável que existisse apenas o documento original. Que agora estava em seu bolso.

Em poucos minutos, nem o documento original existia mais. Primeiro foi passado por uma trituradora de papel, até adquirir a aparência de um punhado de espaguete. Em seguida, queimou tudo em uma bacia de metal. Finalmente, juntou os restos do documento carbonizado com uma toalha de papel, jogou no vaso do banheiro que ficava no corredor mais isolado da Central e deu descarga. O homem, membro da Brigada de Informação, limpou as faíscas das últimas cinzas que aderiram à porcelana do vaso sanitário com uma escova de banheiro. Com isso, apagou qualquer indício da viagem que Hanne Wilhelmsen fizera para a fria região de Vestfold.

De volta ao escritório, o homem pegou o telefone e chamou um dos dois homens com quem havia se encontrado alguns dias antes na rua Platou.

– Fui tão longe quanto poderia – disse ele em voz baixa, talvez em respeito ao prédio já adormecido. – A declaração de Karen Borg foi removida dos arquivos do caso. De agora em diante, vocês estão por conta própria.

Ele desligou sem esperar uma resposta.

Aproximou-se da janela e olhou para Oslo. A cidade jazia pesada e cansada a seus pés, como uma baleia velha dormindo coberta por algas luminescentes. Suspirou e caiu em um sofá pequeno e muito desconfortável para aguardar o início da jornada de trabalho. Antes de adormecer, perguntou-se mais uma vez sobre o que fizera aos seus colegas.

Segunda-feira, 30 de novembro

— Não é de se admirar que essa organização tenha conseguido operar durante tanto tempo. Nunca vi um grupo exercer tanto controle sobre seus membros. Não no mundo das drogas. É incrível. Ele ainda não abriu a boca?

Kaldbakken estava realmente surpreso. Estava havia seis anos na Divisão de Entorpecentes e sabia do que falava.

— Bom, de qualquer forma, não temos elementos para acusar o sujeito — constatou Wilhelmsen em tom lúgubre. — Desacato à autoridade não rende nada além de férias pagas pelo Estado em uma cela bonita. Assim, convém a ele não falar. Não resta dúvida de que o sujeito está apavorado, mas não o bastante para perder a cabeça. É inclusive bastante esperto para admitir que ameaçou Billy T.; vamos ter que soltá-lo hoje mesmo. Isso não é suficiente para detê-lo. Não há perigo de destruição de provas se ele confessou.

Era evidente que poderiam seguir o sujeito, poderiam vigiá-lo durante alguns dias, mas por quanto tempo? Grande parte de seu efetivo estava ocupada seguindo, vinte e quatro horas por dia, Roger de Sagene. Se Lavik fosse solto hoje, certamente faltaria pessoal. A curto prazo, poderiam resolver, sem dúvida, mas esses sujeitos não iam fazer nada de errado nos próximos dias e semanas. Era provável que se passassem meses antes que eles voltassem a se envolver em atividades ligadas à organização. A polícia não tinha a menor condição de acompanhar os suspeitos tanto tempo, não porque não quisesse, mas porque o orçamento do Departamento não tolerava semelhantes extravagâncias, nem mesmo em um caso com tantas ramificações. Era sempre assim.

Håkon não disse nada. Deixara-se levar pela apatia. Estava assustado, farto e profundamente decepcionado. Suas têmporas grisalhas tinham se tornado ainda mais grisalhas, a acidez do estômago mais acentuada, e as mãos úmidas ainda mais úmidas. Já não lhe restava mais do que a declaração de Karen, e não estava claro se era suficiente. Levantou-se resignado e abandonou a reunião sem dizer uma palavra. Deixou um grande silêncio atrás de si.

A declaração não estava onde a deixara. Abriu algumas gavetas sem conseguir raciocinar. Será que a colocara ali? Não, tudo que encontrou foram casos insignificantes, tão antigos que tentava aplacar seu peso na consciência tirando-os da vista. Estava tão exausto que sua consciência não se deixou afetar pelo reencontro.

O interrogatório não apareceu em nenhum lugar do escritório. Que coisa estranha. Estava certo de que o deixara exatamente ali, sobre a pilha de documentos. Franzindo a testa, começou a repassar o dia anterior. Ia tirar algumas cópias, mas acabou esquecendo. Ou será que havia passado pela sala da copiadora? Foi verificar.

A máquina funcionava a todo vapor. Uma funcionária sessentona, baixinha e corpulenta, assegurou-se de que não havia nada ali quando chegou. Por precaução, olhou atrás e embaixo da fotocopiadora, mas não encontrou o documento.

Hanne não o pegara. Kaldbakken, que já havia lhe pedido uma cópia, limitou-se a encolher os ombros com desânimo ao jurar que nunca chegara a vê-lo.

Håkon começou a ficar seriamente preocupado. A declaração assinada por Karen era a única esperança que a promotoria tinha de obter uma prolongação da prisão preventiva. Antes de ir para casa na noite anterior, o promotor tinha lido cada uma das oito páginas com seus olhos avermelhados. Era exatamente do que precisava, minucioso e profundo, convincente e bem redigido. Mas onde diabos estava?

Era hora de dar o alarme. Eram 9h30 da manhã, e a solicitação de prisão preventiva tinha que estar pronta antes do meio-dia para que fosse levada ao juiz. Na verdade, a audiência fora previamente marcada para as 9 horas da manhã. No entanto, já na sexta-feira, Bloch-Hansen pedira que fosse adiada algumas horas. O advogado tinha um julgamento na mesma manhã e preferia não enviar um assistente a uma reunião tão importante. O encontro com o juiz foi então remarcado para as 14h30. Tinham tempo apenas para ditar uma solicitação. Não havia tempo para uma busca, e sem esse documento ficavam sem prisão preventiva.

Às 10h30 a busca foi suspensa. O documento havia desaparecido sem deixar rastro. Hanne estava desconsolada e assumia toda a culpa. Tinha que ter se assegurado de fazer cópias assim que colocou os pés na Central. Mas ter assumido toda a responsabilidade não ajudava Håkon em nada. Todo mundo sabia que ele fora o último a ter os papéis na mão.

Karen poderia vir à Central e repetir seu depoimento. Talvez Håkon conseguisse um adiamento de uma hora, de forma que tivesse tempo de ir até o chalé. Será que daria tempo de chegar lá?

Mas Karen não atendia o telefone. Håkon ligou cinco vezes, sem resultado algum. Droga. O pânico que espreitava o assistente da promotoria, com suas pequenas garras afiadas, já subia por suas costas. Aquilo era um inferno. Sacudiu a cabeça violentamente, como se isso pudesse ajudar.

– Ligue para Sandefjord ou para Lavik. Diga para alguém ir buscá-la. Imediatamente.

O tom de comando não conseguiu esconder sua angústia. Não tinha importância, Hanne Wilhelmsen também estava assustada. Quando conseguiu falar com a Central de Lavik, porque tinha a impressão errada de que era a mais próxima das duas, voltou correndo para o escritório de Håkon, mas o encontrou ocupado e sombrio, tentando elaborar um texto que se parecesse com algo sólido. Não era uma tarefa nada fácil com o péssimo material que tinha.

Amaldiçoou o sujeito da bota. Håkon se sentia tentado a ir correndo buscá-lo e oferecer-lhe cem mil coroas para falar. Se não surtisse efeito, sempre poderia dar-lhe uma surra, ou talvez matá-lo, de pura indignação e fúria. Por outro lado, tanto Frøstrup como Van der Kerch haviam comprado e pago sua passagem para o além. Sendo assim, talvez a polícia não tardasse a ter outro suicídio sobre suas costas. Que Deus não permitisse. Além disso, nesse mesmo dia teriam que soltar o sujeito. Esperaram o máximo que puderam.

Ao fim de uma hora, não havia mais o que fazer. A secretária levou doze minutos para passar a limpo o que ele havia ditado. O promotor leu com um desânimo que crescia a cada linha. A mulher olhou para ele com compaixão, mas não disse nada. Provavelmente, a melhor coisa a fazer.

– Karen não está no chalé. – Hanne estava parada no batente da porta dele. – O carro está lá e a luz da cozinha está acesa, mas não viram o cachorro nem pessoa alguma. Deve ter saído a passeio.

A passeio: sua amada Karen, sua tábua de salvação, sua única esperança. A mulher que poderia salvá-lo da humilhação total, salvar a polícia das manchetes escandalosas e salvar o país de um assassino e traficante de drogas, estava dando um passeio. Talvez naquele exato momento estivesse passeando pelas praias de Ula, jogando gravetos para o cachorro e respirando o ar fresco do mar a anos-luz de distância do abafado escritório da promotoria dele, cujas paredes haviam começado a se mover, a juntar-se até ameaçar asfixiá-lo. Quase podia ver Karen, com sua velha capa de chuva amarela, os cabelos molhados e o rosto sem maquiagem, como ficava nos dias de chuva no chalé. A passeio. Havia saído para a droga de um passeio em um dia que chovia.

– Então que os policiais também vão passear! Aquela região não é tão grande assim, diabos!

Era injusto descontar em Hanne, e ele se arrependeu em seguida. Tentou atenuar a explosão com um sorriso pálido e um movimento triste de cabeça.

Hanne disse em voz baixa que havia pedido que o fizessem. Ainda tinham tempo, ainda poderiam manter a esperança. Um olhar apressado ao relógio o obrigou a perguntar-lhe se já avisara sobre o atraso.

– Pedi um adiamento até as 15 horas, e me concederam até as 14. Temos uma hora. Acho que me dariam mais se pudesse prometer que Karen virá. Mas não pude fazer essa promessa, então a audiência começa às 14 horas.

*\ *\ *

Longe, muito longe dali, um vulto amarelo caminhava junto a um mar de inverno, alimentando-o com pedras. O boxer mergulhava nas águas agitadas e frias, mas isso não o detinha, pois seus instintos se negavam terminantemente a deixar de perseguir qualquer objeto que fosse arremessado. Nunca se resfriara, mas naquele momento tremia vigorosamente. Karen parou e tirou um suéter velho da mochila, com o qual vestiu o boxer. O suéter angorá rosa que se enrugava pelas patas dianteiras e caía pelo restante de seu corpo, deixou o cão com um aspecto ridículo, mas pelo menos ele parou de tremer.

Ela já havia percorrido a praia inteira e então resolveu procurar o esconderijo natural onde costumava se refugiar em dias como aquele. Não foi nada fácil encontrá-lo, mas enfim conseguiu. Lá estava. Sentou-se sobre uma almofada inflável que trouxera consigo e pegou uma garrafa térmica na mochila. O leite com chocolate teve o sabor corrompido pelos muitos anos de café impregnando o interior da garrafa; no entanto, ela não se importou. Ficou sentada ali por muito tempo, pensativa, cercada pelo barulho do mar agitado e do vento que batia na grande pedra às suas costas. O boxer havia se acocorado a seus pés e parecia um *poodle* rosa. Por algum motivo, sentia-se inquieta. Tinha ido até ali em busca de paz. Mas a paz desaparecera do horizonte do provável. Era raro, pois a tranquilidade sempre estivera disposta a se encontrar com ela ali. Talvez tivesse se apaixonado por alguém mais merecedor.

Os policiais não a encontraram. Aquele dia não chegou a Oslo. Sequer imaginou que estivesse sendo procurada.

*\ *\ *

Como era óbvio, as coisas tinham que acabar mal. Sem nenhum fato novo, não havia mais o que apresentar ao juiz. Dessa forma, Bloch--Hansen não levou mais de vinte minutos para convencer o tribunal de que prolongar a prisão preventiva de Lavik constituía uma decisão insensata. Como era natural, o trabalho de Lavik estava sendo muito afetado por sua prisão. Estava perdendo 30 mil coroas por semana. Além disso, o advogado não era o único a ser afetado: tinha os empregados cujos postos de trabalho estavam ameaçados por sua ausência. Sua posição e seu *status* social acentuavam seu sofrimento, esse contexto e as enormes manchetes dos jornais não contribuíam exatamente para melhorar a situação. Se o tribunal, contra todo prognóstico, ainda pensava que havia motivos para continuar suspeitando dele em um caso criminal, ao menos deveria demonstrar consideração por todos os problemas que seu cliente enfrentava por causa do encarceramento. Em uma semana, a polícia deveria ter conseguido apresentar algo mais e não o fizera. O advogado, portanto, deveria ser libertado. Sua saúde corria perigo, bastava olhar para ele para se dar conta disso.

E o juiz estava vendo. Se na visita anterior Lavik estava com uma aparência ruim, ele ainda não havia melhorado. Não era preciso ser médico para ver que o homem estava definhando. A roupa havia empalidecido no mesmo ritmo de seu proprietário. O jovem advogado, antes tão elegante, parecia ter sido preso depois de uma ceia de Natal para indigentes.

O juiz concordou. Sua decisão foi ditada no mesmo momento. O profundo desânimo de Håkon quase encolheu quando chegaram à questão do motivo razoável para suspeita, que continuava vigente. No entanto, a alma dele voltou a cair a seus pés quando o juiz descreveu em palavras bastante desagradáveis a incapacidade da polícia de fazer o caso avançar e insistiu no quanto era lamentável que as circunstâncias em torno do desaparecimento da declaração de Karen Borg não tivessem sido esclarecidas.

O perigo de destruição de provas também era óbvio, mas, infelizmente, para o juiz parecia igualmente óbvio que prolongar a prisão preventiva era uma atitude insensata. O homem ia ser libertado, ainda que tivesse que se apresentar no tribunal todas as sextas-feiras.

Apresentar-se no tribunal! Belo consolo. Håkon recorreu imediatamente da decisão e pediu que se adiasse a libertação. Isso ao menos lhe proporcionaria mais um dia. Um dia era um dia. Ainda que Roma não tivesse sido construída em tão pouco tempo, muitos casos tinham visto sua sorte mudar graças a poucas horas a mais.

O assistente da promotoria Håkon Sand não poderia acreditar no que estava ouvindo quando o juiz deixou claro que também não iria atender a essa petição. Tentou protestar, mas foi repreendido com firmeza. A polícia havia tido sua oportunidade e a desperdiçara. Agora tinham que conquistá-la sem a ajuda do tribunal. Sand respondeu que então não fazia sentido recorrer e, em um ataque de irritação, retirou o recurso. O juiz não se deixou afetar e, antes de encerrar a sessão, comentou bruscamente:

– Se você tiver sorte, vai se livrar de um pedido de indenização. Se tiver sorte de verdade.

* * *

Jørgen Ulf Lavik foi libertado na mesma noite. No momento em que saiu, pareceu se erguer dentro de seu terno, deu a impressão de crescer alguns centímetros e de recuperar ao menos alguns dos quilos que havia perdido. Saiu da promotoria rindo, pela primeira vez em dez dias.

Hanne Wilhelmsen e Håkon Sand não riram. Aliás, ninguém mais no grande edifício da rua Grønland, 44, riu.

* * *

A verdade é que tudo acabara bem. O pesadelo terminara, e não haviam encontrado nada. Se tivessem encontrado algo, continuaria preso. Mas o que poderiam encontrar? Deu graças ao destino, porque, apenas alguns dias antes de sua prisão, havia tirado a chave que estava embaixo de seu armário e a escondera em um lugar mais seguro.

Talvez o velho estivesse certo quando afirmava que as forças do bem estavam do seu lado. Os deuses sabiam por quê.

Ainda assim, havia algo que não conseguia entender. Quando escolheu como defensor o advogado do Supremo Tribunal Christian Bloch-Hansen, foi porque estava convencido de que ele era o melhor. O culpado precisa do melhor, o inocente pode contentar-se com qualquer coisa. E Bloch-Hansen estivera à altura de suas expectativas. A questão da confidencialidade advogado-cliente provavelmente a ele mesmo não teria ocorrido, e ele não teria protestado sobre a declaração de Karen Borg. O advogado de defesa fizera um grande trabalho e o tratara de forma correta e com cortesia; no entanto, em nenhum momento se mostrou caloroso, compreensivo ou receptivo. Não se envolvera com o caso. Bloch-Hansen havia feito seu trabalho e o fizera bem, mas em seus olhos penetrantes vislumbrara algo que poderia parecer ódio, talvez até desprezo. Acreditava que ele fosse culpado? Negava-se a acreditar em suas histórias plausíveis, tão plausíveis que ele mesmo quase acreditava?

Lavik afastou essa ideia. Já não tinha importância. Era um homem livre, e não restava dúvida de que o caso seria encerrado em pouco tempo. Pediria a Bloch-Hansen que se encarregasse disso. A cédula de mil coroas fora um enorme erro, mas, até onde sabia, era o único verdadeiro erro que cometera. Nunca, nunca, nunca voltaria a colocar-se em uma situação semelhante. Só restava uma coisa a fazer e tivera tempo de sobra para planejá-la, vários dias, ainda que agora tivesse que fazer certos ajustes no plano. Nesse sentido, Sand lhe fizera um favor ao explicar a ausência de Karen Borg dizendo que estava em férias. O juiz irritou-se com o fato de a polícia ter problemas para contatar uma pessoa que estava em Vestfold, como se o lugar estivesse do outro lado do mundo. Não estava. O advogado sabia exatamente de onde se falava. Nove anos antes, haviam estado lá com todos os representantes dos estudantes que faziam parte do conselho da faculdade. Progressistas e conservadores. Naquela ocasião teve a sensação de que Karen talvez estivesse apaixonada por ele. No entanto, o abismo político que os separava impossibilitara qualquer aproximação. E agora, como se falava em restringir o acesso aos estudos, todos eles haviam deixado de lado as grandes batalhas políticas para juntarem forças em prol da luta contra a exclusão de estudantes. Karen Borg se oferecera como anfitriã daquela histórica reunião, que acabou girando mais em torno do vinho do que da política, ainda que, pelo que se lembrava, tenha sido um fim de semana agradável.

Tinha pressa, e ia ser difícil se desfazer dos imbecis que, sabia, a polícia colocaria em seu encalço. Mas poderia lidar com isso. Tinha que poder. Se ele se livrasse de Karen Borg, nunca conseguiriam pegá-lo. Ela era o último obstáculo entre a sua pessoa e a liberdade definitiva.

Seu carro azul-escuro chegara à garagem. Ele derrapou um pouco na entrada escorregadia, mas ainda assim encontrou seu lugar, como um cavalo velho que retornava ao estábulo depois de uma dura jornada de trabalho. Lavik se inclinou sobre o volante, na direção de sua pálida mulher, e a beijou com ternura enquanto agradecia por seu apoio.

– Agora tudo vai ficar bem, querido.

Deu a impressão de que ela não havia deixado de acreditar nele.

* * *

Deveria ou não ligar para ela? Deveria ir buscá-la ou não? Perambulava inquieto pelo pequeno apartamento, que mostrava claros indícios de não ter sido, nos últimos dias, mais do que um lugar por onde passava para trocar de roupa e tirar um cochilo. Mas já não tinha mais roupa limpa e não conseguia dormir.

Ficou tonto e teve que se agarrar à estante para não cair. Por sorte, tinha uma garrafa velha de vinho tinto no fundo da geladeira. Meia hora mais tarde, estava vazia.

Perdera o caso e, provavelmente, também Karen. Não fazia sentido ligar para ela. Estava tudo acabado.

Sentia-se desolado e investiu contra meia garrafa de aquavita, que guardava no congelador desde o Natal do ano anterior. Por fim, o álcool surtiu efeito, e ele acabou dormindo. Dormiu mal e teve pesadelos com grandes advogados demoníacos que o perseguiam e com um pequeno vulto amarelo que o chamava de uma nuvem no horizonte. Tentava correr na direção do vulto, mas as pernas falhavam, e ele nunca o alcançava. Finalmente, Karen desaparecia, saía voando, e Sand ficava jogado no chão. E então, criaturas encapuzadas comiam os olhos do pequeno assistente da promotoria.

Terça-feira, 1º de dezembro

Todo aquele tumulto, e as luzes artificiais que alguns consideravam emprestar um aspecto natalino às ruas, começavam, por fim, a ter algum sentido. Ao menos já era dezembro. A neve voltara, e os comerciantes haviam percebido entusiasmados que o consumo do povo norueguês aumentara alguns pontos no último ano. Isso gerava grandes expectativas de lucro e os impulsionava a redecorar as vitrines. As árvores da rua Karl Johans substituíam suas primas coníferas, ainda que parecessem nuas e um tanto envergonhadas tendo perdido sua folhagem, e usando apenas luzes de Natal. A cerimônia de inauguração da iluminação pública para o Natal ocorreu apenas dois dias antes. Todas as árvores da região, até o enorme abeto que ficava em frente à universidade, receberam lâmpadas minúsculas, que piscavam e piscavam. Mas hoje, apenas um triste oficial do Exército da Salvação aproveitava a dança das luzes. Esperançoso, ele sorria para qualquer pessoa que passasse apressada por ele e seu pote de dinheiro naquela manhã. As pessoas não devolviam o sorriso e não dispunham de um só minuto de sobra para parar e admirar a enorme árvore.

Jørgen Lavik sabia que não estavam vigiando. Em várias ocasiões se deteve bruscamente e olhou para trás, mas parecia impossível distinguir quem o estava seguindo. Todos tinham o mesmo olhar vazio. Somente alguns desses olharam com curiosidade para o advogado Lavik, como se o reconhecessem, "Onde já o vi antes?" Por sorte, as fotografias da imprensa eram tão ruins e tão velhas que provavelmente ninguém o reconheceria imediatamente.

Mas sabia que estava sendo seguido. Isso complicava as coisas, mas ao mesmo tempo lhe proporcionava um álibi perfeito. Podia reverter tudo a seu favor. Suspirou profundamente. Sentia-se muito lúcido.

A visita ao escritório havia sido breve. A secretária esteve a ponto de deixar cair a dentadura de pura alegria por vê-lo e deu-lhe um abraço que cheirava a velhice e lavanda. Foi quase comovente.

Depois de dedicar algumas horas aos assuntos mais urgentes, avisou que ia passar o restante da semana em seu chalé na montanha. Poderia ser localizado pelo telefone e levaria consigo uma pilha de casos, um aparelho de fax portátil e um computador. Provavelmente, voltaria na sexta-feira. Ao fim e ao cabo, tinha que se apresentar no tribunal.

– Você terá que cuidar de tudo, Caroline, como vem fazendo todos esses dias – disse à secretária para dar-lhe ânimo.

Sua boca voltou a abrir-se em um sorriso cinzento, e a alegria pelo afago fez com que se formassem pequenos sóis vermelhos em suas bochechas. Dobrou os joelhos de um jeito quase coquete, mas se conteve antes que a reverência ficasse muito profunda. Claro que ela cuidaria de tudo e esperava que ele aproveitasse muito as férias. Ele merecia!

Lavik pensava o mesmo. Mas antes de viajar foi ao banheiro, com o celular que havia tirado do escaninho de correspondência de um colega. Sabia o número de cor.

– Estou em liberdade. Fique tranquilo.

O sussurro era quase inaudível por causa do barulho irritante de uma descarga com defeito.

– Não me telefone, e muito menos agora! – disse o outro alarmado, mas não desligou.

– É um telefone seguro, fique tranquilo – repetiu ele, ainda que não tivesse adiantado.

– Não me diga!

– Karen Borg está em seu chalé em Ula, mas não vai ficar lá muito tempo. Pode estar certo. Ela é a única que pode me identificar. E eu sou o único que pode identificar você. Se as coisas derem certo para mim, darão para você também.

* * *

Os protestos do velho não chegaram a ser ouvidos. A comunicação já fora cortada. Jørgen Ulf Lavik urinou, lavou as mãos e saiu para reunir-se a seus invisíveis guardiães.

Logo teria que fazer algo com seu coração. Os remédios que lhe deram já não funcionavam, pelo menos não muito bem. Em duas ocasiões estivera prestes a sentir o beijo da morte, do mesmo modo que o sentira três anos antes. Os exercícios físicos constantes e a dieta restritiva provavelmente tinham ajudado até o momento, mas a situação pela qual passara nas últimas semanas não podia ser compensada com caminhadas e saladas de cenoura.

Estavam atrás dele. De certa forma, estivera esperando por isso desde que a bola de neve começou a rolar. Era uma questão de tempo. A descrição que o jornal *Dagbladet* fizera do chefe da organização aplicava-se a centenas de pessoas. Mas, ainda assim, parecera um pouco evidente demais para os rapazes da rua Platou. Uma tarde, quando voltava para casa do trabalho, de repente notou que estavam ali. Eram tão anônimos como o trabalho que realizavam, dois homens iguais, igualmente altos, vestidos da mesma forma. Com amabilidade, mas de forma decidida, colocaram-no em um carro. A viagem durou meia hora e terminou diante da própria casa. Ele negara tudo, e eles não acreditaram. Sabiam que ele estava ciente de que seria mais conveniente para todos se ele não fosse responsabilizado. Isso o tranquilizava um pouco. Se descobrissem como o dinheiro era usado, a história devastaria a todos eles. Era certo que só ele sabia de onde vinha o capital, mas os outros receberam o dinheiro e o usaram. Nunca lhe perguntaram nada, nunca pediram provas de nada, nunca investigaram nada. Isso os deixava em uma situação delicada.

Lavik era o grande problema. O sujeito perdera a cabeça. Estava bastante claro que pretendia tirar a vida de Karen Borg, como se isso fosse resolver alguma coisa. Ele seria o suspeito número um, na mesma hora. Além disso: quem poderia saber se falara com mais pessoas ou se escrevera algo que ainda não tivesse chegado às mãos da polícia? Matar Karen Borg não resolveria nada.

Matar Jørgen Lavik, ao contrário, resolveria quase tudo. No momento em que lhe ocorreu a ideia, ele percebeu que era a única alternativa. O bem-sucedido assassinato de Hans Olsen bloqueara com eficácia qualquer problema naquele ramo específico da organização. Lavik estava criando muita confusão, para ele mesmo e para o velho. Era preciso detê-lo.

A ideia não assustava, pelo contrário, era tranquilizadora. Pela primeira vez em vários dias, seu pulso estava regular. Seu cérebro parecia estar lúcido, e a capacidade de concentração estava voltando de suas longas férias.

O melhor era acabar com ele antes que tivesse tempo de enviar Karen Borg ao duvidoso céu dos advogados. O assassinato de uma advogada jovem, bonita e, nesse contexto, inocente, causaria uma tremenda confusão. Bem, a verdade era que um advogado metido com drogas e desesperado também chamaria atenção ao morrer, mas, mesmo assim... Um assassinato era melhor do que dois. Como faria isso?

Jørgen Lavik havia comentado sobre um chalé em Ula. Então ele provavelmente pensava em ir para lá. Mas o velho não entendia como Lavik achava que conseguiria se livrar da fila de policiais que, sem dúvida, estavam atrás dele dia e noite. Mas isso era problema de Lavik. O dele era *encontrar* Lavik, sem que esses mesmos policiais o vissem e, de preferência, antes que chegasse até Karen Borg. Não precisava de álibi, não estava na mira da polícia nem estaria, se tudo corresse bem.

Levaria menos de uma hora para encontrar a direção exata do chalé de Karen Borg. Podia ligar para seu escritório, ou talvez para algum juiz do lugar, que poderia comprovar o registro da propriedade, mas isso era muito arriscado. Alguns minutos depois se decidira. Pelo que podia se lembrar, só havia uma estrada que levava até Ula, um pequeno braço da estrada da costa entre Sandefjord e Larvik. Esperaria por Lavik lá.

Aliviado por ter tomado uma decisão, concentrou-se nos assuntos mais urgentes daquele dia. As mãos já não tremiam, e o coração havia se estabilizado. Na melhor das hipóteses, quando tudo terminasse, não precisaria de remédios novos.

* * *

Na verdade, não se podia dizer que era um chalé. Era uma sólida casa de madeira dos anos 1930, completamente reformada, e, na escuridão de dezembro, percebia-se o paraíso que rodeava a casa pintada de vermelho. Estava bastante exposta às intempéries e, ainda que na entrada houvesse um pouco de neve, o eterno vento que vinha do mar se encarregara de limpar os penhascos atrás da casa. Um pinheiro se arqueava, teimoso, a alguns metros à direita da parede da casa. O vento conseguira retorcer o tronco, mas não matar a árvore, que se inclinava em direção ao solo, como se quisesse se reunir com a família da casa, embora não fosse capaz de se desprender. Entre as manchas de neve do flanco protegido da casa, viam-se os contornos dos canteiros de flores de verão. O lugar estava bem cuidado. Não era propriedade do advogado Lavik, e sim de seu tio ancião e senil, que não tinha filhos. Enquanto o velho ainda era capaz de ter sentimentos, Jørgen fora seu sobrinho preferido. A cada verão, o menininho aparecia fielmente, e eles pescavam juntos, pintavam o barco e comiam toucinho frito com feijão. O advogado se transformou no filho que o velho nunca tivera. A bela casa de verão acabaria nas mãos do sobrinho em um momento, que não tardaria a chegar, em que o Alzheimer tivesse que se render ao único adversário que podia vencê-lo, a morte.

Lavik havia investido bastante dinheiro naquele lugar. O tio não era um homem pobre e se encarregara ele mesmo da maioria dos reparos, mas Jørgen instalou uma banheira de hidromassagem, a sauna e a linha telefônica. Além disso, no aniversário de 70 anos, dera ao tio um pequeno barco, com a certeza de que, na verdade, mais tarde seria seu.

Durante a viagem até o estreito de Hurumlandet, não vira uma só vez seus perseguidores. Ainda que, constantemente, houvesse carros atrás do seu, nenhum deles permanecera tempo suficiente para que ele achasse suspeito. Ainda assim, sabia que estavam ali. E se alegrava por isso. Levou um tempo para estacionar o carro e deixou claro suas intenções de ficar uma temporada para se aventurar com a tripulação em várias viagens. Caminhou devagar, acendendo as luzes de cômodo em cômodo, e aliviou a pressão sobre a instalação elétrica ligando o aquecedor a óleo da sala.

Depois de comer, saiu para dar uma volta. Passeou pelo terreno familiar, mas também não descobriu nada suspeito. Por um momento se inquietou. Será que não estavam ali? Haviam desistido de tudo? Não podiam fazer isso! Seu coração batia rápido e inquieto. Não, tinham que andar pelas imediações. Certamente. Tranquilizou-se. Quem sabe só eram extremamente eficientes. Era provável.

Tinha várias coisas a preparar e sentia urgência em colocar mãos à obra. Deteve-se um instante diante da porta de entrada, pois levou um tempo para tirar a neve das botas. Demorou muito mais do que o estritamente necessário.

Depois entrou na casa para deixar tudo pronto.

* * *

O pior era que todo mundo tentava animá-lo. Davam-lhe tapinhas nas costas, *quem não arrisca, não petisca*, diziam. Sorriam para ele. Com muita amabilidade e olhares penalizados, tentavam apoiá-lo. Inclusive a chefe da promotoria se incomodara em chamar o assistente da promotoria Håkon Sand para lhe dizer que estava satisfeita com seus esforços, apesar do lamentável fim que o processo havia tido. Ele mencionou a possibilidade de uma solicitação de indenização, mas ela a descartou com desdém. Não pensava que Lavik fosse se atrever a fazê-lo, já que era culpado. Provavelmente estava feliz de voltar à liberdade e preferia deixar tudo para trás. Håkon podia estar certo disso. Segundo os homens que o seguiam, Lavik se encontrava em um chalé em Hurumlandet.

Todo aquele apoio não ajudava muito. Håkon se sentia como se o tivessem colocado em uma lavadora automática, com centrifugação e tudo, e sem lhe pedirem permissão. O modo como o tratavam fez com que se encolhesse. Na escrivaninha, diante dele, tinha alguns outros casos cujos prazos eram demoníacos, mas estava completamente paralisado e decidiu esperar ao menos até o dia seguinte.

Somente Hanne sabia como ele se sentia. Na metade da tarde, passou por seu escritório com duas xícaras de chá quente. Ao prová-lo, Håkon tossiu e cuspiu o conteúdo, pois achou que fosse café.

– E agora o que fazemos, assistente da promotoria Sand? – perguntou ela, colocando as pernas sobre a mesa. Belas pernas, era a primeira vez que Håkon se dava conta.

– Se você pergunta a mim, eu pergunto a você.

Voltou a provar o chá, desta vez com mais cuidado. Até que estava bom.

– Não vamos jogar a toalha tão cedo. Vamos pegar esse sujeito. Mesmo que não ganhemos a guerra, só a droga de uma batalha.

Era incrível que ela conseguisse ser tão otimista. A verdade é que dava a impressão de que não falava sério. Talvez essa fosse a diferença entre ser só policial e pertencer à promotoria. Ele tinha muitas outras possibilidades. Podia ser terceiro-secretário do Ministério da Pesca, por exemplo; e o pensamento o entristeceu ainda mais. Wilhelmsen, ao contrário, havia se formado como policial e só havia um lugar onde podia encontrar trabalho: na polícia. Por isso, nunca podia se render.

– Mas ouça, homem – disse ela, voltando a baixar as pernas –, temos muitas coisas com as quais seguir trabalhando! Você não pode desanimar agora! É nas derrotas que se tem a oportunidade de demonstrar o quanto se vale.

Um clichê, mas talvez ela estivesse certa. Nesse caso era um covarde. Estava claro que não podia encarar aquilo. Queria ir para casa. Talvez fosse homem o bastante para encarregar-se das tarefas do lar...

– Ligue para minha casa se acontecer alguma coisa – ele disse e abandonou tanto a cansada inspetora como o chá que quase não tocara.

– *You win some, you lose some* – gritou ela, quando descia pelo corredor.

* * *

Os policiais, seis no total, haviam compreendido que ia ser uma noite longa e fria. Um deles, um homem competente de ombros estreitos e olhos inteligentes, verificara a parte de trás da casa vermelha. A somente três metros da parede, em direção ao mar, uma costa inclinada descia em direção a uma pequena enseada com uma praia de areia. A enseada não tinha mais de 15 ou 20 metros de largura e estava delimitada por uma cerca de arame farpado, presa por pilares em ambas as extremidades. "O zelo pela propriedade privada sempre se acentua junto ao mar", pensou o policial com um sorriso. Do outro lado das cercas, uma parede de montanha de 5 ou 6 metros de altura subia pelos lados. Seria possível subir a encosta, mas não seria fácil. No mínimo, Lavik teria que sair pelo caminho que passava junto a casa. O lugar estava completamente isolado da estrada que precisaria atravessar para sair da região.

Um homem estava posicionado na ponta da trilha que separava o estreito da terra firme; outro ficou no meio. A trilha não era tão longa que eles não pudessem vigiar a extensão de uns 200 metros que os separava. Lavik não poderia passar por ali sem que o vissem. Os outros três policias se distribuíram pelo terreno para vigiar a casa.

Lavik estava lá dentro desfrutando a ideia de que os homens do lado de fora, fossem quantos fossem, passavam frio de morte. Dentro da casa, estava quente e agradável, e o advogado se sentia animado e entusiasmado com tudo o que estava fazendo. Tinha diante de si um velho despertador, ao qual faltava o vidro que cobria os ponteiros. Com um pouco de esforço, conseguiu amarrar um palito ao ponteiro mais curto, conectou o fax à rede telefônica e colocou uma folha para comprovar que funcionava. Em seguida, programou o despertador para pouco antes das três, colocou o ponteiro agora esticado sobre a tecla de enviar do fax, digitou o número do escritório e ficou olhando. Passaram-se em torno de quinze minutos sem que acontecesse nada. Ao fim de mais alguns minutos, começou a se preocupar que não fosse dar certo. Mas, quando o ponteiro saltou sobre o número três, tudo funcionou. O palito que esticava o ponteiro roçou levemente a tecla eletrônica de enviar, e isso bastou: o aparelho obedeceu, puxou uma folha de papel e enviou a mensagem.

Animado pelo êxito, deu uma volta pela casa colocando os pequenos programadores que havia trazido. Eram usados para economizar eletricidade: desligavam os aquecedores à meia-noite e voltavam a ligá-los às 6 horas da manhã, para que a casa estivesse quente quando se levantassem.

Não demorou muito para ficar familiarizado com aqueles pequenos aparelhos. Faltava o mais difícil. Precisava de algo que produzisse movimento enquanto estivesse fora, não bastava que as luzes se acendessem e se apagassem. Havia instalado tudo, porém não testou para ver se funcionava. Era difícil saber se daria certo na prática. Protegido pelas cortinas fechadas, estendeu três barbantes pela sala. Amarrou a ponta de todos eles à maçaneta da porta da cozinha. As pontas opostas foram enganchadas em diversos pontos da parede em frente. Depois amarrou um pano de cozinha, um traje de banho velho e um guardanapo aos respectivos barbantes. Levou um pouco de tempo para colocar corretamente as velas. Tinha que colocá-las muito perto dos barbantes, tão perto que a corda queimasse quando a vela se consumisse. Em seguida, dividiu as velas em tamanhos diferentes e as fixou sobre algumas tigelas de porcelana com bastante cera. A vela junto ao barbante do guardanapo era a mais curta, ficava poucos milímetros acima do tenso cordão. Ficou olhando para ele, na expectativa.

Funcionou. Ao fim de poucos minutos, a chama havia baixado o suficiente para começar a queimar a corda. O fio se rompeu e o guardanapo caiu no chão, desenhando sombras nas cortinas da janela que dava para a trilha. Perfeito.

Preparou um novo barbante para substituir o que queimara e colocou uma vela maior. Em seguida posicionou o relógio de forma que o ponteiro das horas marcasse que passava da 1 hora. Dentro de pouco menos de uma hora, pareceria que Lavik enviara um fax a um advogado de Tønsberg. Era uma mensagem relacionada a um assunto urgente que lamentavelmente havia se atrasado por causas alheias à sua vontade. Pedia desculpas e esperava que o atraso não tivesse causado maiores inconvenientes.

Em seguida se vestiu. A roupa de camuflagem combinava com a caçada que estava prestes a ocorrer. Acendeu com cuidado as velas e se assegurou mais uma vez de que estavam firmes. Depois, foi para o andar de baixo e saiu pela pequena janela da parte traseira da casa.

Embaixo, na praia, permaneceu um momento à espera. Encostou-se à parede da montanha e estava bastante seguro de que se fundia com o entorno. Quando recuperou o fôlego, dirigiu-se silenciosamente ao lugar onde, muitos verões passados, havia feito um buraco na cerca para facilitar o acesso à casa do vizinho, um menino de sua idade com quem costumava brincar.

Arrastou-se até o caminho. Era provável que o vigiassem em toda sua extensão. Parou um momento entre as árvores para ver se ouvia ruídos. Nada. Mas tinham que estar ali. Seguiu avançando ao longo do caminho, mantendo, porém, uma distância de cinco metros e oculto pelas árvores. Ali estava. A pequena trilha que conduzia a um riacho, que, por sua vez, deixava o bosque e que se dirigia, imperturbável, até o mar. Bem, agora ele seria perturbado. Lavik havia se arrastado por aquela trilha incontáveis vezes, ainda que desde aqueles tempos tenha ganhado vinte centímetros de altura e vários quilos. No entanto, não se equivocara ao calcular que ainda poderia passar por ali. Molhou-se um pouco, mas a correnteza do riacho estava fraca, provavelmente porque a lagoa congelara por causa do inverno. Haviam deixado espaço para uma ampliação da trilha, sobre a qual se falava havia anos, e que nunca era concretizada. Com a cabeça do lado de fora, ficou tentando escutar durante alguns minutos. Continuava sem ouvir nada. Respirava com dificuldade e se deu conta de até que ponto os dias que passara na prisão o afetaram. No entanto, a parte de suas forças perdidas se via compensada por uma forte dose de adrenalina. Acelerou o passo e desapareceu silenciosamente por entre o bosque que havia do outro lado do caminho.

Não tinha que percorrer a trilha por uma distância muito grande. Ao fim de seis ou sete minutos havia chegado. Olhou para o relógio. Eram 19h30. Perfeito. A madeira rangeu um pouco quando abriu a porta da pequena cobertura, mas a polícia estava muito longe para ouvi-lo. Entrou no momento em que passou um carro pela estrada, a uns vinte metros de distância. Logo depois passou outro, mas ele já estava dentro do Lada verde-escuro e pôde constatar que a bateria continuava funcionando depois de dois meses sem uso. Mesmo que o tio estivesse completamente louco e mal pudesse reconhecê-lo quando o visitava na clínica, parecia evidente que se alegrava quando Jørgen, de vez em quando, levava-o para um passeio em seu velho Lada. O sobrinho mantivera o carro em condições como um gesto de consideração com o tio, mas aqueles momentos eram um verdadeiro presente para ele mesmo. Verificou o motor algumas vezes e saiu da garagem.

Iria até Vestfold.

* * *

Fazia um frio dos diabos. O policial estava em pé e dava tapinhas nos braços tentando não fazer barulho nem ser visto. Não era fácil. Para usar os binóculos teria que tirar as luvas, por isso não os usava muito. Praguejava contra o advogado, que se refugiara dentro de um lugar quente que os obrigava a vigiá-lo ao ar livre. Ainda há pouco, o sujeito apagara a luz de um cômodo no 2º andar, mas certamente não tinha intenção de deitar-se tão cedo. Não eram mais do que 20 horas. Droga, ainda faltavam quatro horas para a troca de turno. Seu pulso gelou quando descobriu o relógio, então apressou-se em cobri-lo novamente.

Poderia tentar usar os binóculos com as luvas postas. Não se via muita coisa. Como era natural, ele havia fechado todas as cortinas. O sujeito não poderia ser tão tonto para achar que eles não estavam ali. Portanto, era uma estupidez que se esforçassem tanto para não serem vistos. Suspirou. Que trabalho mais entediante. Era provável que o advogado Lavik pretendesse ficar ali vários dias. Havia trazido várias sacolas de comida, um computador portátil e um aparelho de fax.

De repente, estreitou os olhos e esfregou-os rapidamente para limpar as lágrimas que o vento frio lhe provocara. Depois de um momento, tirou as luvas, jogou-as no chão e ajustou os binóculos.

Que droga era aquela que provocava sombras vacilantes? Teria acendido a lareira? O agente baixou por um instante os binóculos e olhou a chaminé cujo contorno se desenhava em preto contra o céu cinzento. Não, não havia fumaça. Mas, então, o que era? Voltou a olhar pelos binóculos e desta vez viu com clareza. Algo estava queimando, e queimava com vivacidade. De repente, as cortinas estavam em chamas.

Jogou os binóculos no chão e correu até a casa.

– A casa está queimando – gritou através do aparelho de rádio portátil. – A droga da casa está queimando!

O rádio era desnecessário. Todos ouviram, e dois agentes vieram correndo. O primeiro deles correu até a porta de entrada e percebeu imediatamente que junto a ela havia um extintor, como mandava a lei. Apanhou-o e correu para a sala. Em poucos segundos seus olhos começaram a coçar por causa da fumaça e do calor, mas se deu conta em seguida de onde estava o foco do incêndio. Manejando o jato de pó como se fosse uma espada furiosa, abriu caminho pela sala, agitando o extintor. As cortinas em chamas lançavam brasas em direção à sala, e uma delas aterrissou sobre seu ombro. Seu casaco começou a queimar. Apagou o fogo com as mãos, mesmo queimando a palma de uma delas. Ainda assim, não se rendeu. Enquanto isso, os outros dois chegaram. Um deles pegou um cobertor de lã do sofá; o outro, sem nenhum respeito, arrancou um magnífico tapete da parede. Ao fim de alguns minutos haviam apagado o fogo. A maior parte da sala havia se salvado. As lâmpadas sequer se apagaram. Lavik não estava em lugar nenhum.

Com a respiração entrecortada, os três policiais contemplaram a sala. Viram os dois barbantes que restaram e descobriram o pequeno mecanismo que ainda não tivera tempo de enviar o fax.

– Filho da mãe – praguejou o primeiro deles em voz baixa enquanto agitava a mão queimada. – Esse diabo de advogado nos enganou. Ele nos enganou como a um bando de idiotas.

* * *

– Não pode ter saído antes das 19 horas. Os agentes viram quando ele olhou por uma janela às 18h55, droga. Em outras palavras, não pode estar a mais de uma hora de vantagem. Com um pouco de sorte, menos. Quem sabe, talvez tivesse acabado de sair quando o descobriram.

Wilhelmsen tentava tranquilizar o alterado assistente da promotoria, mas sem êxito.

– Você tem que ligar para as Centrais mais próximas. Temos que detê-lo de qualquer jeito.

– Håkon, ouça-me. Não temos nem ideia de onde ele está. Pode ter voltado para sua casa em Grefsen, e talvez esteja assistindo a televisão com a mulher e bebendo um uísque de boas-vindas. Ou, quem sabe, foi dar um passeio na cidade. Mas o mais importante de tudo é que não temos nada novo que justifique outra prisão. O fato de que todos os nossos agentes se deixaram enganar é evidentemente um problema, mas o problema é nosso, não dele. Nós podemos vigiá-lo, embora ele não tenha feito nada de ilegal. Não podemos detê-lo.

Ainda que Håkon estivesse dominado pela angústia, tinha que dar razão a Hanne.

– Está bem, está bem – interrompeu-a antes que ela continuasse. – Está bem. Entendo que não podemos mover céus e terra. Você está coberta de razão. Mas, acredite em mim, ele vai atrás dela. Tudo se encaixa: as anotações sobre Karen, que roubaram quando atacaram você, depois sua declaração, que desapareceu. Tem que ser ele quem está por trás de tudo isso.

Hanne suspirou diante de mais problemas à vista.

– Por acaso você está querendo dizer que foi Jørgen Lavik quem me atacou? Que escapou de uma cela para subir até seu escritório a fim de roubar uma declaração, para então voltar a sua cela e fechar a porta? Você não pode estar falando sério.

– Ele não deve ter feito tudo sozinho. Pode ter comparsas. Hanne, por favor! Eu sei que ele vai atrás dela!

Håkon estava realmente desesperado.

– Você ficará mais tranquilo se pegarmos o carro e formos até o chalé?

– Achei que você não fosse me perguntar nunca... Venha me buscar na escola de equitação de Skøyen dentro de quinze minutos.

* * *

Talvez tudo aquilo não fosse mais do que uma desculpa para ver Karen. Não poderia jurar que não era isso. Por outro lado, a angústia se acumulava como um doloroso ponto de tensão, e isso não era só sua imaginação.

– Chame de intuição masculina – ironizou, e, mais do que ver, intuiu que ela sorria.

– Intuição, intuição... – riu ela. – Faço isso por você, não porque ache que você esteja certo.

Não era verdade. Depois de falar com ele, vinte minutos antes, começou a ter a sensação de que, talvez, seu colega não estivesse tão errado. Não sabia exatamente o que a fizera mudar de opinião. Talvez fosse a convicção de Håkon: vivera o suficiente para não duvidar das intuições das pessoas. Além disso, Lavik pareceu tão perdido e desesperado na última vez em que o vira que o considerava capaz de qualquer coisa. Não gostava do fato de Karen ter passado a tarde toda sem atender o telefone. Claro, poderia não significar nada, mas não gostava.

– Tente ligar outra vez para ela – pediu, colocando outra fita no aparelho de som do carro. Karen ainda não estava atendendo o telefone. Hanne olhou para Håkon, colocou uma das mãos sobre sua perna e o acariciou levemente. – Fique calmo, é melhor que ela não esteja em casa. Além disso... – deu uma olhada no relógio que brilhava sobre o painel – ele certamente ainda não chegou lá, nem na pior das hipóteses.

Primeiro, teve que encontrar um carro para ir até lá. E ainda que tivesse um pronto, esperando, o que é altamente improvável, é impossível que ele tenha saído antes das 19 horas. O mais plausível é que ele tenha saído mais tarde. Agora são 20h40. Fique calmo.

Era mais fácil dizer do que fazer. Håkon soltou a alavanca localizada à direita do assento e reclinou o banco do carro.

– Vou tentar – murmurou com desânimo.

* * *

Eram 20h40. Estava com fome. Na verdade não comera nada o dia todo. Toda aquela confusão acabara com seu apetite. Além disso, seu estômago havia se desacostumado à comida depois de ter passado praticamente dez dias em jejum, ainda que, para dizer a verdade, naquele momento, rugisse, exigente. Ele deu seta e virou em direção ao estacionamento iluminado. Tinha tempo de sobra para comer alguma coisa. Faltava pouco mais de quarenta e cinco minutos para chegar, aos quais tinha que acrescentar mais quinze minutos para encontrar o chalé em questão. Talvez até meia hora, pois haviam passado muitos anos desde seu fim de semana de estudantes.

Estacionou entre dois carros importados, mas seu veículo não pareceu se constranger pela elegante companhia. O advogado Jørgen Lavik sorriu um pouco, deu umas palmadinhas amistosas no capô e entrou na lanchonete. Era um edifício estranho, parecia um óvni que havia aterrissado no terreno. Pediu um grande prato de sopa de ervilhas e foi com um jornal até uma mesa junto à janela. Ficou ali durante um bom tempo.

* * *

Já haviam passado Holmestrand, e a fita já voltara ao começo. Håkon estava farto de escutar música *country* e revirou o organizado porta-luvas em busca de outra fita. Não falaram muito durante a viagem. Não era necessário. Håkon se ofereceu para dirigir, mas Hanne não aceitou. Na verdade, alegrava-se por isso. O que não o alegrava tanto era que Hanne tivesse fumado um cigarro atrás do outro desde que passaram por Drammen. Não tardou a ficar muito frio para manter a janela aberta, e estava começando a se sentir enjoado. O tabaco não ajudava muito. Usou um guardanapo de papel para se livrar dele, mas acabou tragando um pouco.

– Você se importaria de deixar o cigarro para depois?

Ela ficou atônita, pediu mil desculpas e apagou o cigarro que acabara de acender.

– Por que não disse antes? – perguntou, com certo tom de reprovação, e arremessou a bituca de cigarro por cima do ombro.

– O carro é seu – resmungou ele, olhando pela janela: uma fina camada de neve cobria os grandes campos, sobre os quais se estendiam longas fileiras de bobinas de palha envolvidas em plástico branco. – Parecem enormes almôndegas de peixe – comentou, sentindo-se ainda mais enjoado.

– O quê?

– Essas coisas embrulhadas em plástico. Feno ou o que quer que seja.

– Palha, suponho.

Håkon avistou pelo menos vinte grandes bobinas a uns cem metros da estrada pelo lado esquerdo, mas o plástico era preto.

– Bolas de alcaçuz – disse, sentindo-se cada vez mais enjoado. – Logo vamos ter que fazer uma parada. Estou enjoado.

– Não falta mais do que vinte minutos. Você não poderia esperar?

Não parecia aborrecida, só ansiosa para chegar.

– Não, a verdade é que não posso esperar – respondeu ele, levando rapidamente a mão à boca para enfatizar a precariedade de sua situação.

Ao fim de três ou quatro minutos encontraram um lugar adequado para estacionar. Uma parada de ônibus, justamente diante da saída que levava até uma casinha branca na qual não havia luz. O lugar estava tão deserto quanto poderia estar um lugar na estrada principal que cruzava Vestfold. Os únicos sinais de vida eram os carros que, de vez em quando, passavam a toda velocidade.

O ar fresco e o frio lhe fizeram incrivelmente bem. Hanne ficou dentro do carro enquanto ele dava alguns passos incertos. Ficou ali durante um tempo, sentindo o vento no rosto. Sentiu-se melhor e virou-se para voltar.

– O perigo passou – disse Sand, colocando o cinto de segurança.

O carro engasgou quando ela girou a chave. Em seguida, ficou em silêncio. Hanne voltou a girar a chave uma e outra vez. Não houve reação. O motor estava mudo. Aquilo os pegou de surpresa. Nenhum dos dois disse nada. Ela voltou a tentar. Nada. O carro não respondia.

– Pode ter entrado água pela tampa do distribuidor – disse Hanne com as mandíbulas contraídas. – Ou talvez seja outra coisa. Pode ser que a droga do carro tenha quebrado.

Håkon continuava sem dizer uma palavra, e era melhor assim. Enfurecida, Hanne saiu bruscamente do carro e ergueu o capô. Pouco depois, encontrava-se de novo dentro do carro, com algo nas mãos que ele imaginou ser a tampa do distribuidor. Pelo menos tinha o aspecto de uma pequena tampa. Hanne pegou papel-toalha do porta-luvas e começou a secar a tampa. Por fim, inspecionou o interior com um olhar crítico e saiu para voltar a colocá-la em seu lugar. Não demorou muito.

Mas não adiantou nada. O carro não queria colaborar. Depois de novas tentativas de arrancar, socou o volante com raiva.

– Típico. E justo agora. Este carro funcionou como um relógio desde que o comprei, há três anos. Sem problemas. E tinha que falhar justamente agora. Você entende alguma coisa de motores de carro?

O olhar que lhe dirigiu era bastante crítico, e ele intuiu que ela sabia a resposta àquela pergunta. Negou devagar com a cabeça.

– Não muito – disse, exagerando. A verdade era que a única coisa que sabia sobre carros era que precisavam de gasolina.

Ainda assim saiu com ela para dar uma olhada. Poderia contribuir com uma espécie de apoio moral, talvez o carro se deixasse persuadir se fossem dois.

A julgar pelos palavrões, Hanne não estava avançando muito para descobrir o problema do carro. Håkon foi sábio o bastante para saber que devia se retirar. Novamente, sentiu que a inquietação aumentava. Fazia frio, e ele começou a dar pulinhos enquanto olhava os carros que passavam. Nenhum deles dava sinal de que fosse parar. Certamente estavam indo para casa e não tinham a menor vontade de mostrar compaixão em um dia tão frio e desagradável de dezembro. Mas os motoristas tinham que vê-los, um farol solitário estava colocado junto à pequena cobertura da parada de ônibus. Silêncio. Uma pequena pausa no tráfego constante, ainda que não muito abundante. Ao longe viu os faróis de um carro que se aproximava. Dava a impressão de respeitar o limite de velocidade de 70 quilômetros por hora, diferentemente de todos os demais, e trazia atrás de si uma fila de quatro carros impacientes e próximos.

Levou um verdadeiro susto. A luz da cobertura iluminou durante um segundo o motorista do carro que passava. Olhou com uma atenção especial porque fizera uma aposta consigo mesmo: já que dirigia tão devagar tinha que ser uma mulher. Não era. Era Peter Strup.

Passaram-se alguns segundos antes que a informação que acabara de receber atingisse o lugar certo do cérebro. Mas foi só um momento. Recuperou-se do choque e saiu correndo até o carro com o capô aberto, e parecia um peixe se debatendo nos juncos.

– Peter Strup! – gritou. – Peter Strup acaba de passar em um carro!

Hanne se levantou bruscamente e bateu a cabeça contra o capô, mas sequer se deu conta.

– O que você está dizendo! – exclamou, mesmo que tivesse ouvido perfeitamente.

– Peter Strup! Acaba de passar em um carro! Agora mesmo, justamente agora!

Todas as peças se encaixaram em tal velocidade que lhes pareceu difícil entender, ainda que agora a imagem do conjunto se apresentasse diante deles com a claridade de um dia de primavera frio e com sol. Hanne ficou furiosa consigo mesma. O homem estivera o tempo todo sob suspeita. Era a alternativa mais óbvia, na realidade a única. Por que não quis enxergar? Teria sido por causa da vida impecável de Strup? Por seu comportamento correto, pelas fotos das revistas, por seu casamento duradouro e seus filhos fantásticos? Teria sido por tudo aquilo que sua intuição bloqueara sua suspeita mais lógica? Seu cérebro dizia que era ele, mas seu instinto policial, seu maldito instinto que tanto elogiavam, havia protestado.

– Droga – disse em voz baixa, fechando o capô com um golpe. – *So much for my damned instincts*. – Ela sequer havia interrogado o sujeito, que droga! – Pare um carro! – gritou para Håkon.

Ele seguiu a ordem, parou junto à estrada e começou a agitar os braços. Ela, por sua vez, entrou em seu maldito carro quebrado para pegar um casaco, o cigarro e a bolsa, e se assegurou de que estivesse trancado. Em seguida, juntou-se a Håkon, que parecia aterrorizado.

Nem um só carro fez menção de parar. Ou continuavam a toda velocidade sem deixar que as duas pessoas que pulavam e agitavam os braços junto à estrada lhes afetassem, ou então os ultrapassavam a poucos centímetros de distância, ou buzinavam expressando sua reprovação e passavam fazendo uma suave curva.

Quando já haviam passado mais de vinte carros, Håkon estava a ponto de desmoronar, e Hanne entendeu que tinha que fazer algo. Ficar no meio da estrada era mortalmente perigoso, então isso estava descartado. Se ligassem pedindo ajuda, poderia ser tarde demais. Deu uma olhada para a casa às escuras. Parecia estar fechada e era bem discreta, como se tentasse se desculpar pela inconveniência de sua localização a somente vinte metros da estrada E-18. Não se via nenhum carro estacionado.

Saiu correndo até a casa. O anexo ao lado da casa principal, que só se via da estrada, poderia ser uma garagem. Håkon não tinha certeza se ela esperava que ele continuasse tentando parar algum carro, mas se arriscou a segui-la e não ouviu protestos.

– Toque a campainha para ver se tem alguém – gritou enquanto ela forçava a porta do anexo.

Não estava fechada.

Dentro não havia nenhum carro. Mas havia uma motocicleta. Uma

Yamaha FJ, 1200cc. O modelo do ano. Com freios ABS.

Wilhelmsen desprezava motos japonesas. Apenas as Harleys eram motocicletas, as demais não eram mais do que meios de transporte de duas rodas. Com exceção das Motoguzzi, talvez, ainda que fossem europeias. Apesar de tudo, no seu íntimo sempre sentira certa atração pelas motos japonesas, com seu ar de urbano, sobretudo as FJ.

Parecia estar em condições de ser dirigida, mesmo sem a bateria. Estavam em dezembro, então era provável que a moto estivesse parada havia, no mínimo, três meses. Encontrou a bateria sobre um jornal, limpa e armazenada, tal como recomendado durante o inverno. Pegou uma chave de fenda e conectou os polos. Algumas faíscas e alguns segundos depois, a ponta do fino metal começou a brilhar. Havia corrente suficiente.

– Não há ninguém na casa – disse Håkon, ofegando da porta.

Nas prateleiras havia muitas ferramentas, praticamente as mesmas que Hanne tinha no porão de sua casa. Encontrou em seguida o que precisava, e a bateria foi instalada em tempo recorde. Então hesitou um instante.

– Estritamente, isso é um roubo.

– Não, é direito à emergência.

– Legítima defesa?

Não entendeu a afirmação de Hakon e achou que ele havia se expressado mal por causa da agitação.

– Não, direito à emergência. Depois explico a você.

"Se é que alguma vez terei oportunidade", pensou.

Ainda que lhe partisse o coração ter que destruir uma moto nova, não levou mais do que alguns segundos para dar partida na ignição. De uma só vez, partiu a trava de segurança. O motor zumbia de modo constante e promissor. Procurou o capacete na bancada, mas não estava ali. Era natural, provavelmente no interior da casa fechada haveria um par de capacetes caros. Deveriam forçar a porta da casa? Tinham tempo?

Não. Teriam que ir sem capacete. Em um canto, uns óculos de *slalom* pendiam de um gancho, junto a quatro pares de esquis alpinos amarrados à parede. Teria que bastar. Montou na motocicleta e a levou para o lado de fora.

– Você já montou alguma vez em uma moto? – Håkon não respondeu, limitando-se a menear eloquentemente a cabeça. – Escute, segure na minha cintura com os braços e faça o que eu fizer. Não importa o que sinta, não se incline para o lado contrário. Entendeu?

Desta vez ele assentiu e, enquanto Hanne colocava os óculos, subiu na moto e se agarrou tão firmemente a ela quanto foi possível. Apertava-a tão forte que ela teve que pedir que ele a soltasse um pouco antes de sair rugindo com a moto em direção à estrada.

Håkon estava aterrorizado e não dizia nada, mas fazia o que ela pedia. Para amenizar o medo, fechou os olhos e tentou pensar em outra coisa. Não era fácil. O barulho era ensurdecedor, e ele sentia muito frio.

Wilhelmsen também. Suas luvas estavam encharcadas e geladas. Ainda assim, era melhor usá-las, ao menos lhe proporcionavam certa proteção. Os óculos também eram de alguma ajuda, ainda que não muita. Tinha que limpá-los constantemente com a mão esquerda. Olhou rapidamente para o relógio digital que tinha diante de si. Não deu tempo de ajustá-lo para a hora certa antes de sair, mas ao menos sabia que fazia quinze minutos que haviam saído. Eram 21h35.

Talvez o tempo deles estivesse acabando.

* * *

O homem grisalho constatou que ainda se lembrava de tudo. Só havia uma estrada para Ula. Mesmo que estivesse asfaltada, era estreita e não convidava ninguém a dirigir com pressa. Depois de uma curva acentuada, encontrou uma estradinha que acabava em mata fechada. O carro avançou alguns metros dando solavancos. Em uma pequena pradaria, encontrou um lugar para dar a volta com o carro. A geada endurecera a terra, facilitando a manobra. Pouco depois, o carro apontava na direção da estrada. Estava bem escondido, ao mesmo tempo que tinha visibilidade para enxergar os carros que se aproximavam. O rádio estava ligado com o volume baixo, e, dadas as circunstâncias, ele estava bem, confortável. Achava que reconheceria o carro azul-marinho de Lavik. Só precisava esperar.

* * *

Karen também estava escutando rádio. Era um programa para caminhoneiros, mas a música não era ruim. Pela sétima vez começou a ler o livro que tinha no colo, *Ulisses*, de James Joyce. Nunca passara da página 50, mas desta vez ia conseguir.

Na sala ampla fazia calor, quase demais. O cão latiu, e ela abriu a porta para que saísse. Ele não quis, e continuou agitado. Quando Karen se cansou, gritou para que ele voltasse ao seu lugar, e, por fim, o animal se deitou, reticente, em um canto, com a cabeça erguida e as orelhas em guarda. O mais provável era que tivesse ouvido o barulho de algum animalzinho, talvez um alce.

* * *

Mas o que se ocultava entre os arbustos não era nem um coelho nem um alce. Era um homem que já estava havia algum tempo deitado ali. Mesmo assim sentia calor. Estava inquieto e bem vestido. Não foi difícil encontrar o chalé. Bem, perdera-se uma vez em meio ao bosque, mas reencontrara o rumo. O chalé de Karen Borg era o único ocupado nessa época do ano. Ele havia encontrado um bom lugar para esconder o carro, a cinco minutos de distância. Como um pequeno farol, o chalé indicara o caminho.

Tinha a cabeça e os braços apoiados contra uma lata de gasolina de dez litros. Ainda que ao enchê-la tivesse cuidado para não derramar nada, o combustível lhe irritava o nariz. Levantou-se um tanto entorpecido, pegou a lata e caminhou agachado em direção a casa. Todo aquele cuidado, provavelmente, era desnecessário, porque a sala ficava do outro lado e tinha vista para o mar. Na parte de trás, só havia as janelas de dois dormitórios, que estavam às escuras, e de um banheiro. Apalpou o peito para se assegurar de que a chave inglesa estava no lugar, ainda que soubesse que estava ali.

A porta estava aberta. Um obstáculo a menos do que o previsto. Sorriu e baixou a lata, infinitamente devagar. A porta estava em bom estado e não fez nenhum barulho quando a abriu, e entrou.

* * *

O homem grisalho olhou para o relógio. Devia estar havia muito tempo ali sentado. Ele não vira o carro de Lavik, só um Peugeot, dois Opel e um velho Lada escuro. Quase não havia trânsito àquela hora. Tentou esticar-se um pouco, mas não era fácil, ali sentado dentro de um carro. Não se atrevia a sair para esticar as pernas.

Que loucura! Uma motocicleta passou a uma velocidade muito maior do que a recomendável em uma estrada tão ruim. Duas pessoas iam montadas nela, e nenhuma usava capacete nem roupa de motoqueiro. E naquela época do ano! Ele estremeceu, deviam estar com muito frio. A moto patinou na curva e, por um momento, temeu que se chocasse contra seu carro, mas o condutor conseguiu se endireitar no último momento, então acelerou, e eles desapareceram. Uma loucura. Praguejou e voltou a olhar para o relógio.

* * *

Karen havia chegado à página cinco. Suspirou. Ela sabia que era um bom livro, porque era isso que diziam várias pessoas em diferentes matérias de jornais e revistas, ainda que para ela parecesse entediante. Mesmo assim estava decidida a prosseguir com a leitura, mas isso não impedia que constantemente lhe ocorressem pequenas tarefas para interromper a si mesma. Agora, por exemplo, queria mais café.

O cão continuava inquieto. Mas, pelo menos, estava em casa. Por duas vezes, ele desaparecera durante mais de um dia perseguindo algum coelho. Era curioso porque não era cão de caça, mas talvez todos os cães tivessem esse instinto.

De repente, Karen ouviu algo e se virou em direção ao boxer. O animal permanecia imóvel e, embora tivesse deixado de farejar, aflito, tinha a cabeça inclinada e as orelhas erguidas. Uma ligeira vibração percorria seu corpo. Karen compreendeu que ele também ouvira algo, um som que vinha da parte de baixo da casa.

Foi até as escadas.

– Olá?

Que ridículo! Claro que não havia ninguém. Ficou imóvel durante alguns segundos, depois encolheu os ombros e se virou para voltar.

– Quieto! – ordenou ela severamente ao cão ao ver que ele estava se levantando.

Então ouviu passos atrás dela e girou sobre o tornozelo. Em um momento de incredulidade, viu o vulto que subia correndo os quinze degraus. Apesar do chapéu bem enterrado sobre os olhos, deu-se conta de quem era.

– Jørgen La...

Mas não teve tempo de terminar. A chave inglesa a atingiu bem em cima do olho, e Karen caiu ao chão, inconsciente.

O cão ficou louco. Avançou sobre o intruso entre latidos e grunhidos furiosos, e saltou sobre o peito do homem. Conseguiu agarrar-se ao casaco dele com a mandíbula, mas deixou-o escapar quando o homem fez movimentos e sacudiu o tronco com vigor. O cão não se rendeu. Agarrou-se fortemente ao antebraço do advogado, e, desta vez, Lavik não pôde se soltar. Sentia uma dor terrível e, movido por ela, conseguiu ergueu o boxer do chão. Não adiantou muito. Havia derrubado a chave inglesa, caíra no chão e se arriscou a deixar que a besta voltasse a se levantar. Não deveria tê-lo feito, porque o cão o soltou durante um segundo, mas só para agarrar-se melhor um pouco mais acima, onde lhe doía ainda mais. A dor estava começando a lhe nublar a vista, e sabia que tinha pouco tempo. Por fim, conseguiu pegar a chave inglesa e acertou um golpe mortal no crânio do cão enlouquecido, que, ainda assim, não o soltou. Estava morto e pendia preso a Lavik por uma última mordida. O advogado levou quase um minuto para desprender o braço das mandíbulas poderosas do animal. Sangrava como um porco. Com os olhos cheios de lágrimas, deu uma olhada pela casa e viu umas toalhas verdes que estavam penduradas em um gancho, em um canto onde estava instalada a cozinha. Apressou-se a fazer um torniquete provisório. A dor então diminuiu. Mas ele sabia que voltaria. Droga.

Desceu correndo até o andar de baixo e abriu a lata de gasolina. Foi distribuindo o conteúdo sistematicamente pelo chão do chalé. Surpreendeu-se ao constatar o quanto dez litros rendiam. Em pouco tempo, a casa inteira cheirava a gasolina velha, e a lata estava vazia.

Roubar algo! Tinha que fazer com que parecesse um roubo. Por que não pensou nisso antes? Não trouxe nada para carregar coisas, mas com certeza havia uma mochila em algum lugar. No andar de baixo. Certamente estava no andar de baixo. Vira artigos esportivos lá. Desceu outra vez correndo.

Karen não entendia o que cheirava tão mal. Provou um pouco. Devia ser sangue, certamente o seu. Queria voltar a dormir... Não, tinha que abrir os olhos. Por quê? Sua cabeça doía muito. O melhor era voltar a dormir. Que cheiro horrível. O sangue cheirava assim? Não, achou que era gasolina e tentou sorrir por ser tão esperta. Gasolina. Tentou de novo abrir os olhos, mas foi impossível. Talvez devesse tentar outra vez. Quem sabe seria mais fácil se ela se virasse, embora ao tentar fazê-lo sentisse uma dor absurda. Quase conseguiu virar-se de bruços, mas algo a impediu de girar totalmente, algo quente e suave. Cento. Sua mão acariciou devagar o corpo do animal. Entendeu imediatamente. Cento estava morto. De repente, abriu os olhos. A cabeça do cão estava próxima à sua, completamente destroçada. Desconsolada, tentou ficar em pé. Através dos cílios ensanguentados viu um vulto masculino do outro lado da janela. Tinha o rosto colado ao vidro e protegia a cabeça com as mãos para ver melhor.

"O que Peter Strup está fazendo aqui?", Karen chegou a pensar, antes de voltar a desmaiar e aterrissar suavemente sobre o cadáver do cão.

No chalé não havia muita coisa de valor. Alguns objetos de decoração e três candelabros de prata teriam que bastar, porque os talheres das gavetas da cozinha eram de aço. Talvez não chegassem a se dar conta de que faltava algo. Se tivesse sorte, toda a casa ficaria reduzida a cinzas. Fechou a mochila, tirou os fósforos do bolso e foi em direção à janela da varanda.

Nesse momento, viu Peter Strup.

* * *

A verdade é que aquela moto não era a mais indicada para *cross-country*. Além disso, ela estava quase congelada e acabara de se dar conta de que tanto sua força quanto sua coordenação motora estavam no fim. Parou a poucos metros de entrar na trilha do bosque e desmoronou, entorpecida e dolorida. Håkon não disse uma palavra. Seria uma perda de tempo usar o descanso da moto naquele terreno acidentado, por isso tentou tombar a pesada Yamaha com todo o cuidado. A trinta centímetros do chão, ela caiu e bateu com força. O dono iria ficar furioso. Hanne mataria quem fizesse uma coisa dessas com sua moto.

Correram pela trilha tão rápido quanto puderam, o que quer dizer que não foram tão rápido assim. Ao fazerem uma curva, pararam de repente. Um assustador brilho alaranjado poderia ser visto através do bosque, duzentos metros a frente. Acima da cúpula alaranjada, três chamas amareladas alcançavam o céu.

Segundos depois, corriam novamente. Bem mais rápido agora.

* * *

Jørgen Lavik não sabia exatamente o que fazer, mas sua indecisão só durou alguns segundos. Jogou três fósforos, e todos eles foram parar onde queria. As chamas cresceram quase imediatamente. Ele podia ver Peter Strup tentando abrir a porta do terraço, que por sorte estava trancada. O velho não iria embora tão cedo, pois provavelmente tinha visto Karen Borg caída no chão. Era perfeitamente visível do lado de fora. Será que ela havia se movido? Ele tinha quase certeza de tê-la visto caída de costas havia poucos instantes.

Era possível que Strup não o tivesse reconhecido. As abas de seu chapéu estavam abaixadas, e o colarinho do casaco estava erguido. Mas ele não poderia correr nenhum risco. A grande questão, porém, era saber o que Peter Strup consideraria mais importante: salvar a si mesmo ou salvar Karen Borg? Provavelmente a última opção.

Ele se decidiu rapidamente. Apanhou a chave inglesa e correu até a porta envidraçada da varanda. Peter Strup ficou tão surpreso que soltou a maçaneta e deu alguns passos para trás. Ele deve ter tropeçado em uma pedra ou em um tronco, porque oscilou momentaneamente e depois caiu. Era a chance de que Lavik precisava. Abriu a porta. As chamas, que, a essa altura, já tinham tomado as paredes e parte da mobília da sala, se inflamaram violentamente.

Saltou sobre o homem caído, preparado para golpeá-lo com a chave inglesa. Mas, um segundo antes de ser atingido, Strup moveu a cabeça. Bem a tempo. A chave inglesa golpeou o chão, e Lavik a soltou.

Aturdido e tentando recuperar a arma, Lavik baixou a guarda. Strup se liberou e conseguiu atingir as partes baixas de Lavik com o joelho. Não foi um golpe muito forte, mas Lavik se dobrou de dor e esqueceu-se da chave inglesa. A dor o deixou com tanta raiva que conseguiu puxar Strup pelas pernas no instante em que o velho se levantava. Strup caiu de novo, e Lavik partiu mais uma vez para cima dele. Mas, desta vez, Strup tinha os braços livres e, enquanto tentava golpear Lavik com as pernas, conseguiu enfiar a mão por dentro do casaco. Os golpes com as pernas deram resultado e ele acertou um chute no rosto de Lavik. Subitamente, suas pernas ficaram livres. Strup se levantou em choque. Ao se dirigir para o bosque, que ficava vinte metros à frente, ouviu um grito e se virou, apavorado.

O assistente da promotoria Håkon Sand e a inspetora Hanne Wilhelmsen chegaram a tempo de ver um homem usando roupas de caça e com uma chave inglesa na mão, atacando um homem que usava um terno. Impotentes e sem fôlego, eles assistiam à cena.

— Pare! — gritou em uma vã tentativa de evitar uma catástrofe, mas o caçador a ignorou.

Estavam a apenas três metros de distância quando ouviram o disparo. Não parecia muito alto, fora um barulho breve, violento, e muito, muito nítido. O rosto do caçador assumiu uma expressão estranha, claramente visível à brilhante luz das chamas, como se estivesse se divertindo com uma brincadeira que não entendia realmente. Sua boca, aberta enquanto ele corria, formou um sorriso cauteloso, antes de deixar a chave inglesa cair em seus braços. Então, o caçador olhou para seu peito com muito interesse e caiu.

Strup se voltou na direção dos policiais e jogou sua arma no chão. Uma demonstração de boa-fé.

— Ela continua dentro do chalé — gritou ele, apontando para as chamas.

Håkon não parou para pensar. Correu para a porta da varanda. Nem sequer ouviu os gritos de alerta. Corria com tanto desespero que só parou quando já estava bem no centro da sala, onde a única coisa ainda queimando era a ponta de um tapete. Mesmo assim, havia fogo em algum lugar, porque o calor era tão intenso que Sand podia sentir a pele do rosto começar a repuxar.

Ela era leve como uma pluma, ou talvez ele tivesse adquirido superpoderes. Não demorou mais que alguns segundos para erguê-la e jogá-la sobre os ombros, da mesma forma que os bombeiros fazem. Quando se virou para sair, houve um estrondo. O barulho era assustador, como uma explosão gigantesca. As janelas panorâmicas tinham feito o que podiam para resistir ao calor, mas finalmente tiveram que se render. O oxigênio do exterior alimentou as chamas, que voltaram a crescer, bloqueando a passagem deles. Não havia maneira de sair de lá, pelo menos, não pelo lugar por onde Sand entrara. Ele se virou devagar, como se fosse um helicóptero; e Karen, uma hélice quebrada e inerte. A fumaça e o calor não permitiam que ele visse para onde estava indo. A escada agora estava em chamas.

Mas talvez não tão impossível de ser atravessada quanto o resto. Sand não tinha escolha. Respirou fundo, mas aquilo só serviu para provocar um ataque de tosse. Então, percebeu que suas calças estavam em chamas. Com um grito de dor, correu escadas abaixo e podia ouvir a cabeça de Karen batendo contra a parede a cada passo que dava.

O fogo tinha sido gentil o suficiente para abrir a porta do porão. Com um último esforço, Sand conseguiu sair, e o ar fresco deu a ele um pouco mais de força para se afastar aproximadamente dez metros do prédio em chamas. Karen caiu no chão, e tudo que ele conseguiu perceber antes de perder a consciência foi que suas calças ainda estavam em chamas.

* * *

Aquilo não havia dado certo. Lavik deve ter chegado lá antes dele. Afinal, assassinatos são mais fáceis de serem cometido à noite, em meio à escuridão. E teria sido mais fácil para ele se livrar dos policiais que o seguiam.

Esperá-lo ali era muito entediante. Decidiu correr o risco e descer do carro. Não havia passado nenhum veículo depois dos loucos da moto. Fazia um frio dos diabos, mas não chovia, e a geada se estendia debaixo de seus pés. Esticou os braços por cima da cabeça.

Um débil resplendor rosa se refletia nas nuvens baixas, mais ou menos na altura de onde pensava que estava Sandefjord. Virou-se para Lavik e o viu. Sobre Ula, ao contrário, a luz era mais alaranjada e bem mais intensa. Além disso, teve a sensação de ver fumaça. Olhou com atenção em direção à luz. Havia fogo!

Droga! Lavik devia ter chegado antes, ou talvez tivesse usado não o carro dele, um Lada, e sim outro, a fim de enganar a polícia. Só que, com isso, o velho não notou sua aproximação da casa. Tentou se lembrar das marcas que havia na estrada. Dois Opel e um Renault. Ou talvez tivesse sido um Peugeot. Não tinha importância. O incêndio não podia ser casual. Bela maneira de tirar a vida de alguém. Incêndio premeditado. Lavik deve ter enlouquecido.

Era provável que já fosse tarde demais. Seria muito difícil pegar Lavik. O incêndio era tão visível que alguém, certamente, já devia ter avisado a Brigada de Incêndio. Ao fim de poucos minutos, o lugar estaria cheio de carros vermelhos e de bombeiros.

Mas não pôde se conter, e teve que dar uma olhada. Entrou novamente no carro, engatou a marcha e dirigiu devagar até a enorme fogueira.

– A ambulância é o mais importante. Muito urgente.

Hanne devolveu o celular a Strup, que se levantou e o colocou no bolso.

– Quem está pior é Karen Borg – constatou o advogado. – Embora a queimadura do assistente da promotoria tampouco tivesse uma aparência muito boa. E a nenhum dos dois pode ter feito bem inalar tanta fumaça.

Juntos, haviam conseguido transferir os dois corpos inconscientes até a área dos carros, onde estava o carro de Karen. Hanne não hesitara em usar uma pedra para quebrar o vidro do motorista. Dentro do carro havia uma colcha de lã e duas pequenas almofadas, e também uma cobertura de lona encerada, que estenderam aos dois feridos, não sem antes rasgar um pedaço grande que encharcaram com água gelada de um riacho que passava ali perto. Embora a água escorresse, ambos acreditavam que deveria ter certo efeito calmante sobre a perna ferida de Håkon. O calor do fogo do chalé chegava até eles, mesmo ali. Hanne já não sentia frio. Esperava que os dois feridos não estivessem tão mal quanto pareciam estar. A ferida sobre o olho de Karen não parecia pior do que a que ela recebera algumas semanas antes, ao ser agredida na Central. Era de se esperar que isso correspondesse à força do golpe. O pulso parecia regular, ainda que um pouco acelerado. Da maleta de primeiros socorros que encontrou no carro, tirou uma pomada. Untou as queimaduras feias de ambos antes de cobri-las com uma atadura molhada. Pensou, abatida, que devia ser como usar um xarope para a tosse contra uma tuberculose, mas ainda assim o fez. Ambos continuavam inconscientes, e isso não parecia ser um bom sinal.

Strup e Hanne ficaram olhando para as chamas, que pareciam consumir a si mesmas. Era um espetáculo fascinante. Todo o andar de cima desaparecera, mas a parte de baixo era mais difícil de destruir, construída principalmente com tijolo e concreto. Ainda assim, deveria conter bastante madeira, pois, apesar de as chamas não estarem tão altas, continuavam bastante intensas. Finalmente ouviram ao longe as sirenes, arrogantes, como se os carros vermelhos quisessem deter a destruição do chalé moribundo anunciando sua chegada, embora fosse tarde demais.

– Acho que você foi obrigado a matá-lo – disse Hanne, sem olhar para o homem ao seu lado.

Ele suspirou profundamente.

– Você viu. Era ele ou eu. Nesse sentido, tenho sorte de ter testemunhas.

Era verdade, um caso clássico de legítima defesa. Lavik estava morto antes que Hanne o alcançasse. O disparo que o atingira no meio do peito deve ter afetado algum órgão vital. Curiosamente, não tinha sangrado muito. Arrastara-o um pouco mais longe da parede do chalé. Não fazia sentido incinerar o sujeito imediatamente.

– O que você está fazendo aqui?

– No momento, estou aqui porque você precisava de mim. Não teria sido muito cortês sair nessas circunstâncias.

Haviam acontecido muitas coisas naquele dia para que tivesse forças para sorrir. Tentou, mas não conseguiu mais que um movimento ligeiro com a boca. Em vez de fazer perguntas, olhou-o com as sobrancelhas levemente arqueadas.

– Não tenho por que contar a razão pela qual vim – disse ele com calma. – Não tenho nenhuma objeção contra você me deter agora. Matei um homem, e é preciso me interrogar. Contarei tudo o que aconteceu esta noite, nada mais. Não posso nem quero. Provavelmente você está pensando que eu tinha algo a ver com a organização da qual estão falando. Talvez você ainda acredite nisso – olhou para ela para que confirmasse ou negasse sua afirmação, mas Wilhelmsen não moveu um músculo. – Só posso dizer que você está enganada, e que tive minhas suspeitas sobre o que está acontecendo. Como antigo chefe de Jørgen Lavik e como alguém que sente certa responsabilidade para com a Ordem dos...

Interrompeu-se, como se, de repente, tivesse se dado conta de que havia falado demais. Um leve gemido de um dos feridos às suas costas fez com que se virassem. Era Håkon, que fazia menção de se levantar. Hanne abaixou-se ao lado dele.

– Dói muito?

Bastaram um leve movimento de cabeça e uma careta. Acariciou com cuidado seus cabelos, chamuscados e cheirando a queimado. Ouviu-se mais forte a sirene da ambulância. O som se transformou em um uivo sufocado, bem quando o carro vermelho e branco parou junto a eles. Atrás vinham os dois carros de bombeiros, que eram grandes demais para alcançá-los.

– Tudo vai ficar bem – prometeu a ele no momento em que os homens robustos o deitavam com cuidado sobre a maca e o colocavam no carro. – Agora vai ficar tudo bem.

O homem de cabelos grisalhos já vira bastante. Era evidente que Lavik estava morto, jazia só e sem vigilância no chão. A respeito dos dois que estavam no estacionamento não estava tão seguro. Não tinha importância. Seu problema estava resolvido. Voltou-se em direção ao bosque e parou para acender um cigarro quando estava distante o suficiente. A fumaça irritou seus pulmões. Na verdade, fazia anos que havia deixado de fumar, mas aquela era uma ocasião especial.

"Devia ter fumado um puro", pensou ao chegar ao carro e apagar a bituca como pôde no chão. "Um Havana enorme!"

Sorriu de orelha a orelha. E, então, voltou para Oslo.

Terça-feira, 8 de dezembro

Os dois se recuperaram bem. Karen sofrera uma intoxicação por fumaça, uma pequena fratura no osso da testa e uma forte concussão cerebral. Continuava internada, mas a alta estava prevista para o fim de semana. Håkon Sand já estava em pé, ainda que não literalmente. As queimaduras não eram terríveis como temiam. No entanto, teria que se acostumar à ideia de usar muletas durante algum tempo. O Departamento o colocara de licença de saúde por semanas. A perna doía muito, e ele não parava de bocejar, depois de uma semana dormindo mal e à base de muitos calmantes. Além de ter passado vários dias cuspindo manchinhas de fuligem. Håkon Sand se assustava cada vez que alguém acendia um fósforo.

De qualquer forma, estava satisfeito, quase alegre. Com certeza não haviam resolvido o caso, mas ao menos tinham colocado uma espécie de ponto final nele. Jørgen Lavik estava morto. Hans A. Olsen estava morto. Han van der Kerch estava morto. E Jacob Frøstrup estava morto. Sem se esquecer do pobre e insignificante Ludvig Sandersen, que tivera a duvidosa honra de inaugurar a festa. A polícia sabia quem havia matado Sandersen e Lavik. Van der Kerch e Frøstrup haviam escolhido eles mesmos seu caminho. Só o triste encontro de Olsen com uma bala de chumbo ainda era um mistério, ainda que se suspeitasse de que o responsável fosse Lavik. Tanto Kaldbakken, o comissário e o procurador do Estado haviam insistido nisso. Era melhor ter um assassino conhecido e morto do que um desconhecido e livre. Håkon tinha que admitir que o fundamento da teoria de um terceiro homem não se sustentava. A ideia surgira por causa do estranho comportamento de Peter Strup, e agora o advogado estrela já não estava sob suspeita. O homem tivera um comportamento exemplar. Aceitou sem reclamar os dois dias de prisão preventiva até que o Departamento concluísse a investigação de Jørgen Lavik, desistindo do caso ao entender que se tratava de circunstâncias não penais. Legítima defesa pura e simples. Mesmo a chefe da procuradoria, que tinha por princípio levar qualquer assassinato aos tribunais, concordara em não fazer acusações contra Strup. A arma de Strup era registrada porque ele era membro de um clube de tiro.

A maioria dos envolvidos na investigação respirava aliviada por não haver um terceiro homem envolvido na trama. Håkon Sand não sabia o que pensar. Estava tentado a aceitar as conclusões lógicas de seus superiores, mas Hanne Wilhelmsen protestava. Insistia em que o terceiro homem tinha que ser o que a atacara naquele domingo fatal. Não podia ter sido Lavik. Os superiores não estavam de acordo. Ou tinha sido Lavik, ou alguém abaixo dele na hierarquia. Em todo caso, não deviam permitir que algo tão insignificante atrapalhasse a conclusão para o caso que tinham agora sobre a mesa. Todos eles a aceitaram. Menos Hanne Wilhelmsen.

* * *

Strike. Pela terceira vez consecutiva. Infelizmente era tão cedo que só uma das outras pistas estava ocupada, por quatro garotos adolescentes que jogavam sem olhar para os dois homens mais velhos desde que os receberam, entre olhares críticos e risadas. Por isso, não havia mais testemunhas de sua façanha ao estraçalhar os pinos de seu adversário, que fingiu não estar impressionado.

A tela suspensa acima da cabeça, pendurada no teto, mostrava que ambos tinham feito uma boa série. Qualquer coisa acima dos 150 pontos estava bem. Quando se levava em conta a idade deles.

– Outra rodada? – perguntou Peter Strup. Bloch-Hansen vacilou um segundo para depois dar de ombros e sorrir. Só mais uma.

– Mas vamos beber uma água antes.

Ficaram sentados ali com as respectivas bolas no colo e uma garrafa de água mineral compartilhada. Strup não parava de acariciar a superfície polida da bola. Parecia mais magro e mais velho do que da última vez que se viram. Tinha os dedos magros e secos, e, sobre os nós, a pele tinha rachado.

– Você estava com razão, Peter?

– Sim, lamentavelmente – a mão se deteve no meio da bola, e Strup a deixou no chão. Apoiou os antebraços sobre os joelhos. – Eu tinha tanta fé naquele rapaz... – disse ele com um sorriso triste, como um palhaço cansado, velho e amargurado.

Christian Bloch-Hansen acreditou ver um princípio de lágrimas nos olhos do amigo. Sem graça, deu um tapinha nas costas de Strup, ao mesmo tempo que desviava o olhar em direção aos dez pinos que aguardavam seu destino, sérios e tensos. Não tinha nada a dizer.

– Não é como se ele fosse um filho para mim, mas durante um tempo fomos muito próximos. Quando deixou de trabalhar comigo para começar por conta própria, eu me decepcionei... Talvez até me sentisse um pouco magoado. Mas entendi. E mantivemos o contato. Sempre que podíamos, almoçávamos juntos às quintas-feiras. E era tão divertido, tão amistoso. Ainda assim, na última metade do ano quase não nos vimos. Ele viajava muito para o exterior e suponho que eu já não era tão importante para ele – Strup se endireitou na incômoda cadeirinha de plástico, respirou e continuou: – Sou um idiota. O máximo que me passou pela cabeça foi que ele estivesse tendo um caso. Sabe, quando ele se divorciou pela primeira vez, acho que me comportei um pouco como um padre, pois dei broncas, fui severo. Por isso, quando ele se afastou de mim, supus que voltara a ter problemas conjugais e que não queria escutar minhas reprimendas.

– Mas quando você percebeu que havia alguma coisa errada? Realmente mal, quero dizer.

– Não sei dizer exatamente. Mas no final de setembro comecei a suspeitar de que alguém da nossa área estivesse se movimentando de forma ilegal. Tudo começou quando um dos meus clientes me procurou. Um pobre desgraçado que foi meu cliente por anos a fio. Não parava de chorar, contou uma história comprida e enrolada e pediu que eu assumisse o caso de um amigo seu. Um jovem holandês. Han van der Kerch.

– O sujeito que se suicidou na prisão? Aquele que começou toda essa confusão?

– Isso mesmo. Você sabe por experiência própria como os clientes trazem os amigos para serem atendidos pelo advogado deles. Até aí, não vi nada de estranho. Mas depois de três horas de choro e lamentações, ele me contou que sabia que dois ou três advogados estavam por trás de uma quadrilha que fazia contrabando de drogas, uma organização, como uma máfia. Bem, não levei aquilo tão a sério. Mesmo assim me pareceu que valia a pena investigar um pouco. A primeira coisa que tentei fazer foi conseguir que o holandês falasse comigo, revelasse alguma coisa. Ofereci meus serviços a ele, mas Karen Borg se mostrou irredutível – deu uma risada seca e breve; porém, não parecia estar se divertindo. – E essa decisão quase custou a vida dela. Sem acesso ao pivô do caso, tive que dar voltas e mais voltas para descobrir alguma coisa. Eu me sentia como um daqueles detetives baratos de filmes americanos ruins. Falei com pessoas em lugares estranhos, nas horas mais estranhas. Bem, de certa forma até que foi bem emocionante.

– Mas, Peter... – disse o outro homem em voz baixa. – Por que você não foi à polícia?

– À polícia? – Peter olhou para o amigo como se ele tivesse proposto um massacre de inocentes. – E o que, em nome de Deus, eu diria? Até ali, eu não tinha nada concreto. De fato, creio que, àquela altura, a polícia e eu estávamos no mesmo beco sem saída: tínhamos intuído e suposto uma série de coisas, e acreditado nelas, mas não podíamos provar nada, droga. Sabe como se concretizou pela primeira vez minha suspeita sobre Jørgen Lavik?

Bloch-Hansen negou levemente com a cabeça.

– Coloquei uma das minhas fontes contra a parede... Bom, na verdade, fiz com que ele se sentasse em uma cadeira sem mesa na frente. Parei na frente dele e olhei dentro de seus olhos. O sujeito estava assustado. Com uma inquietação que estava tomando conta de todos os envolvidos no mundo das drogas, todo mundo andava sobressaltado. Então, mencionei uma série de advogados de defesa que atuam em Oslo. Quando cheguei ao nome de Jørgen Ulf Lavik, ele ficou muito nervoso, desconfortável, desviou o olhar do meu e pediu algo para beber.

Os garotos barulhentos estavam indo embora. Três deles riam e jogavam uma jaqueta entre eles, enquanto o quarto, que era o menor, tentava recuperá-la entre reclamações e xingamentos. Os dois advogados se mantiveram em silêncio, até que as portas de vidro se fecharam atrás dos jovens.

– O que poderia ter feito com aquilo, que sequer era uma informação? Ir até a polícia para dizer que, usando um detector de mentiras de amadores, havia conseguido que um drogado de 19 anos me contasse que Lavik era um criminoso, e que sim, por favor, será que eles poderiam prendê-lo? Não, não tinha nada para dizer a ninguém do Departamento. Por outro lado, a essa altura, eu começava a vislumbrar fragmentos da verdade e isso não era algo que pudesse ir correndo contar a um assistente da promotoria do 2º andar da Central. Em vez disso, liguei para meus velhos amigos da Inteligência. O quadro que conseguimos compor com muito esforço não era nada bonito. Serei franco: era feio. Muito, muito feio.

– E como a Inteligência agiu no caso?

– Como era de se esperar, foi uma confusão dos diabos, com quase todas as agências do governo envolvidas. Na verdade, acredito que as investigações ainda não estão todas encerradas. O pior é que eles não podem encostar um dedo em Harry Lime.

– Harry Lime?

– *O terceiro homem*. Lembra-se desse filme? Os policiais têm provas suficientes contra o velho, coisas que o colocariam atrás das grades, mas não se atrevem. Comprometeria gente de dentro do Departamento de Polícia.

– Então vão deixá-lo no cargo?

– Tentaram pressioná-lo para que se aposentasse, e vão continuar a pressionar. A verdade é que ele teve problemas cardíacos, foi bem grave. Um afastamento por motivos de saúde não causaria espanto algum. Mas você conhece o nosso antigo colega, ele não se rende até que esteja vencido. Não vê nenhuma razão para deixar o trabalho.

– O superior dele sabe dessa história?

– O que você acha?

– Não. Suponho que não.

– Sequer o primeiro-ministro sabe. É uma organização grande demais. E a polícia não conseguirá pegá-lo nunca. Nem suspeitam dele.

A última série foi ruim. Para sua grande irritação, Strup perdeu por quase quarenta pontos. Estava começando a ficar velho de verdade.

* * *

– Håkon, diga-me uma coisa.

– Espere um momento.

Não era fácil entrar no carro com a perna machucada. Rendeu-se depois de três tentativas e pediu a Hanne que empurrasse o banco para trás, criando o máximo de espaço. Finalmente, conseguiu. Encaixou as muletas entre o assento e a porta. Os enormes portões do pátio dos fundos da Central de Polícia se abriram devagar, vacilantes, quase inseguros quanto a permitir que Hanne e Håkon fossem embora dali.

Por fim, os portões os deixaram passar.

– O que você queria me perguntar?

– Era mesmo tão importante para Jørgen Lavik tirar a vida de Karen Borg? Quero dizer, dela, e somente dela?

– Não.

– Não? Só não?

– Sim.

Era doloroso falar dela. Em duas ocasiões tinha mancado até o andar do hospital onde Karen estava internada, muito machucada e desamparada, e nas duas vezes tinha se encontrado com Nils. Com olhar hostil e agarrando as pálidas mãos de Karen sobre o edredom, o marido dela bloqueara qualquer tentativa de Håkon de dizer o que queria. Karen tinha se comportado de maneira distante, e, ainda que Håkon não esperasse agradecimentos por ter salvado a vida dela, ficara profundamente magoado por sequer ter mencionado o assunto. Como Nils, aliás. Por final, o assistente da promotoria limitou-se a trocar algumas frases inócuas com o casal, para depois se afastar, frustrado e manquitola. Depois da segunda visita, viu que não valia a pena voltar a tentar. E desde então não havia passado um segundo sem que pensasse em Karen. Ainda assim, para sua surpresa, era capaz de se alegrar de que o caso estivesse mais ou menos resolvido. Só que não suportava falar dela. Por Hanne, contudo, fez um esforço.

– Não teríamos conseguido condenar o sujeito, mesmo com o testemunho de Karen. Isso só teria nos ajudado a prolongar um pouco a prisão preventiva dele. Depois que ele foi posto em liberdade pela primeira vez, o que Karen tinha a dizer não importava mais. A não ser que encontrássemos novas provas. Mas suponho que, àquela altura, Lavik fosse mais responsável por seus atos.

– Você quer dizer que ele estava louco?

– Não, não exatamente. Mas você tem que ter em mente que, quanto mais alto o sujeito está, maior é a queda. E Lavik tinha que estar muito desesperado. Ele tinha tanto a perder. De algum modo, ele havia enfiado na cabeça que Karen Borg representava um perigo para ele e para a organização. Pensando assim, faz sentido a explicação de que foi ele quem agrediu você naquele domingo. Depois de agredir você, roubar a papelada da investigação e ler suas anotações, ficou obcecado por ela.

– Bem, isso quer dizer que é minha culpa que Borg quase tenha sido morta? – perguntou Hanne indignada, ainda que soubesse que ele não pretendia ofendê-la.

A inspetora baixou o vidro, apertou um botão vermelho e informou seu objetivo a uma voz assexuada que saía de uma placa do alto-falante posicionado ao lado da cancela automática. Mãos invisíveis ergueram a barreira. Hanne encontrou o lugar que havia sido destinado a ela na garagem do Parlamento.

– Kaldbakken virá direto para cá para nos encontrar – disse ela enquanto ajudava o colega a sair do carro.

* * *

Era difícil imaginar como um ministro da Justiça conseguia tolerar tais condições. Ainda que a sala estivesse sendo redecorada, era evidente que o jovem ministro continuava trabalhando ali. O homem passou por cima de uma pilha de rolos de papel de parede, esquivou-se de uma escada que tinha uma lata de tinta ameaçadora no topo, sorriu de orelha a orelha e estendeu ao rapaz a mão como cumprimento.

Ele era extremamente bonito e jovem, o que chamava a atenção. Quando tomou posse do cargo, tinha só 32 anos. Seus cabelos louros tinham um tom dourado, ainda que fosse pleno inverno, e os olhos poderiam ser os de uma mulher: enormes, azuis e com longos cílios curvados. As sobrancelhas, escuras e cerradas, constituíam um contraste masculino com todos aqueles tons claros.

– Fico contente que tenha podido vir – disse ele com entusiasmo. – Com tudo o que se disse na imprensa na última semana, é difícil saber em que acreditar. Gostaria que me contasse a história toda sob o seu ponto de vista. Agora que tudo passou, quero dizer. Um caso bastante inquietante e incômodo para nós, os guardiões da lei! Supõe-se que seja minha responsabilidade controlar todos esses advogados e promotores, e não é nada agradável que eles comecem a burlar as mesmas leis que deveriam defender antes de qualquer outro cidadão.

A careta que fez a seguir provavelmente pretendia expressar simpatia e inserir um pouco de informalidade à conversa, além de deixar claro que era capaz de entender o momento que os advogados, enquanto categoria profissional, atravessavam. O ministro trabalhara durante dois anos na polícia, antes de, em velocidade recorde, ser nomeado procurador do Estado com apenas 28 anos. Gentil, ajudou Håkon com uma das muletas, que caíra no chão quando se cumprimentavam.

– Parece que foi uma operação de salvamento espetacular, pelo que entendi – disse ele cordialmente, apontando para a perna de Håkon Sand. – Como você está?

Håkon garantiu que se encontrava perfeitamente bem. Ainda sentia um pouco de dor, mas era só isso.

– Temos que entrar – disse o ministro, que os conduziu à sala ao lado.

Essa sala, ao contrário da sala dele, não tinha vista para o canteiro de obras gigante e sim para o heliporto do Departamento de Comércio e Indústria. O município tentava, havia muito tempo, fazer alguma coisa de algo que não passava de um buraco no chão. Obras intermináveis.

O outro escritório não era maior que o anterior, simplesmente estava mais arrumado. Sobre o chão se entendiam dois magníficos tapetes orientais, um deles de mais de quatro metros quadrados. Aqueles tapetes, evidentemente, não eram propriedade pública, assim como os quadros que estavam na parede. Se fossem propriedade do Estado, estariam expostos na Galeria Nacional.

O secretário de Estado entrou logo atrás deles. Dado que aquele era seu escritório, ofereceu cadeiras aos dois rapazes e também água mineral. Tinha o dobro da idade de seu chefe, mas era tão alegre e informal quanto ele. Usava um terno feito sob medida que deixava transparecer que aquele homem não havia renunciado aos caros hábitos adquiridos durante os mais de trinta anos que exercera a advocacia. O salário de secretário de Estado não deveria ser mais que um trocado para ele. Ainda era sócio de um escritório de advocacia de tamanho médio, porém muito bem-sucedido.

A explicação acerca de tudo o que acontecera levou pouco mais de meia hora. Foi Kaldbakken quem falou praticamente o tempo todo. Håkon estava quase cochilando no final. Era constrangedor. Agitou a cabeça e bebeu um gole de água mineral para ficar acordado.

Os tapetes em tons de vermelho, com seus desenhos detalhados, eram lindos. Do lado em que Håkon estava, as cores eram diferentes das que eram vistas desde a porta; eram mais profundas e mais cálidas.

As estantes da parede deviam sim, em parte, pertencer ao gabinete, e eram de madeira de cor escura. Estavam repletas de livros legais. Håkon teve que sorrir ao perceber que o secretário de Estado tinha um fraco pelos livros antigos da adolescência. Ele conhecia outra pessoa com esse gosto, mas os medicamentos fortes que tomava não permitiam que ele se concentrasse. Quem seria?

– Sand?

Håkon se assustou, deu um pulinho na cadeira e se desculpou, usando a perna como pretexto. Sobre o que falavam?

– Vocês concordam entre si? O caso está resolvido? Foi Lavik quem matou Hans E. Olsen?

Hanne Wilhelmsen, também presente, desviou o olhar, mas Kaldbakken concordou decidido e olhou o ministro diretamente nos olhos. Håkon respondeu:

– Bom, enfim, talvez. É provável. Kaldbakken pensa que sim. E ele provavelmente tem razão.

Era a resposta correta. Os demais começaram a recolher suas coisas. Haviam ficado ali mais tempo do que o planejado. Håkon se levantou como pôde e se aproximou da estante. Então se lembrou.

Ficou tonto e apoiou peso demais sobre uma das muletas, que deslizou sobre o chão. Em seguida, caiu com um estrondo. O secretário de Estado, que era quem estava mais perto, correu para ajudá-lo.

– Cuidado, garoto, muito cuidado – disse ele, estendendo a mão para Håkon.

Håkon não aceitou ajuda, levantando-se sozinho, ainda que visivelmente tonto, enquanto olhava para o homem com cara de espanto tempo o suficiente para que Wilhelmsen se adiantasse e o segurasse firmemente pelo peito.

– Eu estou bem, desculpem, é só um pouco de vertigem – murmurou Håkon, esperando que atribuíssem seu comportamento à queda e à dor.

Depois de um pouco mais de conversa sem importância, eles se despediram uns dos outros.

Quando Hanne e Håkon ficaram a sós, ele a puxou pela manga do casaco.

– Vá buscar os papéis com os códigos e me encontre na Biblioteca Municipal tão rápido quanto puder.

Em seguida, saiu manquitolando pela calçada, as muletas se movendo em uma velocidade incrível.

– Eu levo você de carro! – gritou Hanne, mas pareceu que ele não a ouvira. Já estava quase na metade do caminho.

* * *

A capa, ainda que desgastada, estava clara. Um jovem e atraente piloto europeu jazia desamparado no chão, com seu uniforme azul de piloto e um capacete de couro antigo, enquanto um grupo de africanos selvagens e com cara de poucos amigos se precipitava sobre ele. O livro se chamava *Biggles voa para o sul*. Ele o passou em silêncio para as mãos de Hanne, que mal se lembrava de respirar naquele momento. Ela entendeu imediatamente.

– As asas! – disse em voz baixa. – O título da página de códigos que encontramos no meio dos filmes pornográficos de Hans E. Olsen. – ela se inclinou sobre o ombro de Håkon, que tinha na sua frente, sobre a mesa, o restante da série sobre o heroico piloto britânico. Hanne pegou os livros *Biggles na África* e *Biggles em Bornéu*. – África e Bornéu. Os documentos que, supostamente, seriam o salvo-conduto de Jacob Frøstrup. Como você se deu conta disso justo agora?

– Sejamos gratos a todo aquele trabalho burocrático de rotina. Nas longas listas sobre tudo o que havia no gabinete de Lavik, notei que a série de Biggles estava entre seus livros do escritório. E achei graça naquilo, livros de adolescente em meio aos livros de Direito. Eu adorava essa série também. Se tivessem especificado cada um dos títulos, talvez isso tivesse me ocorrido antes. Mas a lista não dizia mais do que "Série Biggles".

Håkon passou a mão sobre a capa azul-clara e o franzido do livro. A perna dele tinha parado de doer, e Karen não era mais que uma imagem difusa e distante, muito distante. Ele havia encontrado a fonte do código. E isso depois de dois meses e meio correndo para todos os cantos da cidade atrás de Wilhelmsen. Mas agora chegara sua hora. O secretário de Estado tinha exatamente os mesmos livros na estante do gabinete dele. A série completa.

Aqueles objetos na frente deles, antes meros livros de garotos, eram agora provas em uma séria e importante investigação criminal. Uma bomba. Livros que, por alguma razão, podiam ser encontrados no gabinete do secretário de Estado e no escritório de um advogado corrupto. De um advogado corrupto *morto*. Não podia ser apenas coincidência.

Eles desvendaram o código em quarenta minutos. Três páginas incompreensíveis de códigos, cheias de números embaralhados, haviam se transformado em três mensagens de sete linhas. Que eram muito reveladoras e confirmavam algumas de suas suspeitas. A droga era mesmo traficada em grandes quantidades. Três entregas de cada vez, com cem gramas cada. Heroína, como se imaginava. As listas eram escritas à mão, em uma caligrafia apressada e descuidada: ambas, pela inclinação, feitas por um canhoto, tanto Hanne e Håkon eram canhotos. Revelavam locais de entrega e coleta, davam instruções específicas e esclareciam pontos obscuros. Preço, quantidade e qualidade estavam ali, preto no branco, muito bem documentados. E cada mensagem terminava com apontamentos que especificavam os honorários do vendedor.

Mas nenhum maldito nome era mencionado. Nenhum. E também não havia endereços. Os lugares mencionados eram obviamente indicados de forma específica, mas também em código. Um código dentro do código, portanto. Os três pontos de partida, os locais de coleta, eram mencionados como B-c, A-r e S-x respectivamente. Os destinos eram chamados de FM, LS e FT. Não fazia sentido nenhum. Pelo menos para a polícia. Mas é claro que os vendedores liam aquilo como se fosse um gibi e entendiam tudo.

Hanne e Håkon estavam sozinhos na enorme biblioteca. Os livros se empilhavam em volta deles, cercando-os de todos os lados em um silêncio impessoal, amortizando os sons e impedindo que qualquer som do prédio antigo chegasse até eles. Não havia nem mesmo uma turma de escola no lugar para perturbar a paz que impregnava aquelas paredes.

Hanne deu um tapa na própria testa, um gesto dramático de reconhecimento de sua estupidez e cegueira. Para acrescentar ainda mais drama, em seguida bateu com a cabeça na mesa.

– O secretário de Estado esteve na Central no dia em que fui agredida! Você não se lembra disso? O ministro da Justiça ia fazer uma visita às dependências da Central e falar sobre o aumento da criminalidade com o comissário. E o secretário de Estado estava com ele, Håkon. Lembro-me de ver os dois juntos no pátio dos fundos da Central.

– Mas como ele conseguiria se afastar do grupo de pessoas que uma visita desse porte envolve? Assessores, assistentes, seguranças, jornalistas...

– A chave do banheiro. Ele pode ter pedido para ir ao banheiro, e alguém da manutenção lhe entregou um daqueles chaveiros enormes, com todas as chaves do prédio. Você sabe, todos os responsáveis pela manutenção têm um! Ou... Não sei, qualquer motivo parecido. Ele deve ter conseguido colocar as mãos em um chaveiro daqueles. Só sei que ele estava lá, Håkon, e isso *não pode* ser mera coincidência. *Não pode.*

Eles reuniram as folhas com os códigos decifrados e suas anotações, entregaram os livros da série Biggles para a senhora sentada atrás do enorme e imponente balcão da biblioteca e desceram as escadas.

Håkon mascava furiosamente seu pedaço de tabaco. Começava a dominar a técnica, depois de duas ou três mordidas muito dolorosas na língua.

– Não vamos conseguir prender o homem por causa de um monte de livros para garotos, você sabe – disse ele com a voz enrolada e de um jeito quase cômico, mas conseguindo engolir a própria saliva. Eles olharam um para o outro e começaram a rir histericamente. Aquilo era infantil e parecia bem desrespeitoso para com o lugar onde estavam, com suas solenes colunas de mármore que pareciam levemente horrorizadas com a heresia. A respiração dos dois amigos se condensava no ar gelado.

– É inacreditável. Sabemos que há um terceiro cúmplice. Sabemos quem ele é. Revelar sua identidade causaria um escândalo sem precedentes. E, ainda assim, não podemos fazer nada. Nada. Absolutamente nada.

Aquilo não era engraçado sob nenhum aspecto, mas eles não conseguiram parar de rir durante todo o trajeto até chegarem ao carro que Hanne estacionara, cheia de arrogância, sobre a calçada. Ela havia colocado um distintivo da polícia no console para informar a quem se interessasse que aquele veículo estava em função oficial. Era quase um pedido de desculpas pela forma irresponsável como estacionara.

– Em todo caso, tínhamos razão, Håkon – disse ela. – E me enche de orgulho saber disso. Estávamos certos. Há um terceiro homem, como sempre dissemos.

Ela riu de novo. Um pouco triste, dessa vez.

* * *

O apartamento de Håkon estava como sempre. E parecia esquisito agora, embora também familiar. A única coisa que mudara ali tinha sido ele mesmo. Depois de três horas limpando, esfregando, arrumando e passando aspirador, sentiu-se mais relaxado, e o lugar parecia bem mais habitável. Sua perna não iria gostar do resultado de tanta atividade, mas sua mente, sim.

Talvez tivesse sido um erro não contar nada para os outros, mas Hanne Wilhelmsen assumira o caso novamente. Eles tinham uma bomba nas mãos, algo que poderia afetar até mesmo o governo. Ou então transformar o Departamento em motivo de piada. Em qualquer desses cenários, quando a imprensa descobrisse, as portas do inferno se abririam. Ninguém poderia culpá-los por quererem esperar um pouco, por um momento mais adequado. Afinal de contas, um secretário de

Estado não poderia simplesmente desaparecer.

Ligara três vezes para o número de Karen. Nas três, Nils atendera. Era uma idiotice, ele sabia que ela ainda estava no hospital. O interfone tocou. Håkon olhou para o relógio. Quem viria visitá-lo às 21h30 em uma sólida terça-feira? Por um momento, considerou a possibilidade de não abrir. Certamente seria uma vendedora com uma oferta fantástica de um trimestre de assinatura de algum jornal ou alguém tentando salvar sua alma imortal. Por outro lado, poderia ser Karen. Que bobagem, não poderia, claro que não. Mas quem sabe...

Håkon fechou os olhos com força, disse uma prece silenciosa e atendeu o interfone.

Era Fredrick Myhreng.

– Eu trouxe vinho! – anunciou ele em tom alegre. Passar a noite com o jornalista não era seu ideal de noite perfeita, mas, apesar disso, Håkon apertou o botão que abria a porta automática lá embaixo e disse para subir.

Um instante depois, Fredrick se materializou em frente à sua porta, com uma pizza quentinha em uma das mãos e uma garrafa de vinho branco doce italiano na outra.

– Vinho branco e pizza! – anunciou animado.

Håkon fez uma careta.

– Ora, eu gosto *dessa* pizza. E *desse* vinho. Por que não consumi-los *juntos*? – indagou Fredrick decidido. – É tudo uma delícia, vamos. Pegue duas taças e um saca-rolhas. Eu trouxe guardanapos.

Uma cerveja parecia uma escolha mais sensata para Håkon, e ele pegou duas latas na geladeira. Fredrick não aceitou e começou a beber o vinho doce como se fosse refresco de fruta.

Passou-se algum tempo antes que Håkon finalmente entendesse o que o jornalista queria. Fredrick queria falar sobre Fredrick.

– Diga-me uma coisa, Sand – começou o jornalista, limpando a boca no guardanapo vermelho. – Se alguém fizesse algo não muito correto, digo, nada ilegal, pelo menos não muito ilegal, e no meio disso descobrisse alguma coisa séria, séria de verdade... feito por outra pessoa... E essa coisa pudesse ajudar a polícia, por exemplo, a resolver um caso que fosse muito pior do que a pequena bobagem que o cara tivesse feito... Qual é a política do Departamento? O que a promotoria faria? Vocês deixariam passar uma infração menor, se ao cometê-la o camarada descobrisse algo muito maior e usasse essa informação para ajudar a polícia a resolver um caso?

O silêncio a seguir foi tão absoluto que Håkon Sand podia ouvir a noite respirando lá fora. Ele se inclinou sobre a mesa, empurrou a embalagem de papelão da pizza, onde só havia uns restos de cogumelos, respirou fundo e perguntou:

– Que diabos você fez, Fredrick? E que diabos você descobriu?

Fredrick desviou os olhos, cheio de culpa. Håkon esmurrou a mesa.

– Fredrick! O que está acontecendo?

O jornalista sofisticado e famoso havia desaparecido. Em seu lugar, um garoto pronto para confessar seus mais obscuros segredos ao adulto responsável por ele. Constrangido, enfiou a mão no bolso e tirou de lá uma pequena chave brilhante.

– Esta chave era de Jørgen Lavik – disse com um fio de voz. – Estava grudada na lateral do cofre dele. Ou em um arquivo de metal, eu já não tenho certeza.

– Você não tem certeza – repetiu o promotor, tremendo de ódio. – Você não estava prestando atenção, afinal você roubou uma evidência importante de um local que pertencia a um suspeito em uma caso criminal. Então, é claro, você não tem certeza de nada e não pode se lembrar de onde tirou isso. Ótimo – o promotor baixou o tom de voz e tentou se controlar. – Deixe-me perguntar ao respeitado jornalista: você poderia me contar *quando* foi que *encontrou* a evidência?

– Bem, não faz muito tempo – respondeu Fredrick de forma vaga. – E essa nem é a original, já que falamos nisso. É uma cópia. Fiz uma cópia da original, que devolvi ao lugar onde estava.

Um gato asmático não respiraria com maior dificuldade do que Håkon Sand, nem um touro, com mais fúria.

– Nós voltaremos a falar sobre este assunto, amigo, esteja certo.

Agora, pegue a garrafa desse negócio nojento que você bebe e desapareça daqui.

Ele empurrou a garrafa com raiva na direção do jornalista e depois empurrou a ambos, jornalista e vinho, porta afora, na direção do ar frio de dezembro.

Já no corredor, Fredrick colocou o pé no batente para impedir Sand de bater a porta e perguntou:

– Só uma coisa, Håkon – disse ele. – Aconteça o que acontecer, essa história é minha, certo? Tenho exclusividade, não é? Afinal, fui eu que entreguei a chave e...

Fredrick Myhreng teria um hematoma no tornozelo na manhã seguinte.

Quinta-feira, 10 de dezembro

Depois de algumas horas de trabalho, eles haviam reduzido os locais prováveis a um número bem razoável: dois. Um deles era um ginásio muito respeitável no centro da cidade, e o outro, nem tão respeitável, uma academia cara em St. Hanshaugen. Ambos eram lugares de culto ao corpo, mas, enquanto o primeiro era legal, o outro oferecia aos seus clientes atividades que envolviam mulheres vindas da Tailândia. Eles demoraram algum tempo para descobrir quem era o fabricante da chave, e, uma vez encontrado, custou apenas algumas horas para a polícia descobrir que tipo de fechadura abria. Tendo em vista a recém-descoberta reputação de Lavik, estavam todos convencidos de que se tratava da chave de um armário no bordel. No entanto, estavam enganados. Lavik fazia levantamento de pesos duas vezes por semana, fato que a polícia já conhecia e do qual se lembraram ao reexaminar os documentos do caso.

O armário era tão pequeno que a maleta preta se encaixava exatamente no espaço disponível. A maleta tinha uma fechadura de segurança, que não tinha sido aberta e cuja combinação permanecia sobre a mesa do escritório de Kaldbakken, no 2º andar da Central. Håkon Sand e Hanne Wilhelmsen esperavam que o conteúdo da maleta fosse um presente de Natal antecipado e decidiram não esperar para abri-la.

Eles ainda brincaram um pouco tentando adivinhar quais seriam os seis números da combinação, mas a fechadura não foi páreo para a chave de fenda de Kaldbakken. O dono da mala não iria reclamar dos danos que causassem, apesar de ela estar novinha.

Ninguém foi capaz de entender por que ele havia feito aquilo. Era incompreensível que o homem tivesse se arriscado tanto. A única explicação lógica era que ele esperava afundar outros consigo, caso tudo desse errado. Ele deveria se sentir inseguro dentro da organização para ter reunido tantos documentos importantes e reveladores. Aquilo era um risco gigantesco para sua segurança. Em um lugar como aquele, ele jamais teria certeza de que a maleta estaria realmente segura, de que o dono não ficaria curioso sobre o conteúdo do armário dos clientes. O que Sand, Wilhelmsen e Kaldbakken tinham em mãos eram relatórios meticulosos, minuciosos, sobre uma organização que nenhum dos três jamais acreditara que conheceriam a fundo. Com tantos detalhes. Bem, em um filme de detetives, talvez.

– Não há menção à agressão que sofri – comentou Hanne. – Isso quer dizer que eu estava certa. O secretário de Estado.

Kaldbakken e Sand não poderiam estar menos interessados. Se o Papa em pessoa se materializasse na frente deles pedindo um cigarro, eles não teriam nem piscado.

Ficaram horas lendo todos aqueles documentos. Alguns, liam em duplas ou em voz alta, outros mergulhados em um silêncio assombrado e febril. De vez em quando, alguém fazia um comentário em voz alta, que os demais mal registravam com um erguer de ombros. Depois de algumas páginas, nada mais os espantava.

– Esse material vai ter que ir direto para o alto escalão – disse Wilhelmsen, apontando para cima, enquanto guardavam a papelada de volta na maleta. Ela não estava se referindo a Deus.

* * *

O ministro de Justiça insistiu em convocar uma entrevista coletiva ainda naquela tarde. A Brigada de Informação e o Serviço de Inteligência protestaram veementemente. Mas não adiantou; o escândalo seria ainda maior se a imprensa descobrisse que o governo mantivera o caso oculto por sabe-se lá mais quanto tempo. A coisa já seria bem desagradável sem esse acréscimo.

A bela aparência do ministro parecia ter sofrido um duro golpe. A pele dele estava ainda mais pálida do que costumava ser, e os cabelos perderam os reflexos dourados. Ele ouvia os uivos dos lobos da mídia do outro lado da porta. Por várias razões, ele havia decidido que a entrevista coletiva aconteceria na Central de Polícia.

– Vocês são os únicos que sairão bem de toda essa confusão – havia declarado o ministro para a chefe da promotoria quando ela lhe disse que a imprensa deveria ser recebida no prédio do Parlamento – Vamos fazer a entrevista aqui.

Ele não mencionou que a região em torno dos prédios do governo fora sitiada, e o lugar estava quase isolado do restante da cidade. O primeiro-ministro ordenara que a segurança fosse triplicada, e a paranoia dos membros do governo em relação à imprensa só fez aumentar durante o dia. A Central ainda era a melhor opção.

Depois de inspirar fundo algumas vezes, ele entrou na sala de imprensa. Ainda bem que tinha alguma reserva de oxigênio, porque o lugar estava lotado e sufocante.

O assistente da promotoria Håkon Sand e a inspetora Hanne Wilhelmsen estavam apoiados contra a parede do fundo da sala. O assunto já não estava mais em suas mãos. Ao longo do dia, o caso subira pelo prédio da Central, andar por andar, até alcançar o topo, com rapidez nunca vista. A única coisa que ouviram a respeito, desde que haviam entregado os documentos aos seus superiores, era que podiam considerar a investigação completa e terminada. E, para eles, estava tudo bem.

– Vai ser interessante assistir ao governo fazendo manobras para sair dessa encrenca – disse Hanne em voz baixa.

– Não vai. É impossível sair intacto dessa confusão – afirmou Håkon, balançando a cabeça. – Todos os escalões terão problemas. Bem, menos nós dois, os heróis. Os mocinhos. Os *cowboys* solitários!

Eles sorriram um para o outro. Håkon passou o braço pelos ombros da amiga, e ela não o afastou. Um par de policiais uniformizados deu uma olhada disfarçada para eles, mas a fofoca já corria havia algum tempo e não tinha mais tanta graça.

Ali no fundo, ficavam quase invisíveis para a multidão faminta concentrada na frente da sala. Cinco refletores de luz tinham sido instalados por técnicos de três diferentes canais de televisão. Isso fazia com que a parte de trás da sala ficasse quase às escuras quando comparada ao lugar da sala que recebia as pessoas ilustres e que interessavam à mídia. A rede pública de televisão, NRK, estava transmitindo ao vivo. Faltavam quatro minutos para as 19h. O comunicado de imprensa liberado para os jornalistas havia três horas dizia tudo e não dizia nada. Sem maiores detalhes, informava que o secretário de Estado fora preso após se envolver em crime grave e que os membros da cúpula do governo estavam em reunião extraordinária.

A coletiva foi aberta com uma declaração da chefe da promotoria, e, não fosse pelo ruído das câmeras em funcionamento, seria possível ouvir um alfinete caindo no chão da sala de imprensa ali onde estavam Hanne e Håkon.

A chefe da promotoria havia preparado algumas notas por escrito e agora, intimidada, folheava o calhamaço para a frente e para trás, um gesto nervoso e aflitivo, mas, de modo geral, conseguiu se sair bem.

A polícia tinha razões para acreditar que o Parlamento, na figura do secretário de Estado do Ministério da Justiça, estava envolvido com uma quadrilha de tráfico de drogas. Provavelmente, o secretário era o líder da organização.

– Bela maneira de chamar o sujeito de mafioso – sussurrou Håkon no ouvido de Hanne. – Adoro a versão refinada e jurídica das coisas.

Um murmúrio de assombro e excitação percorreu a sala. A chefe da promotoria tomou a palavra mais uma vez.

– Com os dados de que dispomos até o momento... – disse ela, tossindo discretamente em seu punho fechado – podemos dizer que a organização era formada por dois grupos. O falecido advogado Hans E. Olsen era o responsável por uma facção e o também falecido advogado

Jørgen Ulf Lavik pela outra. Temos motivos para acreditar que o secretário de Estado era o chefe dos dois. Ele foi preso e acusado de importação e distribuição de quantidade não conhecida de narcóticos. – ela tossiu mais uma vez.

– Quanto foi o total de narcóticos distribuído? – perguntou um jornalista, que não obteve resposta.

– Ele também é acusado do assassinato de Hans E. Olsen.

Nesse momento poderiam cair três toneladas de alfinetes no chão, sem que os presentes sequer percebessem.

As perguntas começaram a voar como projéteis.

– Ele confessou?

– No que estão baseadas as suspeitas da polícia?

– De quanto dinheiro estamos falando?

– Alguma coisa já foi confiscada?

Foram necessários dez minutos para acalmar os jornalistas. O chefe de polícia esmurrava a mesa à qual estavam sentadas as autoridades. A chefe da promotoria voltara a se sentar e, com a boca franzida, recusava-se a responder o que fosse antes que houvesse ordem na sala. Ela parecia envelhecer a cada minuto.

– Não entendo por que ela parece tão tensa – comentou Hanne, falando aos sussurros. – Era de se esperar que estivesse deliciada com tudo o que está acontecendo. Faz muito tempo desde que alguém nesse prédio foi aclamado por um triunfo de tais proporções.

Finalmente, o chefe da Brigada Criminal conseguiu que se fizesse silêncio.

– Haverá espaço para as perguntas de vocês assim que tudo for explicado. Não antes. Por favor, tenham paciência e acompanhem o relato dos fatos. Pedimos a colaboração de todos.

Era difícil saber se os sussurros entre os jornalistas eram de concordância ou de desagrado. Mas, pelo menos, a chefe da promotoria pôde continuar.

– Quer nos parecer que a organização opera há alguns anos. Acreditamos que desde 1986. É cedo ainda para que especulemos sobre a quantidade total de droga manipulada – ela tossiu mais uma vez.

– Ela tosse toda vez que mente ou que se sente ameaçada – sussurrou Håkon. – Pelo que lemos na maleta, foram quatorze quilos. Só sob a responsabilidade de Lavik!

– Eu calculei quinze – disse Hanne, rindo.

A chefe da promotoria continuou.

– No que diz respeito às circunstâncias especiais do uso do... – a tosse dela começava a parecer uma brincadeira – lucro obtido com a venda dos entorpecentes. Agora, passo a palavra ao ministro da Justiça.

A mulher suspirou aliviada quando os olhares finalmente se dirigiram ao jovem ministro. Parecia que ela acabara de ser informada sobre a morte da mãe e da própria falência no mesmo dia.

– Provisoriamente, e eu repito, provisoriamente, o... bem, parte do lucro obtido, vamos chamar assim, foi usada para financiar atividades não completamente regulamentares do Serviço de Inteligência Militar.

De repente, todos os jornalistas entenderam por que o ministro da Defesa também estava presente à coletiva. A presença dele no canto esquerdo da mesa das autoridades tinha mesmo causado algum espanto e feito algumas sobrancelhas se arquearem. Mas ninguém havia tido tempo de pensar duas vezes naquilo.

Era pura perda de tempo imaginar que alguém poderia impedir a avalanche de perguntas que desabaram sobre as autoridades presentes naquele instante. O chefe da Brigada Criminal esmurrou a mesa mais uma vez, porém com resultados pífios. Ele parecia impotente para resolver o tumulto. Com uma voz quase impossível de ser produzida por seu corpo frágil, a chefe da promotoria assumiu o controle de seus nervos e da sala, impondo-se de forma totalmente inesperada.

– Uma pergunta de cada vez, senhoras e senhores, por favor! Estamos à sua inteira disposição por uma hora, mas precisamos ouvir o que vocês têm a dizer! Aproveitem bem o seu tempo.

Um quarto de hora mais tarde, os jornalistas tinham um panorama da história. A organização, ou a máfia, como era chamada por todos, incluindo as autoridades presentes, funcionava em um esquema de núcleos isolados. A coisa toda estava estruturada para que cada um conhecesse apenas seu superior imediato, a quem prestava contas e devia satisfações. Dessa forma, o secretário de Estado garantia que apenas Olsen e Lavik o conhecessem. Mas, com o tempo, sentindo-se seguros, os advogados, cada um em sua facção, começaram a aumentar seus negócios e ganhos por conta própria, comprometendo a operação como um todo. A forma mais garantida de receber dinheiro de que se tem notícia. Um negócio tentador.

Fredrick Myhreng conseguiu fazer com que os demais jornalistas se calassem por um instante.

— É verdade que houve alguns episódios de vigilância ilegal? — gritou ele da terceira fileira. As autoridades se entreolharam, mas ninguém tomou a palavra. Na verdade, sequer tiveram tempo de fazer isso, já que o jornalista continuou. — Pelo que entendi, trata-se de 30 quilos de droga pura, que seria transformada em muito mais quando misturada para a venda. Isso é uma fortuna. Esse dinheiro foi utilizado pelo Serviço de Inteligência Militar?

Certo, o sujeito não era nada burro. Mas a chefe da promotoria também não. Ela encarou o jornalista por um instante.

— Temos razões para acreditar que uma quantidade considerável de recursos foram utilizados por aqueles à frente de certas operações de vigilância, sim — disse ela bem devagar.

Os repórteres policiais especializados imediatamente enfiaram o rosto no casaco para, de seus celulares minúsculos, avisarem os editores que os comentaristas políticos deveriam ficar de prontidão. Não que o caso não lhes interessasse, interessava. E muito. Além disso, era uma novidade deliciosa terem uma coletiva de imprensa dada de mão beijada na sala de imprensa da Central, com a chefe da promotoria, o chefe da Brigada e alguns ministros presentes. Mas era impossível desconsiderar as implicações políticas quando um membro destacado do governo era descoberto como traficante. Talvez assassino. E agora, com aquela informação sobre o uso feito do dinheiro obtido com drogas, era mesmo questão de minutos para que os articulistas políticos começassem a invadir a Central, vindos de todas as partes, pedindo que os colegas resumissem os fatos, fazendo anotações frenéticas e perguntas impertinentes. Os jornalistas policiais foram se retirando devagar, passando o bastão para os colegas.

Um sujeito espalhafatoso de 40 anos, mas com cabelos e roupas de alguém com metade de sua idade, apontou um microfone forrado de pele na direção do ministro da Defesa.

– Quem, de dentro do Serviço de Inteligência, sabia o que estava realmente acontecendo? Quem estava informado dos fatos e quanto?

O ministro se ajeitou na cadeira, desconfortável, olhando como quem pede socorro para o ministro da Justiça. Não recebeu nenhuma ajuda.

– Bem, até onde nos é dado saber... Temos a impressão de que... que... Bem, parece que ninguém sabia de onde vinha o dinheiro. Poucas pessoas sabiam de onde vinha o dinheiro. E tudo, tudo mesmo, está sendo investigado.

O repórter não se deixou convencer.

– O senhor está dizendo que o serviço secreto empregou milhões de coroas em operações de natureza desconhecida e que ninguém sabia quem financiava, senhor ministro?

Era exatamente isso que o ministro queria dizer. Ele gesticulou e ergueu a voz.

– É importante ressaltar que nada disso foi oficial. Não temos evidências que apontem para muitos envolvidos; assim, não é correto falar do Serviço de Inteligência como um todo. Estamos falando aqui de alguns indivíduos inescrupulosos, não de toda uma corporação dedicada ao serviço público deste país.

O repórter estava claramente incrédulo.

– Então nada disso afetará o Serviço de Inteligência?

Ao não ter sua pergunta respondida, ele aproximou tanto o microfone do rosto do ministro da Justiça que o homem teve que se inclinar para trás para não acabar com a boca cheia de pelo artificial.

– O senhor não acha que deveria se demitir do cargo de ministro da Justiça, já que seu colaborador mais importante foi acusado de algo tão grave?

O ministro estava mais calmo agora. Empurrou gentilmente o microfone alguns centímetros para longe do rosto, passou a mão pelo cabelo e encarou o repórter.

– Sim, acho que eu deveria – disse ele alta e claramente. A reação foi imediata. Mesmo o equipamento fazia menos ruído agora. – Apresento minha demissão irrevogável – anunciou.

Sem nenhuma indicação de que a coletiva estivesse terminada, o ministro juntou seus papéis, levantou-se e correu os olhos pela sala de imprensa, antes de endireitar os ombros e se retirar.

A inspetora e o assistente da promotoria, que estavam em pé no fundo da sala, sentiram simpatia pelo jovem ministro.

– A culpa não foi dele – murmurou Håkon. – Ele só escolheu mal um colaborador.

– *Good help is hard to get these days* – disse Hanne. – Você tem sorte de ter a mim como colaboradora – ela riu e depois beijou o rosto dele, despedindo-se.

A inspetora Hanne Wilhelmsen iria fazer compras no shopping. Já era hora de levar presentes de Natal para casa.

Segunda-feira, 14 de dezembro

Faltavam apenas onze dias para o Natal. Os deuses do clima estavam sendo bastante misericordiosos e tentavam, pela sexta vez em dois meses, decorar a cidade para as festas. Desta vez, parecia que seriam bem-sucedidos. Já havia vinte centímetros de neve no enorme gramado em frente à Central de Polícia da rua Grønland. A rampa pavimentada que levava à entrada do prédio estava tão escorregadia quanto uma pista de patinação, e, a apenas dez metros da porta, a perna machucada de Håkon Sand falhou e ele caiu. O taxista que o levara até lá se recusara a subir a rampa com seu precioso veículo, e Håkon, molhado de suor, lutava ladeira acima, a pé, pensando que a rampa tinha sido feita daquele jeito de propósito. Era a única explicação possível.

Conseguiu levantar-se e recomeçou a mancar na direção da porta de entrada. Como sempre, o saguão estava lotado. E, como de costume, imigrantes de pele escura esperavam sentados à esquerda, desamparados, suados e usando roupas de inverno antiquadas e pesadas, muitas delas de cores chamativas. Håkon se deteve por um instante e examinou os andares acima dele na planta aberta do edifício. O prédio ainda estava em pé. Mas os serviços de inteligência, todas as agências, estavam em maus lençóis.

A imprensa ainda estava em polvorosa, e o interesse pelo caso não diminuíra nem por um instante. Os jornais ainda saíam com tiragem acima da média e vários cadernos especiais explicando tudo sobre o caso. Os telejornais seguiam dia e noite cada um dos envolvidos, em matérias especiais e com boletins de última hora a cada poucos instantes, que, às vezes, tinham furos de reportagem e, às vezes, só enrolação típica de noticiários.

A renúncia imediata do ministro da Justiça tinha sido uma óbvia tentativa de salvar o governo, mas ainda era cedo para que se tivesse certeza do que iria acontecer.

A situação seguia incerta. As agências dos serviços de inteligências estavam todas sob investigação da promotoria. Já se falava abertamente sobre uma reestruturação. A publicação de um livro, alguns meses antes, sobre o relacionamento do partido do governo com o Serviço de Inteligência estava novamente em evidência, com uma nova capa e nova edição. Um político de direita que sempre dissera a quem quisesse ouvir que era vigiado ilegalmente pelo governo, subitamente passara a ser levado a sério e agora era sempre entrevistado na televisão.

Håkon não deu a mínima quando foi retirado do caso, nem pareceu afetado pela total falta de reconhecimento de seus superiores. Apenas os colegas de trabalho o parabenizaram pelo feito alcançado. Seu trabalho havia sido realizado, e o caso estava encerrado. Aquele fim de semana fora livre, nada de plantão nem sábado nem domingo. Fazia uma eternidade que não tinha um fim de semana assim.

Demorou um pouco para abrir a porta com as figuras meio arrancadas da Disney, mas, por fim, conseguiu entrar. Parou espantado quando viu a estátua sobre sua mesa.

Era a deusa da Justiça. Durante um segundo acreditou estar diante do objeto que pertencia à chefe da promotoria, e não entendeu nada, mas logo se deu conta de que essa estátua era maior e mais brilhante. Parecia ser nova. E era mais estilosa. A mulher parecia mais altiva, e o escultor tinha tomado certas liberdades com a anatomia. O corpo era grande demais para a cabeça dela, e a espada estava erguida em um ângulo acima da cabeça, e não descansando ao longo da saia. Ela estava pronta para atacar.

Håkon foi até a escrivaninha e ergueu a estátua. Era pesada. O bronze avermelhado brilhava, não tivera tempo de oxidar. Um envelope caiu no chão. Ele recolocou a estátua sobre a mesa e se abaixou, tomando cuidado com a perna ferida, e pegou o envelope.

Håkon o abriu.

Era de Karen.

Queridíssimo Håkon. Agradeço por tudo o que você fez por mim, do fundo do coração. Você é meu herói. Acho que amo você. Não desista de mim. Não me ligue, ligo em breve.

Sua (acredite nisso, por favor) Karen

P.S.: Parabéns!! K.

Håkon leu o bilhete de novo e de novo. Suas mãos tremiam enquanto ele acariciava a estátua de bronze à sua frente. Ela era fria, lisa e macia ao toque.

Por um momento se assustou, e abriu e fechou os olhos, pois pareceu que a deusa da Justiça havia se mexido. Ela espiara por detrás da venda que cobria seus olhos. Havia olhado para ele com um dos olhos e depois piscara com o outro. E sorrira.

Um sorriso irônico. Misterioso.

QUER FICAR POR DENTRO DO QUE ACONTECE NA EDITORA FUNDAMENTO? ENTÃO CADASTRE-SE E RECEBA POR E-MAIL TODAS AS NOVIDADES!

*Nome

Endereço

Cidade ⸺ Estado ⸺ CEP

Sexo M ☐ F ☐ Nascimento ⸺ Telefone

*E-mail

Costumo comprar livros: Em livrarias ☐ Em feiras e eventos ☐ Na internet ☐ Outros ☐ Descreva

* Interesso-me por livros: Infantis ☐ Infantojuvenis ☐ Romances ☐ Negócios ☐ Autoajuda ☐

* *Preenchimento obrigatório*

EDITORA FUNDAMENTO
www.editorafundamento.com.br

CARTÃO-RESPOSTA

NÃO É NECESSÁRIO SELAR

O selo será pago pela Editora Fundamento Educacional Ltda.

"NÃO COLOCAR EM CAIXA DE COLETA
ENTREGAR NO GUICHÊ DE UMA AGÊNCIA DA ECT"

80240-240 – A/C EDITORA FUNDAMENTO

Cartão-Resposta
9912208203/08 – DR/PR
EDITORA FUNDAMENTO
CORREIOS